插图本茨威格传记丛书

玛利亚·斯图亚特传

[奥]斯·茨威格 著

章鹏高 译

Maria
Stuart

人民文学出版社

Stefan Zweig
Maria Stuart

图书在版编目(CIP)数据

玛利亚·斯图亚特传/(奥)斯·茨威格著;章鹏高译.—北京:人民文学出版社,2017
(插图本茨威格传记丛书)
ISBN 978-7-02-013275-1

Ⅰ.①玛… Ⅱ.①斯…②章… Ⅲ.①传记小说—奥地利—现代 Ⅳ.①I521.45

中国版本图书馆CIP数据核字(2017)第208399号

责任编辑	欧阳韬
装帧设计	黄云香
责任印制	王重艺

出版发行　人民文学出版社
社　　址　北京市朝内大街166号
邮政编码　100705
网　　址　http://www.rw-cn.com

印　　刷　三河市鑫金马印装有限公司
经　　销　全国新华书店等

字　　数　283千字
开　　本　680毫米×960毫米　1/16
印　　张　20.75　插页5
印　　数　1—5000
版　　次　2011年7月北京第1版
印　　次　2019年6月第1次印刷

书　　号　978-7-02-013275-1
定　　价　49.00元

如有印装质量问题,请与本社图书销售中心调换。电话:010-65233595

少女玛利亚·斯图亚特在法国

玛利亚·斯图亚特辞别法国

玛利亚·斯图亚特回到苏格兰爱丁堡

玛利亚·斯图亚特临刑前与侍从告别

目 录

小引……………1

传中人物　……………1

第 一 章　摇篮里的女王……………1
第 二 章　少女时代在法国……………11
第 三 章　王后,孀妇,自生至死的女王……………21
第 四 章　返回苏格兰……………35
第 五 章　推动岩石……………48
第 六 章　政治婚姻的闹市……………59
第 七 章　再婚……………75
第 八 章　霍利罗德的发难之夜……………87
第 九 章　叛逆们被出卖……………101
第 十 章　难解的疙瘩……………114
第十一章　痴情的悲剧……………127
第十二章　通向谋杀的道路……………146
第十三章　多行不义必自毙……………158
第十四章　绝路一条……………172
第十五章　废黜女王……………191
第十六章　葬送自由……………202

第十七章　结网……………213

第十八章　收网……………222

第十九章　幽闭度日…………232

第二十章　最后一个回合………243

第二十一章　一了百事了………252

第二十二章　伊丽莎白首鼠两端………270

第二十三章　"我在终结中开始"…………287

尾声………296

小　引

　　清清楚楚、明明白白的事自是不言而喻,但费解的哑谜会催人萌发创见。因此,已成烛影斧声的历史人物和事件总是不断促使人们对之进行别具新意的诠释与构想。玛利亚·斯图亚特的抱恨终天可视为堪称经典的绝佳实例,给人以永不干涸的钩稽史事幽微的雅趣。世界史上几乎没有第二个妇女引发出这么多的笔墨:剧本、长篇小说、传记和论著。三个多世纪以来,她一再吸引了作家,推动了学者。现在,她的形象依然以并未衰减的力量获取常新的面貌,因为盼望将纠结的乱丝梳理得清清楚楚,把莫测的奥秘揭示得明明白白,便是此中真谛所在。

　　对玛利亚·斯图亚特的身世之谜人们屡屡绘声绘影给以阐释,结论也往往截然相反。或许还没有哪个女性,其面目经人描画,竟显示出如此巨大的差异:这个说她是谋害别人的凶手,那个说她是殉难的女杰,又有人说她是耍阴谋的蠢货,也有人说她是天使般的圣者。然而,奇怪的是,她的种种形象迥然不同并非由于流传下来的资料不足,倒是由于它浩如烟海,反而令人眼花缭乱。留存下来的文件、笔录、卷宗、信函、记载数以千计。究竟玛利亚·斯图亚特有罪还是无辜人们争讼不已,三个世纪以来,年复一年,这类官司打了又打。但是人们对文献钻研愈加深入,也就愈加感到苦恼,因为人们从中发现所有的历史见证(及其陈述)无不存在着疑点。一份文件尽管笔迹并非伪造,确系当时的记述,且已正式入档,这些都已得到了公证,但是这样的资料不一定因此就可靠,从人为因素看还不一定就符合真实情况。恐怕在玛利亚·斯图亚特这桩公案中比在任何其他地方都更能明确地断言,在同一时刻,对同一事件,同时代观察者的记述会如此大相径庭。在这里,每有一种以文件作证的肯定论断,就有一种以文件作证的否定论断,每有一种指控,就有一种申辩,两者针锋相对。真假虚实掺杂一处,黑白混淆,以至于任凭怎样理解都能自圆其说,使人深信不疑:谁要证明玛利亚·斯图亚特是杀害丈夫的同谋,就能提出几十份证言;谁要力图说她并无牵连,也能同样言之有据。用于描绘她庐山真面目的每幅图像,都有事先调好的各种颜料。现有的记载既如此杂乱无章,再加上渗进政治原因或民族观念造成的偏见,因而她的形象必然被扭曲得更加匪夷所思。撇开这些因素不谈,实有其事还是子虚乌有之争事关两造、两种见解、两种世界观,人性天生就几乎难以摆脱偏袒的诱惑,总会肯定这一方,否定那一方,说这个有罪,说那个无辜。而在眼下这一事例中,陈述者本身大都分属两个水火不容的派别、宗教或世界观。这样,他们的一边倒态度可以说是不可避免地事先便已确定。一般说来,新教作者完全透过于玛利亚·斯图亚特,而旧教作者则把一切都归咎于伊丽莎白。在英国的记述者的笔下玛利亚·斯图亚特几乎总被描绘成杀人凶手。而苏格兰的记述者则说她清白无辜,在卑劣的诽谤下成为牺牲品。关于最有争议的辩论焦点,即那些"首饰盒中的书信",双方都起誓把话说死:这一边认为这些是真的,那一边认定这些是假的。甚至小而又小的事情也不遗余力地涂上袒护一方的色彩。也许既不属于英国,也不属于苏格兰的人不为血缘和荣辱与共的关系所左右,才有可能比较不带倾向与成见地客观论事。也许倒是这样的人得以仅仅怀着艺术家的兴趣,既热情又公允地处理这场悲剧。

　　当然,谁若申明对玛利亚·斯图亚特的全部生平事迹都了解真实情况,都了解舍此无他的真实情况,那也言过其实。他能做到的一切,只是或然性的一种极限。而且即使他尽己所知,问心无愧地觉得自己持论客观,事实上依然难脱主观窠臼。由于源泉流水不洁,他必须从混浊中寻求清澈。由于同时代的记述互相矛盾,他必须在此案的控诉证据与辩护证据之间就每一个细节进行抉择。而且尽管他挑拣时小心行事,有时他还得老老实实地将自己的看法打上一个问号,承认玛利亚·斯图亚特生活中的这一件事或那一件事从是否失真来看,依然朦胧莫辨,也许永远如此。

因此,本书所作的尝试严守这样一个原则:凡是动用刑具或使用其他手段通过恐吓或施压榨取的证言都不采用。一个名副其实的真相探索者决不能认为屈打成招的供词完备有效。同样,使用密探与使臣(这在当时往往合二为一)的呈文也慎之又慎,对每一份文件都持怀疑的态度。尽管如此,本书还是赞同这样的观点:可以认定那些十四行诗和大部分"首饰盒中的书信"并非赝品。这是经过极其严格的审核和在个人品性方面提出令人信服的理由之后做出的判断。只要在入档文件中出现互相抵牾的主张,就对两者追本溯源,细察其中的政治动机。如果不可避免地必须择取这一种或那一种说法,则以单一行为从心理角度看在何种程度上可与整个性格取得协调作为最终衡量标准。

这是因为玛利亚·斯图亚特的性格在本质上并非不可捉摸:她的心理特点如果仅就外在的发展过程而言显得并不一致,但是就深层来说则自始至终都表现为爽直与坦率。玛利亚·斯图亚特属于极其罕见而令人难忘的一类女性:她们真正品味生活的能力集中在一段极短的时间里;她们都有一个转眼即逝,却是繁花怒放的季节;她们并非在整个一生中,而只是在仅有的一度痴情凝成的窄小而炽热的空间里纵情享受。二十三岁以前,玛利亚·斯图亚特的感情并无波澜;二十五岁以后,也再无翻腾的怒涛。可在这中间,在那短短的两年里,却如狂飙横扫,剧烈地迸发出伟大的原始力量,在平凡的日子里蓦地酿成一出古典气派的悲剧,恢宏而强劲,俨然如一部《奥瑞斯忒亚》①。只是在这两年之中,玛利亚·斯图亚特才成为真正的悲剧角色,也只是在这种压力下,她才超越了自我,由于如此逾越常度,她毁了自己的生活,同时又使之流传千古。而且仅仅由于使她本人归于毁灭的一度痴情,她的名字才至今活在创作与论著之中。

---

① 《奥瑞斯忒亚》,古希腊悲剧作家埃斯库罗斯的戏剧三部曲。奥瑞斯忒斯是希腊神话中迈锡尼国王阿伽门农与妻子克吕泰涅斯特拉之子。阿伽门农被克吕泰涅斯特拉谋杀后,奥瑞斯忒斯为父报仇而弑母,复仇女神将其追逐,要他血债血偿。在战神山法庭对他的审判中,庭长女神雅典娜投了关键一票,宣告奥瑞斯忒斯无罪。

内心世界的活动过程被压缩得如此之甚,完全集中在这样猛然爆发的一瞬间,这一格局从一开始也就在样式和节奏上决定了任何一种记述玛利亚·斯图亚特生平的文字。依样画葫芦者在描画这样陡升骤降的生活曲线时,只需力求充分表现出这种令人感到意外而又独一无二的特点即可。因此,本书写她最初二十三年以及囚禁几达二十年的悠长岁月并未超过发生痴情悲剧的两年所写的篇幅,想来人们也不会觉得有悖情理,原因是:在已经过去的日子里,一个人的内在时间与外在时间似乎一样长短;这只是表面现象。事实上,对于心灵来说,只有充实的体验才是量度的标准——思想感情不像没有生命的日历,要从内心深处计数流逝的时刻。情浓神迷,乐以忘忧,得到命运的垂青时,心灵能在极短的一段时间之内感受到无穷的满足。一旦心如槁木死灰,就会觉得岁月空虚,像飘忽的幻象,无知无觉,化为乌有。由于这个原因,记述生平事迹,只有那些扣人心弦、具有决定意义的时刻,才值得大书特书。由于这个原因,也只有在这样的时刻和从这样的时刻下笔才能真正把传记写好。一个人行事处世只有投入整个身心,才能真正谈得上活在世上,对自己来说如此,对他人来说也是这样。一个人只有在内心炽烈地燃烧之时,才能显示出外在的形相。

传 中 人 物

事件发生的第一地点 苏格兰 1542—1548
　　　　　第二地点　法国　1548—1561
　　　　　第三地点　苏格兰　1561—1568
　　　　　第四地点　英国　1568—1587

苏格兰

詹姆士五世(1512—1542)　玛利亚·斯图亚特的父亲。

玛利·德·吉斯(1515—1560)　玛利亚·斯图亚特的母亲。

玛利亚·斯图亚特(1542—1587)

詹姆士·斯图亚特,莫雷伯爵(1533—1570)　詹姆士五世和欧斯金勋爵之女玛格丽特·道格拉斯的非婚生儿子,玛利亚·斯图亚特的同父异母兄,玛利亚·斯图亚特掌权以前和未能当权之后的摄政。

亨利·达恩莱(斯图亚特)(1546—1567)　亨利七世的外曾孙,母亲为亨利八世的外甥女伦诺克斯夫人。玛利亚·斯图亚特的第二位丈夫,被扶立同为苏格兰国王。

詹姆士六世(1566—1625)　玛利亚·斯图亚特和亨利·达恩莱的儿子。玛利亚·斯图亚特死后(1587)成为合法的苏格兰国王;伊丽莎白死后(1603)成为英国国王,即詹姆士一世。

詹姆士·赫普伯恩,波思威尔伯爵(1536—1578)　后为奥克尼公爵,玛利亚·斯图亚特的第三位丈夫。

威廉·梅特兰(勒廷顿) 玛利亚·斯图亚特的首相。

詹姆士·麦尔维尔 玛利亚·斯图亚特的外交代表。

詹姆士·道格拉斯,莫顿伯爵 莫雷伯爵被杀后成为苏格兰摄政,1581年被处决。

马修·斯图亚特,伦诺克斯伯爵 亨利·达恩莱死后控告玛利亚·斯图亚特的主要起诉人。

阿托尔

阿兰

莫顿·道格拉斯

欧斯金

戈登

哈里斯

亨特利

柯克卡尔迪(格兰治)

林稷

玛尔

卢塞文

} 均为勋爵,时而追随玛利亚·斯图亚特,时而与她作对,拉帮结派,反复无常,有时抱成一团,有时互相攻讦。几乎都遭到悲惨的下场。

四个玛利 玛利亚·斯图亚特少小时的游戏女伴。

约翰·诺克斯(1505—1572) 苏格兰教会的传道士,玛利亚·斯图亚特的死对头。

戴维/大卫·里齐奥 玛利亚·斯图亚特官中的歌手兼秘书,1566年被杀。

皮埃尔·德·夏斯特拉尔 玛利亚·斯图亚特官中的法国诗人,1563年被处死。

乔治·布坎南 人文主义者,詹姆士六世的导师,满怀敌意攻击玛利亚·斯图亚特的谤书作者。

法国

亨利二世(1518—1559)　1547年即位为法国国王。

卡塔琳娜·美第奇(1519—1589)　亨利二世的妻子。

弗朗西斯二世(1544—1560)　亨利二世和卡塔琳娜·美第奇的长子,玛利亚·斯图亚特的第一位丈夫。

查理九世(1550—1574)　弗朗西斯二世的弟弟,弗朗西斯二世死后继位为法国国王。

洛林红衣主教
克劳迪·德·吉斯
弗朗苏瓦·德·吉斯
亨利·德·吉斯
}　四个吉斯家族成员。

龙沙
杜·倍雷
布朗托默
}　均为作家,作品赞美玛利亚·斯图亚特。

英格兰

亨利七世(1457—1509)　1485年即位为英格兰国王,伊丽莎白的祖父。

亨利八世(1491—1547)　亨利七世之子,1509年即位为国王。

安娜·布林(1507—1536)　亨利八世的第二位妻子,以通奸罪被处死。

玛利亚一世(1516—1558)　亨利八世与亚拉冈的卡塔琳娜的女儿,爱德华六世死后(1553)成为英格兰女王。

伊丽莎白(1533—1603)　亨利八世与安娜·布林的女儿,父亲在世时被宣布为私生女,但在同父异母姐姐玛利亚死后(1558年)即位为英格兰女王。

爱德华六世(1537—1553)　亨利八世第三次结婚与约翰娜·西摩所生的儿子,幼年时与玛利亚·斯图亚特订婚,1547年即位为英格兰国王。

詹姆士一世　玛利亚·斯图亚特的儿子,伊丽莎白的继承人。

威廉·塞西尔,伯利勋爵　伊丽莎白的首相,权倾朝野,忠心耿耿。

弗朗西斯·瓦尔辛亚姆爵士　国务秘书兼警务部长。

威廉·戴维逊　第二秘书。

罗伯特·达德利,勒斯特伯爵（1532—1588）　伊丽莎白的情人和宠臣,伊丽莎白曾向玛利亚·斯图亚特建议选他作为丈夫。

托马斯·霍华德,诺福克公爵　英国贵族第一人,曾向玛利亚·斯图亚特求婚。

塔尔波特,施鲁斯伯里伯爵　奉伊丽莎白之命,监管玛利亚·斯图亚特达十五年之久。

阿米亚斯·鲍勒特　囚禁玛利亚·斯图亚特的最后看守。

伦敦的行刑官

第一章 摇篮里的女王

1542 年—1548 年

玛利亚·斯图亚特来到人世六天成为苏格兰女王。命运赐予的一切每每来得太早,致使她未能领略个中兴味。她出世伊始,这一纵贯毕生的规律便见端倪。在 1542 年 12 月那个阴霾的日子当她在林里思戈宫诞生的时候,她的父亲詹姆士五世正躺在邻近的福克兰宫,生命垂危。国王年仅三十一岁,已为生活压垮,厌倦于王权,厌倦于争斗。他原是一往无前、侠肝义胆的男子汉,本来生性开朗,醉心于艺术,倾心于妇女,也与子民亲密无间。他常微服来到乡间参加喜庆活动,同农夫一起跳舞,说笑。他创作的一些歌谣仍长存于国人的记忆之中。然而他出身于一个不幸的家族,作为一个不幸的继储生逢乱世,又在这个桀骜不驯的国家,从一开始就注定命运多舛。刚愎自用、肆无忌惮的邻人亨利八世咄咄逼人地要他推行宗教改革。但是詹姆士五世依然忠于教会①。一向伺机要教君主不得安宁的苏格兰贵族马上利用这个矛盾,不断地使这个爽朗、随和的国王身不由己地陷入战乱之中。早在四年之前,当詹姆士五世向玛利·德·吉斯求婚时,他就清楚地描述了自己遭逢的厄运,这是指:顽固贪婪的氏族同他作对,他硬着头皮在做国王。"尊敬的女士,"他在那封真诚感人的信里写道,"我才二十七岁,可是生活已经像王冠一样使我不堪重负……我从小便是一个孤儿,曾受制于不可一世的贵族。炙手可热的道格拉斯家族曾长期奴役我,因此我憎恶这个姓氏,每一想起就会怨恨难

---

① 教会,此处指天主教会。

消。安格斯伯爵阿基巴尔德、他的弟弟乔治,以及所有他那些被流放的族人都不停地挑拨英国国王与我为敌。在我的国家里,英国国王不曾用许诺来引诱、用金钱来贿赂的贵族现在一个也没有了。我并无人身安全可言,也无法保证按照自己的意志和公正的法律来行事。所有这一切使我如履薄冰。尊敬的女士,我因此期待您给我以臂助和良策。我阮囊羞涩,只能在法国提供的资助里打转,或者依靠富裕的神职人员为数有限的捐献,装潢宫室,维修要塞和建造舰船。但是我的那些男爵却把一个真正以当明君为己任的国王视作势不两立的敌手。虽然法国国王对我友好,他的军队援助我,我的百姓拥戴我,但我担心在同这些男爵决一雌雄时难操胜券。如果本国贵族没有外援,我将排除万难,为这个民族伸张正义,获致安宁而扫清障碍,也许我会达到这个目的。可是英国国王不断地在他们和我之间制造不和,在我的国家里散布异端教义,流毒所及侵蚀着各个层次的教徒与国民。而国民和教徒一向是我和祖辈仅有的依靠力量,现在我不禁自问:这种力量还会长期支持我们吗?"

在这封卡珊德拉①式的信里,国王预见的各种祸害果然应验,而且他还遭到更大的灾难。玛利·德·吉斯为他生的两个儿子都夭折于摇篮之中。詹姆士五世虽然正当年轻力壮,但是依然膝下无嗣可以继承那顶年复一年把他的额头压得越来越痛的王冠。终于他那些男爵逼得他违背本意同占有优势的英国进行一场战争。谁知到关键时刻他们又背弃了他,在索尔威湾②一役,苏格兰不仅吃了败仗,而且也丢了脸:还未真正交手,为氏族首脑遗弃的队伍就因群龙无首,狼狈地四散溃逃。而国王本人,这位平素如此豪迈的大丈夫,在那决定命运的关头,早已不是在同外族的敌人,而是同自己的死神在搏斗。他在发烧,疲惫地躺在福克兰宫的病榻上,对毫无意义的争斗与变成羁绊的生命都已厌倦。

这时,在那个阴沉的冬日,就是1542年12月9日那一天,雾锁窗前,

---

① 卡珊德拉,希腊神话中特洛伊王普里阿摩斯的女儿,曾预言灾祸,但无人相信。
② 索尔威湾,位于苏格兰与英国之间。

一个使者叩响了房门。他向这个久病不愈、垂危不起的国王奏报:他生了一个女儿,一个女继承人。但是詹姆士五世干枯的灵魂再也无力寄予希望和品尝乐趣。为什么不是一个儿子,一个男继承人呢?难逃一死,在他眼里一切都成了祸患、惨剧与灭顶之灾。万念俱灰,他回了一句:"我们的王冠来自一个女人,也将和一个女人同归于尽。"这句凄楚的谶语也是他的临终遗言。他长叹一声,在床上翻过身去,面壁而卧,不再回答任何问题。不多几天以后,他被安葬。这样,玛利亚·斯图亚特还没有真正睁开眼睛看世界,便成为她这个王国的继位者。

但这是在双重意义上前途黯淡的继位:做一个斯图亚特家族的女人和一个苏格兰的女王,原因是:斯图亚特家族中至今没有一个能够平安地或者长久地坐在这个王位上。有两位国王,即詹姆士一世和詹姆士三世被谋杀。有两位国王,即詹姆士二世和詹姆士四世阵亡。而命运给他们的两个后代,即眼前这个浑然不明事理的婴孩和她的嫡孙查理一世则安排了更加残酷的结局:上断头台。在这个像阿特柔斯家族①那样的世系中谁也未能得天独厚享受高寿、清平和洪福。斯图亚特家族不得不同外来的敌人,同国内的敌人,同自己的族人进行无穷无尽的搏斗。他们的周围,他们的内心都永难平静。他们的国家,同他们自身一样,始终不得安宁。而且在这个国家里,最不忠实的恰恰是本来最该忠实的:这就是那些勋爵和男爵,那些深沉、强大的,那些暴戾、放肆的,那些贪婪、黩武的,那些傲慢、顽固的天潢贵胄。正如诗人龙沙②漂洋过海来到这烟笼雾罩的岛国后苦恼地说:这是"一个野蛮的国家和一个凶恶的民族"。这些贵族在自己的领地和宫室里俨如小国之君,他们像赶肉畜一样永无休止地驱使成群的农夫和牧人去械斗和掳掠。这些专断的氏族主宰活在世上除了战争别无乐趣。惹是生非是他们的爱好,嫉妒猜忌是他们的动力,而他们

---

① 阿特柔斯家族,希腊神话中的一个家族。阿特柔斯杀了堤厄斯忒斯的两个孩子,并在宴席上让他吃自己孩子的肉。为此众神将诅咒降落到阿特柔斯家族身上,使他们不得好死:阿特柔斯为堤厄斯忒斯的儿子埃癸斯托斯所杀。埃癸斯托斯又与阿特柔斯的儿媳克吕泰涅斯特拉通奸。克吕泰涅斯特拉杀死丈夫阿伽门农。阿伽门农和克吕泰涅斯特拉的儿子奥瑞斯忒斯弑母为父报仇。

② 龙沙(1525—1585),法国诗人。

念念不忘、梦寐以求的则是权势。这位法国使者写道:"金钱和私利是仅有的塞壬①,他们就爱听她们的歌声。如想劝导他们对自己的君主要尽天职,要讲荣誉,讲正义,讲美德,行为要光明正大,便会招惹他们的耻笑。"这些人不顾道德,争斗掠夺已成癖好,在这一点上,与意大利雇佣兵队长相似,只是他们的种种习性表露得更加粗鄙,更加肆无忌惮。他们蝇营狗苟,唯我独尊之争未有穷期。这里说的是戈登、汉密尔顿、阿兰、梅特兰、克罗福特、林稷、伦诺克斯、阿盖尔这些历史久、权势盛的氏族。他们有时各自纠集起来,彼此世代结仇;有时信誓旦旦,暂时结盟,为的是纠合在一起对付第三者。他们总是拉帮结派,但谁对谁都不是真心修好。尽管每一个人同其他人都因家庭之间,甚至个人之间联姻而结亲,可是始终嫉妒和敌视对方,毫不容情。在他们粗野的灵魂里,有某种不信教和未开化的习性在不断延续下去。为私利所驱使,他们无论自称为新教徒或者天主教徒,都无关紧要。归根结底,他们全是麦克白和麦克德夫②的后代,正如莎士比亚以如炬的目光所洞察的那样,全是沾有血腥的上层人物的子孙。

  这些永难驯化、妒忌成性的帮派只有出于一个动机,即在需要挟制他们共同的君主,他们的国王时,才会马上步调一致,因为对他们所有人来说,恭顺都同样不好受,忠诚都同样不习惯。如果这"一群无赖"——土生土长的苏格兰人彭斯③谴责这些人时这样叫他们——还能容忍一种形同虚设的王权高踞于他们的城堡和产业之上,唯一的原因就在于一个氏族对另一氏族的嫉妒。戈登氏族仅仅由于免得王冠落入汉密尔顿氏族之手而让斯图亚特氏族坐在王位上;反之,汉密尔顿氏族出于对戈登氏族的忌恨而听任斯图亚特氏族当权。可是,如果一个苏格兰国王真要敢于统治,强使举国上下讲礼仪守秩序,凭青年血性,与倨傲而贪婪的勋爵们作对,那就是自讨苦吃!遇到这样的国王,这群彼此心怀敌意的恶棍立刻就亲如兄弟抱成一团把他除掉;如果刀兵相见未能奏效,那么杀手的匕首定

---

① 塞壬,希腊神话中的半人半妖,以美妙的歌声诱惑过往的航海者,使之触礁毁灭。
② 麦克白和麦克德夫,莎士比亚的剧本《麦克白》中的人物。
③ 彭斯(1759—1796),苏格兰诗人。

能发挥作用。

　　这是一片上演悲剧的土地,阴鸷的贪欲把它撕得支离破碎,它的历史宛如一首气氛沉郁、荒诞不经的叙事谣曲,这个位于欧洲北端的海上岛国小而又穷,这里进行着永无休止的战乱,国力遭到了彻底的破坏。那么几个城市——其实也谈不上城市,只是几所依赖一座碉堡的庇护挤靠在一起的极其简陋的房子而已——也一再被劫掠,被焚毁,始终富不起来,连平头百姓的温饱问题都解决不了。而贵族的城堡——今天还阴沉蛮横地矗立在废墟中——亦非装饰高雅、富丽堂皇的真正宫殿,而是牢不可破的堡垒,符合战争的需要,并无为求宾至如归而设计的柔和的造型。在这些为数不多的大家族和他们的奴仆之间缺少一个中间阶层,这个阶层拥有满足需求的力量,以此养活国民。只有从特威德河①到弗思狭湾②那一带是密集聚居的地区,又因紧靠着英国边界而一再遭到入侵、破坏,致使人口缩减。而在北方,人们沿着周围无人居住的湖泊,穿过荒凉的牧地或者茂密的北欧森林,可以漫步几个钟头而不见一个村庄、城堡或市镇,不像在人烟辐辏的其他欧洲国家,那里紧挨着一个又一个居民点,宽阔的街道上人来车往,进行着各种买卖,不像在荷兰、西班牙和英国从飘扬着三角旗的泊地驶出轮船,远渡重洋,运回黄金和香料。这里还像在宗法制时期那样,大家靠牧羊、捕鱼、打猎来艰苦度日。在法制与礼仪上,在富裕程度和文化水平上,当时的苏格兰比起英国与欧洲其他国家至少落后一百年。随着近代史的开始,在沿海各城市,银行和交易所发达起来。但在这里,凡是提财产,却依然像处于《圣经》里所说的时代,都以地有多大、羊有几头来衡量。玛利亚·斯图亚特的父亲詹姆士五世有羊一万头,这便是他的全部家当。他并无王室珍宝,他没有军队,没有近卫确保他能行使王权,因为他支付不起养兵的费用。而勋爵们说了算的国会从来就没有同意过国王真能用来施政的拨款。赖以勉强生活的必需品之外,其他一切全从国王富有的盟友,从法国和教皇处借来或由他们赠送。他那些居室

---

① 特威德河,苏格兰和英格兰的界河。
② 弗思狭湾,流入北海的弗思河的狭湾。

5

和宫殿里的每一条地毯、每一幅织花壁毡、每一副灯架都以屈辱为代价而取得。

这种永难解脱的贫困状况无异于一个脓包,它将苏格兰这片美丽的净土上治理国家的潜力虚耗殆尽,原因是:国王们、军人们、勋爵们的艰窘与渴求使得苏格兰始终是各种外国势力不折不扣的玩物。谁反对国王,宣扬新教,就能从伦敦得到酬金。谁支持天主教与斯图亚特家族,就能从巴黎、马德里和罗马领取工钱。所有这些外国势力都心甘情愿地花钱让苏格兰人替他们流血。英国和法国这两大民族之间的争衡依然胜负未定,因此紧贴英国的近邻苏格兰便成为法国在这场角逐中不可取代的伙伴。每当英国的军队突入诺曼底的时候,法国立即拿苏格兰匕首刺入英国的背部。于是尚武的苏格兰人便越过"边界",攻击他们的宿敌。即使在和平时期,他们也始终是英国的心腹之患。强化在苏格兰的军事力量,一直是法国的施政要点。所以英国唆使苏格兰的勋爵们,不断挑起叛乱,力图借此摧毁这支力量,也完全是意料之中的事情。这个不幸的国家就这样变成百年血战的场所,而这场搏斗在这个懵然不谙世事的婴孩度过的未能善终的一生中方才见出分晓。

事实上,争夺就在玛利亚·斯图亚特的摇篮旁边开始。这无疑是有声有色的戏剧性象征。这个裹着尿布的婴孩还不会说话,没有思想,没有感情,那双小手在襁褓中几乎还不会舞动的时候,政治的魔爪已伸向她尚未发育的躯体,伸向她浑然不觉的灵魂。玛利亚·斯图亚特命中注定永远被禁锢于尔虞我诈的角斗之中。她将绝无机会舒畅地展露自我的本性。她将永无休止地卷进政治的纷争。她将永远是外交活动的猎取对象,永远是异族意旨的玩偶,永远只是国君、王储、盟友或者仇敌。信使一把詹姆士五世已经病逝,他的新生女婴作为继位者已是苏格兰女王这两则新闻带到伦敦,英国亨利八世就迫不及待地为他尚未成年的儿子和继承人爱德华求亲,想替他谋取这个无价之宝的未婚妻。玛利亚·斯图亚特发育未全,心窍未开,便像商品一样被人用来讨价还价。事实上,政治从来不重感情,只讲王位、国王和继承权利。政治无视涉及哪一个人,在国与国之间你争我夺,只有可见而实在的利益,与此相比,无论什么人都一文不值。但是就事论事,亨利八世要为苏格兰的王位继承者与英国的王位继承者订立婚约倒是明智之举,甚至是人道的设想,因为两个兄弟国家进行这场连绵不断的战争早就失去了意义。以四外一片汪洋的同一岛屿为家,为同一片海水所拱卫与冲刷,属于互有亲缘关系的种族,更兼生活条件相似,英国与苏格兰两国人民无疑只有一个使命:联成一体——显而易见,这是天意使然。只是都铎与斯图亚特两个王族还在阻碍这个最终目标的实现。如能通过联姻在这两个统治家族之间化干戈为玉帛,那么斯图亚特和都铎的共同后裔就会既是英国的又是苏格兰的又是爱尔兰的国王,一个联合起来的大不列颠便可以进行更高层次的奋斗,争取整个世界的统治权。

  但是造化弄人:偶尔在政治活动中出现某种思路清晰、顺理成章的想法,又总是为愚蠢的做法所误。起初一切看来都很顺遂。勋爵们眼明手快往口袋里塞钱,都高高兴兴同意订婚。可是精明的亨利八世却并未凭一纸文书就认为万事大吉。他对这伙正人君子的虚伪和贪婪已经领教过无数次,深知这帮人不可信,他们不会受制于纸上协议。只要法国出价更高,他们马上就会把这个婴孩国王卖给法国王储。因此,他向这批苏格兰掮客提出立即把这个幼小的未成年人交给英国作为首要条件。可是既然都铎家族信不过斯图亚特家族,斯图亚特家族也对都铎家族不放心。而玛利亚·斯图亚特的母亲尤其反对这个婚约。作为吉斯家族的一员,她受过严格的天主教教育,不愿意听任自己的孩子受到邪说异端的影响。何况她用不着怎么费力便看出这份婚约里面有一个危险的陷阱,因为其中一项秘密条款写明,收受亨利八世贿赂的苏格兰掮客们承担了这样的责任,即:万一这个婴孩早夭,他们就得设法使"王国的全部统治权力和财富"也归亨利八世所有。而这一条里面便大有文章,原因是:此人曾将两个妻子送上断头台,不能不提防他急不可耐地要实现关系如此重大的继承,到时说不定会做手脚让这孩子早早归西,死得离谱。太后是思虑缜密的母亲,她拒绝将自己的女儿送去伦敦。于是求亲一事差点引发战争:亨利八世派兵企图强夺这价值连城的抵押品。他向军队发布命令简直是一幅残酷的图像,反映出那个时代毫不掩饰的暴虐行径。"用火和剑灭绝一切,这是国王的旨意。一俟你们竭尽所能取得夺得一切,即烧毁爱丁堡①,将它夷为平地……霍利罗德②和爱丁堡周围许多城市和村庄你们务必全力抢空。抢空、烧毁、征服莱特③及所有其他城市。凡遇抵抗,杀尽男女及儿童,无须手下留情。"亨利八世的武装暴徒像成群的匈奴人越过边界。但在最后关头,母婴二人被送往坚固的斯德林宫躲了起来。亨利徒唤奈何,遂以一份协议了事,里面规定:在玛利亚·斯图亚特十周岁那天,苏格兰应将她交给伦敦(她一生总是像物品一样让人议价出售)。

看起来一切又都安排得非常妥善。然而,政治始终是一门荒谬的学问。任何简便、不言而喻、顺理成章的解决办法都同它格格不入。对于玩弄政治的人来说,设置重重障碍是他们莫大的乐趣,制造不和也是他们的拿手好戏。不久,天主教一方开始暗地里耍弄阴谋诡计,说:与其把这孩子——她还只会牙牙学语,只会微笑——卖给英国王储,还不如卖给法国王储。而且亨利八世一死,有意依约行事的人更是少而又少了。但是这时英国摄政梭默塞特代表尚未成年的国王爱德华,要求将要垂髫的未婚妻交给伦敦。苏格兰拒不履约,英国摄政便派兵进击,让那些勋爵们听到舍此充耳不闻的唯一语言:武力。1547年9月10日平基狭谷④大会战——或者说得确切一些,大屠杀——中,苏格兰全军覆没,战场遗尸万余。玛利亚·斯图亚特未满五岁,这世界便为她流血漂杵。

此时,苏格兰已无招架之力,任凭英国人为所欲为。可是在这个遭到洗劫的国家,再要抢夺也已所剩无几。对都铎家族来说,苏格兰其实只有一件珍宝,这就是那个集王位与王权于一身的孩子。然而,玛利亚·斯图亚特从斯特林城堡消失得无影无踪。这使英国间谍不知如何是好。连最贴心的亲信当中也没有一个人知道太后把她藏在哪里。这个庇护所选得极好:通过一些完全可靠的臣仆在夜色掩护下极其秘密地把孩子送到英奇莫霍姆修道院。这座隐蔽的修道院建在门提思湖的一个小岛上。法国

---

① 爱丁堡,苏格兰京城。
② 霍利罗德,苏格兰王宫。
③ 莱特,爱丁堡近郊海港。
④ 平基狭谷,位于苏格兰境内,离爱丁堡不远。

使臣在报告中说:这是"荒无人烟之地"。道路崎岖难行,也没有小桥通到这满目野趣的孤岛,人们只好用小船把这可居的奇货载到岸边,在这里交给足不出户的虔诚的修女照看。此处与世隔绝,远离扰攘的尘嚣。这个一无所知的女孩生活在人事纷争的阴影里。与此同时,忙碌的外交使臣跨越国家与海洋编织着她的命运之网。在这中间,法国已剑拔弩张登上战场,阻止英国鲸吞苏格兰。弗朗西斯一世之子亨利二世派出一支强大的舰队,以他的名义,法国援军统帅①为亨利二世之子,王储弗朗西斯向玛利亚·斯图亚特求婚。挟带火药味的强风横扫海峡,一夜之间改变了这个孩子的前途。这个斯图亚特家族的幼女突然被选中以后做法国王后,而非英国王后。这一更加有利的买卖终于成交。接着就于8月7日将五岁八个月的玛利亚·斯图亚特,这次交易的贵重物品包装停当,发送出去,终身卖给另外一个同样并不认识的丈夫。他人的意志又一次,但不是最后一次决定和改变了她的人生道路。

天真烂漫实属儿童时代的恩赐。一个三岁、四岁、五岁的孩子哪里知道什么叫战争与和平、会战与条约?哪里知道法国与英国、爱德华与弗朗西斯这类名字与自己有什么相干?世人所作所为如此狂乱而匪夷所思与自己有什么相干?一个细腿纤纤的小姑娘,金发飘拂,在一座城堡中幽暗或者明亮的屋子里奔跑玩耍,四个同龄的女童陪她嬉戏,因为人们一开始就给她找了四个同岁的游戏女伴,她们全从苏格兰最高贵的家庭里挑选出来,名字都叫玛利:玛利·弗来明、玛利·比顿、玛利·利文斯顿、玛利·塞顿。这在那残酷无情的时代堪称自具魅力的妙思。都是孩子,今天她们是她少小时欢乐的游戏女伴,明天是她在异国的侍女,使她在他乡不致因举目无亲而过于伤感,日后她们将成为她的内廷女官,亲昵地立下誓言:在她自己选定夫君以前,她们决不出嫁。她们当中有三个后来在厄运降临时离她而去;余下一人继续陪伴她过流亡生活,直至她撒手西归:童年的幸福之光始终在映照,照射到异邦,照射到极度悲惨的时刻。不过那段不堪回首、阴云密布的日子隔得还远。现在这五个小女孩还日复一

---

① 此处原文为 Generalleutnant(陆军中将),疑误植,现暂译"统帅"。

日在霍利罗德的或者斯德林的王宫里快活地嬉戏,不懂得什么叫高贵、尊严与王权,不懂得什么叫女王的自豪与危险。可是接着有一天晚上人们将玛利亚从童床里抱出去,夜幕下湖边已有一只小船在等候。人们划着船,把她送上一个小岛,此处清静而舒适,这便是英奇莫霍姆——平安福地。一些陌生的男人在这里迎接她。他们的穿着不同于其他男人,身披宽大飘拂的黑色长袍。但是这些人都和蔼可亲。他们在窗户五颜六色的高高的屋子里唱歌,非常好听。这小姑娘渐渐习惯了。但是一天晚上人们又把她送走。(玛利亚·斯图亚特将不断被迫趁着夜色上路,逃出一种处境,又陷入另外一种处境。)接着她忽然站在一艘高高的大船上,白帆哗啦啦地响,四周全是外国军人和留着胡子的水兵。可是这小姑娘并不害怕,因为大家都很和气、亲切、善良。十七岁的同父异母的哥哥詹姆士——詹姆士五世婚前众多私生子之一——抚摩着她的头发。还有可爱的玩耍女伴,即四个玛利在身边。五个小女孩在法国战船的大炮和身披铠甲的水兵之间无忧无虑地嬉笑着,任何意想不到的变化都会使儿童快活得忘乎所以。但是在头顶上的桅楼里,一名水手小心翼翼地在瞭望:他知道,英国舰队在海峡上游弋,要在玛利亚·斯图亚特成为法国王储的未婚妻之前的最后关头,截住这个英国国王的未婚妻。然而这小姑娘只看到近在眼前的新事物,她只看到蓝色的海,和善的人,破浪前进的大船,它像一头力大无穷、喘着粗气的巨兽。

8月13日这艘战船终于驶抵布勒斯特①附近的小港罗斯柯夫。人们分乘小船靠了岸。应接不暇的奇遇使不满六岁的苏格兰女王兴奋不已,她笑着闹着,天真无邪地跳上了法国土地。可是她的童年时代也就从此结束。履行职责与经受考验的岁月开始了。

---

① 布勒斯特,法国西海岸军港。

第二章 少女时代在法国

1548 年—1558 年

　　法国宫廷素谙礼节,精通仪式这门莫测高深的学问也是无懈可击。瓦罗亚①王族的亨利二世深知王储未婚妻应有的尊贵。在她到达之前,他便颁旨:沿途城乡须以接待他的亲生女儿之礼欢迎苏格兰小女王。因此在南特②,玛利亚·斯图亚特便受到许许多多令人心醉神迷的礼遇:在所有通衢街角都修建回廊,陈列古典的纹章图案和表现女神、山林水泽仙女与塞壬的造型艺术作品;提供成桶美酒,使护送人员轻松愉快;烟花冲天,礼炮齐鸣向她致敬。除此以外,还有一个宛如来自里里普特③的,全由不到八岁的一百五十名白衣幼童组成的行列,俨然一个仪仗队,有的吹号击鼓,有的手持小矛小戟,欢呼着为这位小女王开道。就这样,从一个地方到另外一个地方,在接二连三的活动中,孩童女王玛利亚·斯图亚特终于到达圣日耳曼宫。在那里,这个未满六岁的小姑娘第一次见到她的未婚夫,一个孱弱、面色苍白、患软骨病的四岁半的男孩,他由于血液中毒从一开始便注定多病早夭,现在怯生生羞答答地迎接自己的"未婚妻"。其他王室成员反而更加热情地款待玛利亚·斯图亚特。她稚趣可人,深得他们的喜爱。亨利二世也在信里高兴地说:"我还未见过这样十全十美的孩子。"

　　在那个年代,法国宫廷是全世界最华丽最雄伟的宫廷之一。暗无天

---

① 瓦罗亚,法国瓦罗亚王朝(1328—1589)。
② 南特,法国西北部一城市。
③ 里里普特,英国作家斯威夫特(1667—1745)小说《格列佛游记》中的小人国国名。

日的中世纪刚刚过去,但是垂死的骑士阶层最后一缕浪漫色彩的余光还停留在处于过渡阶段的这一代人身上。在打猎、跑马挑圈、比武中,在冒险与战争中寻求乐趣时,体力与胆量还以古老、激烈的方式透出勃发的英气。但在统治阶层中对智力才能的重视已处于主导地位;继修道院与大学之后,王宫亦已为人文主义的思潮所占领。教皇讲究排场的癖好,人们对具有文艺复兴时期特点的精神与感官享受的追求,对各种艺术的喜爱形成了风气,毫无阻挡地从意大利传到法国。在这历史长河的瞬间,力与美、勇往直前与安闲自在于此处以独一无二的方式结合起来。这是视死如归而又喜爱感性生活的高超技巧。热烈与轻松在法国比在任何其他地方都更加自然更无阻碍地凝聚在气质之中。高卢的骑士精神与文艺复兴的古典文化奇妙地交融在一起。一个贵族身披铠甲比武时要纵马冲向对方,挺矛用力刺去,同时又要体态优美地拨转马头,呈现出美不胜收、堪称典范的舞姿,既须掌握粗犷的沙场拼搏技法,又须精通细腻的宫廷礼仪定则。同一只手,要在短兵相接时挥动沉重的剑,又得熟谙在琉特上弹出情意绵绵的曲调,为恋人写出十四行诗:即要合二为一——既刚健又轻柔,既严酷又儒雅,既能英勇善战,又有艺术修养,这便是那个时代的理想。白天,国王与贵族带着伺机猛扑的猎犬一连几个钟头追逐野鹿和野猪,投枪折断,长矛碎裂。夜晚,贵族与名媛淑女聚集在卢浮宫、圣日耳曼宫、布卢瓦宫或昂布瓦宫装修一新、金碧辉煌的大厅里吟诗,唱牧歌,演奏乐曲,举行化装演出,以重温古典文学的精神实质。淡妆浓抹的如云美女,诗人画家如龙沙、杜·倍雷①与克卢埃②等的作品,赋予奢侈的宫廷以一种无与伦比的华美与欢快的情致,这种意趣丰富多彩地展示在所有的艺术和生活形式中。像带来灾难的宗教战争之前在欧洲所有其他地区那样,法国当时也即将开始文化大发展时期。

谁在这样的宫廷里生活,尤其是谁日后在这样的宫廷里当家做主,就要在文化上适应这些新的要求,就要钻研各种门类的艺术和科学以臻于

---

① 杜·倍雷(1522—1560),法国作家。
② 克卢埃(1510—1572),法国宫廷画家。

完善,就要懂得在锻炼体魄的同时增长才智,以便能够灵活应变。人文主义使要想君临芸芸众生而有所作为的人们,把熟悉各种艺术视为责无旁贷之事,这永远是它极为光辉灿烂的一页。几乎任何时候都没有如此迫切地不仅要求上层的男子,而且也要求贵族出身的妇女接受全面的教育:一个新的时代就此开始。与英国的玛利亚和伊丽莎白一样,玛利亚·斯图亚特既要学古典语言希腊文和拉丁文,也要学现代语言意大利语、英语和西班牙语。但对这个聪颖的小女孩来说却易如反掌,她明慧敏悟,具有从祖辈遗传的爱好文艺的天性。她从伊拉斯谟[①]的《对话录》中学了拉丁文,十三岁时便在卢浮宫大厅里面对宫廷所有人朗读用拉丁文自撰的演说辞。她的舅父洛林红衣主教满意地告诉玛利亚·斯图亚特的母亲玛利·德·吉斯:"您的女儿开朗、美丽、明智。她在进行各种有益、正当的事情时都做得完满无疵。在这个王国里出身贵族或其他阶层的女孩当中没有一个能够与她相比。我可以对您说:国王十分喜欢她,时常与她一个人坐谈一个钟头以上。她也懂得以机智而得体的言词为他助兴,如此出色,非有二十五岁的妇女不能做到。"确实如此,玛利亚·斯图亚特在智力发育上异乎寻常地早熟。很快她就熟练地掌握了法语,敢于赋诗抒情,能就龙沙、杜·倍雷等的称颂之作唱和而并不逊色。除了在宫廷里逢场作戏,她从此如有内心苦闷,便最爱寄情于诗行。她爱诗,亦为每一位诗人所喜爱。在所有其他艺术形式中,她也显示出非凡的情趣。她用琉特自弹自唱,歌喉优美。她的舞姿被誉为令人心醉。她的刺绣不但是巧手的杰作,更展示出一股灵气。她的服饰素来雅致,从未给人以繁缛的感觉,不像伊丽莎白那样穿上阔气的锥形礼服神气活现。玛利亚·斯图亚特无论穿苏格兰的齐膝短裙,还是穿丝绸的节日盛装,她那窈窕少女的妩媚都同样纯任自然。言行得体与审美能力同属她与生俱来的禀赋。这种高贵而并不做作的气度使她处处都透着诗意。这个斯图亚特家族的女儿即使大难临头也依然保持着得自王室血统与君主教育的可贵风致。就是在体育运动方面,她也并不落后于这个骑士宫廷里最熟练的佼佼者。她

[①] 伊拉斯谟(1466—1536),文艺复兴时期尼德兰人文主义者。

是不倦的女骑手、入迷的女猎人、灵活的女球员。她那高挑、苗条的少女体态优美动人而又永不疲软。她精神焕发,轻松愉快,逍遥自在,称心如意,遍尝丰富多彩、充满幻想的青春酿成的美酒,却未料到:她一生完美无缺的幸福不知不觉至此结束。在这个乐观、热情、鬈龄为王的女孩身上,比以任何其他形态都更加充分地表现出法国文艺复兴时期理想女性的骑士精神、浪漫色彩。

不仅缪斯,就是神明也赐福给这个孩童。她禀赋非凡,天生丽质。这个孩子还未成年,所有诗人就争相称誉她的美貌。"她才十五岁,便艳若正午的耀眼金光。"布朗托默①这样夸奖她。杜·倍雷的颂扬更加热情:

在想象中你居于上天之上,
兼备自然美与艺术美,
你是诸美毕集之美的化身。

洛佩·德·维加②啧啧称叹道:"星辰从她的明眸借去至美的异彩,从她的脸庞借去得以变得如此奇妙的诸般色泽。"弗朗西斯二世死后,龙沙以国王的弟弟查理九世的口吻用两行诗吐露亦近艳羡的赞美:

坐拥这样一个丽姝,
易以江山,亦有何不可!

而杜·倍雷则将众多的描述和诗歌中的称颂归结为热烈的赞叹:

应该知足,我的眼睛,
你之所见,举世无双。

可是诗人干这一行往往言过其实。宫廷诗人一旦需要歌颂女君主的种种优点,就更加如此。于是我们饶有兴趣地观看当年克卢厄③的那些画像,大师手笔自当保证酷肖而不夸张。看了之后,既未感到失望,亦未由于那种忘情赞扬而倾倒。画中人与其说是容光焕发的佳丽,倒不如说

---

① 布朗托默(1540—1614),法国作家。
② 洛佩·德·维加(1562—1635),西班牙作家。
③ 克卢厄(约1510—1572),法国宫廷画家。

有魅力。一张柔媚的瓜子脸,鼻子略尖,显得并不那么匀称,却别具韵致,这每每赋予女性的容貌以特有的吸引力。深色的眼睛流露出温柔的目光,充满了神秘、含蓄的神采。文静地抿着的嘴巴给人以守口如瓶的感觉。我们不得不承认:大自然的确用了极其贵重的材料造就这王家少女,给予她异常白皙、光滑、润泽的皮肤,珠串交错赏心悦目的一头灰黄色的浓发,细长、纤小、洁白如雪的双手,高挑的身材和袅娜的体态,"领口微露雪白的胸脯,高高的衣领衬出完美的肩部曲线"。她的脸上毫无瑕疵可以挑剔。可是正因为毫无缺陷而一览无余,美得这般直露,也就少了任何独一无二的特色。人们看着画像,对这娟秀的少女无法形成特别的印象,她也还不知道自己真正是个什么。这张脸孔还没有饱含由内而外透出的情感与性感。女性特征还未从这个少女身上流露出来。只是一个秀气、温柔的女校学生和蔼可亲地望着看她画像的人。

这种还未成熟、还未开窍的特点得到众口一词的证实,尽管人们说得啰唆而夸张。正是由于人们仅仅赞扬玛利亚·斯图亚特无可指摘,极有教养,勤勉而得体,因而谈起她来,就等于谈一个优秀的女学生。大家知道,她学习非常突出,说话和气,举止大方,心地善良;无论哪种艺术和娱乐她样样精通;各方面的天赋都非一枝独秀,而是各有千秋。她规矩、顺从地完成王储未婚妻规定要做的功课。然而人们颂扬的也只是她在社交、宫廷礼节上的,并非属于个性的而是属于人际活动的种种优点。对她的为人、品格都只字未提。这说明:眼下,人们的目光还接触不到她天性当中固有的、本质的因素,就因为这些还未充分展露出来。这位王储妃良好的教养和视野广阔的修养还将长时间地遮挡住一种强大的激情潜力,它将在一旦被触动被唤醒时从女性的灵魂深处迸发出来。现在她的额角还泛出洁净、清朗的光泽,她的嘴角露出可亲可爱的笑意,她的眼睛还在迷茫地寻求探索,只朝周围看去,目光尚未射进自己的心底。还没有人知道——玛利亚·斯图亚特同样也还不知道她血液中遗传下来的祸根,不知道她自身的种种危险。只有女性的潜在激情才能展示极为隐蔽的内心,只有在爱情与磨难中,它才会充分显露出来。这个女孩前途似锦,必将成为未来的君主,因而婚礼的操办比原来规定的时间要早。玛利亚·斯图亚特的人生时钟在任何方面都比同龄人要走得快,现在命运又一次作了这样的安排。虽然根据协议与她相配的法国王储还不到十四岁,而且还是一个特别虚弱、脸色苍白、疾病缠身的男孩,但是在这件事上政治比自然要焦急,它不肯也不许等待下去。正由于人们从医生报告的忧虑口气中得知这个王位继承人孱弱多病,性命难保,因而觉得法国宫廷要匆匆做成这笔婚姻买卖实属可疑。这桩婚事对瓦罗亚家族来说至关重要的只是保证得到苏格兰的王权,因此便急忙把这两个小孩拉到圣坛前。在这个与苏格兰国会特使共同签署的婚约中规定,法国王储因联姻而并列为苏格兰王。而同时玛利亚的那些亲戚,即吉斯家族的那些人在极度秘密的情况下,硬要这个对自己所负责任毫不知情的十五岁少女签署另外一份文件,按照规定,对苏格兰国会不能泄露此事,而且玛利亚必须事先承担这样的义务,即如果早夭或无嗣而终,则将她的国家——好像这是她的私有财产那样——甚至连同她对英国及爱尔兰的继承权也都一并转给法国国王。

通过这样的手段取得这份协议当然不是光明正大之举,秘密签署便已证明这一点。事实上,玛利亚根本无权随意更改继承序列,无权将祖国像一件外套和其他私人物品那样遗赠给异国王室。可是那些舅舅却迫使这个当时还不明底细的玛利亚签了字。这是具有悲剧意义的象征:玛利亚被那些亲戚硬把着手在政治文件上头一回签字,便是这个生性真挚、深信不疑、直率的人头一回作伪。然而为了做女王,做下去,她将从此身不由己,只能背离自己的禀性的最高标准,遵从与此不同的准则行事。

然而,这些深藏内心的阴谋诡计却通过盛大的婚礼在世人面前被遮掩得天衣无缝。两百多年来法国还没有一位王储在自己国内度过大喜的日子。因此瓦罗亚宫廷认为应该义不容辞地向子民展示空前的豪华场面,以做出榜样。出身于美第奇家族①的卡塔琳娜在本国见过一流艺术家设计的庆典游行队列,她要使自己孩子②的婚礼超越她童年记忆中最

---

① 美第奇家族,中世纪意大利佛罗伦萨著名家族。
② 亨利二世与卡塔琳娜·美第奇的长子,法国王储弗朗西斯二世。

奢华的盛典,觉得这样才有面子。1558年4月24日这一天巴黎仿佛成为整个世界庆祝节日的城市。圣母院前修了一座无墙的亭子,用塞浦路斯蓝缎做顶,织着金色的百合花,气派豪华;亭前铺着同样绣有百合花的蓝色地毯。身穿红色或黄色服装的乐师前导,演奏各种各样的乐器。随后,在热烈的欢呼声中,出现王室新人的车驾。万民共睹婚礼盛况。那个羸弱的、脸色苍白的男孩几乎为自己庆典的隆重排场压得喘不过气来。从数不清的眼睛里射出赞美的目光,一齐投向这个男孩身边的新娘。宫廷诗人也趁这个机会竞相赞颂玛利亚的美丽,心醉神迷地加以描绘。惯谈风流韵事的布朗托默狂热地写道:"她看起来比天上仙女还美百倍。"彼时彼刻,也许幸福的光泽真的给这个异常要强的女人添上一种特有的娇艳。这个韶颜稚齿的少女带着微笑欣然朝四周点头致意,也许正在品味一生极度的辉煌。排场奢华,四周激荡着赞叹声、欢呼声,玛利亚·斯图亚特置身其中,在整个欧洲首屈一指的王子身边,后面跟着装束华丽、骑马的扈从,穿过条条大街,万众欢腾,声震屋宇,此情此景将永逝不再。晚上,在司法宫举行公开的宴会。这时,全巴黎的居民兴高采烈地蜂拥而至,一睹这位给法国王冠带来另外一顶王冠的妙龄少女的丰采。这个大喜日子以舞会作为结束,为此艺术家们出了令人大感意外的绝妙点子。六艘通体金色的大船,扬起银色的风帆,模仿在惊涛骇浪中航行的动作,由深藏不露的机匠拽进大厅。每一艘船里坐着一位王子,身穿金色服装,戴着锦缎面具,彬彬有礼地引导宫廷里一位淑女上船:首先是王后卡塔琳娜·美第奇;然后是王储妃玛利亚·斯图亚特;接着是那瓦尔①王后及公主伊丽莎白、玛格蕾特与克劳迪娅。这次表演本意在于以象征的方式借喻毕生航行顺利而光辉灿烂。但是天数不容人愿来摆布,玛利亚·斯图亚特的人生之舟从这个浑然不识愁滋味的时刻起驶向截然不同、危机四伏的险滩。

  首次的危险突如其来。玛利亚·斯图亚特早已成为苏格兰女王。现在法国王位继承人又立她为王储妃;这样,另有一顶更加高贵的无形王冠

---

① 那瓦尔,位于西班牙北部,当时为王国。

悬在她的头上。这时,命运来诱惑她,这将置她于死地:它向她递来第三顶王冠。玛利亚幼稚无知,未加思量,盲目地将双手伸向虚幻的光泽。同在1558年那一年里,玛利亚·斯图亚特成为法国王储妃,英国女王玛利亚去世,后者的同父异母妹妹伊丽莎白立即登上英国王位。可伊丽莎白真的是拥有继承权的女王吗?那个粉黛成群的蓝胡子亨利八世留下三个孩子,即爱德华和两个女儿:亨利八世同亚拉冈的卡塔琳娜结婚生了玛利亚,他同安娜·布林结婚生了伊丽莎白。爱德华早夭后,玛利亚年长,而且父母的婚姻不容置疑地合法,这就继承了王位。但她身后无嗣,伊丽莎白是否也成为合法的继承人呢?是的,英国王位法学家们说,理由是:亨利八世与安娜·布林的婚姻曾由主教作证缔结,并且得到教皇的承认。不是,法国王位法学家说,理由是:亨利八世事后宣布他与安娜·布林的婚姻无效,而且通过国会决议认定伊丽莎白为非婚生女儿。然而,如果按照这种——为整个天主教世界所强调的——理解,伊丽莎白被视为非婚生女儿而无权登位,那么现在有权继承英国王位的不是别人,正是亨利七世的外曾孙女玛利亚·斯图亚特。

就这样,一夜之间,要由一个少不更事的十六岁姑娘做出无比重大、具有世界历史意义的决定。玛利亚·斯图亚特有两种选择。她可以忍让,圆通行事,可以承认表姑伊丽莎白为合法的女王,放弃只有动武才能坚持到底的合理要求。她也可以果断、坚决地指责伊丽莎白夺取王位,出动法国的、苏格兰的军队,推翻篡位者。可是命该如此:玛利亚·斯图亚特及其谋士选取了第三条道路,在政治策略上后患无穷的中间道路。法国宫廷只是装腔作势地虚晃一拳,而不是狠着心有力地打击伊丽莎白:根据亨利二世的旨意,王储和王储妃在他们的纹章上添了英国王冠的图像;后来玛利亚·斯图亚特正式地并在所有的证书中自称为"法兰西、苏格兰、英格兰与爱尔兰女王"。就是说:宣布应有的权利,却又不去捍卫它。不是与伊丽莎白兵戎相见,而是仅仅使她恼火。不是采取使用真刀真枪的实际行动,而是仅仅挑选在木头上描画、在纸张上写字的方式软弱无力地摆出姿态。这就造成了旷日持久的模棱两可局面,因为这样一来,玛利亚·斯图亚特对英国王位的权利要求便变得既存在,又不存在。人们随心所欲地一会儿把它藏起来,一会儿又把它掏出来。当伊丽莎白根据协议要求收回加来①时,亨利二世这样回复她:"就此事而论,加来必须转给王储妃,即我们都视为英国女王的苏格兰女王。"可是在另一方面亨利二世又不采取实际行动来保卫儿媳的这一权利,而是像面对平起平坐的君主那样,继续与所谓夺取王位者谈判。

这种愚不可及而并无意义的姿态,这种形同儿戏而毫无价值的添上一笔的纹章并未使玛利亚·斯图亚特得到什么,却断送了一切。任何人一生当中都有未能补偿的失误。这里也是如此:由于这一少小时候与其说出于清醒的考虑,不如说出于执拗和虚荣而在政治上干下了这桩蠢事,玛利亚·斯图亚特实际上就此毁掉了一生,因为这一伤害使欧洲最有权势的女人将她视为不共戴天的敌人。一个真正的女君主可以容许与隐忍一切,只有这一件事除外,即:存在着另外一个人,致使她的君主权利变成一个问题。因此人们不能责怪伊丽莎白从这个时刻起把玛利亚·斯图亚特看做最危险的敌手,把她看做国王宝座后面的阴影,这是极其自然的事情。从这时刻起,两人之间无论说些什么写些什么都得虚与委蛇,假意咬文嚼字,以掩饰内心的敌意。可是尽管这样遮盖,裂痕依然存在,永难弥合。政治上和生活中不彻底不诚实的作为所造成的损失往往比坚决果断的行动更大。在盾形纹章上仅仅象征性地出现英国王冠的图像,比为了夺取真正的王冠而真正进行的战争要付出更大的流血代价。明争只需一次便成定局。可是现在这样较量,这种暗斗却没完没了,使得这两个女人的统治与生活都乱了章法。

1559年7月,为了庆祝签订卡托·坎布勒西和约②举行骑马比武大会,人们得意而显眼地高举有着象征英国王权图像的、包孕严重后果的纹章,为王储与王储妃前导。具有骑士精神的亨利二世为了"博取美人们的欢心"非要亲自上场折断对手的长矛不可。每一个人都知道他意中的美人是谁,这就是迪安娜·普瓦蒂埃,她端坐在包厢里自得而容光焕发地

---

① 加来,法国北部海港。
② 卡托·坎布勒西和约,1559年4月2日—3日法国为一方与西班牙和英国为一方在法国城市卡托·坎布勒西签订和约,法国获益良多。

俯视身为国王的情人。可是这场比武突然酿成惨剧。这次短兵相接竟决定了世界历史的进程。苏格兰近卫队长蒙哥马利在长矛折断后,却用矛杆胡乱猛击比武对手国王。这时一块断裂的碎片穿透头盔面甲深深地扎进国王的一只眼睛。国王昏厥栽倒在马下。起初人们还以为这是轻伤,但国王再也没有苏醒过来。家人都惊恐地站在正在发烧的国王床边。这位勇敢的瓦罗亚人强壮的体格同死神搏斗了好几天,终于在7月10日他的心脏停止跳动。

即使在万分悲痛的时刻,法国宫廷依然尊重礼仪,把它视为生活的最高准则。在国王家人离开王宫时,亨利二世的妻子卡塔琳娜·美第奇突然在门边收住脚步。从这时刻起,她已孀居,在王宫里走在人前的不应该再是她,而是在同一时刻成为王后的那位女子。玛利亚·斯图亚特作为法国新国王的妻子不得不迈开迟疑的步子,拘束地,不知所措地在已成过去的王后身边走了过去。而这仅有的一步使她这个十七岁的姑娘超越了所有同龄的少女,到达权力的顶峰。

第三章　王后，孀妇，自生至死的女王

1560年7月—1561年8月

玛利亚·斯图亚特的生活路线如此急速转上悲剧的轨道，其缘由就在于造化弄人，致使表面看来人间种种权力她都得来全不费工夫。她青云直上，犹如焰火冲天——出世六天被立为苏格兰女王，六岁便是欧洲最有权势的王子之一的未婚妻，十七岁即成为法国王后，以至于她的内在活力还未觉醒，她手中的外在权力已经达于极点。一切都从无形的丰饶角①涌出，归她所有，似乎永不枯竭。所有这些均非通过自己的意志而获得，或通过自己的努力而取得，所有这些均非付出辛劳，做出贡献的结果。一切都只是遗产、赏赐、赠品。像在五彩斑斓、一切都稍纵即逝的梦境里，她看见自己穿着结婚时、加冕时的礼服。可是她还来不及以觉醒的意识品味早到的春天，它就已凋谢、枯萎，成了明日黄花。她醒了，感到失望，明白已经遭到掠夺与抢劫，不知如何是好。在其他人才开始产生意愿、希望、愿望的年龄，她已遍历一切可能的辉煌，却未能好整以暇地体味心灵的享受。命运的步伐如此急促，这就埋下了潜藏着不安宁不知足因素的种子：谁这么早就成为举国第一人，举世第一人，谁就永远也不会再满足于小打小闹。如果生性软弱，也就认了，忘了。但是强者不会屈服，即使面对占有优势的命运，也敢挑战。

身为法国王后的日子如此短暂，确实像梦一样逝去，像一个短促、纷

---

① 丰饶角：神话中幸运女神盛礼物的羊角，里面全是鲜花和果子，象征着丰饶。

乱、恐惧、愁闷的梦。在兰斯①大教堂,大主教为那个苍白、病态的男孩加冕,芳容韶齿、珠光宝气的王后置身于贵族之间,宛若一朵纤细、袅娜、尚未充分绽放的百合花,光彩照人。在这里她度过了仅有的一个灿烂时刻。除此以外,史书并无关于盛典与喜庆的记载。命运并未给玛利亚·斯图亚特以足够的时间,使她得以建成她梦寐以求的具有行吟诗人特色、充满艺术与诗歌气息的宫廷;也并未给画家以足够的时间,使他们得以在气派豪华的画面上留下国王与美丽的王后的形象;也并未给史家以足够的时间,使他们得以描述他们的性格;也并未给子民以足够的时间,使他们得以认识、甚至爱戴他们的君主。这两个少年的身影在长长的法国国君行列中一晃而过,仿佛遭到狂风横扫,倏然而逝。

弗朗西斯二世疾病缠身,从一出世便注定早夭,像森林里面标了记号的一棵树,一个苍白、瘦小的男孩长着一张浮肿的圆脸,胆怯地抬起沉重的眼皮,仿佛从睡梦中惊醒似的用疲惫的目光望着面前的人。现在却突然开始长个子,这并不正常,更加损害他的抵抗力。医生们总是围着他看护,竭力劝导他要爱惜身体。可是这个男孩有一种愚蠢、幼稚的好胜心理在作祟,不肯落后于苗条而结实的妻子。由于她酷爱打猎与运动,他也勉强迫使自己拼命骑马,进行过度的体力活动,摆出一副强健、阳刚的架势。然而,自然规律不容蒙骗。他的血液依然流动乏力,含有毒素,无法医治,这是他的祖父遗传的恶果。弗朗西斯二世不时发热。每当天气恶劣,他就得待在家里,焦躁,胆怯,倦怠,形容枯槁,许多医生围着他发愁。这样一个可怜的国王在宫廷里得到的是同情多于敬畏。相反地,在民众中流传着可怕的谣言,说他得了麻风,为了治病,杀掉孩童拿鲜血来洗澡。每当他一脸病容骑着骏马缓慢地从农夫们的身边过去,他们便用阴沉的目光看着这个孱弱的半大小子的背影。朝臣们则有先见之明,已开始拥到太后卡塔琳娜·美第奇和王储查理的身边。一双这样疲软无力的手难以持久地勒紧治国马车的缰绳,这个男孩不时在文件和诏书上签下"Fran-

---

① 兰斯,法国北部一城市,因大教堂而闻名。

玛利亚·斯图亚特,苏格兰女王

Lors que cest arbrsseau plein de si belle fleurs,
Promettoit plus de fruit pour le bien de sa france:
La mort le luy osta, pour lemplir de malheurs
Et mourut auec luy de son heur l'esperance

弗朗西斯二世,法国国王

cois"①,笔迹僵硬、歪斜。事实上,不是他,而是玛利亚·斯图亚特的亲戚们,即吉斯家族那些人在掌权,他只为一件事在挣扎:保住日薄西山的生命和体力,能拖多久就拖多久。

这样一种在病室中的共同生活,这样一种无休无止的担忧与护理,如果真的也算是一种婚姻,那么这实在难以说是一种幸福的夫妻关系。可是又无迹象表明这两个半大孩子彼此并不和睦。宫廷里飞短流长,布朗托默在他的《风雅女士们的生活》中记下每一桩桃色事件,尽管如此,却不见有谁指摘或怀疑玛利亚·斯图亚特的行为。由于国家利益他们在圣坛前结合在一起,在此之前他们早就是青梅竹马、形影不离的伙伴,因此情爱对这两个半大孩子来说几乎不起重要作用。还要几年时间,玛利亚·斯图亚特热情倾心的本能才会觉醒,但是弗朗西斯,这个由于经常发热而浑身无力的男孩绝无可能把她从这种拘谨、深深自我封闭的状态中唤醒。玛利亚·斯图亚特生性能同情人,帮助人,心地善良,肯定会无微不至地照料丈夫,即使不是从情感上体会到,也必然从理智上认识到:所有她的权势与显赫都系于这个可怜、病弱的男孩是否尚有气息与心跳,保住了他的性命也就保住了她的幸福。可是在他们当政的这段日子里却也没有真正享受幸福的余地。国内胡格诺派②正在酝酿叛乱,备受谴责的昂布瓦斯③骚动危及国王与王后的人身安全。事后玛利亚·斯图亚特不得不履行君主的职责,为此付出可悲的代价。她必须亲临处决叛逆的刑场,必须看着——这一瞬间会在她的心灵上留下深刻的烙印,这也许像一面魔镜,在另外一个,即她自己赴死的时刻会突然重现在她眼前——一个活人,反剪着双手,被按倒在木砧上,刽子手猛地用力一砍,利斧一闪,喀嚓一声,随着这低沉的闷响,齐颈斩断的头颅鲜血四溅,滚进沙土里。这一令人毛骨悚然的景象使兰斯加冕变得黯然无光。随之,凶讯接踵而至:她的母亲玛利·德·吉斯替她治理苏格兰,于1560年6月去世,这个继

---

① Francois,弗朗西斯。
② 胡格诺派,十六至十七世纪法国新教徒(加尔文派)的称呼。该教派反对国王专制,企图夺取天主教会地产。
③ 昂布瓦斯,历史上法国东北部的城镇。

承下来的国家陷于宗教纠纷与骚乱之中,边疆的战事正在进行,英军已经深入国土。稚气十足梦想穿上节日盛装的玛利亚·斯图亚特却不得不披上孝服。她喜爱的音乐不得不休止,舞蹈不得不停息。接着,那只骨瘦如柴的死神之手又揪住了心,叩响了门。弗朗西斯二世越来越衰弱,败坏的血液使他不得安宁,捶击着他的太阳穴,在他的耳朵里轰响。他再也不能走路,再也不能骑马。他只能躺在床上让人从一个地方抬到另一个地方。终于他的耳朵发炎流脓。医生们回天乏术。1560年12月6日这个不幸的男孩终于撒手归天。

于是卡塔琳娜·美第奇与玛利亚·斯图亚特这两个女人在一个逝世者的床边的那一幕又重演了一次——这是具有悲剧意义的象征。弗朗西斯二世一断气,玛利亚·斯图亚特在门边马上退到卡塔琳娜·美第奇的后面,因为她也不再是法国的王后。年轻一些的孀居王后理应让年长一些的先行,前者不再是法国的第一女性,而是重新成为第二女性。仅仅过了一年,魂归梦逝,玛利亚·斯图亚特不再是法国的王后,她还有唯一的从一出世便已得到而且一直保留到最后一刻的称号,这就是苏格兰女王。

按照法国宫廷的礼仪,孀居王后最严格的丧期为四十天。在这无情的幽居期间,她片刻不能离开自己的宫室。在最初的两个星期里,除了新国王和他的亲人,谁也不能到这人为的墓穴,即光线阴暗、仅仅点着蜡烛的屋子里探望她。孀居王后在这些日子里不像普通妇女那样穿一身给人以阴郁印象的黑色孝服,那永远是公认的戴孝的颜色。玛利亚·斯图亚特却应穿白色的丧服。她脸色苍白,头戴白色的便帽,身穿白缎的连衣裙,脚上是白色的鞋袜。这一身缟素异常鲜亮,唯独表示热孝在身的黑纱毫无光泽。玛利亚·斯图亚特在那些日子里的衣着就是这样,雅奈的名画上就是这样,龙沙在他的诗里也这样写道:

> 一条细长而宽松的黑纱,
> 皱褶弯弯曲曲,宛若波浪,
> 从头上披到腰际,
> 盖住了身上的孝服,
> 如同风送扁舟时

弗朗西期二世去世

穿丧服的玛利亚·斯图亚特

> 张开的轻帆一样。
> 唉,穿戴如此怪异,
> 你离开了这一块
> 王权在握的福地。
> 晶莹的泪水,在沉思中,
> 沾湿了你的前胸。
> 别了以清流命名的王官禁苑,
> 你循着长长的小径,
> 悲伤地踽踽独行。

确实如此,在这里比在几乎任何一幅画像上都更加突出地展露了她年轻的脸庞所具有的容易得到好感、和蔼可亲的特点。凝重的沉思净化了她平时不安的眼神,单一的素色使白皙的皮肤变得越发光润。在以往的画像中,她总是显得雍容华贵,神态庄重,缀满珠玉与种种权力的标志;但是只有在她戴孝时,人们才无比清楚地感受到她的常人情愫中透出的高洁与王者气度。

这种高洁的忧伤在她自己的诗作中也流露出来。在那些日子里她为哀悼亡夫写下的诗行并不亚于诗坛名家兼师长龙沙的佳作。这首低吟诉说的挽歌即使不是王后亲手所书,也能以其直抒胸臆的真挚打动人们的心,因为在这里孀居者并非倾诉对长逝者炽烈的爱——不像在政治活动中那样,玛利亚·斯图亚特在写诗时从来不说假话——只是吐露无望与孤寂:

> 幽明永隔,
> 我的心充塞着
> 无尽的轸念。
> 偶尔仰望天空,
> 在云彩之中,
> 我看见他柔和的目光。
> 不经意间

我俯视流水，

又似目睹复活而自慰。

每当深夜静卧床上，

睡意袭来，

我总感到他在身旁。

无论醒时还是梦里，

我都觉得他和我在一起。

玛利亚·斯图亚特悼念弗朗西斯二世远非虚构成诗，这是发自内心、真情流露的悲痛，此事不容置疑，原因是：弗朗西斯二世撒手人寰后，玛利亚·斯图亚特失去的不仅是一个善良、随和的伴侣，体贴入微的朋友，还有她在欧洲的地位，她的权力，她的安全。很快这个童心未泯的孀妇就将体会到今非昔比：当时身为后宫第一人的王后何其尊贵。如今退居第二，仰赖新国王的恩赐度日又何其卑微。她的婆婆卡塔琳娜·美第奇重新成为后宫第一人后，马上对她采取敌视态度，使她的本已令人沮丧的处境变得更加艰窘。看来确有其事，即：玛利亚·斯图亚特曾经出言不慎，说这个盛气凌人、阴险狠毒的美第奇家族的女人是"商人的女儿"，出身微贱，不能同自己的世代相传的天潢帝胄相比。这就无可挽回地伤害了她。这种冒失的举动——这个粗心、急躁的年轻女子日后对伊丽莎白也有类似的冒犯行为——在妇女之间比当面侮辱还要伤人。卡塔琳娜·美第奇先是由于迪安娜·普瓦蒂埃，后则由于玛利亚·斯图亚特不得不将自己的虚荣心压抑了二十年之久。现在政权在手，她马上就摆出主子的架势，咄咄逼人地让这两个从天上掉到地下的女人品尝她的嫉恨是什么滋味。

这时，玛利亚·斯图亚特性格中最主要的特点——她那无法遏制、坚强不屈、具有男子气概的刚毅的自尊心显露出来。她有一颗孤高、炽热的心，对卑微的地位、不高不低的身份不屑一顾。她倒宁愿一无所有，宁愿一死了之，一个瞬间，她想：既然在这个国家里再也不能居于至尊的地位，不如从此抛却诸般名分，遁入空门。然而，尘世的诱惑依然太大，对一个十八岁的女子来说，永远摒弃一切，这还有悖于固有的本性。更何况尽管丢失了既有的尊荣，但是仍可以彼易此，同样有君临之贵：西班牙国王的使臣已来为新旧大陆的未来主人唐·卡洛斯提亲。奥地利宫廷也已派来谈判的密使。瑞典的与丹麦的国王也都向她求婚,表示愿意奉献王位。不管怎样,世代相传的苏格兰王冠依然归她所有,而且获得另外一顶,即紧邻的英国的王冠亦尚有可能。这个年轻的孀居王后,这个正值花季容华娟秀的女子还有不可胜数的机会。只是再也不像以往种种际遇都是命运的馈赠与赐予,从现在起一切都得力争才能获得,都要机巧地耐心地从不易就范的对手那里夺取。她有这么大的勇气,她有这么美的容貌,她那热血奔流、生机勃发的躯体里有这么多的活力,自可满不在乎地投下最大的赌注。于是玛利亚·斯图亚特毅然决然为维护自己继承的王位而斗争。

当然,她对法国恋恋不舍。她在这个王宫里度过了十二年。这个美丽、富饶、充满感性情趣的国家,比她曾在那里有过早已逝去的童年时代的苏格兰更像故乡。这里有呵护她的外祖母的亲戚。这里有给她留下愉快印象的宫室。这里有颂扬她理解她的诗人。这里有她深感合乎自己天性的宽松、洒脱、优雅的生活方式。因而过了一个月又一个月,她迟迟不回自己的王国,虽然人们早就急迫地盼她归去。她到儒瓦维尔和南锡看望亲戚;她去兰斯参加她十岁的小叔子查理九世的加冕典礼。好像有难以说清的预感在告诫,她总是寻找各种不同的借口以推迟回归,仿佛在等待命运的某种安排,到时可以免掉回苏格兰的归国之行。

这个十八岁的女子尽管对处理国务如此陌生而少不更事,但玛利亚·斯图亚特必定已经意识到:到了苏格兰,她将面临严峻的考验。她的母亲原来作为摄政代她治理由她继承王位的国家,母亲去世以后,玛利亚·斯图亚特的那些死对头,即信仰新教的勋爵们得势,他们几乎并不掩饰对吁请一个热衷于可恨的弥撒、皈依天主教的信徒回归故国的反感。英国使臣兴奋地向伦敦汇报:勋爵们公然宣称,苏格兰女王尚宜推迟数月启程。"如果他们不是理当服从,那么他们根本就不想见到她。"他们早就在暗地里使坏:他们曾想将最有权利继承王位的阿兰伯爵推荐给英国女王做她的丈夫,借此把无疑属于玛利亚·斯图亚特的王冠非法地塞进伊丽莎白的手里。同样的,玛利亚·斯图亚特也不能信任受苏格兰国会委托来法国接她归去的同父异母兄詹姆士·斯图亚特即莫雷伯爵,因为他太接近伊丽莎白,说不定已被她收买,成了她的人。唯有立即回去才能及时挫败所有这些暗中进行的阴谋诡计,唯有拿出她从祖先即斯图亚特历代国王传下来的勇气才能保住她的王权。于是,玛利亚·斯图亚特终于打定主意,心情沉重、满腹狐疑地接受并非出于真心、她自己也只能姑妄听之的吁请,以免在同一年里继失去第一顶王冠之后又失去第二顶。

可是在踏上自己的国土之前,玛利亚·斯图亚特一定觉察到:苏格兰与英国接壤,那里的女王是另一个人,而不是她自己。伊丽莎白没有理由,更无兴趣让这个对手兼王位继承人过轻松的日子。伊丽莎白的首相塞西尔公然恶毒地对任何敌视的做法都推波助澜:"苏格兰女王面对的那些事情悬而未决的时间越长,对陛下的事业也就越有利。"在证书和纹章上表示有权继承王位的纷争还未能解决。虽然苏格兰使臣在爱丁堡与英国使臣签订了一份条约,里面写明苏格兰的代表以玛利亚·斯图亚特的名义保证永远承认伊丽莎白为合法的英国女王,可是当条约送到巴黎,要在这份无疑是有效的文件上签字时,玛利亚·斯图亚特和她的丈夫弗朗西斯二世却又顾左右而言他。玛利亚·斯图亚特怎么也不愿意下笔。她既然在纹章上昭示了拥有英国王位的继承权,也就像举起过一面出行时开道的大旗,因而永远都不会把它收起来。出于策略上的考虑,她或许可以把她的权利暂时搁置一旁,但是永远也不会让人说动她公开而心悦诚服地放弃祖先传下来的遗产。

这种不置可否的态度叫伊丽莎白受不了。她宣称:既然苏格兰的使者们以他们女王的名义签订了《爱丁堡条约》,因此玛利亚·斯图亚特就理所当然地要在上面签字。伊丽莎白并不满足于讳莫如深的默认,原因是:她是新教徒,她治下有一半国民都虔诚地皈依天主教,对她来说一个信奉天主教的王位觊觎者不仅危及权力,而且也危及生存。如果一个身为女王的对手不以白纸黑字声明放弃任何对于王位的要求,那么伊丽莎白便做不成真正的女王。

谁都不能否认:无疑,在这一争端中,伊丽莎白本来并无失误,可她很快就使自己有理变无理:她想解决这么重大的政治冲突,但所采取的方式却显得心胸狭窄,目光短浅。置身于政治斗争,女人总有这种包孕危险的特点:只拿针尖去刺伤对手,以致感情用事地恶意激化彼此的对抗。素来洞察幽微的女王这回也犯了从政女性的通病。玛利亚·斯图亚特为返回苏格兰正式申请"通行证"——就是今天我们所说的过境签证——她这么做,人们甚至可以理解为客气的表示、正式的官方礼节,因为她完全可以直航返国,不必多此一举。既然她取道英国,这就不言而喻地提供了友好对话的机会。可是伊丽莎白马上趁机刺了对手一下:她以粗暴回答礼貌,声称:玛利亚·斯图亚特不在《爱丁堡条约》上签字,她就拒发"通行证"。她以为击中了那个女王的要害,谁知道却侮辱了那个女人的自尊。她不是采取动武的有力姿态,却听任个人意志恶毒地选取了无力的伤害。

这两个女人本来在心里较劲,现在双方撕破了脸皮。两个人眼睛里喷出冷酷无情的怒火,两颗高傲的心撞个正着。玛利亚·斯图亚特马上召见英国使臣,激动地对他吼叫:"我怎么能这样健忘?!竟然要求你们的君主,你们的女王给予我根本用不着的恩典,再也没有什么比这件事更使人痛心的了。我在哪儿都不需要她批准,就像她随便去哪儿不需要我批准一样。没有她的通行证,没有她的许可证,我也完全可以回到自己的王国去。在我来这个国家时,你们已故的国王多方阻挠,想把我截住。特使先生,您也知道,我还是平安无事地过来了。如果我请朋友帮助,我也有妥善的办法,能够顺利地回到家乡……您公开对我说过,如果你们女王和我之间保持友好关系,这是人人的愿望,对我们双方都有好处,现在我可以说有理由认定你们女王并不这么看。否则她就不会这样不留情面地拒绝我的请求。看来,比起我同她的友谊,她更看重我那桀骜不驯的臣属同她的友好关系。我是他们的君主,我的身份与她的对等,就算我不如她那样乖觉、老练,可说什么也是她贴得最近的亲戚和邻人……我只不过表示友好,并没有扰乱她的国家,也没有同她的臣属计议什么,可我知道:在她的王国里,乐于倾听我提出的建议的大有人在。"

这是有力的威胁,或许虽然有力,但是不大明智。玛利亚·斯图亚特还未踏上苏格兰的土地,便已经透露了秘密的意图:要将同伊丽莎白的斗争转移到英国本土来进行。特使恭敬地避开正面应对,他说,所有这些疙瘩的起因都在于:玛利亚·斯图亚特当时把英国纹章绘成自己纹章的一部分。对这一指摘,玛利亚·斯图亚特马上反驳道:"当时我得听从我的公公亨利国王和我的君主与丈夫,不管做什么事都由他们吩咐和安排。他们去世以后,您也知道,我就没有用过英国女王的纹章和尊号,理应叫你们女王放心。再说,我同她一样是女王,如果使用英国纹章,也并不怎么使她脸上无光。何况我知道,还有一些人身份比我低,亲缘关系也不像我这么近,却同样使用英国纹章。您总不能否认:我的祖母是她父王的两个姐妹之一,而且是他的姐姐。"

又一次她貌似亲切,却隐约透出咄咄逼人的告诫:玛利亚·斯图亚特点明她是长房后裔,再度强调她有权继承。不管英国使臣如何好言相劝,请她信守诺言,在《爱丁堡条约》上签字,以解决这次不愉快的事件。玛利亚·斯图亚特却一如既往,每当接触到这个难题,便借拖延来搪塞,她说:在她同苏格兰国会商讨以前,她绝不能这么做。英国使臣也同样不以伊丽莎白的名义做出任何承诺。每次谈判到了紧要关头,即到了这个或那个女王不能不放弃一点权利的时刻,就出现尔虞我诈的局面。各人都把王牌牢牢地握在手里。这样谈来谈去,没完没了地拖下去,终至酿成悲剧。最后玛利亚·斯图亚特中断关于安全过境的谈判,态度生硬,就像布料剪开的地方那么难看:"如果我的准备工作不是这么到家,你们的女王,你们的君主这么不通人情,可能就使我走不成了。可现在我已经打定主意,鼓起勇气去做自己的事,不管结果如何。但愿一路顺风,不必在英国靠岸。可是万一出现这样的情况,我就会落到你们的女王,你们君主手里,到时她要拿我怎么样就怎么样。要是她狠心要我的命,那就随她的便宰了我就是。说不定这样解决对我来说比活着还好些。这件事全由天主定夺吧!"

这一番话里又带着玛利亚·斯图亚特那种气势汹汹、自信、坚定的口吻。玛利亚·斯图亚特天性善良、随和、漫不经心,喜欢享受生活乐趣,不爱争斗。可是一旦事关荣誉,涉及作为女王的权利,这个女子马上变得冷酷、顽强而果敢,宁毁不屈,宁可做干蠢事的国王,不愿做小心眼的弱者。英国使臣惶惶然向伦敦报告未能完成使命。伊丽莎白处理政务有明智、灵活的一面,于是连忙让步,签发过境证书,派人送往加来,可是已晚了两天。在这中间,玛利亚·斯图亚特已经下定决心冒险航行,不管英国劫夺船①是否在海峡游弋。她宁可自由而果断地选取一条危险的航线,也不愿以屈辱为代价换取万无一失的走法。伊丽莎白错过了唯一的机会,不然可以使得她害怕与之为敌的那个女王由于受到待客之礼的款待而心怀感激,借此化解令人寝食不安的对抗局面。但是理智与政治很少并行不悖。也许只有错过了种种机遇,才会形成世界历史的戏剧性进程。

像迷人的夕阳余晖给原野镀上一层亮丽的金光一样,在这告别时刻,玛利亚·斯图亚特充分体会到法国为她举行的欢送仪式之隆重与壮观。她曾作为王储的未婚妻踏上这片国土,在离开这个她失去君临身份的地方时,也就不应该没有护卫与随从,要让公众都看到:苏格兰女王不是作为一个可怜的孑然一身的孀妇,不是作为一个柔弱的无依无靠的女子返回故国。以实力为后盾的法兰西荣誉保护她平安归去。从圣日耳曼宫出发,一队威风凛凛的骑士一直把她护送到加来。法国贵族精英的装束显示出文艺复兴时期法兰西特有的挥霍与奢侈,佩带的刀剑叮当作响,他们骑着鞍褥华丽的骏马,身披镶嵌精美的镀金铠甲,一路拱卫着国王遗孀。前面是阔气的马车,里面坐着她的三位舅父:古斯公爵、洛林红衣主教和吉斯红衣主教。她自己的身边则是四个忠心耿耿的玛利、命妇、男童、诗人和乐师。在这个色彩斑斓的队列后面载着沉重的行李,那是昂贵的家用器物;匣子里锁着王冠上的宝石。玛利亚·斯图亚特来时体面;如今离开这片难舍的热土,依然拥有女王的威望与荣耀、显赫与尊贵。只是当初那双天真烂漫、无忧无虑的孩童眼睛闪亮的欢乐已经失落。送行总像夕照,这就到了半是余光暂留,半是暮色已露时分。

这个公侯显要组成的队列中大多数人都在加来停留下来。贵族们骑马回去。他们明天将在卢浮宫侍候另一个王后,因为朝臣只认权位不认人。所有这些人现在都向玛利亚·斯图亚特下跪,用迷醉的目光仰望她,

---

① 劫夺船,海战时劫夺敌方商船的战船。

信誓旦旦,虽然她将远去,他们仍然对她永世效忠。可是一旦风吹帆张大橹舰起航,他们便心不在她,把她放在一边。送行护卫在这些骑士不过是装模作样的仪式,与加冕和殡葬没有什么两样,如此而已。在玛利亚·斯图亚特离去之际,只有诗人们真正感到悲伤与痛苦。他们比较敏锐,他们有预感,有警觉。他们知道:她曾想把宫廷变成一个美好的乐园,如今她这一走,缪斯的身影也从法兰西消失。对他们和对所有人来说,随之而来的是黑暗的岁月——一个这样的政治时期:人们将见到争端与冲突,胡格诺战争①,圣巴托罗缪之夜②,骚乱者,宗教狂热分子。骑士精神,浪漫情调,明朗、安宁和美好这些特点和艺术硕果都将与这位年轻的女王一起消逝。诗歌创作的"七曜之星"③很快就要在硝烟弥漫的天空中失去光辉。他们悲叹,精神生活里那种醇厚的乐趣将随玛利亚·斯图亚特一去不返:

　　这一天,同一艘船从法国远远地
　　带走了愿在此安身的缪斯女神。

每当感受到青春与优雅展示的魅力,龙沙的心总因迷醉而变得年轻,他再一次在哀歌《别离》中颂扬玛利亚·斯图亚特种种特具的美,意在退而求其次,借助诗行以留住曾使他的眼睛流露出兴奋的目光,可是如今已永远消逝的一切,于是内心的悲伤化为感人至深的慨叹:

　　你离开时,缪斯默然无言,
　　又怎能教诗人们引吭高歌?!
　　每一种美都难以永驻不衰,
　　玫瑰与百合只能逢春绽开。
　　你的美展现在我们法兰西,
　　也只有一十五年,就从此长逝,

---

① 胡格诺战争,胡格诺派(十六至十七世纪法国新教徒)与天主教派在1562至1598年之间进行的内战。
② 圣巴托罗缪之夜,1570年,在圣巴托罗缪节日(8月24日)的前夜和凌晨,天主教派发动突然袭击,胡格诺派死数千人。
③ 七曜之星,指七星诗社(文艺复兴时期法国一个诗歌流派),由龙沙、杜·倍雷、左台尔、狄亚尔、巴依夫、贝罗和多拉等七位诗人组成。

仅仅给我们留下了惋惜,
像闪电过处,只能瞥见一缕痕迹。
惦念着这样一位王后,
悲伤将永远与我形影不离。

法国的廷臣、贵族、骑士很快就忘掉了这个不在眼前的女子。与此同时,所有人当中只有诗人们依然忠于他们的王后,因为在他们看来,不幸只是另外一种高尚。他们曾经赞颂过她作为王后的美,此刻他们心情抑郁,也就加倍地觉得她可亲,他们将对她保持忠诚,歌颂和追忆她的生与死,直至最后。如果一个高尚的人终其一生的所作所为都像一首诗、一出戏、一部叙事谣曲,那么便不断有诗人重新讴歌它,使它不断获得新生。

加来海港有一艘豪华的漆成白色的大橹舰在等候,上面悬挂着苏格兰的和法国的国旗。三位尊贵的舅父、百里挑一的廷臣和忠实的幼时玩耍伙伴四个玛利陪伴玛利亚·斯图亚特登上这艘旗舰。另外有两艘船护航。大橹舰还未驶出内港,船帆还未扯起,玛利亚·斯图亚特向不可捉摸的海水投去最初的一瞥,便见到一个凶兆:一只引进港口的驳船触礁撞碎,船上那些人差点淹死。玛利亚·斯图亚特离开法国去执掌政权时最先见到的一个场面成为不祥的象征:驾舟不当,难逃灭顶之灾。

是面对这个先兆暗自惊心?还是告别家园感慨万端?还是觉察到往日种种永逝不再?——不管怎样,玛利亚·斯图亚特泪眼模糊,未能将目光从这片土地上移开,在这里她曾经是那样年轻、纯真,因而感到幸福。布朗托默描述她临别时的隐痛,感人至深:"大橹舰一驶出港口,微风徐来,人们马上扯起船帆,这时,她两臂支在艄舵旁的船尾上放声大哭,一再扭头用她那双美丽的眼睛眺望港口,眺望驶离的地方,悲怆地反复说着一句话:'别了,法兰西!'直至夜幕降临。大家劝她到右舷舱休息,她断然拒绝。人们只好在甲板上给她铺了一张床。她再三明确嘱咐舵工助手:天一亮,只要还能远远看到法国的海岸线,就要马上叫醒她,即使大声呼喊也不必有什么顾虑。幸运之神真的成全了她的心事:风已停息,人们只好借助船桨来划行。一夜也没有驶出多远。破晓时分,果然还能看到法国的海岸。舵工一喊,玛利亚·斯图亚特便一跃而起,一而再,再而三地重复一句话:'别了,法兰西!别了,法兰西!我看,永远见不到你了!'"

第四章　返回苏格兰

1561年8月

玛利亚·斯图亚特于1561年8月19日在利斯下船,这时北部海岸夏季罕见的浓雾笼罩着沙滩。她抵达苏格兰时和告别可亲的法兰西时的情景大不相同。在那里,法国贵族的精英组成浩浩荡荡的队列护送她。公爵与伯爵们,诗人与乐师们对她执礼甚恭,向她致敬问候。在这里,没有人迎候。帆船靠岸时,才有一些普普通通的人惊讶而好奇地聚集拢来:几个身着质地粗劣、干活时穿的衣服的渔夫;几个闲荡的士兵;几个小贩和赶羊到城里来卖的农人。他们畏怯地,而不是兴奋地看着这些衣着阔气、打扮考究的命妇和贵族从驳船上岸。双方对视彼此都是陌路人。这样迎接她实在太冷漠、无情而严峻,一如这片北国土地上常见的习性。就在最初的时刻里,玛利亚·斯图亚特痛苦地看到故乡极度贫困。她在海上航行五天,等于倒退了一个世纪,从一个拥有广阔的天地和丰足的财富、耽于享乐、惯于铺张、善于品味的文化背景转入一个空间狭窄、死气沉沉和满目凄凉的环境。这个城市曾经几十次遭到英国人和内讧者的劫掠和烧毁,已经没有一座宫殿,没有一处豪宅可以勉强地用来接待她。作为本国的女王她只好在一个普通的商人家里借宿,聊以栖止。

乍见留下的印象具有巨大的威力,能够刻骨铭心,影响此后的人生道路。也许这个年轻的女子还不清楚,在她去国十三年后归来踏上自己的土地时像陌生人一样的深刻感受究竟是什么。这是思念家园的痛苦?还是并不自觉的渴望,祈求在法兰西土地上已经习惯喜爱的温暖而甜蜜的生活?还是这片灰暗、异样的天空投下的阴影?还是灾祸临头的预感?

不管怎样，正如布朗托默所述，玛利亚·斯图亚特一见身边无人，便忍不住流泪。不是像威廉（征服者）①那样坚强而自信地怀着"理当为君，舍我其谁"的豪情登上不列颠岛——惶惑是她最初的感觉，这是对来日遭遇的预感与恐惧。

第二天，她的同父异母兄詹姆士·斯图亚特摄政（大家都管他叫莫雷伯爵）闻讯带了几个贵族骑马赶来，护送她去近处的爱丁堡，做出给她面子的姿态，但这不是一个气派不凡的接驾队列。英国人则找了一个有破绽的借口，说是为缉捕海盗扣了其中一艘船，上面载着御厩的骏马。而在这座小城利斯只能勉强给女王找来一匹凑合着能骑、凑合着戴上笼头的马。但伴送她的妇女和贵族们非常恼火，他们只能将就着骑上从附近的草料棚和马厩里牵来的粗野的驽马。此情此景令玛利亚·斯图亚特泪水盈眶。她不由得再一次体会到，丈夫去世使她失去的何其多，而仅仅当一个苏格兰女王，比起过去做法兰西王后，又算得了什么。她生性高傲，不愿让臣民见到她这副有失身份的寒酸相，因而她无意招摇过市进入爱丁堡，而是带着随从立即骑马去城墙外面的霍利罗德宫。这座她父亲营造的建筑修有几个圆形塔楼，黑黝黝地坐落在原野深处，碉堡的雉堞在平畴的衬托下显得那样倔强。从外面乍看，这座宫殿轮廓清晰，像方石那样厚实，气势宏伟。

可是到了里面，每一间宫室都给这个被法兰西娇惯了的女王留下冷冰冰、空荡荡、四壁萧然的印象！没有织花壁毯，没有四面墙上在意大利镜子里互相映照的灯光，没有昂贵的帷幕，没有闪亮的金银。多年来这里已没有作为王宫使用过，在那些不见人影的居室里已听不到笑声。她父亲去世后，没有一个国王亲自主持翻修和装饰过这座建筑。在这里，她举目四顾，也是了无生气的贫困，一如她这个王国自古以来多舛的命运。

爱丁堡的居民一听到他们的女王已经到了霍利罗德，便连夜出城欢迎她。风雅、娇气的法国贵族用自己的趣味来衡量，觉得当地民众表示敬

---

① 威廉（征服者）（1027—1087），英国国王（1066—1087），原为法国诺曼底公爵，1066年英王爱德华（忏悔者）死后，在教皇支持下入侵英国，自立为英王，称威廉一世。

意的方式略嫌粗率和土气,这也并不奇怪。爱丁堡的市民没有宫廷乐师演奏的柔和的牧歌和谐成美妙曲调的抒情诗,可供龙沙的女门徒欣赏。他们仅仅按照古老的传统方式庆祝女王回国:这个贫瘠的地方只有大木块取之不尽,他们就在一片片空地上把这些木头堆积起来,于是冒出赏心悦目的火焰通宵达旦。然后他们聚集在女王的窗下,用风笛、横笛和其他粗笨的乐器,奏出他们听来是器乐、温文尔雅的客人们觉得是喧嚣的声音,同时男人粗大的嗓门唱起赞美诗和宗教歌曲,因为加尔文派的牧师不许他们唱世俗歌曲。他们竭诚奉献的只能是这样。但是玛利亚·斯图亚特对这样的善意迎接感到高兴,至少表示出觉得亲切和愉快。在这抵达的最初时刻,君主与臣民之间几十年来总算第一回又有了融洽的气氛。

　　一个政治上毫无经验的君主将面临无法估计的难题,对于这点女王与谋臣都没有自己欺骗自己。苏格兰显贵、智囊中的翘楚梅特兰(勒廷顿)写道:玛利亚·斯图亚特归来,将不可阻挡地上演一部又一部非同寻常的悲剧。即使是一个充满活力、坚决果敢的男人运用铁腕,也难以在这里争得长治久安,更何况是一个对本国已不了解,对治国完全外行的十九岁女子!一个贫穷的国家;一伙腐败的贵族——他们巴不得有机会兴风作浪,挑起战争;无数家族——他们陷于无休无止的争执与纠纷之中,等着有一个借口把彼此的仇恨变成一场内战;天主教的和新教的僧侣——他们咬牙切齿地争夺霸权;一个虎视眈眈、居心叵测的邻国——它使出高明的手段,利用每一个由头制造混乱;还有,互相敌对的列强——它们都冷酷地想把苏格兰拖进他们之间的血腥搏斗中去。这便是玛利亚·斯图亚特看到的局面。

　　在她踏上自己的国土时,正是这些纷争处于剑拔弩张的关头。她从母亲那里接过来的并不是充盈的国库,而是要命的遗产——"祖传的祸胎"。这就是宗教矛盾,这一争斗在这里比在任何其他地方都更加激烈,教人无所适从。她无忧无虑地在法国度过的那几年里,宗教改革在苏格兰取得了节节胜利。一家人之间、乡村和城市之间、宗族之间、家庭之间都出现了可怕的裂隙;贵族当中一部分人信新教,一部分人信天主教;城里的人们转而改宗新的教派,城外的人仍然信奉旧的教派;这个氏族同那个氏族作对;这个家族同那个家族为敌。狂热的教士不断煽动彼此之间的仇恨。异族列强则在政治上支持这一方或另一方。但对玛利亚·斯图亚特来说危险首先在于:正是最有势力最有影响的贵族站在敌对的一方,站在加尔文宗的阵营里。这一伙人觊觎权位,一身反骨,他们窥伺机会,以攫取他们垂涎的大量教会财产。他们终于找到一个冠冕堂皇的借口,打着卫道的旗号,说是作为"会众①勋爵"要保护真正的教派,因而反对他们的女王。他们随时都能为此得到英国的援助。为了通过叛乱与征讨从信奉天主教的斯图亚特家族手中夺取苏格兰,素来节俭的伊丽莎白已经花费了二十多万英镑。甚至到了现在,已经煞有介事地缔结了和约,玛利亚·斯图亚特的大部分臣民依然在暗地里为伊丽莎白效劳。玛利亚·斯图亚特只要改宗新教,本可马上恢复均势,她的一部分谋臣也竭力这样劝说她。然而她是吉斯家族的一员,出身于热心的天主教先驱之家。她自己虽然不是虔诚到入迷的程度,但也坚定而热烈地忠于祖祖辈辈的信仰。她永远也不会背离自己信奉的宗教。即使身处极度危险的境地,由于天性果敢,她也宁愿选择永无休止的斗争,而不肯违背良知采取一时懦弱的做法。可是这样一来,便在她与贵族之间形成了不可弥合的裂隙。一个君主与群臣分属不同的宗教,必将酿成灾祸。天平不可能永远剧烈地摆荡,总有一天会见分晓。事实上,玛利亚·斯图亚特只能两者择一:控制住或者屈从于宗教改革。路德②、加尔文③与罗马④之间无法避免的纷争有如鬼使神差竟交织在玛利亚·斯图亚特应付各方的过程中,产生戏剧性的结局。而决定因素则是伊丽莎白与玛利亚·斯图亚特之间的个人矛盾,英国与苏格兰之间的斗争,这一矛盾与斗争影响甚大,因而英国与西班牙、改革与反改革之间的冲突亦有了结果。

形势本已严重,而宗教的分歧在这里又渗入到玛利亚·斯图亚特的

---

① 会众,指苏格兰教会(即苏格兰长老会,基督教新教加尔文宗的教会)会众。
② 路德(1483—1546),十六世纪德国宗教改革运动的发起者,基督教(新教)路德宗的创始人。
③ 加尔文(1509—1564),十六世纪欧洲宗教改革家,基督教(新教)加尔文宗的创始人。
④ 罗马,此处指设在罗马城西北梵蒂冈的罗马教廷,这是以罗马教皇为首的天主教领导机构。

家族中、宫室内、枢机里，这就雪上加霜。她不得不把国务重任交托给苏格兰最有权势的人物，她的同父异母兄詹姆士·斯图亚特，即莫雷伯爵。他是铁杆新教徒，又是虔诚的天主教徒玛利亚斥之为异端的苏格兰教会的保护人。四年前，他带头在护教者即"会众勋爵"的誓词上签字，承担"摒弃撒旦教义及其迷信与偶像崇拜，公开声明与之对抗"的义务。他们摒弃的撒旦教义就是天主教教义亦即玛利亚·斯图亚特信奉的宗教教义。这样，女王与摄政之间从一开始便出现了在人生观的终极与根本上的鸿沟，这样一种情况也就预示了国无宁日。女王内心深处只有一个念头：要在苏格兰镇压宗教改革。但她的摄政哥哥则一心要在苏格兰将新教奉为舍此无他的宗教。这样一种严峻的信念对立不可避免地一有机会便会导致公开的冲突。

这个詹姆士·斯图亚特注定要在"玛利亚·斯图亚特"这部剧本里担当至关重要的角色之一，命运为他安排了一场重头戏，而他也深谙此道，得以成为演好这个角色的能手。虽为同父之子，他却是父王与出身苏格兰最高贵的家族之一的名门闺秀玛格丽特·欧斯金多年同居所生。尽管他有王室的血统，同样又有坚毅的活力，看来天生就是当之无愧的王位继承人，然而当时詹姆士五世的政治地位处于劣势，被迫放弃与他宠爱有加的欧斯金小姐缔结合法婚姻的念头，为了巩固政权，确保财力不得不与后来成为玛利亚·斯图亚特母亲的法国公主结婚。因此，这个雄心勃勃的王子便有了非婚生的致命伤，永远无望登上国王的宝座。虽然经詹姆士五世的请求，教皇公开承认他与另外五个非婚生子女的王室血统，但莫雷依然只是一个无权问津父亲王位的私生子。

历史及其最伟大的描绘者莎士比亚无数次写下了私生子的心灵悲剧。这类子而非子者被国家的、教会的、尘世的规章制度无情地夺走了大自然铭刻在他们血液里和外貌上的权利。受制于成见——所有意见中最冷酷最顽固的一种——这些非婚生儿子，这些不是在龙床上生出的儿子被置于大都庸庸碌碌的龙种之后。那些无能的儿子并非爱情的结晶，而是政治权术的产物，而私生子却永远被排挤被驱逐，他们本该发号施令，应有尽有，反要仰面求人。然而，一个人要是被盖上有目共睹的劣质印记,那么这种恒久的自卑感或者会使人一蹶不振,或者会使人自强不息。这种压力既可能摧毁一个人的意志,也可能奇迹一样锻炼一个人的意志。如果一个人生性懦弱而温顺,将由于这种屈辱而变得比原来还要卑微,作为乞求者或谄媚者接受被承认的合法者的施舍或一官半职。可是如果一个人生性刚强,这种厚彼薄己的处境就会使各种各样原来模糊不清、受到压抑的内在力量变本加厉。如果不知趣不让他顺顺当当地取得政权,他就会自辟蹊径夺取权力。

莫雷就是一个生性刚强的人。那些身为国王的斯图亚特家族祖先睥睨一切的果敢禀性、他们的傲气、他们的统治意志在他的血液里剧烈地激荡,孕育着阴鸷可怕的冲动。他堪称伟岸丈夫,相貌堂堂,凭他的机巧、心无旁骛的决断,在贪婪成性的勋爵和伯爵那伙宵小之徒当中无异于鹤立鸡群。他目标远大,诸般算计都用政治眼光通盘考虑。他聪敏一如妹妹,但这个年届三十的哥哥遇事冷静,具有男性的阅历,在这方面他的妹妹就难以望其项背。他居高临下,看她就像看一个正在玩耍的小孩,只要她并不妨碍他的运作,便让她尽情玩耍。他是一个成熟的男子,不像他的妹妹一样会一时兴起,神经质地想入非非。作为执政者,他并非大勇过人;但他深谙等待时机、韬光养晦的诀窍,这比在激情驱使下匆忙行事更能确保成功。

真正的政治才干总是首先表现在:一个男子从一开始便放弃无法强求的利益。对于这个非婚生儿子来说,这种不可企求的利益就是那顶王冠。莫雷深知,他永远不能自称为詹姆士六世。既然任何时候他都不可能取得君王的称号,因此这个思虑周密的政治家始终把有朝一日登上苏格兰王位的非分之想搁置一边,以便更加实实在在地保住苏格兰执政者——摄政的地位。他放弃了权位的种种标志,放弃了表面的风光,都是为了把真正的权力更加牢固地控制在自己的手里。他年纪轻轻便攫取最具感性形态的权力:财富。他继承父王的大宗遗产,他获得旁人丰厚的馈赠,他利用废除寺院土地私有,他利用战争从中得益,每次收网都以满载而归为当务之急。他毫无顾忌地接受伊丽莎白的津贴。等到他妹妹玛利亚·斯图亚特作为女王归来,就不得不承认,他已是国内最有财势的人物,尾大不掉,谁也动不了他。她想同他好好相处,与其说是真有感情,不如说是无可奈何。为了确保自己的统治,她听任他予取予求,以填塞他永不餍足的追求财富与权力的贪心。这样一来,莫雷这一双手——玛利亚·斯图亚特总算碰得好——还真管用:能收能放。他是一个天生的国务活动家,擅长屡试不爽的中庸之道:既是新教徒,又非圣像捣毁者;既是苏格兰的爱国者,又得到伊丽莎白的青睐。他同勋爵们的交情还过得去,但到时候也会让他们知道他的厉害。——总的来说,这个人冷酷、刚强而工于心计,不会为权力的表象所迷醉,只有权力本身才能使他得到满足。

这样一个非凡的人物,如果辅佐玛利亚·斯图亚特,会使她受益无穷;一旦反目,便是她的灾星。作为同父的哥哥,由于相同的血统而联结在一起,就算事事为私,保住妹妹的权位,对自己也有百利而无一弊,因为要是汉密尔顿或戈登家族有人取代她,就绝不可能给他这么多毫无节制的执政权力与自由,他也乐得让她出头露面。他看着在举行各种隆重的仪式时人们以节杖与王冠为她开道,只要他确知真正的权力握在自己的手里,便一点也不嫉妒。可是在她打算自己执政、有损他的权威时,此一高傲的斯图亚特与彼一高傲的斯图亚特便产生针锋相对的冲突。出于同样的动机,具有同样的力量而同类相争,这种敌对情绪比任何仇恨都更强烈。

还有,梅特兰(勒廷顿),宫廷里第二号要人,玛利亚·斯图亚特的国务大臣也是新教徒。但他起初也拥护她。梅特兰其人能干、灵活而儒雅——伊丽莎白称之为"智多星"。他不像莫雷那样专横跋扈。作为一个善于权变者,他爱玩弄错综复杂、令人眼花缭乱的权术、阴谋,醉心于纵横捭阖的技巧。他关心的并不是一成不变的原则,并不是宗教或祖国,并不是女王或王国,而是到处插手,随心所欲地把千丝万缕的关系编起来或者拆开来的杂耍一样的本领。他个人对玛利亚·斯图亚特出奇地抱有好感——四个玛利之一,玛利·弗来明成为他的妻子——但他对女王既非很忠诚,又非很不忠诚。女王诸事顺心,他为她效劳;女王处境危险,他就离开她。在他身上,在这面色彩斑斓的风信旗上,他可以看出风向对他有利还是不利。作为地道的政客,他不是为她,为这位女王,为这个朋友出力,而是仅仅为她交上好运而锦上添花。

这样,玛利亚·斯图亚特在踏上自己的国土时,左顾右盼,无论在这座城市里,还是在自己的宫廷里都找不到一个可靠的朋友——这可是凶兆哇。但总算有一个莫雷,有一个梅特兰,可以靠他们执政,同他们通气——可是从最初一刻开始就有一个平民出身、炙手可热的人物与她作对,同她势不两立,对她寸步不让,怀着冷酷无情、必欲置之死地而后快的敌意。这就是约翰·诺克斯,他是爱丁堡的民众传道士,苏格兰教会的组织者与带头人,宗教煽动的老行家。在她与他之间展开了一场有你无我、你死我活的斗争。

个中缘由在于:诺克斯的加尔文派绝不是仅仅要革新教会,而且还要实行一成不变的国教制度,这可以说已是新教的顶峰。他盛气凌人,摆出一副主宰的架势,甚至狂热到这样的程度,竟强求国王屈从于神权戒律的奴役。玛利亚·斯图亚特生性温顺随和,要是遇上高教会派、路德宗或者仅是一种较为温和的改革形式也许都有谅解的余地。可是唯我独尊的加尔文派从一开始就排除了与一个真正的君主取得协调的任何可能。甚至在政治上利用诺克斯给她的对手制造麻烦的伊丽莎白也讨厌他的为人,因为他目空一切叫人受不了。这种可怕的狂热必然更使玛利亚·斯图亚特感到恼火。她乐观开朗,讲究享受,爱好文艺,最使她难以理解的莫过于日内瓦教义①的枯燥、严厉的规范,对生活乐趣的敌视,对艺术的极端仇恨;最使她难以忍受的莫过于目中无人、古板僵化的戒律,竟然要禁止笑,要谴责美,把美视为罪恶,把她所珍爱的一切毁掉:习俗的欢快形式、音乐、诗歌、舞蹈,而且使这个本来已够死气沉沉的环境充满了阴森气氛。

约翰·诺克斯正是使爱丁堡的苏格兰教会呈现出这种僵化、古板的面貌的人,他是所有教会创始人当中最死硬、最狂热、最冷酷的一个。他的无情与刚愎甚至超过自己的老师加尔文。他本是一个职位低下的小小

---

① 日内瓦教义,指加尔文主持拟订的强调严谨道德规范的新教信仰纲要。

天主教神父,凭着一股自以为是的狂热投身于宗教改革,成为乔治·威沙特①的弟子。玛利亚·斯图亚特的母亲曾将威沙特活活烧死。吞噬他老师的火焰继续在诺克斯的心底冒出。他曾是反抗女摄政的首领之一,被法国援军俘虏押送到法国在橹舰上划桨服苦役。他戴着镣铐待在那里很长时间,但是很快他的意志就变得像那副镣铐的铁一样。释放以后,他去投靠加尔文,体会到布道的力量,出于极端拘谨的心理对一切具有明快特点的文化现象产生冷酷无情的憎恨。他返回苏格兰不到几年,便以其强加于人的高超本领使得勋爵们和老百姓加入了宗教改革。

约翰·诺克斯或许是历史上宗教狂热者中最极端的典型人物。他比路德要冷酷,路德偶尔还会有动于衷。他比萨伏那洛拉②要刻板,萨伏那洛拉还有能言善辩的、又无形之中会令人得到启迪的才华。诺克斯生性固执,毫无变通,这种要命的闭目塞听的思维方式使他成了思想狭隘、僵化的那种人之一。这种人只认定自己的真理才是真理,自己的道德才是道德,自己的基督教才是基督教。如果谁另有想法,就被视为罪人;如果谁偏离他的要求一丁点儿,就被视为撒旦的奴仆。诺克斯身上有自我陶醉者那种蛮勇,有目光短浅的狂热者那种亢奋,有自以为是者那种令人掩鼻的傲气。它的无情中同时潜藏着一种包孕危险的乐趣,领略自己冷酷的乐趣。他的刚愎中隐含着一种阴险的兴致,欣赏自己永远正确的兴致。每逢星期天,他便站在圣贾尔斯大教堂的布道坛上,长须飘拂,俨然是苏格兰的耶和华,声嘶力竭地发泄仇恨,诅咒所有不来听他讲道的人。他,这个除灭欢乐者,咬牙切齿地辱骂那些"撒旦种",他们漠不关心,无所用心,不按他的教条,不按他的观点敬奉上帝。这个狂热的老人除了固执己见而洋洋得意以外,别无任何乐趣,除了自己的事业取得成功以外,别无任何公道。只要随便哪个天主教徒或者其他方面一个对头被除掉、或者被侮辱,他便幼稚可笑地欢欣雀跃。要是一个苏格兰教会的敌人被谋杀,

---

① 威沙特(1513—1546),苏格兰宗教改革家,抨击罗马教廷与天主教,后被判火刑,死于圣安德鲁斯。

② 萨伏那洛拉(1452—1498),中世纪后期意大利宗教改革家,抨击教皇与教会的腐败,揭露美第奇家族的残暴统治,拒绝教皇的召见,焚毁教堂奢侈品,后被判火刑处死。

这一可喜可贺的举动当然出于上帝的旨意,得到上帝的支持。当可怜、瘦小的男孩弗朗西斯二世,玛利亚·斯图亚特的丈夫由于他那只"不肯听上帝的声音"的耳朵流脓而死去时,诺克斯在传道坛上奏起了得胜的歌曲。当玛利·德·吉斯,玛利亚·斯图亚特的母亲去世时,他兴高采烈地宣讲:"但愿上帝大发善心使我们摆脱瓦罗亚血统的其他人。阿门!阿门!"他布道无异于咄咄逼人地挥舞着惩戒的鞭子,人们从未感受到福音的宽容与善良。只有复仇之神,只有仇恨、无情的复仇之神才是他的上帝;只有《旧约》,只有《旧约》之中关于凶杀、残忍的记述才是他的《圣经》。他在布道时气势汹汹,反反复复地讲到摩押①、亚玛力②,讲到所有长相像以色列人那样的敌人,说应该用火与剑来灭绝所有这些人。事实上,他是指真正的——亦即他自己的——宗教信仰的敌人。要是他言词激烈,痛骂耶洗别王后③,听众心里雪亮,明白它实际上指的是谁。像雷暴骤起,黑云压顶,来势凶猛,遮没了无垠的天空,闪电焦雷令人胆战心惊,加尔文宗教思想覆盖了苏格兰大地,敌对的紧张气氛随时都会爆发,带来毁灭性的灾难。

这个毫不动摇、自有主见的人只是自己发号施令,只要别人俯首帖耳,同这样的人根本无法妥协。任何招抚、争取的努力只会使他更加无情、更加傲慢、更加苛求。这种自负而顽固的习性宛如石块,任何互谅的意图都将撞得粉碎,这种自称为上帝而奋斗的人是世上最不安分的人。他们自以为听到神谕,所以充耳不闻任何反映人情的言词。

玛利亚归国还不到一个星期,就自然而然地觉得眼前这个狂热者确实会令人不寒而栗。在她执掌政权以前,她不仅确认了全体臣民都有充分的宗教信仰自由——她本性宽容,这几乎并不意味着一种牺牲——甚至还对在苏格兰有禁止公开做弥撒的法律听之任之——这是对约翰·诺克斯的追随者一种痛苦的容忍,用诺克斯自己的说法,他"宁可目睹一万

---

① 摩押,指死海之东摩押的闪米族人。
② 亚玛力,指西奈半岛的贝督因人。
③ 耶洗别,转义指荡妇,悍妇。据《旧约·列王纪下》第十六章,以色列王亚哈娶耶洗别为妻。耶洗别放荡而残忍。

约翰·诺克斯

个敌人在苏格兰登陆,也不愿意耳闻仅仅做了一次弥撒"。当然,这个虔诚的女天主教徒,这个吉斯家族的外甥女保留了这样的权利,即:在家庭小教堂里不受干扰地进行自己的宗教礼仪活动。国会也并无异议,同意了这一正当要求。可是第一个星期日,在她自己家中,即在霍利罗德小教堂里刚准备好要举行天主教礼拜仪式,就有被煽动起来的人群气冲冲地拥到门前。教堂司事正要拿往祭坛的祝圣蜡烛硬给夺走毁掉。叽里呱啦声越来越响,说要把"崇拜偶像"的神父赶走,甚至干掉。反对做"撒旦礼拜"的叫喊声越来越激烈。眼看在女王自己家里随时都会掀起一场宗教风暴。幸亏莫雷勋爵——尽管他自己就是"苏格兰教会"的开路先锋——赶来挡住狂热的群众,守住入口。礼拜仪式在惶恐不安中结束后,莫雷把吓坏了的神父送回房间,使他并未受到伤害。公然挑衅可能引起的不幸事件终于被制止了,女王的威信也勉强保住。但是欢庆女王返国的活动——诺克斯怒火中烧讥之为"笑料"——便草草中止,让他看着打心眼里高兴:惯于幻想的女王第一次尝到在本国的现实中碰壁的滋味。

玛利亚·斯图亚特勃然大怒,以此回答这次侮辱。她泪如泉涌,言词激烈,发泄着压在心头的怨恨。这就又一次较为清晰地反映出她迄今表现得并不明显的性格特点。这个从小得天独厚的年轻女子心地善良,性情温柔,待人宽厚随和。从宫廷里最上层的贵族,到侍女、奴婢众口一词盛赞她和蔼可亲,平易近人,诚恳真挚。她之所以得到每一个人的好感,因为她对谁都从不疾言厉色、盛气凌人、自诩尊贵。由于她纯朴自然,宽以待人,也就使人忘掉她所处的优越地位。但是这种大方而诚挚的基础却是坚定的自信,在没有人触动它的时候,始终看不出来。一旦有谁胆敢对此加以抵制或反抗,它马上就会剧烈地迸发出来。这个引人注目的女子有时可以忘掉对她个人的冒犯,然而丝毫不能容忍对她王权的侵犯。

因此,这破天荒的侮辱她一刻也不能置之不理。这种肆无忌惮的行为必须从一开始就立即彻底制止。她心里明白这要依靠谁才行。她知道就是那个异端教会里的大胡子煽动民众反对她所信仰的宗教,驱使这帮家伙上门闹事。她马上决定要好好地教训他。玛利亚·斯图亚特从小习惯于法国的王权统御一切、子民俯首帖耳的制度,在受到上帝恩赐的感觉中长大成人,无法想象竟然有一个臣民,一个百姓与她作对。她对什么都有思想准备,就是没有料到居然有人胆敢公然甚至无理地同她对着干。可是诺克斯就等着她,还巴不得她采取行动。他说:"我曾经面对众多发怒的男子毫无惧色,并未失态,怎么会让这个尊贵的女子那张漂亮的脸蛋给吓唬住呢?!"他兴冲冲地赶往王宫,因为争论——用他的话来说,为上帝的争论——是每一个宗教狂热者的极大兴趣。上帝把王冠赐给国王,也把热情的言词赐给自己的牧师和使者。在约翰·诺克斯看来,苏格兰教会的牧师作为神权的卫士居于国王之上,他的任务是在尘世维护上帝的统治,必须毫不犹豫地挥舞凝聚着愤恨的大棒教训那些离经叛道者,像古代撒母耳①和《圣经》里面的士师②那样。这就出现了如同《旧约》里所记载的场面:国王的高傲和牧师的自负发生了针尖对麦芒的冲突。这里并不是仅仅一个女子和仅仅一个男子谁占上风的问题。这是两种古老的思想成千上万次后的又一次殊死搏斗。玛利亚·斯图加特尽量采取温和的态度,以求达成谅解。她隐忍了恼怒希望国家太平无事,于是彬彬有礼地开始谈话。可是约翰·诺克斯打定主意对她不客气,要让这个"崇拜偶像的女人"看看,在世上任何有权有势者面前稍稍低一下头他都不干。他缄默而阴沉,不像一个被告,倒像一个原告。他倾听着女王指摘他写的《反对牝鸡司晨咄咄怪事的第一声号角》,因为他在这本书里认为妇女不应该拥有王权。可是同一个诺克斯,由于同一本书却卑躬屈膝地向信仰新教的伊丽莎白祈求原谅,现在又在他的"教皇派"女国君面前,使用各种含混不清的言词,以此固执地坚持己见。谈话渐趋激烈。玛利亚·斯图亚特直截了当地问诺克斯,臣民是否应该绝对服从君主。玛利亚·斯图亚特期待的回答是"当然"。可是这个机灵的变色龙借助譬喻硬说服从的本分也有一定的限度。他说:如果一个父亲失去了理智,要想杀害自己的孩子们,那么这些孩子就有权利把他的手缚住,把他的剑夺下。如果国君迫害上帝的孩子们,那么他们就有反抗的权利。女王一听到这种通

---

① 撒母耳,《圣经》故事人物,以色列最后一名士师和早期先知。
② 士师,以色列人建国前临时性军事首领。

过假设来表述的限制，立刻就感受到：这个神权政客对她的统治权抱着逆反的心理。"这么说，"她问道，"我的臣民要服从您，而不是服从我吗？这么说是我臣属于您，而不是您臣属于我吗？"

这虽然正是诺克斯的想法，但他很谨慎，在莫雷面前并没有十分明确地把它说出来。"不是这样，"他支吾地答道，"君主和臣民两者都应该服从上帝。男国王应当是教会的衣食之父，女国王应当是教会的乳母。"

"可是，我并不想给你们的①教会喂奶，"女王为他措辞模棱两可所激怒，反唇相讥道，"我要照料罗马天主教会，我认为这才是上帝的教会。"

现在终于短兵相接了，对话已经集中到一个虔诚的女天主教徒和一个狂热的新教徒彼此无法妥协的焦点上。诺克斯变得非常粗鲁，竟说罗马天主教是不能嫁给上帝的婊子。女王不许他使用这种污辱她良知的字眼。于是诺克斯用挑衅的口气回答说："良知需要真知。"他还说，他担心女王缺乏真知。这第一次谈话不仅没有取得和解，反而加深了敌对情绪。他心里明白："这个撒旦不好对付"，不能指望这个年轻的女王会知难而退。"在同她争论时，我看到至今从未在这般年龄的人身上见过这样坚定的意志。从此，宫廷与我，我与宫廷都已一刀两断。"他愤恨地写道。另一方面，这个年轻的女子也第一次意识到她的王权有多大的限度。诺克斯昂首离开宫室。他得意洋洋，因顶撞了女王而踌躇满志。玛利亚·斯图亚特留在原处，闷气郁结，痛苦地看到自己无能为力，不禁热泪滚滚。但这是最后一次流泪。很快她就会认识到：人们不能仅仅依靠血统关系继承权力，还得不停地通过斗争和蒙受屈辱重新夺取才行。

---

① 你们的，玛利亚·斯图亚特在此以前用"您"称呼诺克斯，在这里改用"你"（"你们的"），流露出情绪、态度的改变。

第五章　推动岩石[①]

1561 年—1563 年

年轻的女王在苏格兰孀居中度过的最初三年里还算风平浪静。在她身上,所有重大事件都集中表现为一个个极其短促而又震撼人心的生活片断,这(深深地吸引了剧作家们)是她一生境遇的特有形式。那几年里,莫雷与梅特兰治国,玛利亚·斯图亚特挂名。这样分权,对整个国家再好不过。无论莫雷还是梅特兰的治国手法都灵活而审慎;玛利亚·斯图亚特的挂名技巧亦属上乘。她是天香国色,丰姿绰约,擅长各种高雅的艺术,又是尚武刚勇的女骑手、动作敏捷的女球员、志在必得的女猎人,凭她的体态神采便已博得众人的倾慕。爱丁堡的老百姓自豪地看着这个斯图亚特家族的女儿清早在花团锦簇的骑兵行列中,举手托着猎鹰,骑马出来,见到有人向她致敬,便亲切、愉快地答礼。这位姑娘一样的女王回归故土,给这个苦寒、死气沉沉的国家带来了轻松欢快的活力、激动人心的景象、富有幻想的情调、像一缕阳光般的青春气息和美好意趣。一个具有青春气息和美好意趣的君主不可思议地在任何一个民族都会得到子民的爱戴,而玛利亚·斯图亚特的尚武刚勇气概更能赢得那些勋爵的尊敬。她可以一连几天率领随从骑马往前猛冲而毫无倦意。正如在她和蔼可亲获得好感的举止后面那个尚未敞开的内心世界里潜藏着不屈的高傲心性,她那高挑、娇嫩、轻盈、柔软有如

[①] 推动岩石,希腊神话中的渎神者、暴君西西弗斯死后堕入地狱,被罚推动一块沉重的岩石上山,但岩块在接近山顶时又滚落下来。于是他再推,如此循环不已。常被用来比喻劳而无功。

柳条的女性躯体里积蓄着非凡的力量。她的尚武热情如火,不识辛劳为何物。有一回,她沉醉于绝尘疾驰中,对一个随从坦言,她愿生为男儿身,可以一尝通宵待在野外的况味。当摄政莫雷征讨反叛的亨特利家族时,她毅然骑马随军,胯边佩带重剑,腰里别着短铳。这次令人兴奋的冒险使她感到无比痛快。狂暴与危急给她带来新鲜而强烈的刺激。将自己整个投入进去,连同全部的力量、全部的兴趣、全部的热情,这便是这个女强人深藏心底的奥秘。在这次出征的马背上、车子里,她像一个猎人、一个武士,吃苦耐劳;而在宫廷内,她则是深谙艺术和文化的君主,又能以与此相称的身份行事。在自己这个小天地里,她是最愉快、最和气的女性。她将转眼逝去的青春和时代的理想、勇武与轻盈、坚强与温厚结合在一起,显示出高雅和富有情趣的气度,堪称典范。在这多雾、寒冷、笼罩着宗教改革阴影的北国,她的形象映射出行吟诗人歌咏的温文尔雅即将消失时的最后一缕余晖。

这位姑娘模样的少妇或者说少女一般的孀妇娴雅洒脱,她的形象从来没有像在她二十岁、二十一岁时那样光彩照人。就在这一点上,极度辉煌亦来得太早,她浑然不觉,亦未加发挥。她的内在活力还未充分觉醒,潜在的女性还未感受到热血奔腾的取向,个性也还未定型、成熟。只有在亢奋中,在危急时,真正的玛利亚·斯图亚特才显露出来。但是在苏格兰的最初几年里仅仅是漠然等待,打发时光,准备行动,却又不知道为了什么,为了哪个,有如奋力进行关键的一搏之前深深吸了一口气,这是一个乏味、无聊的瞬间。玛利亚·斯图亚特还是半大孩子时便已拥有法兰西。她根本就不在乎这不值一提的苏格兰做国王。她回归家乡并非为了统治这个贫穷、窄小、偏远的故国。从一开始她就把这顶王冠看做赌注,要在世界赌场上赢得一顶更加体面的冠冕,可见玛利亚·斯图亚特绝非像人们所想或所说的那样胸无大志,作为循规蹈矩的苏格兰王位继承者,但求安分守己、太平无事地管理父王的遗产。谁认为她的雄心不过尔尔,那就小看了她的抱负。事实上,她十五岁曾在巴黎圣母院与法国王储结婚,在卢浮宫作为几百万人的女君主受到过隆重的庆贺。她永远也不会满足于做一个手下只有二十几个飞扬跋扈、土气未脱的伯爵和男爵的国君,做一个统治几十万羊倌与渔夫的女王。仅凭主观臆断硬说她对自己民族具有爱国心,那是虚假透顶的编造,其实这是此后几百年间的发明。除了她的头号对手伊丽莎白以外——十五、十六世纪的君主心目当中还完全没有自己的子民,他们只想到个人的权势。王国与王国可分可合,就像衣服可以缝制可以拆开一样。国家的成因在于战争与婚姻,而不是民族内部规律的必然发展趋势。所以我们不能感情用事,以免产生误解——当时玛利亚·斯图亚特随时都会拿苏格兰去换取西班牙的、英国的、法国的或者随便哪个国家的王位。真要那样,她离开故乡的森林、湖泊、具有诗情画意的城堡时,可能不会流下一滴眼泪。强烈的雄心,驱使她一直只把自己这个蕞尔小国视为实现更高目标的跳板。她知道:凭她的继承权利,注定该当君主;凭她的美貌和修养,配戴欧洲任何一顶王冠。像她这般年龄的其他女子梦想着无可估量的爱情,她的雄心促使她以同样朦胧的激情一心要取得无可估量的权力。

因此,起初她将政务托付给莫雷和梅特兰,毫无嫉妒之心,甚至确实没有与闻其事的意兴。——这个贫穷小国对于她,对于这个早早登位的女子,对于这个过早地为命运所娇惯的女子算得了什么?——她放手让那两个人当政治国,并不猜忌。她从不统御一切,从不聚敛钱财。她就有这种极为高超的政治手腕,这是玛利亚·斯图亚特的一大长处。她只会自卫,却不会保全。只有在她的权利受到威胁时,她的高傲遭到挑衅时,他人的意志侵犯她的合理要求时,只有在这时候,她的活力才会觉醒,一阵一阵地剧烈地迸发出来。只有在关键时刻,这个女子才显出卓尔不群,精力充沛,而在平常日子,她则仅及中人水平而无所用心。

在这风平浪静的时日,她那个头号对手的敌意也偃旗息鼓。每当玛利亚·斯图亚特容易冲动的情绪保持平和适度,伊丽莎白也心神安定。这个非常讲究实际的女子在政治上一向有一个极为重要的优点,那就是:承认事实。面对不可逆转的局势,她不会执意蛮干。她曾竭尽全力阻挠玛利亚·斯图亚特回归苏格兰,千方百计拖延此事,可是到了对方返国已成定局的时候,伊丽莎白也就不再斗下去。既然除灭不了玛利亚·斯图亚特,她便反过来想方设法同自己的敌手修好。伊丽莎白是明智的女性,并不喜欢打仗——这正是她的不可捉摸、固执己见的性格中最起作用、最可称道的特点——到了需要动武、承担责任的关头,她便畏首畏尾。她天生胸有城府,宁可借助谈判、协议来取利,运用机巧的心计以争胜。莫雷勋爵一确知玛利亚·斯图亚特回归苏格兰已是势在必行,便以动听的言词劝告伊丽莎白要同她建立信实的睦邻关系。"你们两位都是超越常人的年轻女王,同属女性,不宜以战争与流血来增添荣耀。你们各方都知道你们之间的敌意缘由何在。设若我的君主,我的女王对陛下王国的实体或名称未曾提出过要求,那本是我赤诚的心愿。纵然如此,你们两位一定要而且始终要视对方为朋友。可是,既然她表示过那种想法,我担心,只要这个障碍尚未排除,你们之间的隔阂仍将存在下去。陛下在这一点上不会让步,而她在血统上如此亲密的英国却被视为路人又会感到不近人情。那么这里就没有中间道路可走吗?"伊丽莎白对这样一个建议表示了并非充耳不闻的态度。玛利亚·斯图亚特只是苏格兰女王,又有领取英国津贴的莫雷在她身边看住,因此对伊丽莎白暂时也就没有什么危险,就像她当时一身而兼法兰西和苏格兰双重君主并未构成威胁一样。为什么不对她做出并不是出于真心的友好姿态呢?不久,伊丽莎白与玛利亚·斯图亚特之间开始了书信往来。在容纳得下千言万语的信笺上,"亲爱的姊妹"①之一向另外一个传达了绵绵情意。玛利亚·斯图亚特给伊丽莎白送去一只钻戒作为捐赠物品;伊丽莎白回赠她一只更加昂贵的戒指。她们两个都在世人面前,彼此都在对方面前演戏,以示亲戚情深,皆大欢喜。玛利亚·斯图亚特明确表示:她在人间最大的愿望莫过于一见好姐姐。她要解除同法国的结盟关系,因为她珍视伊丽莎白的情谊"超过世上所有长辈的好感"。而伊丽莎白则以其在极为隆重的场合方才使用的粗大、端正的字体,信誓旦旦,陈述自己对她的情谊与诚意。可是到了真要签订协定,落实晤面一事的时候,两个人马上都谨慎地规避了。说到底,谈来谈去,就在原来那一点上卡住。玛利亚·斯图亚特要伊丽莎白先确认她的继位权才肯签署承认伊丽莎白的《爱丁堡条约》。而

---

① 原文如此。

这在伊丽莎白看来无异是签署自己的死刑判决书。谁对自己的权利都寸步不让,因此口吐莲花只是遮掩未能逾越的鸿沟,正如世界征服者成吉思汗斩钉截铁地说过的那样:"天无二日,地无二君。"两个当中非有一个让步不可:不是伊丽莎白就是玛利亚·斯图亚特。两个人内心深处都明白这一点。两个人都在等待这个关键时刻的到来。可是时候未到,享受这个刀兵相见之前的短暂间歇何乐而不为?既然心底的猜疑无法消除,那就不会没有由头将暗红的星火煽起来变成吞噬一切的烈焰。

在那几年里,年轻的女王有时因小事而发愁,有时因政务而烦恼。她越来越觉得与这些冷酷、好斗的贵族格格不入。担任神职的盛气凌人,施展阴谋的暗中使坏,同这些人争吵不休令人感到憎恶。在这样的时刻,她便遁入对法国的记忆之中,这是她牵挂心头的故乡。当然她不能离开苏格兰,因此,在霍利罗德的宫中构建了一个独自拥有的小型法国。在这具体而微的世界一隅她可以完全不受干扰地自由自在地爱干什么就干什么。这里便是她自己的特里阿农①。在霍利罗德圆塔里,她仿照法国的格调塑造了一种温文尔雅、富有诗情画意的宫廷生活方式。她从巴黎带来挂毯,土耳其地毯,华美的卧榻、家具、图画,装帧美观的书籍:她爱读的伊拉斯谟、拉伯雷②、阿里奥斯托③和龙沙的作品。在这里,晚间伴着摇曳的烛光,人们演奏音乐,做社交游戏,吟诗,唱牧歌。在这里,这个小型宫廷首次试演英吉利海峡彼岸的"面具"小戏,后在英国剧场繁荣达到顶峰的古典"即兴"小品。人们化装跳舞,直至半夜以后。有一次在"属意"假面舞会上,年轻的女王甚至穿上黑绸紧身长裤,扮作男子,而她的舞伴——年轻的诗人夏斯特拉尔——却化装为女王。此情此景要是让约翰·诺克斯看了定将惊骇万分。可是在这样的娱乐时刻,人们便谨慎地拒不接纳清教徒、宗教狂和诸如此类的挑刺者。诺克斯对这些"玩物丧志之徒"非常恼火,却又奈何不得。他站在圣贾尔斯大教堂的布道堂上大喊大叫,胡须像钟摆一样晃来晃去。他说:"王侯显贵演奏音乐,参与

---

① 特里阿农,法国巴黎郊外凡尔赛行宫名。
② 拉伯雷(约1494—1553),法国作家,人文主义者。
③ 阿里奥斯托(1494—1533),意大利诗人。

宴会已经成了习惯,却不爱诵读或聆听上帝的圣谕。他们偏爱摧残青年的摆弄乐器的和阿谀奉承的人,就是不喜欢上了年岁、独具慧眼的人。"——这个自命不凡的人这么说会指谁呢?——"其实有识之士苦口婆心规劝,无非是要大家去掉一些我们与生俱来的自傲习性。"然而,这一群快活的年轻人并不怎么需要这个"除灭欢乐者""有益身心的规劝"。四个玛利、几个思想倾向法国的青年男子庆幸能在充满友情的明亮而温暖的宫室里,得以忘却这片冷酷、凄惨的土地上那种沉闷阴郁的气氛;玛利亚·斯图亚特也因能够脱下冰冷的至尊面具,在一群年龄相近、性情投合的同伴中仅仅做一个快乐的女郎而喜不自胜。

这种愿望本属天性。可是对玛利亚·斯图亚特来说,随意为之无异于甘冒风险,着意装假使她感到苦闷,长此小心行事令她难以忍受。然而,正是这种"不会遮遮掩掩",像她有一回所写的那样,"我做不到喜怒不形于色"的优良品质在政治上给她带来的苦恼比最阴毒的欺骗和最无情的冷酷给别人造成的麻烦还要多。女王在这些年轻人面前举止纯任自然,面带笑容接受他们的倾慕,或许甚至无意中触动他们产生这种心理,使这些无缰野马变得熟不知礼,没有了分寸。在易于动情的青年男子眼里,玛利亚·斯图亚特更成了一种诱惑。在这个画像上未能充分显示韶秀的女子身上一定有过性感的吸引力量。也许透过不易觉察的迹象,个别男子当时早就感觉到:这个女孩一般的少妇一举一动显得和蔼可亲,看来规行矩步,在这后面却蕴藏着非同寻常的激情,宛若一座地面景色秀丽的火山。或许在玛利亚·斯图亚特本人意识到自己的奥秘之前很久,由于男性的本能他们就已觉察到、体味到她那种不受拘束的天性,因为在她身上存在着某种魅力,驱使男子变得亢奋,甚至于产生痴情。可能正因为她自己的欲望本能尚未觉醒,所以比一个洞悉个中况味、深知无拘无束的举止隐含挑逗危险的妇女更易做出细小的肌肤亲昵动作——摸一下,吻一下,投去脉脉含情的一瞥。无论如何,她使周围的青年男子有时忘掉:对女王的性别特点决不可想入非非。一个年轻的苏格兰船长,名叫赫普伯恩,有一回愚蠢而放肆地对她有非礼的举动,事后只好出逃才未受到极为严厉的处罚。可是玛利亚·斯图亚特对这一令人恼火的事件处理过于宽容,轻率地将它看做可恕之罪而加以原谅,这就给她那个小圈子里另一个贵族壮了胆。

这一件荒唐事简直匪夷所思。像苏格兰这片土地上几乎每一个生活插曲那样,它也成了无限凄怆的悲歌。在法国宫廷里第一个倾慕玛利亚·斯图亚特的是诗人丹维尔先生。他有一个年轻的朋友和旅伴,便是诗人夏斯特拉尔。丹维尔将他引为知己,向他吐露了自己情之所钟的心迹。丹维尔先生曾和其他贵族一起全程伴送她回到苏格兰,现在他将返回法兰西,回到自己妻子那里,回去尽他的本分。但行吟诗人夏斯特拉尔却留在苏格兰,聊且代庖诉说他人的衷曲。可是行行情诗,写了又写,也不无危险,很容易变成假戏真做。这个年轻的胡格诺教徒对向女士献殷勤的本领样样精通。玛利亚·斯图亚特轻率地接受了他饶有诗意的颂词。她甚至自己也作诗唱和。一个才思敏捷的年轻女人,置身于这片荒凉、落后的土地上,在百无聊赖中,听到有人以如此情意绵绵的诗行赞颂自己,哪有不喜欢的呢?

　　啊,永生的女神,
　　你一定要倾听我的声音。
　　我之力所能及的一切,
　　都听命于你的裁决。
　　让我敞开胸怀说一句,
　　如果你毫不心软,
　　就是短暂的欢娱,
　　竟使我命归黄泉,
　　那只是因为你秀色可餐。

更何况她并不觉得自己有什么过错!事实上,尽管夏斯特拉尔激情如沸,但她却未真正与之相爱。他不得不黯然神伤地承认:

　　纵使激情的火焰
　　猛地燃起,
　　将我化为灰烬,

也从未在你的灵魂里

催发一点相爱之心。

可能玛利亚·斯图亚特只是把它看做写诗称颂,等同于宫廷内和奉承者的众多其他恭维文字。她自己就是诗人,熟知这些抒情之作无不言过其实。对这个单相思的英俊青年所写的这类诗句她也就一笑置之。这些艳诗她都不当一回事,仅仅视之为逢场作戏,这在富有情趣的女王宫廷不是什么大惊小怪的事情。她举止落落大方,毫不在意地同夏斯特拉尔开开玩笑,就像跟四个玛利打趣一样。她对他另眼相看,说说无关紧要的客气话,挑了他做舞伴(按照地位,他几乎不能接近她)。有一回,跳芙金舞做出一种舞姿时,她身子前倾,同他肩膀挨得很近。他对她讲些少了顾忌的话,越出苏格兰的,越出约翰·诺克斯的布道坛三条街这块地方的常规,她也听之任之,可是诺克斯指摘说:"这是窑姐作风,正派妇道怎么可以这样!"她跳假面舞或者做罚物游戏时,也许甚至给夏斯特拉尔一个短吻。这类亲昵的动作本身无足轻重,却带来了恶果:这个年轻的诗人,像托尔夸托·塔索①那样,已经看不清楚女王与臣仆、敬意与友谊、献殷勤与讲礼貌、严肃与戏谑之间的界线了,头脑发热,恣意妄为。这就发生了一桩意外的麻烦事。一天晚上,服侍玛利亚·斯图亚特的几个姑娘发现夏斯特拉尔躲在女王寝室的帷幕后面。她们起初也没有往非礼上头去想,只是把它看做年轻人调皮捣蛋的莽撞行为,于是七嘴八舌装作生气的样子说了他一通,将他轰出卧室。玛利亚·斯图亚特本人对他这样胡来也是宽恕多于动气。这件事就周到地瞒过了玛利亚·斯图亚特的哥哥,很快人们再也不提重罚如此严重地触犯一切礼法的行径。可是这回手下留情并未使那个青年幡然悔悟。这些年轻女子没有认真对待此事,反而给这个狂徒壮了胆子再次胡闹取乐;也许他真是迷恋玛利亚·斯图亚特,竟至肆无忌惮——不管怎样,女王去伐夫②途中,他偷偷跟着,内侍中谁也没有察觉到他,直至女王就寝脱去部分衣服时,人们才又一次在她的卧

---

① 托尔夸托·塔索(1544—1595),意大利诗人。

② 伐夫,苏格兰东部一区名。

室里发现这个浑人。受到冒犯的女王猛然吃了一惊大叫起来,刺耳的呼喊响彻整个屋子。女王的同父异母兄从邻室赶来。这回再也无法宽恕和隐瞒了。据说玛利亚·斯图亚特当时要求——这不大可能——莫雷立刻用短剑捅死这个冒失鬼。可是莫雷行事同他任性的妹妹不同,他每走一步都要明智地通盘筹划,考虑一切后果。他深知,在女王寝室杀死一个年轻男子,鲜血不仅弄脏地面,而且也将玷污女王的名誉。这样一种罪行必须公开声讨,必须在闹市中公开惩罚,才能在臣民面前,在世人面前表明女王完全清白。

过了没有几天,夏斯特拉尔被押上断头台。他的胆大妄为被法官们定为犯罪的行为,他的轻佻放肆被定为恶意的动机。他们一致判他极刑,斩首处死。玛利亚·斯图亚特此时就算有心,也已再无可能赦免这个糊涂虫。使节们都已向本国朝廷报告了这一事件。在伦敦、巴黎人们都好奇地注视着她有何动作。为他开脱的任何一句话,都可以被理解为串通犯禁。所以即使她心软,也只得做出严厉的姿态,抛弃这个欢乐愉悦时刻的伙伴,致使他在死到临头的瞬间陷于无望与无助之中。

夏斯特拉尔死得无可指摘,既然臣服于一位洒脱的女王,就该如此。他拒绝了牧师的任何祈祷,只有诗歌,只有

> 我这可悲的不幸,
> 也就是我的永生。

这一信念会给他以慰藉。这个勇敢的行吟诗人挺胸走向法场。在路上他既未唱赞美诗,亦未念祈祷文,而是大声朗诵友人龙沙的名篇《赴死诗》:

> 问候你,可人、利人的死神,
> 解脱极度痛苦的良药与素馨。

在断头台的砧子前,他再次昂首呼唤,听起来与其说是叹息,不如说是怨恨:"最毒妇人心哪!"然后镇定地俯下身子,接受致命的一铡。这个幻想者以谣曲、诗歌的方式死去。

但是这个夏斯特拉尔仅仅是一群为玛利亚·斯图亚特而死的冤魂中的第一个。他只是走在他们的前头而已。从他开始了所有为这个女子命

丧断头台者可怖的死之舞。他们为她的遭遇所吸引,同她本人祸福与共。他们来自各个国家,一如霍尔拜因①的作品,他们拖着脚步走在黑色的头骨鼓后面,听任摆布。一步又一步,年复一年,王侯与摄政、伯爵与贵族、神父与武士、青年与老人,所有这些人都舍己为她,为她捐躯,她无辜地成了他们走向毁灭的罪人,自己为了赎罪走在这个行列的最后。命运在一个妇女身上注入死亡魔力如此之多实属罕见。像一块不祥的磁石,包含着极大的危险,吸引了周围所有男人走上绝路。谁要是走上她所走的道路,无论是否得宠,都难逃厄运而不得好死。恨她的人都没有交上好运。胆敢爱她的人则付出了更加惨重的代价。

因此夏斯特拉尔这段插曲乍看只是一个偶发事件,一个突发事件。事实上,在这里面第一次显示出她这一生的规律——她未能及时领悟——她的草率、随便、轻信从来都不会使她不受到惩罚。从一开始,她的生活特点就在于:她必须表现为一个具有代表性质的形象:女王,自始至终只能是女王,出头露面的人物,世界游戏当中的玩物,而且起初一切看来都是恩泽,诸如幼年登上的王位,与生俱来的王位,实际上全是祸根。每当她想还自己以本来面目,完全按照自己的心情、爱好、真正的兴趣来生活时,便会由于失职而遭到可怕的惩罚。夏斯特拉尔一事只是首次警告。度过了并无童趣可言的幼年时代,在人们第二次、第三次拿她的身体和生命去同某一个陌生的男子讨价还价,以换取某一顶王冠之前,她曾有一段短暂的间歇,只想有几个月做一个无忧无虑的年轻女人,就这样喘口气过日子,快活自在,别无他求。可是严酷的手马上把她从随意消遣中拽了出来。这次出事使得摄政、国会、那些勋爵感到不安,大家都催促她重新结婚。玛利亚·斯图亚特应当挑选的丈夫当然不能是她的如意郎君,而是能够加强国家实力和安全的男人。早就开头的各项谈判眼下正在紧锣密鼓进行之中。这些身居要职的人物忧心忡忡,生怕这个轻率的女人又会干出蠢事,完全败坏了名誉和声望。在婚姻市场上的肮脏交易又一次开始了。玛利亚·斯图亚特又陷

---

① 霍尔拜因(1497—1543),德国画家,曾作版画系列"死之舞"。

身于政治魔圈,一生自始至终被无情地禁锢在里面。而且每当她想突破这种冷酷的束缚,短暂地过一下自己的温暖、真正的生活,便会遭到别人和自己的命运的迎头痛击。

第六章　政治婚姻的闹市

1563 年—1565 年

彼时彼刻,向两个年轻女子求婚者趋之若鹜:向英国的伊丽莎白和向苏格兰的玛利亚。在欧洲,不管哪个,只要拥有王权而尚无配偶,无不派出自己的求婚使者:哈布斯堡王室①和波旁王室②,西班牙菲力普二世和他的儿子唐·卡洛斯,奥地利大公国,瑞典的和丹麦的国王——老翁和男孩,半大小子和成年男子莫不如此。政治婚姻市场已经很久没有这样生意兴隆了。对一个男性统治者来说,同一个女君主结婚是扩大实力的最为简便的形式。在专制时代,不是通过发动战争,而是通过缔结婚姻曾经不止一次产生影响巨大的继承权:统一的法兰西、称霸世界的西班牙与显赫的哈布斯堡王室。谁知现在欧洲还有最后两颗价值连城的王冠宝石,这就令人垂涎不已。伊丽莎白或者玛利亚·斯图亚特,英国或者苏格兰,谁能通过婚姻获得这一个或者另一个国家,也就在世界赌场上成了赢家,而且与民族赛跑的同时,另外一场,即精神上宗教上的战争也会见出分晓,因为如果与两个女王之一缔结婚姻,大不列颠岛归属于信仰天主教的并肩王,那么天主教与新教之争的天平指针最终就倾向罗马,普世宗教又将在全球获胜。因此,这场激烈的新娘争夺战所具有的意义无可估量地超越了一桩家事,角逐的结果意味着:这个大千世界谁主沉浮已成定局。

谁来主宰世界成了定局:而对这两个女人来说,对这两位女王来说,

---

① 哈布斯堡王室,曾经统治过神圣罗马帝国、西班牙王国、奥地利帝国、奥匈帝国和一些小王国及公国。
② 波旁王室,曾在法国、西班牙和那不勒斯建立王朝。

也是一生荣辱系于此。她俩的命运曲线纠缠得难解难分。两个对手之一通过缔结婚姻增强了实力,另外一个的王位便不可避免地岌岌可危。这一只天平托盘上升,另一只必然下沉。只有在玛利亚·斯图亚特与伊丽莎白两个都不婚配,这一个只当英国的女王,那一个只当苏格兰的女王这段时间里,她俩的虚情假意才能勉强维持下来。一旦砝码不是半斤八两,其中之一必然势力更大,成为赢家。可是两个都铁了心,以高傲对高傲,谁也不愿、不会向对方让步。只有进行殊死搏斗才能打开这个要命的僵局。

这是一出气派十足的高档戏,历史为此选定了两名最重量级的死对头女演员。两个人,玛利亚·斯图亚特与伊丽莎白都具有特殊的、无与伦比的禀赋。撇开她俩充满活力的形象不谈,当时其他专制君主——僧侣那样僵化的西班牙菲力普二世、任性有如男孩的法国查理九世、平凡庸碌的奥地利斐迪南都像无能的配角演员。他们连接近这两个非同寻常的女子钩心斗角的高超才智也谈不上。两个人都聪明——只是往往由于女性喜怒无常、感情用事而打了折扣。两个人都要强,竟然到了无法控制的地步。两个人都在少女时代刚一开始便为各自尊贵的身份做了特殊的准备。两个人作为头面人物公开亮相的仪态都堪称十全十美。两个人的文化修养都居于人文主义时代的顶峰。每一个人除了母语以外都能流利地使用拉丁文、法语、意大利语。伊丽莎白还通希腊文。两个人所作的书函均形象而生动,就其表达能力来说,都远远超过各自最为卓越的廷臣。伊丽莎白的信札远比她那机敏的首相塞西尔鲜明而富有活力。玛利亚·斯图亚特的书信比梅特兰和莫雷这些人满纸外交辞令的公文要细腻而别致。两个人的才智、艺术鉴赏能力、君主气度就是在极为严格的评判者面前也能通过。如果说伊丽莎白会使像莎士比亚和本·琼生①这样的作家不得不钦佩她,那么玛利亚·斯图亚特也会自然而然地受到龙沙和杜·倍雷这样的诗人的景仰。可是除了这一学识修养方面的共有高度以外,这两个女子便毫无相似之处,内在的反差因而变得更加清晰,作家们

---

① 本·琼生(1573—1637),英国戏剧家。

从一开始便把它视为典型戏剧性的冲突而施以重彩浓墨。

这种反差如此泾渭分明,以至于就是生活道路便已把它显示出来,像几何图形那样一目了然。具有决定意义的区别在于:伊丽莎白在开始时,而玛利亚·斯图亚特则在终结时处境艰难。玛利亚·斯图亚特的幸福与权势有如在晴朗的天空中轻巧、明亮、迅疾地升起的一颗晨星。她出生不久即为国王,还未成年又再度接受涂油仪式成为王后。她的陨落也同样急骤而突如其来。她的命数关键集中表现在三四次厄运上,就是说,具有典型戏剧性冲突的形式——因此,她也一再被挑选作为悲剧的主角。伊丽莎白则缓慢而顽强地攀登上去(因此只有叙事形式的长篇描述对她才合适)。她什么都不是得之于馈赠或上帝漫不经心的恩赐。她小时候被宣布为非婚生的女孩,被亲姊姊关进伦敦塔,面临判处死刑的危险。她不得不依靠权术和早熟的交际手腕以苟全性命。玛利亚·斯图亚特由于有权继承,从一开始便得到了至尊地位;伊丽莎白则靠自己投入整个身心方才成为人上人。

两条迥然不同的生活道路必然各有走向,彼此可能偶尔交叉穿过,但是从来不会真正地合在一起。这一个的王位犹如头发生来就有;另一个则要进行斗争,玩弄权术,做出努力方才取得自己的地位。这一个从一开始起便是合法的国王;另一个却非名正言顺的君主。这种根本区别必然会影响到性格深处出现的每一次颤动和呈现的每一种色调。这两个女子当中的每一个都因不同的境遇而形成不同的气质。对玛利亚·斯图亚特来说,一切都——过早的!——得来全不费功夫:唾手可得,不劳而获,这就使她变得极为罕见地轻率与自信,使她行事大胆而莽撞,这也是她卓尔不群与万劫不复的根由。上帝赐她这顶王冠,谁也无法将它夺走。她只消发号施令,他人就得俯首听命。虽然所有人都怀疑她为君是否合适,她自己却总觉得主宰臣民劲头十足。她遇事不细加思考,动辄情绪激昂,仅凭心血来潮,就急如拔剑下定决心。她是大胆的女骑手,惯于一拉缰绳,一冲,一跃,便越过栏架与障碍。她以为在政治上也只要鼓起勇气便可以克服困难,摆脱危机。如果说伊丽莎白执政有如下棋,必须绞尽脑汁,每时每刻都得全力以赴,那么对玛利亚·斯图亚特来说,则是痛快的享受、生活乐趣的增强、豪放的比赛。教皇有一回说她是"妇人身有男儿心"。正是这种轻率大胆、唯我独尊的习性使她在诗歌、谣曲、悲剧中显得如此动人,却埋下她早早陨落的祸根。

伊丽莎白为人只讲实际,可以说是洞悉客观情况的天才。她之所以取胜,完全是因为她机智地利用了大大咧咧的对手欠思量干下的蠢事。她用一双明亮锐利的鹰眼(请看她的画像)狐疑地注视着这个可怕的人世,过早地懂得它的险恶。少小时,她便有机会看到幸运之球急遽地上下滚动:王位与断头台只隔开一步,死神的前院伦敦塔与威斯敏斯特①仅在咫尺之间。所以她总觉得权势无常,居安须思危。伊丽莎白小心翼翼、忧心忡忡地紧紧握住王冠与权杖,好像它们全由玻璃制成,随时都会被失手打碎。她这一辈子也确实都在忧虑与犹豫中度过。所有的肖像都令人信服地补充了描述她品性的文献。没有一幅画像使人觉得她的目光透出一个真正的女君主所具有的坦荡、自在与高傲。她那副浮躁的面相显得胆怯、不安而紧张,仿佛在倾听、在等待什么。她的嘴角从未粲然露出自信的微笑。她衣饰奢华,礼服缀满珠翠,畏缩而又自负地抬起那张苍白的脸孔,由于过分艳丽给人以僵化的感觉。这就使人想起:只要她身边无人,只要那件华丽的女衫从骨瘦如柴的肩头滑落下来,只要从她狭长的面颊上抹去脂粉,她那高贵的仪态便了无痕迹,依然是一个可怜、不知所措、过早衰老的女人,只是孤家寡人,自身难保,更不要说主宰世界。作为君主她这副窝囊相实在难以给人英姿勃发的印象,老是迟疑不决、优柔寡断,确非王者气度。可是伊丽莎白的政治手腕不在于洒脱时的情趣,而是自有过人之处。她的潜在力量不是表现为展宏图、立大志,而是表现为坚持不懈、思虑周密地长期致力于积累、保护、储存与聚集这些本属平民的持家之道。正由于她有种种缺陷,由于她畏首畏尾,谨慎行事,因而在国务活动方面卓有成效。如果说玛利亚·斯图亚特心中只有自己,那么伊丽莎白则视国如命,她一向务实,把治国看做自己的职责所在。但玛利亚·斯图亚特富有幻想,她把女王的地位视为生而固有,无须承担任何责

---

① 威斯敏斯特,英国议会所在地。

玛利亚·斯图亚特

伊丽莎白,英格兰国王

任。每个人都各有自己的长处和弱点。玛利亚·斯图亚特一往无前、一味莽撞的强劲使她遭殃,而伊丽莎白的迟疑、犹豫最终使她得益。在政治上不操之过急而又锲而不舍的做法总是胜过难于控制自己的脾性;思虑缜密的计划总比一时冲动的激情要强;现实主义总会击败浪漫主义。

在这场姊妹决斗中,这种歧异表现得更加深刻。不仅作为女王,而且作为女性,伊丽莎白与玛利亚·斯图亚特都是截然相反的两种人,仿佛造化乘一时兴会,通过两个彼此直至任何一个细节都属两极的伟大人物,进行一次具有重大的世界历史意义的对立、分化。

作为女性,玛利亚·斯图亚特是十十足足的女性,彻头彻尾的女性,她一生至关重要的种种决定正来自她所属的性别这一最深的源泉。但并不是说:她一直是激情澎湃,仅仅受制于本能的冲动——恰恰相反,从性格逻辑看,玛利亚·斯图亚特身上引人注目之处倒首先在于女性的矜持延续很久,过了许多年,感情的活力才在她内心觉醒。在很长时间内,人们只看到(那些画像可以作证)一个和蔼可亲、温柔、善良、随顺的女子,眼神略带忧虑,嘴角漾出稍显稚气的微笑,一个并不果断、活跃的女子,一个姑娘一般的女子。她异乎寻常地敏感(如同任何一个真正的女性一样),情绪很容易波动,一丁点儿事也会使她脸上红一阵白一阵,她动不动就会抹眼泪。但是这些热血涌起的急骤的细浪有好多年都并未波及她的内心深处,而且正因为她是一个完全正常的、一个纯粹的、一个真正的女性,所以玛利亚·斯图亚特只在一次激情迸发时发现自己固有的、真实的力量——这种情况她一辈子总共也只有一次。到那时人们才感受到:她身上的女性非同寻常地强烈,冲动与本能制约她到了何等程度,女性束缚她致使她身不由己到了何种程度。在无限风光的销魂时刻,这个一向沉着、稳重的女子身上那些文化修养的外衣一下子全都扔掉,像被一把拽走一样,所有教养、风化、身份的堤坝都被冲决。面对要荣誉还是要激情的抉择,玛利亚·斯图亚特作为真正的女人并未选取国王的体面,而是顺从女性的本能。王袍猛地脱去,她觉得一无牵挂,热血沸腾,与不可计数的女人无异,一心只要承受和给予爱情。而最使她这个形象显出这种慷慨气度的则是:为了尽情享受人生几度片刻之欢,简直不屑一顾地丢弃国家、权力和尊严。

　　与此相反,伊丽莎白从来不能以这种方式彻底献身。这有难言之隐,因为她在生理上——如同玛利亚·斯图亚特在她那封人所熟知的咬牙切齿的信札里所写的那样——"与所有其他女人不一样"。她不仅不能生育,而且大概也不能以女子的自然形式充分委身于异性。尽管她想掩人耳目说做一辈子"童贞女王",其实并不那么自愿。虽然当时某些关于生理缺陷的传闻(如本·琼生的记述)不一定可靠,但有一点还是确凿无疑的,即:生理上或心理上的障碍使她在涉及女性的最隐蔽处时感到怅然若失。这样一种不幸给予女性的气质以具有决定意义的影响。这一秘密可以说构成了她性格当中所有其他秘密的核心。她的内心令人捉摸不透,她摇摆不定,忐忑不安,反复无常,这使她的举止总是显得急促而神经过敏;她的决心轻重失调,难以预测,总是由热而冷,由肯定而否定;她故作姿态,诡诈,狡猾,阴险,同样还有卖俏,这使她的君王尊严遭到极为难堪的戏弄——凡此种种都来自她那失去了平衡的心理状态。这个心灵深处受到伤害的女人无法确定不移、合乎自然地感受、思考和行动。谁都不能信赖她,而最不能指望她的则是她自己。尽管她最隐蔽处残缺不全,尽管她心情矛盾,左右摇摆,尽管她是一个诡计多端的危险人物,然而伊丽莎白在做法中从不残忍、蛮横、冷酷、无情。与此相关,那种把她视作一成不变的看法实属最虚伪、最浅薄、最无聊的杜撰(席勒在他写的悲剧①里即采此说),仿佛伊丽莎白是一只阴毒的猫,拿玛利亚·斯图亚特当做一只听任摆布、无力反抗的老鼠来玩弄。这个女人虽坐拥权势,但孑然一身,战战兢兢;虽有几个名不副实的男宠,但有苦难言,简直要使她发疯,因为她不能完全、真正委身于他们当中的任何一个人。如果我们看得深入一点,就会在这个女人身上感受到潜在的柔和的温情和在种种古怪的念头与过激的行动背后感受到真诚的意愿,想以宽容与善良之心待人。她生性畏首畏尾,与暴力无缘,倒喜欢钻到令人心痒的权术小技中去,玩玩不负责任的幕后游戏。可是每次宣战,她都犹豫、畏怯;每次宣判死刑,她都

---

① 指席勒所写的悲剧《玛利亚·斯图亚特》。

心情沉重,好像压着一块大石头。她全力以赴,以确保国家太平无事。她同玛利亚·斯图亚特斗争,只是因为她觉得受到后者的威胁(这也不无道理),但还是避免公开对抗,原因在于她天生只是玩牌者和作弊者,却不是一个搏斗者。由于玛利亚·斯图亚特漫不经心,伊丽莎白胆小怕事,因此两个人本来最好能勉强在表面上相安无事。可是当时的形势并不容许彼此共存。历史的意志更加坚强有力,它无视潜藏极深的个人愿望,常将人们和各种势力推入它那置人于死地的游戏。

在重要人物之间的内在差异背后,咄咄逼人地矗立着时代的重大冲突投下的巨大阴影。玛利亚·斯图亚特捍卫旧教,即天主教;而伊丽莎白保护新教,即主张改革的宗派——这不能说是偶然现象。她们的对立只是象征着两个女王各自代表彼此不同的世界观:玛利亚·斯图亚特体现垂死的、中世纪骑士时代的世界,伊丽莎白代表正在成长的新时代的世界。在她们的对立中进行的斗争,贯穿在整个时代的转折里,直至结束。

玛利亚·斯图亚特作为最后一个勇武的骑士为已成过去、已经过时的事业而战斗,而牺牲,这使她的形象呈现出浓厚的浪漫色彩。她完全按照历史的塑造意志,转向既往、在政治联合中已过全盛时期的势力:西班牙与罗马教廷。伊丽莎白头脑清醒,派遣使者去极为遥远的国家,去俄罗斯和波斯,而且凭着预感将本国臣民的活力转向海洋,仿佛她已意识到:必须在那些新天地里竖立未来世界帝国的支柱。玛利亚·斯图亚特固守继承的基业,未能超越王权世袭的观念。在她看来,国家依附君主,而不是君主依靠国家。事实上,在所有这些年里,玛利亚·斯图亚特只是统治苏格兰的女王,从来也不是造福苏格兰的女王。她写了无数书札,全是为了巩固、扩大她个人的权益,可是就找不到有一封信谈及平民的福祉,谈及如何发展贸易、航运或军事实力。正如终其一生玛利亚·斯图亚特作诗交谈全用法语一样,她的思想感情也从来没有苏格兰的、民族的特点。她既未为苏格兰而生,亦未为苏格兰而死。只是为了自始至终当她的苏格兰女王。玛利亚·斯图亚特最后留给自己国家的除了关于她这一生的稗史逸闻以外别无独创的建树可言。

玛利亚·斯图亚特这种超然于万物之外的态度必然造成孤家寡人的

结果。作为个人，在胆略、决断方面玛利亚·斯图亚特无可比拟地胜过伊丽莎白。然而，伊丽莎白却不是孤立无援地同她斗争。伊丽莎白自知没有把握，早就知道必须加强实力地位，她在自己周围聚集了一批遇事冷静、头脑清醒的人。在这场斗争中，她身边有一整套人马为她筹划献计，教她采取什么策略和做法，免得她在做出重大决定时，感情用事，变化无常，心神不定。伊丽莎白善于在自己周围组织如此完善的班子，以至于几百年后的今天，仍难以从伊丽莎白时代的集体成果中离析出她的个人作用。用她的名字联结在一起的无上光荣，也包含着那些高明的谋士所做出的贡献。玛利亚·斯图亚特只是玛利亚·斯图亚特而已；伊丽莎白却总是伊丽莎白加上塞西尔，加上勒斯特，加上瓦尔辛亚姆，加上全民的力量。人们几乎无法分辨哪个是莎士比亚时代的天才：是英国还是伊丽莎白，两者已难分彼此地融合而成浑然一体。伊丽莎白在同时代的国君当中脱颖而出的原因就在于：她无意做英国的统治者，只想做英国平民意志的体现者、民族使命的担当者。她已看到时代由专制向立宪发展的趋势。她自觉地承认从重组等级的过程中，从世界空间由于不断发现而扩大的过程中产生出来的新生力量。她鼓励一切新生事物：行会、商人、富翁，甚至海盗，因为他们为英国，为她的英国独霸海上打开了局面。无数次她为了公众的、民族的利益而放弃了个人的愿望（玛利亚·斯图亚特绝不会这么做），她解脱内心痛苦的最佳方式便是投身于建功立业。伊丽莎白将身为女人而遭到的不幸转化为自己国家的福祉。这个没有孩子、没有男人的女人把全部的私心、全部的权欲变换成民族利益。通过使英国成为伟大的国家而使自己成为伟大的人物出现在后人面前，是她种种要强心理中最高尚的想法，而且她确实只是为了使未来的英国变得更加伟大而活着。没有另外一顶王冠能让她动心（而玛利亚·斯图亚特如能以自己的王冠换取一顶更好的便会求之不得）。而且眼下，此时此刻玛利亚·斯图亚特正发出璀璨的光亮，而伊丽莎白这个节俭而有远见的女子已经把全部力量奉献给了自己民族的未来。

因此，玛利亚·斯图亚特与伊丽莎白之争的结局有利于面向进步、世界现实的女王，不利于代表倒退、骑士精神的女王，这并非偶然的现象。

奋力前进的历史意志像扔掉果皮一样抛弃了过时的形式,并采取不断更新的途径试验自己的力量进行创造。它通过伊丽莎白取得了胜利。伊丽莎白的存在象征着一个要在世界上争得一席之地的民族所拥有的潜力;玛利亚·斯图亚特的终结只是已属过去的骑士精神有声有色、无畏无悔的消亡。然而每一个人都完美地演好了自己的角色:现实主义的伊丽莎白在历史上,浪漫主义的玛利亚·斯图亚特在创作与传记上,各自都是优胜者。

这场对抗从空间、时间、人物来看都不同凡响,只是如果殊死搏斗的手段不那么卑鄙低贱那就好了。尽管她们的身份非同寻常,然而这两个女人毕竟是女人,未能克服女性的弱点:不是直来直往,总是只耍小心眼,搞小动作对着干。如果不是玛利亚·斯图亚特和伊丽莎白,而是两个男人,两个国王对立,马上就会产生强烈的冲突,就会用真刀真枪来打仗。你非要这样不可,我也非要这样不可,硬碰硬,你敢动手我也敢。可是玛利亚·斯图亚特与伊丽莎白的斗法缺乏这种男性的干脆利落。这是两猫相斗,悄没声儿地兜圈子,收起利爪窥伺着对方,这是一场鬼鬼祟祟、完全不走正道的游戏。整整四分之一世纪,这两个女王老是互相欺骗(然而始终谁也没有上谁的当)。她们从来不坦然正视对方,她们的仇恨从来没有公开地、真正地、明白地表示出来,她们微笑着谄媚地虚伪地互相问候、送礼、祝愿,同时各人都悄悄地在自己背后拿着一把刀。不,伊丽莎白与玛利亚·斯图亚特之战的编年史上并无伊利亚特式的杀戮,并无轰轰烈烈的场面,这不是英雄之歌,只是马基雅弗利①著作中关于阴险手段的一章,从心理上看使人非常紧张,从道义上看令人感到厌恶,因为这是历时二十载的阴谋诡计,却非正经八百、响声震耳的战斗。

关于玛利亚·斯图亚特婚事的谈判一开始,那些求婚的君主一登台,这场并不光明正大的演出也就马上开锣。随便哪个求婚者,玛利亚·斯图亚特都会同意,因为女性意识在她身上尚未觉醒,并未影响择偶。她倒

---

① 马基雅弗利(1469—1527),意大利政治思想家与历史学家,主张建立君主国,为了达到这个目的,可以不择手段。著有《君主论》。

愿意要那个十五岁的男孩唐·卡洛斯,尽管传闻骂这小子刁钻、暴躁。她也同样可以和嘴上无毛的查理九世结婚。好胜心使她觉得:不管是年轻的还是年老的,不管是令人讨厌的还是讨人喜欢的,都完全无所谓,只要办了婚事使她比可恨的敌手强就行。她个人对此可以说毫无兴趣,所以把谈判的事交给了异母哥哥莫雷,他起劲地操办此事则完全出于私心。要是他的妹妹在巴黎或马德里戴上王冠,他便摆脱了她,又可以做苏格兰的无冕国王。可是伊丽莎白的苏格兰密探服务周到,她很快便得知那些外国王储求亲的事情,马上着手从中作梗。她赤裸裸地威胁苏格兰使节:如果玛利亚·斯图亚特接受奥地利、法国或西班牙君主的求婚,她将视之为敌对行动。可是这种做法一点也不妨碍她写信给她亲爱的表亲;同时用极其婉转的言词规劝玛利亚·斯图亚特只相信她一个,不管旁人许诺玛利亚·斯图亚特多大的幸福与人间荣华。啊,她一点也不反对玛利亚·斯图亚特答应一个信奉新教的王子、丹麦国王或者斐拉拉①公爵——说穿了,就是不反对没有危险、并不般配的求婚者。可是最好莫过于玛利亚·斯图亚特"就地"选择夫婿,要一个苏格兰的或英国的贵族。如果这样,她永远以姊妹之情给予帮助。

伊丽莎白的动作当然明摆着是"犯规",谁都看透她的用意。自身无可奈何的"童贞女王"一心只想破坏敌手的任何一个机会。可是玛利亚·斯图亚特却以同样灵活的身手把球掷回去。她当然也根本不会承认伊丽莎白在她的婚事上有什么否决权,只是这桩大买卖还没有做成,主要考虑对象唐·卡洛斯还在犹豫,所以玛利亚·斯图亚特眼下先虚与委蛇,对伊丽莎白无微不至的关心表示诚挚的谢意。她保证,绝不会"冒天下之大不韪",一意孤行,致使自己与英国女王的可贵友情蒙上阴影。啊,不会这样!啊!绝不会这样!——她诚心诚意、不折不扣地听从英国女王所有的建议,就盼着伊丽莎白点拨她哪些求婚者"可供考虑",哪些不宜。如此听话,令人感动。可是说着说着玛利亚·斯图亚特以谨慎的口气插进一个问题:她既然这么顺从,那么伊丽莎白准备怎么补偿呢?她大

---

① 斐拉拉,意大利北部城市,十六世纪为意大利一个文化中心。

致这么说:好吧,如你所愿,我深深地爱你,姊姊,我不同地位超越你的男子结婚;你也要让我放心,请你好人做到底打开天窗说亮话:我的继位权怎么样?

这一来,最后又回到老死结。只要叫伊丽莎白对继位问题讲个清楚,那就神仙也无法从她嘴里掏得出一句语意明白的话。她期期艾艾,吞吞吐吐,转弯抹角。"由于她一心为了她妹妹的利益",所以她要关切玛利亚·斯图亚特像自己女儿一样,一页又一页的甜言蜜语。可是那一句话,那一句要说到做到的话,那一句关键的话就是不说出来。像两个中东商人,双方都要做一手交钱一手交货的生意,可是谁也不肯先把手摊开。伊丽莎白说:如果你同我建议的男子结婚,我就立你为继承人。玛利亚·斯图亚特回答道:如果你立我为你的继承人,我就同你建议的任何男子结婚。可是谁都不相信对方,因为各人都想欺骗对方。

关于婚事、求婚者、继承权的谈判,拖了两年之久。奇怪的是:两个女骗子都不知不觉地互相配合默契。伊丽莎白只想把玛利亚·斯图亚特拖住;玛利亚·斯图亚特倒霉,偏偏遇上要同所有君主中性子最慢、迟疑不决的菲力普周旋。等到西班牙已经谈不下去,必须另做决定,玛利亚认为顾左右而言他已无必要,她把短铳顶在亲爱的姐姐胸口:她要使臣问个明白,伊丽莎白到底要建议谁作为与她般配的夫婿。

要伊丽莎白简单明了说个清楚,最使她感到不是滋味,尤其是涉及这种事情。她早就婉转地暗示,她替玛利亚·斯图亚特找的是哪一个。她言辞闪烁,含含糊糊地说过:她"替玛利亚·斯图亚特找的是谁都没有想到她会这么选定的人"。但是苏格兰宫廷假装不懂,要求提出具体的建议,把名字说出来。伊丽莎白被逼到墙角,再也不能后退,拿暗示来搪塞。终于她从牙缝里挤出被选中者的姓名:罗伯特·达德利。

这一来,外交喜剧眼看就要变成一出滑稽戏。伊丽莎白这个建议意味着闻所未闻的侮辱或者闻所未闻的恫吓。她竟然要求一个苏格兰女王,一个法兰西国王遗孀嫁给一个"下人",她的姐姐女王属下的一个臣仆,一个没有一滴门当户对的血液、微不足道的贵族,就这一点,按照当时的观点,已几近辱骂,更加无耻的则是挑选此人推荐给玛利亚·斯图亚特,因为整个欧洲都知道:罗伯特·达德利多年来是伊丽莎白的情场游伴,英国女王只是想把这个人当做一件破衣扔给苏格兰女王,她认为他太不值钱,配不上自己。当然,这个一辈子老是拿不定主意的女人曾经在胡思乱想时还有过下嫁给他的念头(她一向只是在胡思乱想时有这个念头)。只是到了发现罗伯特·达德利的妻子爱弥·罗勃萨特非常离奇地被人杀害的时候,她才赶紧避开,以免沾上任何同谋的嫌疑。就是这个男人,他已在公众面前两次丢人现眼:由于那次可疑事件,也由于他那情场关系,现在就把此人送给玛利亚·斯图亚特做丈夫,这也许是她执政期间诸多生硬而令人咋舌的举动当中最令人目瞪口呆的一例。

到底伊丽莎白提出这个难以索解的建议内心有何打算,将永远无法彻底弄清:可谁会有勇气去条分缕析地表述一个神经过敏的女人纷至沓来、随心所欲的想法呢?!莫非是她真心实意爱自己的情人,却又不敢同他结婚,便想把王祚至宝连同继承权赠送给他?还是只想摆脱已经使她厌恶的情夫?是不是她希望利用这个她信得过的男人更好地控制那个要强的敌手?是不是仅仅试探达德利有无忠心?是不是她梦想三角恋爱,梦想共有的爱情之家?还是提出这个荒唐的建议,只是引玛利亚·斯图亚特回绝,从而使她陷于不义?所有这些可能都存在,但最近情理的可能则是:这个情绪变化无常的女人也完全不知道有什么所图。大概就像她老爱不把别人,不把决心当一回事那样,也并没有认真去想这件事。要是玛利亚·斯图亚特正经八百地接受下嫁伊丽莎白抛弃了的情人这个无理的要求,那又会怎么样呢?谁也无法想象。说不定伊丽莎白又会突然一百八十度大转弯,不许她的达德利同玛利亚·斯图亚特结婚,在她的敌手身上除了接受建议的笑柄以外,还添上遭到拒绝的耻辱。

玛利亚·斯图亚特认为:伊丽莎白建议她同并无王室血缘关系的男人结婚是对上帝的亵渎。在气头上她语带讥消地质问来使,他的君主是否当真觉得她玛利亚·斯图亚特作为膺立的女王只该嫁个"罗伯特勋爵"。但是很快她便将恼怒掩盖起来,装出一副亲善的样子:不能由于断然拒绝过早地激怒这个危险的敌手。一旦得到西班牙的或法国的王储作为夫婿,便能彻底清算这次侮辱行径。在这场姊妹之争中,总是以假报假。伊丽莎白居心不良,玛利亚·斯图亚特立即同样以虚伪的友好姿态做出反应。就是说,在爱丁堡,人们并未立即拒绝达德利作为求婚者,没有,啊,没有拒绝。女王假装认真考虑这场闹剧,这就使她得以演出又一幕好戏。詹姆士·麦尔维尔正式奉命出使伦敦,说是为达德利事开始进行谈判,可实际上却是为了把说谎和作假那团乱丝缠得更加难解难分。

玛利亚·斯图亚特属下的贵族中最为忠心耿耿的要数麦尔维尔。他既有灵活的外交手腕,又有一支生花妙笔,我们要特别为此感谢他。他的出使为世人极其鲜明、生动地描述了伊丽莎白的个人习性与历史悲剧中精彩的一幕。伊丽莎白很清楚,这个人有修养,曾长期待在法国的和德国的宫廷。因此,她竭力在他面前展示女性风姿,谁知他以无情的记忆力巨细无遗地笔录了她的种种癖好和媚态流传后世。女性的虚荣常使女王之尊陷于难堪的境地,这回也是如此。这个卖俏的女人不是在政治上说服苏格兰女王的使者,而是首先像一再开屏的孔雀向使臣炫耀自身的骄人之处。她从无数衣着——死后遗下三千套——中挑了最贵重的礼服,时而按照英国的,时而按照意大利的,时而按照法国的方式来打扮,不惜穿出颇具挑逗意味的低领露肩女衫。在这当中,她卖弄她的拉丁文、她的法语和意大利语,以博取使者的表面看来无限钦佩的赞颂而乐此不疲。可是所有最高级形容词,说她多么漂亮,多么聪慧,学问多么高深,都不能使她感到满足:她简直——就像问小镜子:"挂在墙上的小镜子,你说说,全国哪个女子最标致?"——硬要苏格兰使者说出这么一句话:他倾慕她超过他自己的君主。她想听到他说:她比玛利亚·斯图亚特漂亮或者聪慧或者更有学问。她让他欣赏自己的拳曲而别具韵致、金黄泛红的头发,问他:玛利亚·斯图亚特的头发是不是更好看——这对女王使者是一个难题。麦尔维尔以沙罗门般的机智应对,巧妙地摆脱了这个令人尴尬的问题,他说:在英国没有一位妇女能与伊丽莎白相比;在苏格兰没有哪个妇女超过玛利亚·斯图亚特。但是这种半斤八两的说法不能让这个虚荣得稀奇古怪的女人听着舒服,她又一而再、再而三地炫示自己的魅力:她弹奏羽管键琴,在琉特伴奏下唱歌。麦尔维尔牢记在政治上把她套牢的使命,最后也就趁势承认:伊丽莎白肤色白一些,键琴弹得好一点,舞姿也比玛利亚·斯图亚特更有韵味。伊丽莎白忙于自我表现，却忘掉了正事。当麦尔维尔提起这个棘手的话题时，伊丽莎白便先从抽屉里取出玛利亚·斯图亚特的小像——这已同演戏搅和在一起了——肉麻地吻它，然后她以抖动的声音谈起她多么想同玛利亚·斯图亚特，同她亲爱的妹妹本人见面（事实上，她曾想尽办法一再破坏这样的会晤）。如果有人相信这个大胆的女演员，也就必定会认为：对伊丽莎白来说，世界上最重要的事就是得知邻国女王生活幸福。但麦尔维尔头脑冷静，目光锐利，所有这些欺骗手法全都未能使他上当。他点滴不漏地向爱丁堡报告：伊丽莎白的言行均无诚意，一味装聋作哑，暴露了内心的不安与畏惧。后来伊丽莎白自己冒出这个问题："玛利亚·斯图亚特对于与达德利结婚一事有何想法？"这位老练的外交官同样避免以一清二楚的"不"或者明明白白的"是"来应对，而是兜圈子不正面作答，说："玛利亚·斯图亚特还未认真考虑这个问题。"可是他愈回避主题，伊丽莎白也就逼得愈紧。她说："罗伯特勋爵是我最好的朋友，我喜欢他就像亲兄弟。要是我有意结婚，绝不会要其他任何人。既然在这方面我不能勉强自己，因此希望我的妹妹能够挑中他。我不知道还有谁我更乐意看到她与之共同继承我的王位。我过几天便颁赐给他像勒斯特伯爵或邓拜男爵那样的爵位，免得我的妹妹小看他。"

果然，几天以后，这出喜剧的第三幕上演：举行事先宣布的仪式，场面极其隆重。全体贵族目睹达德利勋爵跪在他的女君主兼女挚友面前成为勒斯特勋爵。可是在这庄严的时刻，伊丽莎白身上的女性特质又使女王失态，有损女王的尊严：正当女国君把伯爵礼帽安到这个忠顺的奴仆头上时，这个多情女子忍不住亲昵地搔挠自己男友的头发，使得严肃的仪式变成一出笑剧。麦尔维尔不禁窃笑：一定得向爱丁堡女君主发回令人喷饭的报告。

可是麦尔维尔出使伦敦并非仅仅为了欣赏一场女王喜剧，有闻必录。在这出假凤真凰的滑稽戏中，他自己扮演了特殊的角色。他的外事公文包里有几个夹层他绝不会打开给伊丽莎白看。关于勒斯特伯爵的官场清谈只是一个障眼法,借以遮掩他在伦敦的真正的任务:首先他得着力向西班牙使节打听,到底唐·卡洛斯依违不决的最终结果如何。玛利亚·斯图亚特不想再等下去了。除此以外,麦尔维尔还得审慎地接触次等候选人亨利·达恩莱。

这位亨利·达恩莱暂时靠边站着。玛利亚·斯图亚特把他储存起来,万一所有较好的婚议都成泡影,无路可走,就拿他来替补。亨利·达恩莱既非国王,亦非亲王。他的父亲伦诺克斯伯爵敌视斯图亚特家族,被驱逐出苏格兰,领地也被没收。但从母系看,这个十八岁的青年男子身上流动着真正高贵的国王血液,都铎王室的血液。作为亨利七世的外曾孙,他是英国宫廷的第一个男性王族,因此同任何女君主结婚都般配。此外,他还有一个好处,就是信奉天主教。无论如何,这个年轻的达恩莱完全可以被视为第三、第四或第五个考虑的对象,因此麦尔维尔同这个应急候选人的野心勃勃的母亲玛格丽特·伦诺克斯进行了各种各样并无承诺的谈话。

每一部真正的、地道的喜剧都有这样一个必要因素:尽管剧中所有同台的演员都在互相欺骗,然而始终未能做到天衣无缝,所以各人总要不时朝对方的牌上瞟一眼。伊丽莎白的头脑也不是那么简单,竟会相信麦尔维尔专程来伦敦仅仅为了恭维她头发漂亮,弹琴技艺高超。她知道,她建议玛利亚·斯图亚特选取自己弃置的知己朋友,苏格兰女王可能不怎么感兴趣。她也知道她那位好亲戚伦诺克斯夫人的野心和活动能力。而且,可能她的密探也已经掌握了一些情况。在举行骑士晋封仪式上,亨利·达恩莱作为宫廷第一王子手捧御剑走在前头,这时那个狡诈的女人突然一时真情流露,转过来直截了当地对麦尔维尔说:"我很清楚,你们更喜欢这个毛头小伙子。"她竟这样毫无顾忌地想摸他的暗袋,可是麦尔维尔依然完全没有失去镇定。如果他没有在尴尬的时刻撒一个弥天大谎的本事,那么他就是一个蹩脚的外交官了。他只在那张聪明的脸孔上露出一丝蔑视的表情,鄙夷地朝就在昨天还起劲地为之进行谈判的同一个达恩莱看去,回答说:"一个聪慧的女子绝不会要这样一个毛头小伙子:脸蛋漂亮,身材细长,嘴上没有胡子,不像一个成年男子,倒像一个女人。"

　　这样假装蔑视,伊丽莎白真的会上当吗?外交家巧妙的表演真的消除了她的疑忌吗?还是她在整个过程中玩了一场更难捉摸的两面游戏?不管怎样,发生了意想不到的事情:先是达恩莱的父亲伦诺克斯勋爵得到重返苏格兰的许可。1565年1月连达恩莱本人也可以去那里。伊丽莎白——人们永远无法知道,她到底出于什么心理或者施展什么诡计——恰恰打发最危险的候选人到玛利亚·斯图亚特的宫廷里去。奇怪的是:促成此事者不是别人,竟然是勒斯特伯爵,他也玩了自有所图的两面游戏:为的是神不知鬼不觉地从他的女君主给他设下的婚姻圈套里脱身。这一来,笑剧的第四幕便可以有声有色地在苏格兰继续演下去。可是到了那里,突然冒出的因素使得所有剧中人物全无用处。人为的纷扰编就的那条情节线索一下子被扯断了,求婚喜剧以令人目瞪口呆的、为所有演员始料未及的结局收场。

　　政治,这一尘世的人为力量,在那个冬天的日子碰上一种永恒而不可抗拒的自然力量:那个储备新郎来朝见玛利亚·斯图亚特,不意发现女王身上的女性特质。在长年累月耐心而平静的等待之后,女性意识终于觉醒。迄今为止,她只是公主、王储的未婚妻[①]、王后、国王的遗孀,只是他人意志的玩物,外交活动中的乖孩子。可是现在真正的情感从她身上迸发出来。她一下子把好胜心给扔掉,像抛开一件压得难受的衣服,完完全全地、轻轻松松地拥有自己年轻的躯体,拥有自己的生活。她第一次不再听任别人摆布,只是听从自己血液的奔流,听从自己各种感官的愿望与欲望。这就开始了她内在活力的历程。

[①]　引处原文为 Königsbraut,可作"国王的未婚妻"或"国王的新娘"解。事实上,玛利亚·斯图亚特曾经是王储未婚妻和王储妃。她作为王储妃过了一年多后成为王后。

第七章　再　婚

1565 年

　　这个时候出现的意外事件在人间原已司空见惯：一个年轻的女子爱上一个年轻的男子。天性不容长期压抑。玛利亚·斯图亚特，一个热情奔放、感官健全的女人，在这岁序交替、命运转折之际，正站在二十三岁的门槛上。孀居四载并无任何有损名誉的艳事，操守完全无可指摘。可是无论以哪种形式克制情感总难持久：在这位女王身上，女性也终于要求得到自己最为神圣的权利。

　　玛利亚·斯图亚特初次迷恋的对象——这在世界史上属于罕见的一例——不是别人，就是那个政治求婚者达恩莱。他奉母命于1565年2月初抵达苏格兰。这个年轻男子对玛利亚·斯图亚特来说并不太陌生：四年前，他是十五岁的少年，当时去过法国，为的是到阴暗的居丧屋子里，向国王遗孀转达他母亲的慰唁。在这中间，他已长得很壮实，变成高大、强健、头发草黄的青年男子，脸上像女人一样光洁，没有胡子，面孔像女人一样漂亮，睁着一双滚圆的孩子般的大眼睛，有点游移不定地朝四下张望。莫维西埃尔这样描绘他："不可能见到更加漂亮的王子。"年轻的女王也认为他是"挺有活力，身材非常匀称的高个男人"。玛利亚·斯图亚特生性热情，急躁，容易想入非非。像她这样耽于白日做梦的幻想者看人看事难得恰如其分，往往只是随心所欲，不是估计过高，便是感到失望，不断地在两者之间摆荡。这样的人老是不接受教训，总把假相当真相，就是看不清现实的本来面貌。玛利亚·斯图亚特对这个小白脸燃起一见倾心之情，也使她首先就没有看出达恩莱徒有英俊的外表，却无深刻的思想，绷紧的肌肉里面并无真正的力量,深谙宫廷礼教,但是缺乏气质方面的修养。她与清教徒式的环境格格不入,因此只看到这个年轻的王子骑术高超,舞姿轻巧,爱好音乐与娱乐,为了应急,也能凑几行讨人喜欢的诗句。这类肤浅的雅趣每次都给女王留下了印象。她真诚地乐于把这个年轻的王子视为跳舞与打猎、进行各种艺术活动与游戏时趣味相投的伙伴。他一出现便使有点沉闷的宫廷生活变得丰富多彩,散发出清新的青春活力。他的母亲颇为精明,他按照她的指点,对人执礼甚恭,也就博得了其他人的好感。很快他成了在爱丁堡到处都受欢迎的客人。伊丽莎白的耳目兰道尔夫不知底细,在报告中说他"风采动人"。达恩莱的乖巧超出了人们的想象,他不仅在玛利亚·斯图亚特面前扮演邀宠的角色,而且也向各方讨好。他结交女王新任的机要秘书、反改革派的代言人大卫·里齐奥,白天他们一起打球,夜里同睡一床。他一方面如此接近天主教派,但同时又阿谀逢迎新教徒。到了星期天他总是陪伴改革派摄政莫雷去教堂,在那里露出深受感动的神情,恭听约翰·诺克斯布道。中午,为免被人猜忌,他到英国使节处进餐,赞颂伊丽莎白的仁慈。晚间,他同四个玛利跳舞。总而言之,这个并不高明、却有人点拨得法的高个小伙子干得也挺像样。正是由于他躬行实践中庸之道,因而并未受到任何先入为主的怀疑。

接着蓦地火花四射,燃起了烈焰:这个国王与君主们竞相追求的玛利亚·斯图亚特却突然对这个没有头脑的十九岁的少年郎青眼相看,这种激情以久蓄难忍的巨大力量迸发出来。性格健全的人,如果并未轻率地在逢场作戏、调情挑逗中空耗、浪掷自己的感情,都会这样。在达恩莱身上,玛利亚·斯图亚特第一次体验到女性的需求。她尚未成年即与弗朗西斯二世成婚,那只不过是一种类似友谊、徒有其名的关系,从那时起所有这些年来在她身上的女性仅仅存在于情感的朦胧状态之中。现在突然出现一个人,一个男人,这积储起来、融化开来的过量激情可以像湍急的溪流那样径直朝他奔泻。未加思索,未加考虑,像其他常见的女人,她把这偶遇的第一个男人看成唯一的最终确定的意中人。当然比较明智的做法是:等待一段时间,考虑一下此人能起什么作用。可是要求一个堕入爱河的女性在激情奔放时按理智行事,无异于夜半寻找太阳。真正的激情具有始终无法分析、不合理性的特点。它无法预料,甚至也难以追忆。毫无疑问,玛利亚·斯图亚特的选择完全背离了她平时清醒的理智。这是一个并不成熟、虚荣、仅仅长相漂亮的小伙子,就其气质来说,无法解释玛利亚·斯图亚特情重如此的缘由:如同无数那样的男子,他们为才智上比他们优越的女子所爱,远远超过自己心中企求的分寸。达恩莱既无功绩,亦无魔力,只是偶然在一个女人情窦将开的关键时刻遇上她那颗迄未觉醒的春心。

这位高傲的斯图亚特家族的女儿度过了漫长的岁月,过于漫长,她的激情到这时方才真正喷薄而出,在急不可耐中涌动不已。每当玛利亚·斯图亚特有了某种意念,她从来不会等待与思考。她忘情于眼前的欢乐。英国、法国、西班牙,前途都算得了什么?! 不干了! 她无意再同伊丽莎白装蒜胡闹下去,也等不及磨磨蹭蹭的马德里求婚者,就算他带来两个大陆的王冠也不干了:眼前她有了这个伶俐的、年轻的、温顺而带来欢乐的小伙子,他那鲜红而富有肉感的嘴唇,他那透着傻气和稚气的眼睛,他那初试身手的抚爱,就让她满足了! 现在赶快结合,赶快同他成婚,这是她唯一的念头,因为她已沉浸于情爱的幸福之中失去了理智。所有廷臣之中只有一个人首先洞悉她的激情,令她心醉的急需,这便是新任机要秘书大卫·里齐奥。他想方设法,巧妙地将恋人之舟引入爱神西赛丽亚①的港湾。这个教皇的心腹看到女王同一个天主教徒结婚将会使教廷在苏格兰取得统治地位。看来他热心撮合与其说是为这两个人的幸福着想,不如说是为反对改革的政治目的出力:王国的两位掌玺大臣莫雷与梅特兰还未察觉到玛丽亚·斯图亚特的意图,他已经向教皇报告,请求允准这桩符合需要的婚事,因为玛丽亚·斯图亚特与达恩莱有四等亲的血缘关系。他慎重地考虑到各种后果,并向菲力普二世征询,万一伊丽莎白对这门亲事从中作梗,玛丽亚·斯图亚特能否指望他假以援手。这个可靠的坐探确实夜以继日地在操劳,盼望促成这桩婚事,以求飞黄腾达,也能使天主教事业取得辉煌胜利。尽管他起劲地钻营奔忙,为此事铺平道路,

---

① 西赛丽亚,古希腊神话中爱与美的女神阿佛洛狄忒的别称。

可是对急不可耐的女王来说,一切都还进行得太缓慢、太谨慎、太小心。她不愿意等下去。过了一个又一个星期,文件才会像蜗牛爬行那样远涉重洋来到这里。她确信圣父会批准她要办的事情,不一定非要见到证书才算数。玛丽亚·斯图亚特打定了什么主意,总会显示出这种盲目地走向极端、大大咧咧而又傻里傻气地逾越限度的特点。圆滑的里齐奥终于想出办法满足了女君主这个愿望,像她的任何其他要求一样。他约了一名天主教神父到他的屋子里来。虽然无法证实:的确提前举行了遵照教廷精神的婚礼——事关玛丽亚·斯图亚特的这一种或那一种记载从来都不能完全相信——然而在两个人之间肯定有过某种类似订婚或结合的形式。"赞美天主!"能干的帮手里齐奥高喊:现在谁也不能"从中作梗"了。宫廷里其他人还没有察觉到达恩莱是求婚者时,他其实已是她的灵魂的,或许同时也是她的肉体的主宰者。

这桩"秘密婚姻"对所有人都讳莫如深,只有这三个人和必须守口如瓶的神父知道。然而,青烟袅袅使人想到看不见的火焰。含情脉脉使人悟出看不见的春意。没过多久,宫廷里的人们都开始观察这两个人。大家注意到:这个可怜的小伙子害了麻疹——对于一个未婚夫来说,这是罕见的疾病——玛丽亚·斯图亚特悉心照料这个亲戚,天天守在他的床边。病一痊愈,他就在她身边寸步不离。被这番情景惹得眼里冒火的第一个人便是莫雷。他曾经真诚地(这番美意首先是替自己考虑)促进妹妹的各种婚议。尽管自己是虔诚的新教徒,但他还是赞同玛丽亚·斯图亚特与天主教支柱西班牙的哈布斯堡王族的儿子结婚,因为马德里离霍利罗德很远,不可能妨碍他。可是如果选定达恩莱,那么莫雷的利益便将一笔勾销。莫雷目光锐利,他看出:一旦这个虚荣、性格软弱的男孩成了女王的丈夫,他将立即就要行使王权。莫雷的政治嗅觉也很灵敏,他已经觉察到那个意大利来的秘书兼教皇坐探施展阴谋的目的在于:在苏格兰重建天主教的统治权,扼杀宗教改革运动。在莫雷坚强的意志中,夹杂着个人野心和宗教信仰、贪权的欲念和忧国的情怀。他看得很清楚:达恩莱一结婚,苏格兰便开始由别人来统治,不再是他的天下了。因此他向妹妹进谏,告诫她不要缔结这样一种婚姻,它将在这片好不容易安定下来的国土上产生无穷无尽的冲突。当他看到玛丽亚·斯图亚特对自己的规劝充耳不闻,便愤而离开了王宫。

另外一位老练的谋臣梅特兰也试图抵制,他同样看到自己的地位和国家的安宁受到了威胁。作为重臣和新教徒,他反对挑选一个信天主教的王子做女王的丈夫。慢慢地全国的改革派贵族都聚集到这两个人的周围。英国使臣兰道尔夫也恍然大悟。在关键时刻失察,误了时机,他为此感到问心有愧。于是在汇报材料中,他把那个小白脸对女王的影响描绘成魔力,告急求助。这类小人物的不快与不满,同伊丽莎白的气愤相比,又算得了什么?!伊丽莎白得知玛丽亚·斯图亚特的选择后无名火起,怒不可遏,却又无可奈何。她的态度暧昧,确实使她遭到惨痛的报应。在这出婚议趣剧中,她被耍了,闹了笑话:对方借口为勒斯特进行商谈,却巧妙地把真正的求婚者从自己手里骗走,悄悄地弄到苏格兰;自己空有一套高超的外交手腕,如今却只能待在伦敦干瞪眼。盛怒之下,她先将达恩莱的母亲伦诺克斯夫人关进伦敦塔,因为她是这次整个求婚事件的教唆者。伊丽莎白气势汹汹地传旨要她的"臣下"达恩莱立即返国。她以没收全部财产恐吓他的父亲。她召开枢密院会议,会议遵照她的旨意宣称这桩婚事危及两国的友谊,就是说,她用隐晦的言词以战争相威胁。可是内心深处,这个被骗的女人却感到惊慌和惶恐,因为她同时又乞灵于讨价还价的交易。为了挽回面子,她连忙打出最后一张牌。这张牌她一直紧张地夹在手指中间:她第一次采取公开的、说到做到的形式(反正已经输了)给玛丽亚·斯图亚特以继承英国王位的权利。她甚至——突然变得急如星火——派遣特使转达言出必行的承诺:"如果苏格兰女王接受勒斯特,她就被认定可以随后继位,等同于英国女王的亲生女儿。"外交舞台上各显神通永远都是瞎折腾,这里就有一个妙不可言的样品:玛丽亚·斯图亚特多年来殚精竭虑、锲而不舍、耍尽花招想从对头手中取得的王位继承权,现在竟由于她干下的毕生最大的蠢事而得来全不费功夫。

可是政治上的让步总是姗姗来迟。玛丽亚·斯图亚特昨天还是政治家,今天却只是女性,只是热恋中的女人。直到不久以前,玛丽亚·斯图亚特还一心渴望成为英国王位的继承人。今天,这种希望得到王位继承权的全部雄心已被忘得一干二净,代之以并不那么心高气傲的女人冲动的欲望,只想尽快得到和占有这个修长的英俊少年。伊丽莎白的恫吓和关于王位继承权的承诺都已来得太晚。真诚友好的,譬如她的舅父洛林公爵的告诫也来得太晚。他劝她一定要离开这个"小白脸",但是她已急不可耐,理性、国家利益都已无法约束她。她以嘲讽的口吻回复怒火中烧的伊丽莎白:"好心的姐姐不高兴了,这确实使我感到了惊讶,因为姐姐现在指摘的选择正是完全照您的心意行事的结果哇。我拒绝了所有国外的求婚者,就要了一个英国人,他有我们两国的王室血统,在英国又是名列首位的王子呀!"对此伊丽莎白有口难言,因为玛丽亚·斯图亚特依样画葫芦,丝毫没有违背伊丽莎白的愿望——当然这是阳奉阴违。伊丽莎白挑了一个英国贵族,而且用意暧昧地将他送上门来,可又心神不宁,乱了章法,一会儿许诺,一会儿威胁,纠缠不休,弄到后来惹得玛丽亚·斯图亚特也不客气了,摊开来直说。这么久了伊丽莎白都拿动听的言词把她拖住,她的希望总是落空。现在好了,举国上下都赞成。她做出了自己的抉择。不管伦敦来信好听还是难听,爱丁堡紧锣密鼓在筹备婚礼,还赶着将达恩莱封为罗斯公爵。最后一刻英国使臣带着一大堆抗议书匆匆赶来时,刚来得及听到:亨利·达恩莱从这时起被称为,被尊为国王。

　　7月29日伴着齐鸣的钟声举行了婚礼。在霍利罗德的天主教宫内小教堂里,一位神父为一对新人祝福。在隆重的婚礼上,玛丽亚·斯图亚特往往别出心裁,这次成婚时,她出乎大家的意料竟穿起为她前夫法国国王送葬的那套丧服,借此当众表示:她不会轻易忘却亡夫,只是为了满足国人的愿望而再次走向婚礼圣坛。当她听了弥撒,回到自己的寝室以后,才在达恩莱嗲声嗲气的请求下,容许将她的丧服脱下,换上适合于庆典和喜事的诸般颜色——这一幕安排得天衣无缝,吉服也早已放在手边。下面欢腾的人群簇拥在宫殿的四周,大把大把的钱币扔了下去,女王与子民同乐,尽情欢笑。可是这让约翰·诺克斯极为恼火,虽然他自己已五十六岁,刚刚又纳了一个十八岁的小妾,看来除了他自己,别人谁都不能有任何乐趣。然而,喜庆活动一转眼进行了四天四夜,仿佛沉闷的气氛从此一去不复返,王国从此沉浸在青春的幸福之中。

未婚而又未能结婚的伊丽莎白自知落入难以言喻的绝境,她玩弄权术,却使自己陷入极度被动之中。她向苏格兰女王推荐自己的知心朋友,对方却公开拒绝。她对选中达恩莱表示异议,对方宛如东风过马耳。她派遣使者进行最后的警告,对方在婚礼结束之前拒之于门外。为了挽回面子,她现在必须采取某种行动。她一定要断绝外交关系或者宣战。可是能找到什么借口呢?因为明摆着理在玛利亚·斯图亚特这一边。她满足了伊丽莎白的愿望,没有挑选外国的君主。这桩婚事无可指摘,亨利·达恩莱是继承英国王位的首选人物,又是亨利七世的外曾孙。她成为女王的夫君完全般配。事后提出任何抗议都毫无说服力,只会在世人面前将伊丽莎白出于私心的苦恼暴露得更加清楚。

然而,诡计多端本来是、始终是伊丽莎白一辈子特有的行事态度。这是头一回吃了苦头,可是她并未改弦更张:她当然没有向玛利亚·斯图亚特宣战,也未召回使节,却在暗中想方设法要给这对乐得忘乎所以的新人制造要命的麻烦。她太胆怯,也太谨慎,不敢堂而皇之地推翻达恩莱和玛利亚·斯图亚特的统治,于是偷偷地收罗反对他们的人。在苏格兰要找与世袭君主为敌的叛逆者、不满者易如反掌。这一回其中甚至有这样一个人,一个就尽力和痛快的程度来说都比那一小撮坏东西要高出一头的人。莫雷非常显眼地并未出现在妹妹的婚礼上。了解内情的人认为,莫雷回避便是不吉之兆,因为他对政治风云的突变具有惊人的嗅觉——这使他变得富有魅力而又深不可测。他凭令人难以置信的准确预感,觉察出事态转为危险的时刻必将到来。针对这种情况,他挑选了一个干练的政治家能够采取的最为明智的做法:销声匿迹。他将手从车把上抽回。人们蓦地看不见、找不到他了。就像在大自然中突然河道断流,溪涧枯竭,预示着巨大的天灾,每次莫雷消失,便意味着政治生活中大难临头。——玛利亚·斯图亚特的经历就证明了这一点。起初莫雷还在采取消极的态度。他待在自己的城堡里足不出户,执意不见宫廷里的人,以此表示他这个摄政和新教保护人不赞成挑选达恩莱作为苏格兰国王。可这只会让这对国王新人明白,他是在抗议而已,伊丽莎白对此并不满足,她要制造动乱,便在莫雷那里和同样心怀不满的汉密尔顿家族中进行收买。

她"以极其机密的方式"指令她的坐探之一,用武力加金钱支持那些勋爵,要造成这是他自作主张、她并不知情的印象,绝对不能有损她自己的名声。金钱流进那些勋爵贪婪的手心,一如露水渗进干枯的草地。他们的胆子大起来了,军事援助的承诺很快就促成英国企求的叛乱。

一向精明、眼光远大的政治家莫雷犯了一个或许是仅有的错误:他果真信赖所有女君主中最不可靠的一个,居于反叛者的首位。当然这个审慎行事的人并未贸然动手,暂时只是聚集盟友,原想等到伊丽莎白公开宣布站在新教勋爵一边,他便可以不是作为叛乱者,而是作为新教派受到威胁时的捍卫者起而反对自己的妹妹。而玛利亚·斯图亚特则因哥哥态度暧昧,置身事外,明显怀有敌意而感到不安,当然她不会听之任之,于是郑重向他提出应向国会说清缘由。莫雷同他妹妹一样高傲。这种传讯被告的做法他不予接受,傲然拒绝服从。这样,他和支持者便公开在闹市中遭到谴责。又一次必须用武力,而不是由理性来进行裁决。

在需要做出重大的决定时,玛利亚·斯图亚特与伊丽莎白在脾性上的差异总会非常清晰地显示出来。玛利亚·斯图亚特表现得粗鲁而果断,心情急躁,呼吸短促,行动迅速。可是伊丽莎白由于生性畏怯而犹豫再三,迟疑不决。等到她最后考虑,要不要下令司库拨款装备军队公开援助叛乱分子时,玛利亚·斯图亚特早就动手了。她发布文告,彻底清算叛逆的罪行:"他们得到越来越多的财富与荣誉,但是并不满足,还想将我与王国完全控制在自己的手里,随心所欲地加以支配,迫使我唯他们之命是从——总之,他们想自己成为国王,将我架空,越权统治王国。"这个勇敢的女人随后立即跃上马背,短铳插在腰带里,年轻的丈夫身披金甲在她身边,由依然效忠的贵族护卫着,带领一支临时召集起来的部队,向叛军扑去。一夜之间,婚礼的行列变成了出征的队伍。这种风风火火的行动确实取得了效果。大多数作乱的勋爵还未领教过这样雷厉风行的气势,他们手足无措,再加上本来已经说好的援军始终未到,伊丽莎白仍然说些遮遮掩掩的话,却未派兵,这样一来,这些叛乱分子只好一个接着一个回到合法的女王面前低下头来。只有莫雷不肯也不会屈服,可是众人已弃他而去,他还来不及拼凑一支像样的军队,便被击败,只好逃亡。这一对得胜的国王夫妇疾驰猛冲,把他追到边界。莫雷好不容易于10月中旬逃到英国。

大获全胜!现在全国所有男爵和勋爵都站在玛利亚·斯图亚特一边。苏格兰第一次又完全处在一个国王和一个女王的掌握之中。在一段时间里玛利亚·斯图亚特的安全感激荡得如此强烈,她甚至考虑要不要主动出击,突袭英国。她知道,英国的天主教派将会欢呼雀跃,把她视为救星。比她明智的谋臣费了一番周折才使女王控制住自己的冲动。然而,无论如何,她已经把对手明里暗里的牌都吃掉,现在也用不着说什么客套话了。自己决定的婚姻是她对伊丽莎白的第一个胜利。粉碎叛乱是第二个胜利。从此,她可以满怀信心,无拘无束地直视国境那边的"好姐姐"了。

如果说,伊丽莎白的处境本来就不是好到哪里去,那么,现在由她资助和煽动起来的叛乱分子遭到失败以后,她的情况简直糟糕透顶。无论过去,还是现在,暗中在邻国网罗叛逆,要是叛乱失败,事后便不承认有任何牵扯,这在国际上已是司空见惯。然而运交华盖总是祸不单行。由于苏格兰女王果断出击,伊丽莎白援助勋爵们的那些钱中有一笔偏偏落到莫雷的死对头波思威尔的手里。伊丽莎白属于同谋的证据就一清二楚。而且还有一个棘手的难题。莫雷在逃亡途中自然投奔曾经公开地、秘密地许诺给予支持的国家,也就是投奔英国,以求保全性命。这个战败者甚至跑到伦敦来。这使素来得心应手的两面派窘态毕露!要是她在宫廷里接待与玛利亚·斯图亚特为敌的莫雷,那就是事后赞同骚乱。要是她拒绝接见这个秘密的盟友,公然给他难看,他将怨气冲天,可能把他的豢养者并不想让外国宫廷得知的一切全抖搂出来。伊丽莎白几乎还从来没有由于玩弄两面派手法而陷于比此时更加难堪的境地。

然而,幸亏这是一个产生喜剧杰作的时代,伊丽莎白像莎士比亚与本·琼生那样,饱含醇厚的独创灵气,并非偶然。她是天生的演员,深谙表演艺术,善于安排有声有色的场景,如同任何精于此道的女王那样。当时,汉普顿宫和威斯敏斯特的演出并不比"环球"和"幸运"这些剧院的差。她一得知那个叫人难堪的盟友已经到达,当天晚上就让塞西尔以类似彩排的方式指点莫雷学会次日为伊丽莎白挽回面子而扮演的角色。

  第二天早上上演了一出喜剧,人们又难以想象还有什么比这场戏更加厚颜无耻的了。法国使节来访,同伊丽莎白笑谈着政治方面的事情,他哪里知道是让他来看一场滑稽戏！突然一个侍臣进来,通报莫雷伯爵求见。女王皱起了眉头。怎么啦？难道她听错了？真是莫雷勋爵？这个卑鄙的乱臣贼子背叛她的"好妹妹",怎么跑到伦敦来了？他——真是胆大包天！——竟敢在她伊丽莎白面前露脸？她与她情同姐妹的表亲一德一心——世人有目共睹。可怜的伊丽莎白！她先是由于惊讶与恼火而难以自制！经过谁都摸不透的犹豫之后,还是决定接见这个"冒失鬼"。可是,绝不能单独接见！绝不能这样！她特意把法国使臣留下来,以便有人亲眼看到她恨之"入骨"的情景。

  现在轮到莫雷登场了。他一本正经地表演学会了的这一幕。他一出场便定格为认罪的扮相,显然这是一着高着：低声下气,畏葸不前,已无平素昂首阔步的气概,通身上下穿着黑色的衣衫。他走过来,屈膝乞求,开始用苏格兰语向女王陈情。伊丽莎白马上打断他的话头,叫他说法语,以便让法国使臣能够听着他们一直谈下去,也让谁都无法说她同这样一个人所不齿的逆贼有什么不可告人的瓜葛。莫雷装出一副尴尬的样子,期期艾艾,东拉西扯。可是伊丽莎白立刻就毫不客气地说开了：她不明白,一个与她好友为敌的逃亡者和叛逆者怎么竟敢自作主张跑到她的宫廷里来。固然,她和玛利亚·斯图亚特之间偶尔有这样那样的误会,可这些根本就不是什么了不得的事情,她一向视苏格兰女王为自己的好妹妹,相信玛利亚·斯图亚特始终是个好妹妹。因此,如果莫雷无法拿出证据向她伊丽莎白说明：他仅仅由于一时糊涂或者为了自保而反对他自己的女君主,她将下令逮捕他,要他因反叛行为而自食其果。莫雷必须说个清楚。

  经过塞西尔的点拨,莫雷对自己的角色已了然于胸,心里已经有底：现在他说什么都可以,只是不能讲真话。他明白,他必须包揽全部罪责,一切都由自己一人来承担,这样才能在法国使节面前开脱伊丽莎白,表明她与受命作乱一事毫无牵连。他得想法证实她身在事外。因此,他并未怨恨自己的同父异母的妹妹,而是对她颂扬备至,说她赐给他领地、荣誉、恩德远远超过自己所起的作用,所以他总是忠心耿耿为她效劳。只是由于害怕别人暗算他,担心别人谋杀他,他才做出这荒唐的事情。他来朝见伊丽莎白仅仅是请求她垂恩为他说情,希望获得他的君主苏格兰女王的宽恕。

这一番话听起来已经把这次叛乱的罪魁祸首洗刷得够干净了。可是伊丽莎白并不餍足:上演这出喜剧不是让莫雷在法国使节面前包揽全部罪责,而是要莫雷以主要证人的身份申明伊丽莎白与此没有丝毫关系。煞有介事的谎言对一个狡诈的政客来说易如反掌。于是莫雷当着法国使节的面言之凿凿地说伊丽莎白"对这次叛乱阴谋一无所知,也就无从挑动他或他的盟友背叛自己的女王了"。

现在伊丽莎白有了想要的身在事外的证据,把什么都推卸得干干净净。接着,她以绝妙的演员激情叱责她的配角:"现在你讲了真话!可见我并没有,也没有什么人用我的名义煽动你反对你们的女王!这种卑鄙的背叛行径只能起坏榜样的作用,怂恿我自己的臣民与我为敌。快给我滚开,你这个恬不知耻的叛逆!"

莫雷深深地低下头来,说不定也是为了掩饰嘴角露出的浅笑。他并没有忘记以女王名义交给他自己妻子和其他勋爵的那些数以千计的巨额英镑,并没有忘记那些函件,兰道尔夫的恳求,并没有忘记英国国务办公厅的承诺。但是他明白,如果他现在扮演替罪羊的角色,伊丽莎白绝不会把他驱逐到沙漠里去。法国使节也默不作声,表面上一副洗耳恭听的样子。他是明眼人,自会品味这一喜剧佳作。只在回到住处,独自坐到书桌前,记下这个场景向巴黎报告时,他才莞尔而笑。此时此刻也许只有伊丽莎白心头不是滋味,大概连她自己也觉得不会有人相信她。可是毕竟也不会有人胆敢公然表示存疑待考。这层窗户纸保住了,真相又值得几文呢?宽大的礼服作响,伊丽莎白仪态俨然,默不作声地离开了厅堂。

玛利亚·斯图亚特的对手在无奈中采取这种不登大雅之堂的伎俩,以求在败北之后至少得以在道义上确保有一条退路,这最有力地显示出玛利亚·斯图亚特此时的强大。现在苏格兰女王可以昂首自雄了。一切都已如愿以偿。她选定的那个男人戴上了王冠。同她作对的那些勋爵或已归降,或已被逐流落异邦。万事如意,要是这次婚约再能带来一个继承人,那么最后一个,也就是最大的梦想也就实现了:一个斯图亚特家族的成员将成为联合起来的苏格兰与英国的王储。

万事如意,王国太平,看起来是一片罕见的祥和气象。玛利亚·斯图亚特本可安享终于得到的幸福。可是她秉性不羁,不是不得安宁,便是无事生非。谁要是天生任性,便不大会珍视顺心、平静的外在环境,因为这种天性总是不断地从内心掀起狂澜,因而一次又一次酿成灾难和祸害。

第八章　霍利罗德的发难之夜

1566年3月9日

炽烈的感情都有这样的特点：不计较，不撙节，不犹豫，不查问。如果一个人气度不凡而又处于热恋之中，就会倾心相爱，虚掷一切亦在所不惜。新婚的最初几个星期里，玛利亚·斯图亚特对她年轻的丈夫情爱甚笃。她已经给了他种种无价之宝，已经给了他国王尊号和她那颗活跃的芳心，现在她每天都会给他不同的礼物，使他又惊又喜：这一天是一匹马，那一天是一套衣服，无数物小而情浓的赠品。英国使臣向伦敦报告："一个女人能给一个男人的荣誉都已毫无保留地赐予他了，她可以颁发的奖励与头衔早就授予他了。他不喜欢的人没有一个她会中意。我只能这么说：她之所欲全以他的意志为转移。"依着玛利亚·斯图亚特风风火火的脾性，她做什么都不会虎头蛇尾，都要干到底、干过头才过瘾：如果她委身于人，就不会迟疑、畏怯，而是炽烈而胡乱地奉献无度。"她完全听从他的意愿行事，"兰道尔夫写道，"由着他随心所欲地操纵她自己。"沉迷于情爱，她将整个身心融化在盲目和如痴似醉的柔顺之中。也只有一个女子忘情热恋时，睥睨一切的高傲才会急遽地转变为无视一切的奉献，自是不同凡响。

然而，重礼馈赠只是对与之相称的人来说才是情愿的表示，施之于任何不配接受的人将是潜在的危险。性格坚强者由于权力突然增长而变得更加坚强，因为权力属于这些人固有的素质；而性格软弱者，却因无功纳福而陨灭。春风得意未能使后者谦恭自律，反而变得盛气凌人，这种人幼稚而愚蠢，误把从天而降的礼物当成自己应得的酬劳。很快便可以看出，玛利亚·斯图亚特草率而毫无节制地取悦这个狭隘、虚荣的小伙子只是滥用了一片真情,以至于造成严重的后果。其实,此人本身还需要一个保育员,却自以为主宰着一个气度恢弘、胸怀坦荡的女王。达恩莱一发现自己有着多大的权力,便变得狂妄自大、恬不知耻。他把玛利亚·斯图亚特送给他的礼物看作理当向他交纳的贡品,他将以女王之尊赐予的情爱视为他所固有的男人特权。他以为:既然登上了主子的地位,也就有权待她如下人。从内在的素质看,他只是一个可怜虫,玛利亚自己后来也都鄙夷地说他"其心如蜡"①。这个宠坏了的小伙子已肆无忌惮,自我膨胀,干预国务,俨然一副君主架子。他不再吟诗邀宠,多情作态,这些都已用不上了。如今他在内阁会议上颐指气使,说话粗鲁大声,和他同伙一起饮酒。有一回她劝他不要再跟那些实在有失身份的妄人混在一起,他竟教训她。她当众受辱,无地自容,不禁潸然泪下。由于玛利亚·斯图亚特赠了他国王的尊号——只是称号,别无其他——他就自以为是国王了,蛮横地要求夫妻共治。这个十九岁的男孩嘴上无毛,便要成为独断独行的君主统治苏格兰。可是谁都知道:别看他气势汹汹,骨子里却没有真正的胆识,只是夸夸其谈,并无坚强的意志。不久,玛利亚·斯图亚特也感到丢尽了脸,竟然将无限美好的初恋之情虚掷在一个负心的纨绔子弟身上。就像以往多次那样,现在她也后悔当时没有听从极有才干的谋臣们种种善意的告诫。

　　轻率委身于一个并不值得倾心相爱的男人,对于一个女人来说将是一生莫大的耻辱。一个真正的女人永远都不会宽恕自己的失误,也不会放过那个罪人。两人之间恋情如沸虽成过去,却非马上只剩下冷漠和客套,否则亦有悖常理:激情既曾点燃,余烬一时也不会变成冷灰,但是色调不可能鲜艳如初。在微燃中郁结着仇恨和鄙视,再无爱情之火的冲天烈焰。每当玛利亚·斯图亚特感情冲动,她做什么都不顾一切。现在她一发现达恩莱一文不值,就取消她给予他的特殊待遇。一个行事审慎、工于心计的女人也许不会做得这么生硬、突兀。但她却从一个极端走向另外

---

① 意思是:此人只是软骨头。

一个极端。现在她逐项收回最初激情勃发时不加考虑、不加盘算就奉送给达恩莱的特权。关于她当时曾经交给十六岁的弗朗西斯二世的夫妇共治权如今只字不提了。达恩莱发现不再请他参加重要的国务会议,也不让他把王权象征绘在他的纹章上,感到十分恼火。降格为光杆的女王丈夫以后,他再也不能扮演梦想成真的满朝文武的主宰角色,只是一个发发牢骚的龙套而已。冷落的待遇很快也影响了宫内侍臣。他的朋友大卫·里齐奥不拿国务文件给他看,也不向他请示便将所有公文都盖上国王签字的铁印。英国使节不再称他"陛下",到圣诞节时,就是蜜月过后不到半年,他就有把握报告苏格兰宫内发生"奇怪的变化":"不久以前还是说:国王与女王;现在只说:女王的丈夫。他本已习惯在所有诏书中先被提到,现在他居于第二位。最近铸了几种硬币,上面镌刻'亨利与玛利亚'的双头像,这些钱币随后已被收回,另外发行新币。两人之间出现某种不睦。然而,这是情人光火,或者如老百姓所说,小两口拌嘴,还不能说明什么问题,除非愈演愈烈。"

果然愈演愈烈了!有名无实的国王在自己的宫廷里不得不忍受遭到冷落的痛苦,除此之外,玛利亚·斯图亚特的内心深处具有真挚的天性,这些年来在政治上不得不学会撒谎,但是涉及个人的感情,她从来不会假装。她一旦明白自己将一片真情虚耗在多么无用的废物身上,一旦看出求婚期间情人眼里的达恩莱原来是愚蠢、虚荣、狂妄的负心汉,情爱便猛然转变为厌恶。她自从对他心冷以来,再要委身于丈夫,就感到无法忍受。

女王觉得已经怀孕了,立即以各种借口避开他的拥抱,一会儿说病了,一会儿说累了,每次她总能想法来推托。而在最初几个月里(达恩莱在气头上自己透露了所有这些细节)她是性行为的需求者,现在她却屡加拒绝,使他感到羞恼。在这极其亲昵的行为中,达恩莱先征服了这个女人,现在他觉得蒙受了刻骨的,最令人痛心的耻辱,他蓦地意识到被剥夺了权力,遭到了摈斥。

达恩莱缺乏闭口不谈自己失败的精神力量,愚蠢而又笨拙,到处公开大喊大叫、喋喋不休诉说自己遭到冷落。他抱怨、他恫吓。他夸下海口要报复,绝不手软。他越是添油加醋地到处大声发泄怨气,他的胡言乱语越发使人觉得可笑。过了几个月,他便徒有国王称号,已沦落为别人讨厌、自己苦恼、无所事事的闲人。谁都不把他放在眼里,谁都不理睬他。每当这个苏格兰国王亨利有什么意图、愿望或者要求,大家再也不会鞠躬从命,只有讪笑。对于一个君主来说,遭到众人的鄙视甚至比被人憎恨更加可怕。

玛利亚·斯图亚特对达恩莱痛感失望,不仅涉及人性,而且也涉及政治。她不能老是让莫雷、梅特兰这类人和那些男爵牵着鼻子走。为此她曾寄希望于能够一心一意辅佐她的年轻夫君。可是蜜月一过,幻想破灭。当初她有了达恩莱,把莫雷和梅特兰搁在一边。如今她比任何时候都更感孤独。虽然她的失望有切肤之痛,但是秉性如她又不能活着无人可以信赖,她一直在寻找能够放心托付的亲信。她宁肯选取这样一个人,他出身低微,外表不如莫雷、梅特兰等人派头十足,但有一种她在苏格兰宫廷更加需要的品质,最为难能可贵的仆人禀赋:绝对忠贞可靠。

偶然的机缘带来了这样一个人:萨伏依公国①使节莫里塔侯爵访问苏格兰时,随从中有一个皮肤黝黑、年轻的佩蒙特②人大卫·里齐奥,约莫二十八岁,一双圆眼炯炯有神,嘴唇鲜红,歌声悦耳。谁都知道,在玛利亚·斯图亚特的富于浪漫色彩的宫廷里,诗人和歌手都是受到欢迎的嘉宾。她具有父王的、母后的气质,痴迷艺术。在这沉闷的环境里,她最大的爱好和乐趣便是欣赏美好的歌声,欣赏小提琴和琉特的演奏。当时,她的合唱队里刚巧缺了一个男低音,而这位"戴维③先生"(从这时起在这小圈子里都这么称呼他)不仅善唱,而且还是作词谱曲的能人,因此玛利亚·斯图亚特商请莫里塔把这位音乐高手留在她身边侍奉。莫里塔同意,里齐奥也愿意,便以年薪六十五英镑受雇。他在账册里登记为"歌手大卫",在仆人中间被叫作"内侍",这都并无任何贬低身份的含义,因为直至贝多芬时代,就是音乐圣手到了宫内也无分高低全被视为侍役。沃

---

① 萨伏依公国,地处法国西南部。
② 佩蒙特,意大利西北部一地名。
③ 戴维,大卫的昵称。

尔夫冈·阿曼德乌斯·莫扎特和白发皤然的海顿尽管已经驰名全欧，但在宫内赐宴时，还是不得与公侯贵族同席，须与马夫、宫女一起在不铺台布的餐桌旁吃饭。

里齐奥不仅歌声悦耳，而且头脑灵活，具有清醒、活跃的判断能力和良好的艺术修养。他精通拉丁文，流畅的程度一如其法语和意大利语，文笔优美。他写的十四行诗有一首保存了下来，从中可以窥见他能诗的情趣和真正领会此种样式的感受。不久，出现了他求之不得的提升机会，得以离开仆役的行列。原来玛利亚·斯图亚特的机要秘书劳勒特对苏格兰宫内的传染病，即对英国的行贿缺乏足够的抵抗力。女王只好断然将他解除职务。于是灵活的里齐奥便填补了机要室里的这个空缺，从此很快平步青云。过了很短一段时间，他便由一名微不足道的文书成为女王的顾问。很快玛利亚·斯图亚特就不再向这个佩蒙特秘书口授公文，而是由他自己斟酌草拟。才过了几个星期，人们便能察觉到他个人在苏格兰国家事务中的影响。女王匆匆忙忙地与天主教徒达恩莱结婚主要是他在撮合。莫雷和其他苏格兰叛乱分子把女王非常坚决地拒绝赦免他们归因于他从中捣鬼，也不无理由。说他同时又是教皇安插在苏格兰宫廷里的坐探，或许是事实，或许是猜疑。虽然他是教皇的、天主教的狂热信徒，但是无论如何玛利亚·斯图亚特在苏格兰一直没有见过谁像里齐奥这样忠心耿耿地为她效劳。而玛利亚·斯图亚特在谁身上感受到忠心，她就会不折不扣地酬报谁，就会对谁敞开心扉，就会对谁出手大方。她奖掖里齐奥很显眼，太显眼。她赐他贵重的衣服。她将国玺交给他，让他与闻所有国家机密。过不了多久，这个内侍大卫·里齐奥便成为一个大人物。他与女王及她那些女伴同席进餐，他像当时夏斯特拉尔（难兄难弟）那样当起娱乐总管卖力地协助安排音乐会和其他消遣活动。雇佣关系愈来愈成为朋友情谊。这个出身微贱的外国人可以熟不拘礼地单独在宫内待到深夜，招来了那些侍役的妒忌。此人就在几年前还是一贫如洗，身穿敝旧的仆人号衣来到宫里，只是会唱唱歌，让人听着舒服而已，如今却成了一个人物，衣着有如公侯，举止傲慢，目中无人，行使着全国最高的职权。在苏格兰王国，再也没有他未表态、他不知情的决定。话又说回来，虽然里齐奥居于万人之上,却依然是女王最为忠心的奴仆。

女王自主的第二根牢固的支柱是:现在不仅政治上的,而且军事上的权力也掌握在亲信的手中。在这一方面也有一个新人辅佐她,这就是波思威尔勋爵。他本人是新教徒,但在青年时代却效忠女王的母后玛利·德·吉斯,与新教会众斗争,遭到莫雷的忌恨,被迫离开了苏格兰。死对头垮台后,他带了一帮人回国,投奔女王。这是一股不可等闲视之的势力。波思威尔自己便是一个赴汤蹈火在所不辞的武夫,铁骨铮铮,爱与恨同样强烈。他统帅着边防部队,而且他本人就意味着一支坚强的军队。出于感激的心情,玛利亚·斯图亚特任命他为海军上将,知道不管同谁对垒,他都会挺身而出,保卫她,保卫她的王权。

有了这两个对她忠贞不贰的荩臣,二十三岁的玛利亚·斯图亚特终于牢牢地握住治国的两根缰绳:政治的和军事的。现在她可以第一次敢于一个人与所有人对着干来执政了,这个莽撞的女人遇事总是天不怕地不怕。

然而,每当一个苏格兰国王要想真正治理国家,那些勋爵便会从中作梗。这些人桀骜不驯,一个女君主既不讨好他们,又不畏惧他们,这叫他们最受不了。他们施出浑身解数,包括发动银弹金弹攻势,谁知玛利亚·斯图亚特软硬不吃。于是这些贵族的恼怒首先集中在她的顾问里齐奥身上。很快,怨言与谣言就悄悄地在各处城堡里流传。新教徒们担心:在霍利罗德正在进行一场周密的马基雅弗利式①的外交活动,不禁怨气冲天。他们与其说是确知,不如说是猜测:苏格兰参加了庞大的反对宗教改革的秘密行动计划,也许玛利亚·斯图亚特确实对天主教大同盟承担了义务。对此,人们首先就归咎于外国佬里齐奥。他虽然得到女君主的无限信任,但是除此以外在宫廷里没有一个朋友。智者行事往往愚不可及。里齐奥手中有权,并未韬光养晦,而是大肆张扬,以此自炫。尤其让高傲的苏格兰贵族难以忍受的是:不能不干瞪眼看着一个昔日的仆役,一个来路极为可疑、投奔到这里的流浪乐师,现在竟然在紧贴女王卧房的她

---

① 马基雅弗利式,不择手段,使用权术以达到政治目的。

的居室中可以一连深谈几个钟头。密谈的目的可能就在于扼杀宗教改革,建立天主教的统治地位,这种疑心越来越重。为了及时粉碎所有这类计划,一批新教勋爵偷偷地纠集起来进行密谋。

几百年来,苏格兰贵族总是用一种办法对付眼中钉:谋杀。只有踩死这只暗地里四处布网的蜘蛛,只有除灭这个刁滑、深沉的意大利投机分子,他们才能重新掌握大权,玛利亚·斯图亚特才会重新变得顺从一些。谋害里齐奥的计划可能很早就在贵族当中有了支持者,因此此事发生前几个月英国使臣就向伦敦报告:"上帝要么让他早早了结,要么让他们活得难受。"可是这些密谋者还远远没有真正的胆量公开起来反对。他们对玛利亚·斯图亚特迅速而坚决地粉碎了上次叛乱,依然心有余悸。他们不想重蹈莫雷及其他流亡者的覆辙。他们同样畏惧波思威尔的铁腕,他就喜欢重拳出击。他们也知道,这个人自视甚高,不会自贬身份与他们同谋。因此他们只能私下嘀咕,暗中攥紧拳头,直到他们当中有一个人终于想出了——绝妙的点子——将杀害里齐奥这一叛乱行为化作合法的爱国行动这个计划,办法是:把国王置于密谋的主角地位作为挡箭牌。这个主意乍看荒诞不经:一个国家的君主会在叛乱当中反对自己的妻子吗?国王会反对女王吗?但从心理上看,这个构想却又完全正确。如同每一个弱者,达恩莱所作所为的动力全在于永不满足的虚荣心。给予里齐奥的权力太多了,以至于遭到冷落的达恩莱不会不对过去的朋友由于嫉妒而生出怨恨来。这个来此投奔的穷小子主持各种外交谈判,对此他这个苏格兰国王亨利却毫不知情。里齐奥在女王内宫待到深夜一两点钟,就是说待了好几个钟头,那是妻子应该同丈夫一起度过的时刻。里齐奥的权力与日俱增;相反地,达恩莱自己却在满朝廷臣面前日益失势。玛利亚·斯图亚特拒不给予夫妇共治权,达恩莱认为这是里齐奥的影响造成的结果——可能确实如此——对一个受了伤害、心术不正的人来说,就这一点便足以煽起他的仇恨。虚荣宛如已经裂开的伤口,而那些勋爵还在上面撒盐,使他备感难受。他们刺激达恩莱最为敏感的痛处,即男人的自尊心。他们借助种种暗示引起他的疑心,说里齐奥不仅与女王同席,而且还与她同床。这本是一种猜测,无从证实,可是窝了一肚子火的达恩莱听了却觉得特别可信,因为玛利亚·斯图亚特最近愈来愈频繁地拒绝与他过夫妻生活。莫非她——想到这上头去,真要命!——偏爱这个黑不溜秋的乐师就这么干了?自尊心受到挫伤,又没有胆量公开指名道姓地陈诉,便容易疑神疑鬼。一个人连自己都不知道该相信什么才好,很快就会怀疑任何人。用不了多久,那些勋爵便把他煽动起来,使得他失去了理智,生出了黑心。很快达恩莱就深信不疑:"他蒙受了一个男人最大的耻辱。"结果难以置信的事情竟成了现实:国王成了密谋分子的盟主,与自己的妻子,与女王作对。

说那个皮肤黝黑的矮个子乐师大卫·里齐奥真是玛利亚·斯图亚特的情人这一讲法从未得到证实,也无从证实。然而,正是女王在满朝文武面前对她这个机要秘书示宠,反而最有力地驳斥了这种怀疑。就算男女之间情投意合,与肌肤之亲仅有一步之隔,偶尔把持不住的瞬间,急切难耐的表情都会突然使人逾越界限,但是一个真正与人私通的妻子绝不可能装出当时已经怀孕的玛利亚·斯图亚特以女王之尊赐予里齐奥以友谊时所流露出来的那种纯任自然与漫不经心的神态。如果她与里齐奥真有不正当的关系,那么她首先会避嫌,这是最自然不过的事:她就不会同他在宫内待到凌晨一起欣赏音乐和打牌,就不会单独同他关在政务厅里草拟外交文件。就像在夏斯特拉尔那件事上一样,这一回也正是她那些最能博得好感的品性成了她的祸害:她不把流言蜚语当一回事;她以君主气度不理睬废话空论。轻率与勇敢往往结合在一个人的性格当中,就像危险与美德属于同一枚硬币的正反两面。只有软弱无能和缺乏自信的人见到过错的影子便害怕,做什么事都小心翼翼,反复盘算。

尽管谣言编造得这般恶毒、悖理,可是只要议论一个女人,一旦传播开来,就没完没了。很快便口口相传,好奇心的触动更助长了扩散的势头。半个世纪以后,亨利四世又提这段诽谤的旧话,嘲讽玛利亚·斯图亚特怀抱里的儿子英国詹姆士六世,说他应该叫作所罗门,因为他像后者一样是大卫的儿子[①]。玛利亚·斯图亚特的名声第二次遭到极大的损害,

---

[①] 据《旧约·列王纪上》第一章,所罗门为大卫王的儿子。

并非由于自己的过错,而是由于行事的轻率。

而且两年以后,这帮密谋者隆重地宣告这个所谓"杂种"为国王詹姆士六世一事也证明:这些调唆达恩莱的人自己也不相信他们编造的谎言。否则,这些不可一世的人怎么会对一个外来乐师的私生子宣誓呢?!这些撒谎者就在满怀仇恨当中已经知道事情的真相。他们进行诬蔑只是为了挑拨达恩莱。此人本来就已忍无可忍,自卑感更使他乱了方寸,现在起了疑心,便剧烈地爆发出来:他勃然大怒,像公牛朝提着的红布猛冲,火冒三丈,一头扎进让人摆布的圈套。他也不细想,就不由自主地卷进针对自己妻子的阴谋活动。谁也不像里齐奥昔日的朋友那样急切地要他的命,这个曾经与他同席同床,靠他这个来自意大利的矮个子乐师的帮助得到一项王冠的朋友。

对当时苏格兰贵族来说,政治谋杀是一件大事,他们认真地进行准备:不急躁,不忙迫,并未火气一上来便轻举妄动。为防万一,这些同伙——人格、誓言保不了险,对此这类人彼此都已看穿——用加盖印章、白纸黑字的文书把大家结合在一起,来做这笔别开生面的大气派买卖,仿佛这是依法进行的交易。里面包含应有尽有的强制举措,像购销合同那样,逐项逐点明明白白写在一张羊皮纸上,算是盟约,将这些身为公侯的强盗拴在一起荣辱与共,唯有结成团伙,结成帮派,结成群体,他们才有胆量起来反对君主。这一回——这在苏格兰历史上是头一回——那些死党得到了一个国王在这样的盟约上签字的殊荣。勋爵们和达恩莱签了两份完全正规的协议,一项一项写明这个被排挤的国王与这些被挫败的勋爵共同承担从玛利亚·斯图亚特手中夺取权力的义务。达恩莱在第一份协议中承诺在任何情况下不使同党受到处罚,在女王面前亲自为他们说话,为他们辩护。他还同意:一旦他获得王权,即获得玛利亚·斯图亚特一直拒绝给他的夫妇共治权,便起用被驱逐的勋爵们,不咎既往。他进而申明保护苏格兰教会,反对缩减它的权利。对此,参与密谋的这些勋爵在第二份协议中,用生意场上的说法,即在对应协议中承诺赋予达恩莱以夫妇共治权,或者甚至(下文可以看出,他们并非不经意间提及这种可能)女王万一早逝,王权依然归他所有。可是在这些表面上明确的言词背后隐约还有达恩莱并未领会的弦外之音——英国使臣已经准确地听出了真意所在——即:彻底摆脱玛利亚·斯图亚特,制造一起"意外事故"将她连同里齐奥一起除掉的意图。

为进行这桩可耻的政治交易而签订的协议墨迹未干,专差们便赶去通知莫雷,让他做好归国的准备。而积极参与密谋的英国使臣则做了安排,以便伊丽莎白能够及时得知邻国女王遭到的飞来血灾。早在进行杀害之前很久,他已于2月13日在向伦敦的报告中写道:"现在我知道:女王后悔这次婚事,她憎恶他和他那一帮人。我也知道:他认为在这个牌局中有了一个搭档,他们父子正在暗中酝酿违背她的意图取得王权的计划。我知道:如果这个计划得以实现,那么由于国王同意,再过十天,大卫便将身首异处。"这个坐探看来对密谋分子的隐蔽意图也了如指掌。"我还听到比这还要危急的情况:甚至对女王本人下手。"从这份报告看,这次密谋的内容确实超过了他们告诉这个蠢货达恩莱的目的,矛头所指说起来只是针对里齐奥,其实玛利亚·斯图亚特本人也是目标,她也命悬一线,几乎像里齐奥一样。已被挑拨得失去理智的达恩莱——最卑怯的人一旦感到有了靠山,总是会变得无比残忍——迫不及待地要对夺走他的国玺、夺走他妻子的信任的那个人进行精心设计的报复。为了打掉妻子的威风,他要求当她的面动手。这是懦夫异想天开,以为杀鸡能吓猴,妻子瞧不起他,就让她看看残忍的手段才会重新乖乖听话。果然,按照他的意愿,将凶杀的地点定在怀孕的女王内宫,挑了3月9日当做黄道吉日。谋杀本已卑劣,而做法竟然更加令人发指。

身在伦敦的伊丽莎白和她的重臣们得知一切细节已有几个星期(她却未出于做姐姐的情义告诫命在旦夕的妹妹);莫雷在边界勒住放好鞍子的战马;约翰·诺克斯在准备布道词,要把凶杀说成"最值得庆颂的"壮举。此时此刻,玛利亚·斯图亚特遭到众人的背弃,却对此一无所知。正是在最后几天里,达恩莱——假装每每使背叛更加令人反感——显得异乎寻常地柔顺,没有丝毫迹象使她可以猜测到:3月9日随着黄昏的逝去就将开始什么样的夜晚——这是一个恐怖之夜,还要延续多年的厄运之夜。里齐奥倒是接到过一封匿名的警告信,但他并不在意,因为当天下午为了免得他起疑心,达恩莱约他打一局棒球。这位歌手还兴高采烈,满不在乎地接受了邀请。

在这中间已是黄昏时分。玛利亚·斯图亚特像往常那样让人把晚餐安排在二楼她卧房隔壁的塔形建筑的小室里。这是一个小房间,仅能容下最接近的一些人。一个最亲密、最知己的小圈子——几个贵族和玛利亚·斯图亚特的异母姐姐——大家围坐在那张厚重的橡木餐桌旁边,银质的枝形烛台上点着蜡烛。她对面坐着里齐奥,衣着有如一个大人物,头上戴了一顶法国式的帽子,身上穿了毛皮滚边的锦缎上装,正在兴致勃勃地讲述什么。也许餐后听一会儿音乐,或者随便消遣一下。突然,通向女王卧房的门帘揭起,女王丈夫进来,谁也不觉得有什么异样。大家马上起立,在拥挤的餐桌旁给这位稀客在他妻子身边让出座位。他宽松地搂住她,给她一个犹大之吻①。热烈的闲谈仍在继续,杯盘叮当作响,悦耳而殷勤。

可是这时门帘再次掀起。这一回大家猛地跳了起来,感到诧异、恼火、吃惊,因为门口站着谁都惧怕、人们骂他为巫师的帕特里克·卢塞文,像一个全身披挂的恶煞,手握出鞘的利剑,脸色呆滞而且苍白异常。他身患重病,发着烧从床上爬起来,就为了不错过这一盛举。他那通红的眼睛透出绝情的神色。女王马上预感到大事不好,因为除了她丈夫谁也不能使用这道通到她卧房的螺旋形暗梯。她喝问谁允许他不经奏报擅闯内宫。卢塞文冷酷而从容不迫地回答说:无意动她或任何其他人一根毫毛,只是"冲着那边的胆小鬼里齐奥来的"。

在那顶华丽的帽子下面,里齐奥的脸孔泛白。他马上就明白:自己大祸临头了,于是拼命用手抓住桌子的边缘。现在只有他的女君主,只有玛利亚·斯图亚特还能庇护他,因为国王丝毫没有斥逐这个狂人的意思,而是冷漠而发窘地坐着,仿佛此事与他毫无关系。玛利亚·斯图亚特立即设法居间斡旋。她问,指摘里齐奥什么事?他犯了什么罪?

对此,卢塞文轻蔑地耸耸肩膀说:"您问您的丈夫。"

---

① 据《新约·马可福音》第14章,叛徒犹大借亲吻来指认,让人抓捕耶稣。

玛利亚·斯图亚特不由得朝达恩莱转过身去。可是在这关键时刻，几个星期以来都在煽动进行这次凶杀的懦夫却胆怯了，缩作一团。他没有胆量毫无顾虑地、态度鲜明地挺身为同伙说话。"我对整个事情一无所知。"他窘迫地说了谎话，把目光掉开。

可是这时人们又听到门帘后面传来重浊的脚步声和兵器的碰撞声。同谋者一个接着一个通过窄小的楼梯上来，他们像铠甲筑成的铜墙铁壁，挡住了里齐奥的退路。逃脱已无可能。这样，玛利亚·斯图亚特心想，通过谈判也许能够拯救自己的忠仆。她说：如果大卫有什么事，她自己就要他到国会向出席的全体贵族说个清楚。接着她命令卢塞文等人离开宫内。可是阴谋分子不听。卢塞文已经靠近面如死灰的里齐奥想捉他，另外一个人抖动一条绳索飞快缚住他的身躯，拖住他往外走。在乱哄哄当中，餐桌掀翻，蜡烛熄灭。里齐奥手无寸铁，体弱无力，既非战士，亦非英雄，他只能牢牢地拽住女王的衣服。他那惊骇的尖叫声穿透拥挤的人群："圣母哇，我这就没命啦！天理，天理何在！"阴谋分子当中有一个举起上膛的短铳瞄准玛利亚·斯图亚特。要不是旁边有人把它挡开，他就按密谋计划扣动扳机了。这时达恩莱用两臂箍住孕妇笨重的身子，直到那些人将狂叫着、在垂死的恐惧中挣扎着的人拖出了屋子才松开。当他们拉着里齐奥走过隔壁卧房时，他又抓住女王的床不放。她听到他喊救命，却无能为力。这些凶神恶煞砍断他的手指，拖着他，一直把他拽进仪仗房。到了那里，这些人发疯似的对他下手。据说，本来打算先把他关起来，第二天在闹市郑重其事地将他绞死。可是怒火中烧，他们发狂了，拿匕首朝这个无力还手的人捅去，不停地捅，捅了又捅，嗜血的渴望使他们丧失了理智，到后来他们狂暴到伤了自己人。满地已是殷红的鲜血，他们还在发疯。一直到这个遭难者抽搐着的、五十多处伤口淌血的躯体失去咽下最后一口气的活力，他们方才住手。玛利亚·斯图亚特最忠实的朋友已成为惨不忍睹的肉泥，他的尸体被扔出了窗外。

玛利亚·斯图亚特听着自己忠顺的臣仆垂死时的每一声呼号，愤恨莫名，但无法将行动不便的孕妇躯体从牢牢地箍住她的达恩莱两臂中挣脱出来，在情绪冲动中使尽全力挺直身子，她受不了在她自己宫内面对臣

玛利亚·斯图亚特听大卫·里齐奥弹唱

大卫·里齐奥被杀

子遭到如此骇人听闻的屈辱。达恩莱可以将她的双手夹住,但堵不了她的嘴巴。她怒不可遏,气昏了头,突然啐了这个她极度鄙视的懦夫一脸,说他是叛徒,叛徒的儿子。她责备自己竟然将他这样的废物扶上王位。以前,这个女人在心里对她丈夫只是反感,但在这几分钟当中,这种厌恶却凝成永世不忘、永难消解的仇恨。达恩莱埋怨她几个月来不肯同他亲近,说她给里齐奥的时间比给她丈夫还多——他竭力为自己辩解,可是枉费唇舌。对此时进了屋子,因干此事而筋疲力尽跌坐在椅子上的卢塞文,玛利亚·斯图亚特也先把话说在头里:必将狠狠惩处。要是达恩莱能从她的眼神里看出她对他毫不掩饰的切齿痛恨,将会在她逼视的怒火前因害怕而后退。如果他清醒一些,聪明一些,一定会听出她的警告意味着多大的危险。她不再把自己看做他的妻子。如果不使他也像她此时这样感到椎心泣血的痛苦,她绝不罢休。可是达恩莱只能感受短暂、肤浅的冲动,不知道自己已经深深地伤害了玛利亚·斯图亚特的自尊心,察觉不到在这一瞬间她已对他做了判决。达恩莱,这个可怜、卑微的叛徒由着众人把他当猴子耍了。叛徒见这个精疲力竭的女人现在默不作声,旁人送她回卧房,看样子也听任摆布,便以为她终于被打掉气焰,又对他百依百顺了。但是很快他就会知道,善于隐忍仇恨比破口大骂更加可怕,就会知道,谁一旦深深地伤害了这个高傲的女人,谁就种下了杀身的祸根。

　　里齐奥被拽走时的呼喊声,内廷杂乱的刀剑碰撞声惊动了整个王宫。女王的忠臣波思威尔和亨特利手握利剑急忙离开自己的屋子。但是阴谋分子早已料到这种情况:此时霍利罗德已被他们的武装家仆团团围住。每条通道都已封锁,防止城里派兵赶来援助女王。为了解救女王,尽快调进援军,波思威尔和亨特利只好跳窗。接到女王生命受到威胁的急报,市长立即下令敲响警钟。市民聚集起来,从各座城门出去奔向霍利罗德。他们要看到女王,要同她说话。但是接见他们的并不是女王,而是达恩莱。他欺骗他们,叫他们放心,没有发生什么事情,只是王宫里除掉一个企图替西班牙军队带路入境的外国坐探。国王开口了,市长当然不敢怀疑。听话的市民安静地返回城里去。事实上,玛利亚·斯图亚特虽然想方设法把消息传递给忠实的臣子,但是无法通气,因为她已被反锁在自己的卧室里,看管极严。命妇、宫女都被挡住,不得入内。所有宫门都设了三道守卫。这一夜玛利亚·斯图亚特一辈子头一回由女王变成了女囚。这次阴谋直到每一细节都已得逞。王宫里,女王最可信赖的臣仆躺在血泊中,尸体已被剁成肉泥;在敌人的行列里,为首者便是苏格兰国王。现在王位已归他所有,而她自己连离开屋子的权利都被剥夺了。她从最高处猛地摔了下来,无可奈何,孤身一人,没有帮手,没有朋友,周围全是仇恨与嘲讽。在这可怕的夜晚,她的一切似乎都已丧失。但是在命运的撞击下,一颗刚烈的心却变得更加坚强。每次总是在危及她的自由、荣誉、王位的时刻,她从自己内心比从所有帮手与仆人那里获得更多的力量。

第九章　叛逆们被出卖

1566年3月至6月

从为人禀性来看,危难总使玛利亚·斯图亚特因祸得福。只有在需要投入整个身心的关键时刻,人们才会看到这个女人身上蕴藏着哪些异乎寻常的能力:必不可少的永不动摇的决心;迅速而清醒地纵观全局的眼光;无所畏惧的堪称豪气的胆量。要发挥她这种潜力达于极致,必须先得剧烈地撞击她品性当中最深邃最敏感的底部。只有在这种情况下,她那些平时松散的心灵潜质才能凝聚成真正的活力。谁要想折辱她,谁就实际上在激励她。命运的每一次考验就更深一层而论都使她获得收益和礼物。

首次遭受屈辱的夜晚改变了玛利亚·斯图亚特的性格,永远改变了她的性格。她过于轻率地信任他人,现在意识到,在这同一时刻,她被自己的丈夫、自己的哥哥、自己的朋友、自己的臣下欺骗了。这永世难忘的经历像熔炉中的烈火使这个一向重感情、软心肠的女人身上的一切都变得坚如钢铁,同时又具有锤炼而成的柔韧性质。但是,正如一把地道的剑两面都有利刃那样,从往后一切灾祸从此开始的这一个夜晚起,她的性格也有了两面的特点。这部血淋淋的大悲剧开场了。

现在她一心一意要进行报复,可是她被禁闭在自己的卧房里,成了叛逆臣子的囚徒,无计可施。她来回踱步,只想着一件事,只考虑一件事:怎样才能突破敌人的包围?怎样才能为忠顺的仆人复仇?——他的鲜血余温尚在,正从地板上漏下去。怎样才能使所有那些人屈膝或者将他们送上断头台?——他们刚才如此嚣张,竟然对她这位耸立的女王下手。眼

101

看公理遭到践踏,这位一向温文尔雅的女勇士觉得今后采取任何手段都是允许的、正当的。内心起了变化:她素来行事轻率,现在变得谨慎而城府很深;她素来觉得对人说谎太不光明磊落,现在学会假装;她素来对所有人都公平相待,现在运用她卓尔不群的全部智慧,以其人之道还治其人之身。有时候,一个人仅仅在一天之内比平时成年累月所学会的还要多。玛利亚·斯图亚特学了这样的一课,影响毕生、至关重要的一课:阴谋分子的匕首不仅在她眼前刺死了忠顺的仆人里齐奥,也在她的内心深处残杀了漫不经心轻信与纯真。轻率地信任叛徒,诚实地对待骗子,实在是大错特错!对那些冷酷无情的人敞开心扉,实在是愚蠢已极!不能这样了!现在要装假,要在感情起伏时不形之于色,要压抑怒火,要对永世为敌的人故意亲切,怀着深藏不露的仇恨等待能为被害朋友复仇的时刻。等待以牙还牙的时刻!现在要用尽全力掩盖真实的想法,趁敌人还在因成功而陶醉的时候欺骗他们。最好在那些无赖面前假装顺从一两天,这样才能一劳永逸地降服他们!只有更加胆大妄为,更加肆无忌惮,更加满不在乎地出卖叛逆们才能报复如此骇人听闻的背叛。

即使是一个委靡不振、无所用心的人面临死亡的威胁有时也会急中生智。玛利亚·斯图亚特蓦地开窍,定下了行动计划。她一眼就看清,只要达恩莱与阴谋分子抱成一团,她便一筹莫展。只有一个办法可以解救她:即顺利、及时地在阴谋分子中间安插一个内应。既然她无法一下子挣断令人窒息的锁链,她就必须用计锉断最薄弱的一环。她必须使其中一个叛逆变成其他成员的叛逆。这些无情的骗子当中哪个的灵魂最脆弱,她不幸了如指掌:达恩莱"其心如蜡",这颗心只消用手指一按便会随之改变形状。

玛利亚·斯图亚特想出的第一步在心理上便是高着。她对人说,她感到剧烈的阵痛。昨夜在怀孕四个多月的女人面前进行血腥的凶杀,她受了惊吓,这就使人以为要早产了。玛利亚·斯图亚特装出抽搐的痛苦样子躺到床上去。这一来,谁都不敢担当赶尽杀绝的恶名,谁都不能不让女侍和医生来照料孕妇。玛利亚·斯图亚特暂且不想提出更多的要求,因为严加禁闭的局面总算打破了。现在她终于有了可能通过可靠的宫女传递消息给波思威尔与亨特利,要他们为她出逃做好一切准备。此外,她以早产来要挟,使得阴谋分子和达恩莱在道义上陷于十分为难的境地,原因是:她所怀的孩子既是苏格兰的,又是英国的王位继承人,如果这个孩子的父亲由于在孕妇面前教唆施虐杀人,因而使之胎死母腹之中,那么他面对整个世界该承担多么重大的责任哪!达恩莱焦急地来到玛利亚·斯图亚特的卧房。

于是开始了一幕莎士比亚气魄的场景,它那匪夷所思而竟获得成功的大手笔,堪与理查三世①向丈夫被他杀害的遗孀在死者棺柩前求爱而如愿以偿媲美。在这里被杀害者也还躺在地上,没有掩埋;在这里,元凶又是帮凶,站在一个被他兜底儿出卖了的人面前;在这里,伪装的玄机发挥出超常的雄辩力量。没有一个人目睹这个场景的演出,人们只知道开端与结局。达恩莱走进妻子的卧房:昨天他曾经毫不留情地折辱她。她愤激之初,说了心底的真话,发誓要毫不留情地报复他。像克里姆希尔特②在齐格弗里特的尸体旁边那样,她昨天还对着凶手挥舞拳头,但是也像克里姆希尔特那样,为了复仇在这一夜里学会了掩饰自己的仇恨。达恩莱见到的玛利亚·斯图亚特已经不再是昨天的样子,已不再是傲然挺直身子的敌对者和复仇者,而是一个可怜的、沮丧的妇人,疲惫不堪,百依百顺,一脸病容,一个妇人,恭谨而深情地抬起目光看他,他这个呼风唤雨、说一不二的丈夫,对她摆了主宰威风的丈夫。这个虚荣的笨蛋发现昨天的美梦已全部实现。玛利亚·斯图亚特终于又向他邀宠了。她尝到他的铁腕滋味以后便服帖了,这个高傲、自大的女人。自从他除掉了那个意大利坏蛋以后她又侍候她真正的主人和师长了。

转变如此急骤,一个明智的,一个冷静的男人怎么都会感觉到蹊跷。一个这样的男人耳畔一定还会回响着尖厉的呼喊,这个女人昨天就用这样的声音说他是叛徒,是叛徒的儿子,目光如闪电,像索命的利刃。一个

---

① 理查三世:莎士比亚同名剧本中使用血腥手段取得王位的暴君。
② 克里姆希尔特:德国民间史诗《尼贝龙根之歌》(包括《齐格弗里特之死》与《克里姆希尔特的复仇》)中古代尼德兰有一位王子叫齐格弗里特,他娶勃艮第国公主克里姆希尔特为妻。齐格弗里特后为勃艮第国王的忠臣哈根刺杀。克里姆希尔特立志为夫复仇。

这样的男人一定会记得:这个斯图亚特家族的女儿如果遭到屈辱,决不会饶恕,如果受了伤害,决不会忘记。然而,达恩莱像所有的虚荣者那样,只消迎合他,便会深信不疑,像所有的糊涂虫那样,事过即忘。此外,引人注意的是:错综复杂的各种因素交织在一起,以至于在玛利亚·斯图亚特曾经遇上的所有男人当中这个浮躁的小伙子最贪恋她。这个登徒子拜倒在她的石榴裙下像狗一样听话,所以她最近突然不让他拥抱最使他恼火和怨恨。可现在——没有想到出现奇迹——这个他所渴求的女人又随他怎样摆布都可以了。这个平时不让他接近的女人恳求他在她这里过夜,他马上就浑身酥软,马上又变得温存而柔顺,成了她的感情奴隶、她的佣工、她的忠仆。没有人知道:玛利亚·斯图亚特用什么妙计最终创造了促使达恩莱一百八十度大转弯的奇迹。凶杀过后还不到二十四小时,才同公侯们一起背叛了玛利亚·斯图亚特的达恩莱现在就变得俯首帖耳,要竭尽全力背叛昨天的同党,这个女人又把这个已被迷住的男人引诱到自己这一边,比他们拉他入伙还要容易。他将所有参与其事者的姓名都泄漏给她,还表示愿意设法让玛利亚·斯图亚特逃出去。他还愚蠢到愿作报复工具的地步,报复的结果必将追究到他这个叛逆者中的主犯自己头上。进屋时,他自以为是统摄一切的主宰;离开时,他已经是百依百顺的奴才。遭到极度屈辱后没有几个钟头,玛利亚·斯图亚特利用仅有的一个裂缝便将锁链挣断了。那些阴谋分子却未想到,他们当中的头号人物已倒戈出卖了他们。天才的伪装战胜了对手卑劣的伪装。

　　莫雷同另外那些遭到唾弃的公侯骑马进入爱丁堡的时候,玛利亚·斯图亚特逃出樊笼的举措已经完成一半。莫雷素来讲究策略,凶杀发生时他不在场,也无法证实他与此事有何关系——这个人很狡狯,要在动手的角落当场逮住他永远都不可能。可是别人做完脱不了干系的事以后,他就出现了,毫无牵扯。这回也是如此,他沉着,得意而自信地来摘取果实。本来就在3月11日这天,按照玛利亚·斯图亚特的安排,他将在国会里被宣布为叛逆,可是你瞧!遭到幽禁的妹妹一下子完全不记恨了。她扑过来拥抱他——事出无奈的出色演员——亲了他,与她昨天从丈夫那里得到的犹大之吻如出一辙。她迫切而亲昵地请求这个不久以前才被她赶出国门的人给她以同胞的忠告与帮助。

莫雷是一个高明的心理学家,清楚地看到了全局。毫无疑问,为了破坏玛利亚·斯图亚特秘而不宣的天主教政策,他也希望和赞成杀害里齐奥。对他来说,这个皮肤黝黑的阴谋家既是发展新教、发展苏格兰的害人虫,又是实现他个人统治欲的一块讨厌的绊脚石。现在已经顺利地除灭了里齐奥,他就想尽快改变这种混乱不堪的局面,因此他提出和解的办法:要立即停止那些反叛的公侯监禁女王的可耻行径,要立即恢复玛利亚·斯图亚特至高无上的王权。至于女王这一边,则请她也既往不咎,赦免那些爱国的杀人犯。

玛利亚·斯图亚特早已同她惯于出卖的丈夫谈好,关于脱逃的最小细节也都做了准备,当然不会放过凶手们。但是为了麻痹叛乱分子的警惕性,她表示出宽宏大量的态度。凶杀过后四十八个钟头整个事件似乎连同里齐奥血肉模糊的躯体一起埋进泥土里,大家就装作若无其事的样子了。杀掉一个小小的乐师而已,又有什么?大家会忘记这个外来的穷光蛋,而苏格兰则天下太平。

口头协议订立了。但阴谋分子还不能下决心撤掉玛利亚·斯图亚特卧房门前的守卫人员。他们隐隐约约有一种不安的感觉。他们当中那些最有头脑的人太了解玛利亚·斯图亚特了。因此尽管她做出种种和解的亲善姿态,但他们都并不相信玛利亚·斯图亚特真的会宽大为怀,忘掉和宽恕那些卑鄙地杀害她臣仆的人。他们认为,还是长期监禁这个任性的女人,使她完全无法报复比较保险。他们意识到,只要给她自由,她便始终是个祸根。还有,达恩莱一而再,再而三地往她卧房里跑,在那里同这个装病的女人进行长时间的密谈,这使他们很不高兴。根据他们自己的经验,这些人知道,只消稍微施加压力,便能教这个软骨头就范。他们开始公开表示这样的揣测:玛利亚·斯图亚特要把他拉过去。他们告诫他,她的什么承诺都不能相信;他们劝说他,要对他们保持忠实,否则——话先说在头里——他们两个都没有好果子吃。虽然这个骗子对他们发誓说:一切都宽恕了,都忘掉了,但他们还是不想在玛利亚·斯图亚特把赦免文件发给他们之前撤去女王内宫各处的岗哨。这些法制怪友为了得以免除杀人之罪,也同为了杀人一样,需要一份白纸黑字的文书,一种"协议"。

人们可以看出,这些已经满师且已熟练的誓言违背者知道:只是空口一句话并不牢靠,也无价值。他们要求签发文件。这样才保险。可是玛利亚·斯图亚特自尊而谨慎,决不签署文件,以免受制于那些凶手。这伙无赖谁也别想拿她亲笔签字的"协议"来炫耀。也因为她下定决心不给这些阴谋分子赦罪文件,她便假装乐意答允。——只是为了争取时间,挨到晚上!达恩莱又完全变成她手里随便怎么捏都行的蜡块,这时受命执行一项很不光彩的任务:佯作热心办事把他昨天的同伙拖住,借签字这个环节哄骗他们。作为受委托者,他来到反叛分子中间,同他们一起草拟完全按照他们意愿的赦罪文件,最后就差女王的签字。这时,他说:啊,现在这么晚了,他无法再要女王签字,女王累极,已经睡了。但他答应——这个扯谎者又在乎什么?——明天早上把已经签署的文件交给他们。既然一个国王这样承诺,再要表示怀疑便是大不敬了。因此阴谋分子为了履行协定,撤走了内宫的守卫。能够这样就行,女王别无需要。于是出逃之路畅通无阻了。

围住宫门的岗哨一撤去,玛利亚·斯图亚特就急忙从装病的床上起来,风风火火地做好一切准备。宫外的波思威尔和其他支持者早已接到通知:几匹已鞴好鞍的马午夜时分将等候在教堂墓园墙边的暗处。现在还得麻痹阴谋分子的警惕性。这个利用佳酿和亲昵把他们弄得稀里糊涂的可耻角色,同所有其他可鄙的行径一样,又非达恩莱莫属。按照女王的吩咐,他邀请昨天的同伙参加极为丰盛的夜宴,大家开怀畅饮,亲如手足,共庆大事化了,直至深夜。等到这群酒友头重脚轻去睡觉的时候,达恩莱为免引起任何怀疑,故意不去玛利亚·斯图亚特的卧房。那些公侯则以为已有十分把握,也就不再小心翼翼了。女王答允赦免,国王为此作了保证。里齐奥长眠地下,莫雷已经回国,还用得着顾虑、窥测吗?大家躺到床上,这一天如此劳累,现在沉醉在美酒和胜利之中,美美地睡个够吧。

半夜时分,整个王宫已在沉睡,各条通道早已寂静无声,这时楼上轻轻地打开一道门。玛利亚·斯图亚特蹑手蹑脚地穿过宫女卧室,走下楼梯,来到地下室,那里有一条地道通向教堂墓园的地下墓穴——这是一条阴森可怖的通道,拱顶下寒气逼人,潮湿滴水。摇曳的火把亮光映照在黑魆魆的墙壁上,从一具具棺材和一堆堆白骨旁边走过,终于呼吸到顺畅流通的新鲜空气了,出去已不成问题!现在只消穿越墓地到达墙边,女王的支持者已在外面牵着鞴好鞍子的马在等候。突然达恩莱收住脚步,差点绊了一跤,女王赶到他身边,这才辨出是一座不久前堆成的土丘,原来这是里齐奥的新坟。两人直打哆嗦。

这无疑是最后一锤,使这个遭受屈辱的女人本已像钢铁一样的意志变得更加坚强。她很清楚:她要做的只有两件事——飞出樊笼挽救女王之尊和生下一个接替王位的孩子。——然后对参与羞辱她的所有人进行报复,也向这个人报复,他此刻由于愚蠢而成为她的救助者!这个怀孕已有四个多月的女人毫不犹豫地跃上男式马鞍,坐在忠心的侍卫长阿瑟·欧斯金身后。他虽非亲人,但同他一起她觉得比同自己的丈夫一起要安全一些。事实上,她的男人也并没有等候她,便自己先疾驰而去。这样两个人骑一匹马:欧斯金和牢牢地从背后抱住他的玛利亚·斯图亚特飞快地奔向二十一英里外萨顿勋爵的城堡。到了那里,她终于独自坐一匹马,由两百多名骑士护卫。随着白天的到来,这个逃亡的女人又成为万人之上的君主。上午她到达自己的邓巴宫,但她并没有休息,未喘一口气,便开始行动:徒有女王的名号还不顶事,此时此刻一定要斗争,才能真正做得成女王。她口授亲笔函件发往各地,以召集保持忠诚的贵族,组建一支军队,征讨盘踞在霍利罗德的叛乱分子。生命已经保住,现在要的是女王之权和女王之尊!每当事关复仇,每当热血沸腾,这个女人就能完全战胜自己的疲软和困倦。总是到了这种事关大局、胜负未卜的时刻,她的意志才发挥出极大的潜力。

霍利罗德宫中的那些阴谋分子次日早晨一觉醒来,方知大事不妙:宫室里阒无一人,女王已逃之夭夭。他们的盟友和靠山达恩莱也不见踪影。在最初的瞬间,他们还没有充分理解到自己处境的严重程度。他们还以为达恩莱说话算数,他们昨晚同他一起起草的大赦文件依然有效。而且事实上他们远未认识到有可能是这样一种叛卖行为。不会的!他们还不相信这是一场骗局。他们低声下气地派了塞姆皮尔勋爵作为使者去邓巴,请求女王颁发那个文件。可是玛利亚·斯图亚特却让这位和平使者在宫门外就像在卡诺莎古堡①前那样站了三天。她不同叛乱分子谈判,现在更不会谈了,因为波思威尔已集结了他的部队。

这些叛逆吓得冷汗直流。很快这个团伙里越来越多人离散了,一个接着一个偷偷地溜到女王跟前,请求饶恕。可是像带头逮住里齐奥的卢塞文、拿短铳瞄准女王的福多赛德这些为首分子心里明白,对他们来说,开恩无希望。他们急急忙忙逃离国境。这一回约翰·诺克斯也同他们一起亡命异域,他过早地、过于张扬地将这次凶杀誉为善举。

玛利亚·斯图亚特复仇心切,依着她的性子巴不得现在就惩一儆百,要让这伙天生反骨的贵族明白,施展阴谋诡计跟她作对别想逃脱惩罚。可是局势非常严峻,她也学乖了,今后行事还得多用脑筋,多长点心眼。异母兄莫雷固然事先知道阴谋,他来得这么及时就说明了这一点,但是在动手时他并未参与。玛利亚·斯图亚特看到,比较明智的做法是:放过这个头号强人,"以免同时树敌过多",宁可睁一只眼,闭一只眼。要是她认真依法行事,她首先必须控告的不就是自己的丈夫达恩莱吗?不是他将那些凶手带进她的卧房吗?不是他在他们行凶时把她的两只手箍住吗?夏斯特拉尔丑闻已经使玛利亚·斯图亚特的名声受到严重的损害,她自然不会让自己的丈夫以出于疑心、醋意,为了保全自己名誉而进行报复的面目出现。怎么样都捉襟见肘,现在不如从头到尾作假,把他——整个惨剧的主谋——说成根本就没有参与凶杀。当然,要使人们相信这个说法委实大非易事,因为他签署了两份"协议",事先正式保证凶手们不会受到惩罚,他也巴结地把自己的匕首——在里齐奥血肉模糊的躯体上被发现——借给其中一个屠夫。但是木偶既无意志,亦无尊严。玛利亚·斯图亚特一提线,达恩莱便乖乖地舞动手足。他一本正经地让人在爱丁堡广场上宣讲当代最厚颜无耻

---

① 卡诺莎古堡,位于意大利北部。神圣罗马帝国皇帝亨利四世因与罗马教皇格列高利七世争夺主教续任权,被开除教籍,境内诸侯乘机叛乱。1077年1月,亨利四世被迫冒着风雪,翻越阿尔卑斯山,到卡诺莎向教皇悔罪。亨利四世立于城堡门前三昼夜,始获赦免。

的谎言,说他以坐拥君主之尊无戏言作为保证,从未参与过叛乱阴谋,关于这次行动说他曾经建议、指示、赞成、准许过的指摘完全是无中生有的诬蔑。可是无论在城市或者在乡村,谁都知道,关于此事,他不仅"建议、指示、赞成、帮助过",而且以白纸黑字加盖大印"准许过"。如果还有什么比这个意志薄弱的骗子在发生凶杀时所暴露出来的卑鄙更加无耻,那就是这次宣讲所表现出来的下贱:爱丁堡广场上面对全国民众的伪证也是对他自己的判决。玛利亚·斯图亚特发誓要对之进行报复的所有人当中,她对达恩莱比对其他任何人都更狠。她使这个她早就打心眼里瞧不起的人不得不当众丢人现眼。

现在,谎言宛如一块雪白的裹尸布盖住了这次凶杀事件。喜气洋洋,号角嘹亮,最近和好得出奇的女王与国王进入爱丁堡。一切似乎都已安静下来,平息下来。为了装点法制的门面,又不至于吓着什么人,便绞死了几个可怜虫,这些都是无足轻重、不知就里的奴仆和兵卒。当那些氏族头子在上面拿匕首捅人的时候,他们听从主人的吩咐守住了宫内一道道大门,现在这些大老爷自己反倒无事了。人们在王室墓园里给里齐奥修了一座体面的坟墓,聊供死者安息。他的弟弟在女王的宫廷侍从中接替他的位置。这桩惨事也就不再计较,被人遗忘了。

度过了所有这些危难与焦虑,现在玛利亚·斯图亚特只有一件事要做,那便是平安地顺利地生下王位继承人,以此巩固自己已经摇摇欲坠的地位。只有成为未来国王的母后,而不是做一个如此窝囊的傀儡国王的妻子,才能让谁都不敢正眼觑她。她不安地期待着分娩的时刻。最近几个星期里,她觉得有一种不可名状的忧郁和沮丧。莫非里齐奥之死的阴影依然使她感到压抑?还是她出于强烈的预感觉察到正在逼近的厄运?不管怎样,她写了遗嘱:把达恩莱在结婚时给她戴上的那枚戒指留给他;也没有忘记被害人的弟弟约瑟夫·里齐奥、波思威尔和四位玛利。这个一向满不在乎的大胆的女人第一次害怕死亡,或者说害怕危险。她离开了霍利罗德,那个悲惨的夜晚已经说明,这个地方并不那么安全,她去了爱丁堡要塞,这个据点虽有诸多不便,但是雄踞高处,易于防守。她要在这里生下苏格兰的和英国的未来王位继承人,即使以自己的生命作为代价。

6月9日早上,要塞里炮声隆隆,把喜讯传到了城里:生下了一个儿子,一个斯图亚特家族的儿子,一个苏格兰的国王。此后再无妇人当政酿成的祸害。母亲朝思暮想的美梦,全国祈求诞生一个斯图亚特家族男性后代的宏愿现已圆满实现。可是玛利亚·斯图亚特一生下这个孩子,马上就意识到有责任同时确保他的名誉。显而易见,她一定清楚地知道:那些阴谋分子透露给达恩莱的恶毒的谣言,说她不守妇道委身于里齐奥的怀疑早已渗过了宫墙。她心里明白:凡是否认这个继承人的合法出身,或许以后进而怀疑其王位继承权的任何借口,伦敦都会求之不得。因此,她要及时地、一劳永逸地在众人面前彻底揭穿这无耻的谎言。她让人把达恩莱叫进产房,当着所有聚集在那里的人把孩子指给他看,同时说道:"天主送给你和我一个不是由别人,而是由你生的儿子。"

达恩莱狼狈不堪,因为正是他自己出于醋意喋喋不休助长这种毁人名节的谣言四处扩散。教他怎么回答如此认真的表白呢?!为了掩饰羞惭的神色,他俯下身去吻孩子。

然而玛利亚·斯图亚特把孩子抱起来,大声重复说:"我在天主面前作证,就像在这里面临末日审判一样:这是你的儿子,不是别人的儿子。我希望,所有这里在场的男子和妇女都能成为见证人,亲耳听到我说过:正因为这孩子是你自己的儿子,致使我几乎担心,说不定将来有一天这一事实对他不利。"

这是郑重的誓言,同时又是古怪的忧虑。甚至在如此庄严的时刻,这个受了伤害的女人也未能掩饰她对达恩莱的怀疑。此时此刻,她同样难以忘却这个男人使她多么失望,给她带来多大的创痛。玛利亚·斯图亚特讲了这几句耐人寻味的话后,便把孩子递给其中一位叫威廉·史丹顿的勋爵。她说:"我希望这个儿子成为第一个把苏格兰和英国两个王国联合起来的人。"

史丹顿有点吃惊,回答道:"陛下,为什么是他呢?他怎么能在陛下您和他父亲之先呢?"

于是玛利亚·斯图亚特又一次怨恨地说:"因为他父亲破坏了我们的结合。"

达恩莱在众人面前丢了脸,想劝说正在气头上的女人。他不安地问道:"这不是违背你答应过宽恕、忘掉一切的诺言了吗？"

"我可以宽恕一切,"女王答道,"但我永远不会忘掉。如果当时福多赛德扣动短铳的扳机,不知道这个孩子和我将会怎样？！天晓得,他们又会对你怎样？！"

"夫人？"这时达恩莱提醒她,"这些都早了结了！"

"好吧,我们不谈这些。"女王答道。这场犹如闪电雷鸣渐次逼近的谈话就此结束,但它发出了暴风雨即将来临的危险讯号。玛利亚·斯图亚特即使在坐月子的时候,在她表示不会忘掉,但可以宽恕的时候,也只说了半句真话,因为在这座城堡里,在这个国家里,将以血偿血,以暴还暴,永无宁日。

母亲一分娩,婴儿一出世,詹姆士·麦尔维尔爵士,这位一直是玛利亚·斯图亚特最可靠的使臣,就于正午十二点跃上马背出发。黄昏时分,他已穿越苏格兰到了边境,当夜在伯威克歇息。第二天一早他又飞快地奔驰。6月12日晚上他骑着口吐白沫的马进了伦敦——了不起的体育成绩。这时他得知伊丽莎白在格林威治的王宫里举行舞会。他又一次不顾疲累,换了一匹骏马飞奔而去,想在当夜向她报信。

伊丽莎白自己也在这盛大的舞会上跳舞。长期重病之后,她恢复了体力,轻松愉快,兴高采烈,还施了脂粉,身穿一件宽大华丽的喇叭形夜礼服,像一朵硕大无朋的异国郁金香,由许多忠心耿耿的宫廷侍臣簇拥着。这时,她的国务大臣塞西尔穿过正在跳舞的人群,身后跟着詹姆士·麦尔维尔。塞西尔径直朝女王走去,在她耳畔轻声奏报:玛利亚·斯图亚特生了一个儿子,一个继承人。

身为治国的女君主,伊丽莎白一向老练圆滑,善于控制自己,善于掩饰真实的感情,但是这个消息却击中了她内心深处的女性要害,像一把匕首直刺人心正中。作为女人,她太激动,控制不住难以接受的情绪。此事突如其来,如此急骤,以至于她那冒火的眼睛,她那紧闭的嘴唇忘了撒谎。在一个瞬间,她的表情完全凝住,脂粉后面的血色消退,僵直的手在抽搐。她马上下令停止奏乐,跳舞的人们一下子呆住了,只见女王急急忙忙离开了大厅,因为她觉得无法控制自己的感情了。一进了卧房,身边全是焦急不安的侍女,她便失去了矜持。承受不了内心的痛苦,她呻吟着跌坐在一把椅子上,抽泣起来:"苏格兰女王生了一个儿子,可是我只是一截枯死的树干。"

七十年中,这个不幸的女人最大的一块心病在这一瞬间比在任何时刻都暴露得更清楚。她欲爱不能,渐失生趣,自知生育无望,毕生抱恨一定给她带来难以负载的悲苦,这一隐痛从来都没有像在这一声叫喊中呈现得如此清晰,这是从心底迸发出来的最温柔、最纯真、最深挚的感情激流,像大口咯出的鲜血那样。人们可以感觉得到:如有可能,这个女人愿以全世界所有王国换取这种极其普通、明确、自然的幸福,即:可以做地道的女人,地道的施爱于人的女人,地道的母亲。尽管心怀嫉妒,她对玛利亚·斯图亚特拥有任何其他实力,取得任何其他成果或许并不在意,但在这一点上,她对玛利亚·斯图亚特恨之入骨,极其隐蔽的感情驱使她与之不共戴天,就为了这做母亲的幸福。

然而,第二天早上,伊丽莎白又成为地道的女王,地道的女政治家、外交家。她将自己的怨恨、不满、切肤之痛都隐藏在沉着的严正的言词后面,她就有这种本领,屡试不爽,可为人师。脸上露出功夫精湛的亲切的微笑,她以隆重的仪式接见麦尔维尔。如果相信她说的那一番话,一定以为:她难得听到比这更教她高兴的消息。她让麦尔维尔向玛利亚·斯图亚特转达她最真挚的祝愿;她重申担负这个孩子的教母监护责任和如有可能亲自参加洗礼仪式的承诺。正因为她在内心深处妒忌这个天生的冤家妹妹的幸福,所以她——这个自认伟大的演员——要在众人面前装出一副宽大为怀的施主模样。

情况又有利于那个勇敢的女人。所有危机似乎都已度过;所有困难看来都已解决得很圆满。那片从一开始便时时笼罩着玛利亚·斯图亚特命运的愁云惨雾又一次放过她,消散了。然而,已经度过的危机从来都未能使敢冲敢拼的人们明智一些,相反地,总是使他们更加胆大妄为。玛利亚·斯图亚特秉性不得安生,不能享福,孕育着灾难的强大力量从内心推动着她。命运从来都没有按照外部世界发生的种种事端与意外赐予生活以内容与形式,造就或破坏生活的永远是与生俱来、本身固有的规律。

第十章　难解的疙瘩

1566年6月至圣诞节

孩子的诞生意味着在玛利亚·斯图亚特的悲剧中只能算做开场锣鼓的第一幕可以说已经结束。形势一下子发生了戏剧性的变化,各种未决与紧张的因素激荡不已。新的人物与角色登场,演出舞台改换,政治悲剧变成个人悲剧。直到现在为止,玛利亚·斯图亚特与国内的叛逆斗,与边界那边的对头斗,现在却另有一股力量向她袭击,比所有那些公侯与男爵更强大:她自己的官能起来造反,玛利亚·斯图亚特身上的女性向她这个女王宣战。权力的意志面对激情的欲望第一次失去了优势。已经觉醒的女性以其狂热与轻率破坏了这个女君主以往由于谨言慎行而勉力维持的局面:像纵身跳入深渊一样,她奋不顾身地投入极度的欢乐之中,在世界历史上还没有见过更加狂放的例子,忘掉一切,毁弃一切:名誉、法律、道德、她的王冠、她的国家——她完全变成另一个人,变成以前——无论在她还是勤奋、规矩的公主时或者在她还是淡然期待、风光不再的国王遗孀时——几乎无法预料的悲剧主角。仅仅在一年之中,玛利亚·斯图亚特生活的戏剧性提高了上千倍,就在这一年里,仅仅在这一年里,她毁坏了自己的一生。

在这第二幕里,达恩莱也出场,他也变了,也变成悲剧角色,成了孤家寡人。他出卖了所有人,谁也不相信他了,连真心打个招呼的人也没有。他怨气冲天,怒火中烧,却又无可奈何,使得这个虚荣的年轻人内心痛苦万分。他做了一个男人为一个女人能做到的一切,以为能够得到回报,对方至少会表示感激,会表示柔顺、倾心,甚至情爱的意思。可是达恩莱看到,玛利亚·斯图亚特一旦不再需要他便更加厌恶他。女王始终冷漠无情。为了向这个叛徒报复,逃亡的公侯们偷偷地设法把达恩莱签署的关于杀害里齐奥的保单送到女王手中,让她了解她丈夫同谋的情况,这份"协议"固然并未给玛利亚·斯图亚特提供什么新内容,但是她愈鄙视达恩莱叛卖和怯懦的习性,这个高傲的女人也就愈难原谅自己曾经爱上这一个空虚的小白脸。她同时也悔恨自己在他身上的错觉。达恩莱作为丈夫早就使她感到恶心,像黏液,像糨糊,像蛇,像蜗牛,她根本就不想碰,更不要说让他挨近自己温软、充满活力的身子。他的身影,他的存在就像噩梦一样压在她的心头。她日日夜夜只有一个念头:怎么样离开他?怎么样摆脱他?

此时,围绕着这个念头还丝毫没有想下毒手的影子。玛利亚·斯图亚特的体会并非仅有的例子。像无数其他女子婚后不久便感到失望,如此痛苦,以至于再也无法忍受已成路人的丈夫拥抱与亲近自己。在这种情况下,离异是顺理成章的解决办法。确实如此:玛利亚·斯图亚特同莫雷及梅特兰谈过这种方式。可是关于她与里齐奥的所谓关系人言可畏,不能生了孩子这么短时间便分手。否则马上就会有人把这小孩叫做私生子。詹姆士六世只能作为完全清白的婚姻关系的后代才有继任王位的权利。为使他的名字免遭玷污,女王不得不放弃这最自然的解决办法,的确痛苦异常。

本来还另有一种可能:夫妇之间私下达成默契。表面上继续保持国王与女王的婚姻关系,实际上,彼此还给对方以自由。如能这样,玛利亚·斯图亚特既可以摆脱达恩莱在情爱上的纠缠,又可以在众人面前维持婚姻生活的门面。一次流传下来的她与达恩莱的谈话证实,玛利亚·斯图亚特也曾为这种解脱方式做过努力。当时她向他提出找一个情妇,如有可能,去找他的死对头莫雷的妻子。她想借助这个迹近戏言的建议暗示:要是他另找途径不再纠缠,她将不会感到不快。可是在这个问题上有一个要命的疙瘩:达恩莱不要别的女人,只要她,只要她一个人。这个窝囊的可怜的小伙子迷恋和渴望这个健壮、高傲的女人。他根本不想另找女人,除了这个避开他的女人,他哪个女人都不要碰,不想碰。只有这个肉体才能使他产生欲望和激情。他不停地乞求给予身为丈夫的权利。他越情急,越迫切地祈求她,她也就越严厉地拒绝他,他的饥渴也变得越狡猾越强烈,他也就越卑贱地哀求她。这个女人当时不幸草率行事,给予这个行为、人品皆不足道的浑小子以作为丈夫的权利,为此付出了多大的代价,令她失望到了极点。尽管她现在一百个不愿意,却木已成舟,同他结合在一起了。

处于这样苦不堪言的精神状态,玛利亚·斯图亚特也只能采取像绝大多数无路可走的人那样的态度。她避免做出决定,避免撕破脸皮:她躲开他。玛利亚·斯图亚特产后并未调养一段时间,过了四个星期,事先没有吩咐,便离开城堡和婴孩,乘船游览去了玛尔伯爵的领地阿罗亚——很奇怪,对此几乎所有关于她的传记都表示费解。事实上,完全可以理解:这是躲避。随着几个星期的过去,尊重产妇的期限已到。在那段时间里,她无需特别的借口就可以不让讨厌的丈夫亲近;现在他很快又来纠缠,将会每日每夜求她给予肌肤之亲。她心里无法忍受一个她已不再喜欢的男人,因此玛利亚·斯图亚特自然要避开他,自然要在他与自己当中留出空间和距离,自然要使自己在表面上显得自在,为的是在内心里获得自由!在随后的那几个星期,那几个月里,在整个夏天直至深秋,从一个城堡到另一个城堡,从一个猎场到另一个猎场,一路漫游,以此,以这种躲避方式获得解脱。在这个过程中,她寻求乐趣;在阿罗亚,在任何其他地方,不到二十四岁的玛利亚·斯图亚特玩得非常开心;已成家常便饭的化装游戏和舞会以及五花八门的娱乐,像夏斯特拉尔、里齐奥在世时那样,又给这个不接受教训的女人打发日子。——这些只能说明:这个漫不经心闯祸的女人很快又把所有吃过的苦头置诸脑后。有一回达恩莱胆怯地想要行使丈夫的权利:他骑马来到阿罗亚,但三言两语便给打发走了,根本就没有请他在城堡里过夜。玛利亚·斯图亚特心里已厌弃了他,她对他的热情曾经一下子冒起来,现在也一下子熄灭掉。当时她那盲目的恋情使亨利·达恩莱成为苏格兰的君王和她自己肉体的主宰;现在对她来说,这是一个不愿意再想起的失误,一件最好从记忆中抹掉的往事。

达恩莱已无可指望;她的异母兄莫雷也不再完全可信,尽管已经和解；犹豫再三同样放过的梅特兰她也不认为怎么可靠了。可是她不能没有一个可以信任的人。凡是留有余地、小心翼翼的，凡是缩手缩脚、迟疑不决的人和事都同她这种冲动的秉性格格不入。她只能什么都奉送，什么都拒绝，只能完全不信或者完全相信。作为女王和女性，玛利亚·斯图亚特一辈子有意无意地都在寻找和她浮躁的气度完全相反的品性，寻找坚强、坚毅、坚定的男子。

里齐奥死后，她只有波思威尔可以信赖。命运曾经无情地拨弄这个强者。年轻时由于不肯同那伙公侯沆瀣一气被赶出国门；他反对"会众公侯"，捍卫玛利亚·斯图亚特的母后玛利·德·吉斯，忠心耿耿，直至最后一刻，而且在斯图亚特家族的天主教事业已经完全失败的情况下，他还进行抗争。然而对方的力量过于强大，迫使他背井离乡。在法国，这个被放逐者马上就成为苏格兰近卫队的统领，这是一个尊荣的宫廷职位，使他的举止变得优雅，却未稍减他天生的威武。波思威尔是勇士的化身，不会满足于一个肥缺，所以当他的死敌莫雷起来反对女王时，他便立即渡海为斯图亚特家族的女儿而投入战斗。现在，每当玛利亚·斯图亚特需要有人帮助她对付那些狡诈的臣仆时，他总是乐意伸出有力、无坚不摧的手。在里齐奥遭到杀害的那天夜里，他毫不犹豫地从二楼窗口跳下去调兵驰援。他的缜密促进了女王大胆出逃，他的勇武震慑了那些阴谋分子，使得他们连忙求饶。在苏格兰，直到现在还没有比这个三十来岁、一往无前的武士更好地为玛利亚·斯图亚特效忠过。

这个波思威尔仿佛用一整块黑色大理石凿成的人像。犹如他那位同行——意大利雇佣兵队长柯勒奥尼的立式雕像①，他显示出傲视古今的逼人气势。这是一个纯而又纯的男子，透着强化的男性所具有的那种严酷与粗犷。他姓赫普伯恩，这是一个古老的家族，但是人们可能认为，他的身上流动着维京人，即诺曼人②粗野的武士和强盗那种尚未驯化的血液。尽管他通过学习变得有教养（他法语说得极好，喜欢阅读和藏书），

---

① 柯勒奥尼的立式雕像，意大利雕塑家、画家维罗克约（1436—1488）雕刻的柯勒奥尼立像。
② 诺曼人，亦称维京人，北欧航海者，他们从事贸易和劫掠。

117

当时仍然保留着天生叛逆的好斗本性,反对狭隘而方正的规矩,保留着拜伦喜爱的富于浪漫色彩的亡命之徒铤而走险的狂热。高个子,宽肩膀,力大无穷——他能把沉重的巨剑挥动得有如轻便的短剑;他能在暴风骤雨中独自一人驾着大船破浪前进。——在体力上有恃无恐使他具有不同凡响的藐视一切的习性。这个粗暴的汉子天不怕地不怕,他只认强者的道德:毫不容情地攫取、保存、捍卫。虽然他生性好斗,却与其他男爵卑鄙的贪婪与挖空心思的诡计毫无共同之处。他并无顾虑,他藐视那些男爵,因为这些人总是小心地纠合在一起打劫,胆怯地利用夜幕的掩护才敢动手。他不拉帮结派,不同人合伙。他单枪匹马,神情傲慢,咄咄逼人,行事无视法规与道德,谁敢挡道,他必挥舞铁拳,予以迎头痛击。光天化日之下,无论允许与否,他想干什么就干什么,毫无顾忌。虽说波思威尔是一个完全不管道德标准、肆无忌惮的暴徒,但是比起别的人来至少还有直率的优点。在所有这些言行模棱两可,真假难辨的公侯与男爵当中,他像一头凶猛而威风凛凛的野兽,像豹子,像狮子在所有那些狡诈的豺狼和鬣狗之中那样,不讲道德,不近人情,但总是一个男子汉,一个纯粹的典型阳刚的孔武有力的男子汉。

因此,其他男人就恨他,怕他。可是他这种暴露无遗、不加掩饰的蛮力却能吸引女人。人们不知道这个情场强梁长相是否英俊,没有一幅可以把他看得真切的画像流传下来(人们不禁把他设想为弗朗兹·哈尔斯①所画的那样气势逼人的勇士人像之一:帽子歪戴在脑门上,目光放肆地注视着人们的眼睛)。有些记述说他丑得令人作呕。可是为了博得女人的欢心,并不需要相貌堂堂,就这类大力士身上散发出来的浓烈的男性体味、狂妄的骄横、无情的残暴、战争与胜利的气息,便能使女人动心,最使女人忘情相爱的是一个对之既畏惧又佩服的男人。在这样的男人身边有一种轻微酥麻的恐怖与危险的感觉,使得激情更加勃发,进入难以言传的境界。如果这样一个粗野的男人不仅仅属于"雄性",不仅仅是一头公牛那样狂暴的男人,而是像波思威尔那样,这种不加掩饰的狂暴仿佛包容

---

① 弗朗兹·哈尔斯(约1580—1666),荷兰画家。

波思威尔

在宫廷的气度和个人的修养里面,而且这个男人又很聪明机智,那么他的魅力便无法抗拒。波思威尔在哪里都有艳遇,显然得来全不费工夫。在法国宫廷,他是出了名的情场骄子;在玛利亚·斯图亚特周围,他也已征服了一些贵妇;在丹麦,有一个女人由于他的缘故牺牲了丈夫、产业和金钱。尽管所向披靡,波思威尔却绝非真正的风流荡子,绝非唐·璜,绝非好色之徒,因为他根本就没有着力去追求她们。赢得芳心对他的尚武习性来说太无惊险,太不费劲,像劫掠成性的维京人那样,波思威尔要女人只是把她们当做捎带得来的战利品。跟饮酒、赌博、骑马、打斗一样,他要女人只是为了间或小试锋芒,增添生活乐趣,将它看作所有男性消遣方式中最具男性特点的一种。他要女人,却并未沉醉在温柔乡中,并未在她们身上忘乎所以。他要女人,是因为获取与夺取是他显示威不可挡的欲望极其自然的表现形式。

玛利亚·斯图亚特起初并未注意到波思威尔这个可靠的臣仆身上的这种男性特点。波思威尔也没有把女王看成让人动心的年轻女子。他曾经还满不在乎地信口开河谈论过她本人,话说得相当露骨:"她跟伊丽莎白凑在一起也算不上一个地道的女人。"他根本没有想到用情人的目光注视她。她也并未属意于他。起初她还甚至不想让他回国,因为他在法国时关于她散布过放肆的言论。可是一旦她考验了他的军人气质,便对他宠信不衰,接二连三给予恩泽,他先后被任命为北方边防总指挥,苏格兰海军上将及戡乱时期武装部队统帅。她将遭到贬黜的叛乱分子的领地赐给他,而且作为亲切关怀的殊荣,女王为他选了富裕的亨特利家族一位年轻女子——可作他俩初期关系毫无性爱色彩的最佳佐证。

这样一个天生的嗜权成性者只要给予权力,他便会把它据为己有。很快波思威尔便成为事无巨细的首席顾问,实际上成了在这个王国里统揽一切的主宰,以至于英国使臣恼火地报告说:"在女王身边,他的威望高于所有其他人。"可是玛利亚·斯图亚特这一回却做出正确的选择,终于找到一个行使权力的总管。波思威尔非常自傲,不可能被伊丽莎白用许诺和贿赂收买,也不会为了小利而与那些公侯结成一伙。有了这个睥睨一切的军人,有了这个忠贞不渝的臣仆,玛利亚·斯图亚特头一回在自己的国家占了上风。那些公侯很快就感觉到依靠波思威尔的军事独裁,女王的威信提高到何等程度。他们很快就开始抱怨说:"他目空一切,里齐奥也从来没有像他这样被人憎恶。"于是他们很想把他除掉。可是波思威尔既非无力招架、只好任人宰割的里齐奥,也非无力对抗、被人排挤的达恩莱。他了解那些同僚贵族的卑鄙伎俩,因此身边总有一大群卫士,而且只要他使个眼色,他的边防军就会拿起武器。他根本不理会朝中那些阴谋分子是喜欢他还是憎恶他。只要他们怕他,只要他腰间悬剑,这伙心怀不轨、天生反骨的歹徒尽管咬牙切齿,却依然在女王面前低头,也就可以了。由于玛利亚·斯图亚特明白表示了自己的愿望,他的死敌莫雷也只好同他和解。这样一来,就形成了权力整体,各有侧重,分工明确。自从有了波思威尔万无一失的保护,玛利亚·斯图亚特只消体现她即国家便可。莫雷继续管理内政,梅特兰负责外交事务,心腹波思威尔则是"一切的一切"。他的铁腕促使苏格兰恢复了秩序和安宁:一个真正的男子汉创造了这个奇迹。

波思威尔以强硬的手段取得的权力越大,理所当然属于那一个人,属于国王的权力便越小。连这一丁点权力也徒有其名。终至变成一无所有。仅仅过了一年那段时间已经远去,当时美丽年轻的女王一片痴心挑选了达恩莱,当时宣布他为国王,他身披金甲纵马征讨叛逆!可是现在,孩子出世以后,义务履行以后,这个可怜虫越来越觉得遭到排挤和蔑视。他要说什么,人们由他说,可没有人听他;他要去哪里,人们由他去,可没有人陪他;人们也不再请他出席国务会议,不再请他参加社交活动。孑然一身,四处游荡,所到之处都是无尽的寂寞与冷落,如影随形。无处不感受到从背后刮来的嘲讽和憎恶的劲风。在自己的国家,在自己的住处,他都是外人、敌人,都置身于对立的人们之中。

如此完全漠视达恩莱,如此突然由热变冷,是由于女人心生反感,这可以理解。但是女王这样公然表示鄙弃,从政务角度来看实属愚蠢的行为。她本当明智一些,至少要给这个好胜、虚荣的人留点面子,不是如此绝情地听任那些公侯肆无忌惮地侮辱他,因为侮辱每每产生恶果,就是最没有出息的人也会被逼得横下一条心。达恩莱也是这样:在此以前,只是软弱无能,慢慢地变得恶毒而凶狠。他再也压抑不住心头的怨恨。每当他带着武装的奴仆——里齐奥被杀害后他也学得谨慎了——骑马出去,一连几天待在猎场里,这时那些猎手就会听到他公然说要对莫雷及另外一些公侯动手。他独断独行地向国外寄发外交函件,指摘玛利亚·斯图亚特"信仰动摇",向菲力普二世自荐,愿做天主教的真正捍卫者。作为亨利七世的外曾孙,他认为自己有当政与议政的权力,而且尽管这个小伙子见识如此浮浅,意志如此薄弱,但在心底仍然有亮光闪烁的荣誉感。人们只能说,这个不幸的人没有骨气,不能说他不知羞耻。可能达恩莱正是出于错误的荣誉观念和过分的风头主义才有这些最可鄙视的举动。这个遭到鄙弃的人终于——实在逼人太甚——下了不顾一切的决心。9月底他突然骑马从霍利罗德去了格拉斯哥①,并不隐瞒离开苏格兰到国外去的意图。他表示:不再周旋了。既然不给他国王应有的权力,那好吧,连这个称号他也扔掉了。既然在国内在家里不给他相应的活动范围,那好吧,他也就离开王宫和苏格兰。按照他的吩咐,一艘大船张帆待发,做好启航的一切准备。

达恩莱出人意料地这样进行示威真意何在?是不是已经警告他了?是不是已经暗示他,要施展一场有计划的阴谋,因而他——既然斗不过那一大帮人——打算及时避往借助毒药和匕首都鞭长莫及的地方?是不是猜疑使他痛苦?是不是恐惧使他不安?还是让人知道这一切只是虚张声势,故作对着干的姿态,吓唬玛利亚·斯图亚特?这些皆有可能,甚至同时存在——往往多种情绪融合而成唯一的决心——不能断然认定或否定哪一种,因为到了这里,道路开始通向内心幽暗的地府,历史的烛光已经黯淡,只能谨慎地依靠各种揣测,在这座迷宫里继续摸索前行。

显然,达恩莱说要出走,使玛利亚·斯图亚特感到非常吃惊。眼看就要给婴儿举行隆重的洗礼仪式,孩子的父亲竟要恶意地逃亡国外,这对她要维护的好名声将是致命的打击!偏偏现在,轰动一时的里齐奥事件才过去不久,真要这样,危害多大呀!如果这个愚蠢的小伙子气昏了头,到

---

① 格拉斯哥,苏格兰中南部主要港埠。

卡塔琳娜·美第奇或伊丽莎白的宫廷将所有对她并不光彩的事情全抖搂出来,那可怎么办呢?! 如果这个当初深得欢心的丈夫如此急着同她分道扬镳,这两个对头会多么高兴啊! 会给众人留下多大的笑柄啊! 玛利亚·斯图亚特立即召开国务会议,抢在达恩莱之前,匆匆忙忙先给卡塔琳娜·美第奇写了一封详细的外事公函,把所有不是都推在外逃者的头上。

可是这个警报发得太早,因为达恩莱根本就没有起身。这个软弱的小伙子总是只有力量做出男子汉的姿态,却永远没有力量采取男子汉的行动。9月29日,就在那些公侯往巴黎发送告诫公函的当天,达恩莱突然出现在爱丁堡,来到王宫前面。这时还有几个公侯在宫里,他便不肯进去:又是一个古怪的,几乎无法解释的举动! 是不是害怕里齐奥的遭遇在他身上重演? 是不是他知道那些死敌在里面,出于谨慎不进王宫? 还是这个被侮辱的人一定要玛利亚·斯图亚特公开请求他才回来? 莫非他只是试探一下他的威胁效果如何? 这是一个疑团,一如所有其他围绕达恩莱其人其事的难解之谜!

玛利亚·斯图亚特很快镇定下来。如果这个脓包现在要扮演主宰或叛逆的角色,她已经有了对付他的办法。她知道这个时候必须尽快——就像在里齐奥被杀害后那天夜里一样——在他耍小孩子犟脾气闯祸之前就瓦解他的意志,换句话说,快别怕这怕那讲什么道德,也别扭扭捏捏有什么顾虑! 她又假装顺从。为了将他软化,玛利亚·斯图亚特不惜采取极端手段:她让那些公侯离开,自己朝固执地等在宫门前的达恩莱迎上去,不仅煞有介事地带他进入王宫,可能也把他带到塞栖①岛上,带进她的卧房。你瞧,这种魔法对这个一心迷恋她的小伙子奏效了。当时如此,永远如此:第二天达恩莱已驯顺,玛利亚·斯图亚特又把他拴在牵引带上了。

这个上钩者不得不付出惨重的代价,像当时里齐奥被害那个夜晚以

---

① 塞栖,荷马史诗《奥德赛》中的魔女,她将奥德赛的同伴变成猪。转义指妖精似的迷惑男人的女子。

后那样。达恩莱又自以为成了统摄一切的主宰,不料却在接见大厅里撞见法国使节和那些公侯。就跟伊丽莎白为了上演莫雷喜剧一模一样,玛利亚·斯图亚特也招来证人。这时,她在他们面前,"为了天主"大声而急切地问达恩莱,为什么想离开苏格兰,是不是她有什么不是促使他这么做。他像一个被告给带到这些公侯和这位使节面前,这对还一味自己以为是她的心上人和主宰者的达恩莱不啻一记闷棍。他灰头土脸地站在那里,这个长着一张苍白的没有胡子的孩子面孔的高个小伙子。如果他是一个真正的硬汉,那么现在正是采取强硬态度、大发牢骚的时候,不是作为被告,而是作为高踞于这个女人之上的法官与国王挺身面对自己的臣仆。可他骨软如蜡,也就不敢以牙还牙。像干坏事当场被逮住,像有气不敢出的眼泪随时都会流出来的胆怯的学童,达恩莱站在大厅里,咬紧牙关就是一声不吭。他不回答。他不说别人不是,也不说自己不是。这样默不作声使那些公侯感到尴尬。他们有礼貌地开始劝说他:女王这么美丽,国家这么伟大,怎能舍得离开呢?! 这也没有用。达恩莱依然不予回答。这种充满反感、暗含威胁的沉默使在场的人们觉得更加压抑。他们意识到,这个可怜虫好不容易才忍住没有发作。这种沉默无异于有力的控诉,要是他鼓起勇气这样坚持下去,玛利亚·斯图亚特将遭到惨败。但是达恩莱软了下来。使臣与这些公侯一而再,再而三地说了一大堆话催逼他,他终于低声地、勉强地承认他的妻子没有什么不是致使他要出走。这样表态对玛利亚·斯图亚特来说已经足够,可他这么一说,便变成错在自己。女王在法国使节面前保住了好名声。现在她又可以莞尔一笑,做一个"就这样吧"的手势,意思是:达恩莱的表态使她非常满意。

然而达恩莱并不满意。他感到羞愧难当:他又一次屈从于这个大利拉①,被骗出了沉默的堡垒。她现在神气活现地好像"原谅"了他,其实本来可以扮演原告角色的应该是他,可是他刚才上当被耍了,一定感到难言的痛苦。他略微恢复常态时已经太晚,便生硬地中断谈话,既未客气地向

---

① 据《旧约·士师记》,以色列人的一个领袖参孙,力大无穷,喜爱一个名叫大利拉的妇人,她用计使他失去了力量。

那些公侯告辞,也未拥抱自己的妻子,便像奉命下战书的使者绷着脸离开了屋子,临走时只说一句:"夫人,您不会很快再见到我。"可是那些公侯和玛利亚·斯图亚特只是轻松地彼此相视微笑。这个自以为了不起的"傻瓜"来时咄咄逼人,这时又低着头溜走了。他的威胁再也吓唬不了谁。巴不得他不在眼前,对他自己,对所有人他都离得越远越好!

可又不是这样!这个废物,还有一回用得着他,还有一回得急着把这个家里谁也不要的人叫回来:拖了好久,这才定于12月16日在斯德林宫为小王子举行隆重的洗礼仪式。许许多多准备工作都已就绪。教母伊丽莎白虽然并未亲临——她一辈子都避免和玛利亚·斯图亚特见面,但一反出名吝啬的习惯例外地派贝德福特伯爵送来一只沉甸甸的精美的边缘镶着宝石的纯金洗礼盆。法国、西班牙、萨伏依的使节都到场;所有贵族都被招来;讲究名声和地位的人都不想错过参与这次庆典的机会。场面如此盛大,无论如何不能将一个就其本身来说毫不足道的人排除在外,这就是亨利·达恩莱,婴儿的父亲,国家的主人。但是达恩莱知道,这是人们最后一次需要他。他再也不那么容易让人逮住了。他已经尝够了在公开场合遭受羞辱的滋味:他知道,英国使节奉命不能以"陛下"尊号称呼他;他想登门看望法国使节,对方却以想象不到的傲慢态度叫人告诉他:达恩莱从这一道门走进屋子,他便从那一道门走开。这一回在这个遭到践踏的人身上终于激发了自尊心——当然它的力量又仅够做出幼儿撅起嘴巴生气那样的姿态。可是这回的姿态却起了作用。达恩莱虽然留在斯德林宫里,但是不露面。他以缺席来抵制。他示威似的不离开自己的房间,不参加自己儿子的洗礼仪式、舞会、庆祝活动和假面游戏。遭人憎恶的波思威尔身穿华丽的新装代他接待宾客——大家恼火地嘀嘀咕咕。玛利亚·斯图亚特不得不竭力装出亲切、开心的样子,免得别人想起家里的行尸走肉,想起那个君主、父亲兼丈夫,他把自己关在楼上的屋子里,彻底破坏了妻子和她那些人的喜庆欢乐。他又一次证明他在那里。他还在那里;正是由于他不在,达恩莱最后一次让人记起他还存在。

这一举动有如小孩赌气,为此很快就要挨管教的鞭子了。几天以后,在圣诞节前夜,抽打的鞭子狠狠地落在他的身上。意料不到的事情发生

亨利·达恩莱,苏格兰国王

了:从来毫不妥协的玛利亚·斯图亚特竟然听从莫雷与波思威尔的劝告,赦免了因杀害里齐奥而逃亡的那些凶手。这一来,对达恩莱恨之入骨的死敌,当时被他欺骗的阴谋分子又都被召回国。尽管达恩莱一向头脑简单,他也马上看到他的生命处于极度危险之中。如果这一帮人——莫雷、梅特兰、波思威尔、莫顿勾结在一起,那就意味着一场围猎,那就是最终他被困死。他的妻子突然同他的这些势不两立的死敌取得谅解,一定有某种含意,是一种含意,也是一种代价,一种他不想付出的代价。

达恩莱看出了危险,意识到现在已到生死关头。像一头被一群猎犬紧追的野兽,达恩莱急忙离开王宫去了格拉斯哥他父亲那里。自从人们把里齐奥埋入土中以来,这个凶年还未过完,那些凶手又已结成一伙。某种可怕的事情越来越迫近。死者不愿孤眠地下,他们总要把那些将他们推入深渊的人也拉到身边,他们总会事先派遣使者传递信息,这便是畏惧与恐怖。

确实如此:几个星期以来霍利罗德宫笼罩着某种黯淡而沉重的气氛,像刮燥热风的日子,令人感到压抑,不寒而栗。在斯德林宫为王子举行的洗礼仪式的那个晚上,点燃了无数枝蜡烛,映照着众多的宾客,向陌生人展示着宫室的豪华,对朋友们表示款待的好意,彼时彼刻玛利亚·斯图亚特又一次拿出全副精神来酬酢。她本来就是能在短时间里控制自己情绪的能手:眼睛里流露出矫饰的喜悦,神采奕奕,亲切地周旋,博得了好感,使来宾都为之倾倒。但是烛光刚刚熄灭,她那假装的愉快便也一扫而光。霍利罗德四处冷寂,冷寂得可怕,冷寂,在她内心冷寂得出奇。一种难以名状的烦恼,一种难以捉摸的苦闷向女王袭来,她的脸上蓦地露出从未有过的忧伤,像一抹模糊的阴影。内心深处似乎由于某种无法解释的情绪使她感到惘然若失。她不再跳舞;也不再要人演奏乐曲;打那次在吉特堡骑马时人们把她像死人一样从马上抬下来起,她的健康看来也完全垮了。她说腰痛,整天躺在床上,什么娱乐都不参加。她在霍利罗德只能待很短时间,在偏僻的居处和其他王宫·连度过几个星期,可也没有在任何地方待久。极度的烦躁不安不断地驱赶她,好像有某种破坏作用的因素在她的内心作祟,好像她带着可怕的紧张的好奇心理听从这种折磨她的痛苦感觉。——她开始有了新的不同的心理活动。敌意和恶意侵入她素来明净的心灵。有一回,法国使节突然入内,见她躺在床上伤心地抽泣着。女王羞愧地急忙说左边腰痛,疼得她流眼泪。这当然瞒不过阅世已深的老人。他马上看出,痛在心头,不在身上。这并非女王的,而是一个不幸的女人的痛楚。"女王有病,"他向巴黎报告,"但是我相信真正的病因在于她无法忘掉的深切的苦处。她一再说:'我不想活了!'"

女王抑郁寡欢逃不过莫雷、梅特兰和那些公侯的眼睛。他们善战,但要窥透别人的心理却非所长,他们只能看到她在婚姻上失意的粗略、表面、明显的因由。梅特兰写道:"他是她的丈夫,她无法摆脱他,这叫她受不了。"但是处世经验丰富的杜·克洛克说这是"无法忘掉的更加深切的苦楚",这就看得比较准确。另外一种内在的无形创伤折磨着她。未能忘掉的苦楚在于:她忘掉了自己、婚姻、法律与道德,一种冲动像一头凶猛的野兽从暗处突然向她扑来,撕碎她的肉体、她的五脏六腑。一种无穷无尽的无法抑制的、无法平息的、无法满足的冲动,以犯罪开始,除了不断犯罪,永难消解。她在斗争,对自己感到吃惊,感到羞愧。她在折磨自己,竭力去掩盖这个可怕的秘密,但是感觉到,认识到这是无法掩盖无法隐瞒的。比她体会得到的意志更加有力的意志已经笼罩在她的心头。她不再属于自己,而是无助地无奈地屈从于这种极其强大的、非同寻常的冲动。

第十一章 痴情的悲剧

1566 年—1567 年

玛利亚·斯图亚特因波思威尔而芳心躁动当属那些在历史上最应记得的痴情悲剧。就疯狂程度和震撼力量而言,几乎没有哪部古代希腊罗马的和尽人皆知的艳史能够超过它。她的激情犹如蓦地腾起的火舌,挟带迸射的炽热,一直蹿上满目紫红异彩的销魂境界,也滑入漆黑如夜的罪恶深渊。情感一旦如此逾越常度,再以逻辑与理智来衡量,便过于简单,因为不可抑制的冲动违背理性表现出来,这属于它的本质。激情冲动一如疾病发作,既不能对之指摘,亦不能为之辩解。人们只能一次又一次吃惊地描述它,又由于面对一种原始力量而有点慌张,这种力量源自不可抗拒的因素,有时在自然界,有时在某个人身上像暴风骤雨一样爆发出来。这种极度冲动的激情,不再听从它所袭击的那一个人的意志力量,它们及其各种表现与后果都不再属于这一个人自觉生活的范围,这一切似乎都从他头上越过,超出了他的责任能力。要对这样为激情所左右的人用道德标准去评说,就跟要求狂风暴雨承担责任或要将火山绳之以法一样毫无意义。所以,也很难要玛利亚·斯图亚特对她在官能与心灵处于迷醉状态时的所作所为负责,因为在那段时间里她那种荒谬的举动完全不是她一向规矩的,倒可以说拘谨的生活态度。在一片痴心的迷乱中,并非出于本意,甚至违背自己的意志做了这一切。她闭目塞听,为令她心醉的魅力所吸引,宛如一个梦游的女人,行走在毁灭与犯罪的道路上。忠告难入耳,呼喊唤不醒。一俟内心的烈焰在她的血液中燃尽,她才幡然醒悟,但已身心交瘁,一蹶不振。经过了这样一番烧灼,活力也就焚毁殆尽。

如此过度冲动的激情永远也不会在同一个人身上再次出现。正如一次爆炸烧掉全部火药一样，一度这样剧烈的迸发总是毕生难再。玛利亚·斯图亚特极度欢乐的白炽状态为时不过半年。可是在这段短暂的时间里，她的心灵强化、集中到这样火热的程度，致使此后她只能成为冲天火光映照下的阴影。如同有些诗人(如朗波①)和音乐家(如马斯卡涅②)在唯一的天才作品倾注了全部心力，从此才尽凋谢，有些女人也在仅有的一度欲望勃发中一下子虚掷了满腔情愫，而不是像行事适可而止、普普通通的女人年复一年把情感分摊开来。前面那种女人将毕生全部情爱加以浓缩，一股脑儿享用。那样的女人，浪费自我的天才，她们纵身一跳，堕入激情深渊的底部，再也无法救出，有去无回。这种无视危险与死亡的情爱可以说是勇士情爱，玛利亚·斯图亚特堪称此中翘楚。她一生只有一次真正体验了激情，深得其中三昧，充分享受，直至自我消融，自我毁灭。

像玛利亚·斯图亚特对波思威尔那种如此不可抗拒的激情这般急遽地紧接在她过去对达恩莱的好感之后，乍看也许匪夷所思。事实上，正是这样的演变才是唯一合理而自然的结果。如同任何另外一种高超的艺术那样，情爱也要学习、检验与体会才能掌握。初次涉足便要做得十全十美，这是永远，或者说几乎永远不可能的事，就同从事艺术活动一样。心灵之学有这样一条永恒的规律在起作用，即：出现达于极峰的激情之前差不多总是先有较早或较弱的冲动作为铺垫。善窥心灵的顶级大师莎士比亚在他的创作中卓尔不群地揭示了这条规律。他那部不朽的爱情悲剧并不是(像才华稍逊一筹的行家和能手那样)一上来就写罗密欧像迸出闪电的火花似的爱上了朱丽叶，而是貌似阴差阳错地先写他属意于某个罗莎琳德。这也许是他那部爱情悲剧中最见匠心独运的一笔。在这里，有意安排错位的钟情先于真正的热恋，因为那是一种稚气未脱，并非完全无意为之的前奏，预示后继的娴熟技巧。莎士比亚借助生动的事例说明：如果不是先有印象，也就没有认识；如果不是先尝到滋味，也就没有欢乐。

---

① 朗波(1854—1891)，法国诗人。
② 马斯卡涅(1863—1945)，意大利作曲家。

情感一定先被引发与点燃,然后才能腾起火焰,升向无限的天际。只是因为罗密欧内心处于箭在弦上的状态,因为有力而狂热的心灵渴望激情冲动,他身上求爱的意志最初也就愚蠢而盲目地抓住最初的机会,扑向完全偶然遇上的罗莎琳德,后来明白、清醒过来,这才很快便将并不完全的爱换成完完全全的爱,从罗莎琳德转向朱丽叶。玛利亚·斯图亚特也正是这样:她最初怀着尚在盲目状态的感情走向达恩莱,只是因为他当时年轻英俊,来得正是时候。但是他那乏力的气息太弱,难以保持她内心的烈火。他不能使她升入销魂的境界,她无法充分燃烧,无法化为熊熊烈火。于是余烬暗淡地继续微燃,它使官能受到刺激,却使心灵感到失望。受到限制的火焰只能朝里面蔓延,这是一种难言的痛苦。一旦来了意中人,他被赋予解除这种痛苦的力量,为自行熄灭下去的余火输送氧气和燃料,遭到压抑的火苗一下子腾起,照亮了一切。正像罗密欧对罗莎琳德的爱慕了无痕迹地融化在他对朱丽叶的真正激情之中,玛利亚·斯图亚特也在对波思威尔的极度快感中忘掉了对达恩莱的官能兴趣。任何最终的激情在形式和意义上都只能从所有过去的冲动中吸取滋养并得到强化。一个人曾误以为是激情的一切,在真正的爱情中才成为事实。

关于玛利亚·斯图亚特对波思威尔的情爱发展过程我们有两类佐证。一类是同时代人的记载、编年史和文献。另外一类是一批流传下来的、认定为她所写的书信与诗作。两种形式,客观事实的外在反映和心灵活动的内在明证完全吻合。然而,也有人认为必须按照后世的道德标准为玛利亚·斯图亚特辩护,反对指摘她有过自己无法辩解的激情冲动。所有这些人都拒不承认这些书信和诗作的真实性。他们直截了当地说这些是赝品,在史学上不足为凭。从诉讼角度来看,他们无疑也有一定的道理,因为玛利亚·斯图亚特那些流传到我们手上的书信和十四行诗只有译文,也许甚至还有曲解。原件已告阙如。也永远不会重新出现。玛利亚·斯图亚特的手迹,亦即无可辩驳的最后证据已经被毁,也知道为谁所毁。她的儿子詹姆士一世当政,就把从世俗眼光来看有损母亲妇女清白的手迹付之一炬。从此关于这些"首饰盒中的书信"的真伪展开了相持不下的争论,充分反映出在评价玛利亚·斯图亚特上由于宗教与民族的原因而形成的偏见。因此一个持论公允的传记作者就有必要仔细比较分析双方的论据,但是判断必然具有独特的个性,原因是:由于未能提供原件,学术上和法律上的最终定论已无可能,只有从逻辑学、从心理学的角度来肯定或否定其真实性。

无论如何,要想正确认识玛利亚·斯图亚特,阐述她的内在本质,就得做出判断,认定这些诗作,这些书信到底是真还是假,不能耸耸肩膀说一句:"有可能,也不一定",不能畏首畏尾说一句:"或许是真的,或许是假的",便从这个问题边上绕过去,因为内在演变过程的心灵关键就在这里。传记作者必须以十分认真负责的态度比较分析"赞成"与"反对"两方的论点——如果肯定真实性,将那些诗作视为可信的依据,用在自己的论述中,那么就要公开而明确地阐述自己之所以如此认定的理由。

波思威尔仓皇出逃以后,人们在一个上锁的银质首饰盒里发现这些书信和十四行诗,所以它们被称为"首饰盒中的书信"。玛利亚·斯图亚特确实将她第一个丈夫弗朗西斯二世给她的首饰盒像其他各种各样礼品一样送给了波思威尔,这一点毫无疑问。波思威尔在这个上锁的盒子里存放了绝密的文件,当然也收藏着玛利亚·斯图亚特的书信,这一点亦可肯定。同样没有问题的是:玛利亚·斯图亚特写给情人的信函下笔不慎,有损名声。第一因为玛利亚·斯图亚特一辈子都是一个大胆、说干就干的女人,从来不善在言词里、文字中克制自己的感情;第二因为她那些对头发现这些书信时喜不自胜,也可说明,信里一定有某种会使玛利亚·斯图亚特受到损害的、丢脸的内容。但是坚持赝品说者都不再着力否定这些书信与诗作的存在,而是仅仅认为:这些勋爵从一起审阅到交给国会的短短几天之内以恶意伪造的赝品偷换了原件,认为:那些公之于众的函件根本就不是最初在上锁的盒子里发现的原件。

这就产生一个问题:同时代人当中谁曾提出这样的指摘:答案不利于持这种论点的人们。事实上,没有人这样指摘。首饰盒落入莫顿手中那天,这些勋爵一起把它打开,起誓认定书信确系真迹,国会议员(其中有玛利亚·斯图亚特的密友)又将手札审查一遍,亦未表示怀疑。第三次、第四次则在约克法庭和汉普顿法庭展示,与玛利亚·斯图亚特的其他手迹原件进行了比较。而令人深信不疑的特别重要的论据是:伊丽莎白将这些书信印发给各国宫廷。尽管从为人看她居心叵测,但她决不会庇护明目张胆、肆无忌惮地作伪的冒牌货,因为如果这样,说不定有朝一日不知哪个参与者把这件事捅出来。这个女政治家非常谨慎,不会因小事弄虚作假让人抓住把柄。只有一个人当时为了自己的名声理应呼吁全世界伸出援手,这就是玛利亚·斯图亚特,这个首要的当事人,这个据称无辜、遭到诽谤的女人——使人感到惊讶——仅仅轻描淡写地,完全不能令人信服地提出抗议。她先是通过秘密谈判力图劝阻向约克法庭交出这些书信——人们不禁要问为什么,因为证实伪造,只会更能使她挺直腰板哪!——后来又嘱咐自己那些代表,要一开始就将所有对她的指控全都斥为不是事实。这对玛利亚·斯图亚特并无多大意义,因为她在政治问题上很少讲真话,而且竟然要求人们确认君王之言重于所有证据。但是当布坎南将这些手札印在谤书中,到处散发加以指摘,在所有宫廷里人们好奇地谈论这些书信的时候,玛利亚·斯图亚特并未提出强烈的抗议,完全没有说到有人伪造,只是不痛不痒地称布坎南为"可恶的无神论者"。在任何手札里,无论是给教皇的,给法国国王的,或者是给她那些亲戚的信里她都没有写过一句话,说有人伪造了那些书信和诗作。法国宫廷从一开始手里就有真迹的印件,在这桩闹得沸沸扬扬的事件中从来也没有为玛丽亚·斯图亚特撑腰。可见同时代人当中谁都丝毫没有怀疑手迹的真实性;她那些同时代的朋友当中也谁都没有公开说过,用赝品来掉包实在是天大的冤枉。原件早已被她的儿子销毁了。过了一百年,两百年,伪造的说法才逐渐抬头,意在竭力将这个大胆、任性的女人说成受了卑鄙的阴谋之害,说她完全清白无辜。

同时代人的态度,具有史学意义的论据无疑说明了手迹的真实性。依我看来,从语文学与心理学来分析也可以同样清楚地看出这一点。先谈诗作吧——人们不禁要问,在当时的苏格兰,谁对玛丽亚·斯图亚特的私生活了如指掌,能在这么短的时间里,用外语,即用法语写出一系列十四行诗呢?的确,世界史上有无数伪造文件与书信的例子,文学中也时常不可思议地出现各种伪作。然而,像麦克弗尔逊①的《莪相诗集》,或者柯尼金霍夫手稿②的赝品都是年代久远、湮没无闻的文字复制。但是从来也不见有谁将整组诗歌伪托为一个在世的同时代人所写。要说对创作一窍不通的苏格兰贵族地主,为了丑化自己的女王,竟用法语急忙写出十一首十四行诗,这个想法实在太荒谬了!那么谁是这位无名的魔术师,他竟能用一种外语写出伪托女王的一组诗作,文词如此优美,每一句话语、每一种情感都完全切合这个女人内心深处的奥秘呢?——这个问题没有一个辩护者曾经回答过。就是像龙沙、像杜·倍雷这样的人也不可能下笔这么快,也不可能把心理活动写得这么逼真。更不要说莫顿、阿盖尔和汉密尔顿之流,这些人充其量会使剑,可是要用法语在席间对话就难矣哉!

如果诗作的真实性可以确认(现在也不大被否认了),那么就有必要承认书信的真实性。当然译回拉丁文和苏格兰语时(只有两封信以原文件形式保存下来),可能有几处改动过,也许甚至确实添了一两处。但就整体来看,同样的论据也令人信服地说明了书信的真实性,特别是最后提及的心理学上的论据。如果有"一伙"所谓"胡作非为之徒"怀恨在心,蓄意炮制中伤玛丽亚·斯图亚特的书信,自然就会编造露骨的表白,让人鄙视她,使她看上去像一个淫荡、阴险、恶毒的妇人。为了毁谤玛利亚·斯图亚特而将书信与诗作伪造成像流传下来的那样,这就太不合情理了,原因是:这些文字与其说是给她抹黑,不如说是替她辩白,字里行间流露出玛利亚·斯图亚特感人的恳切,倾诉了作为罪行的知情人与协助者的畏惧心理。这些书信展示的不是那种激情的欢乐,而是极度的危机,是活活被焚烧和被烧死者透不过气来的呼喊。文字如此缺乏藻饰,思路如此纷乱,显然非常匆促和惊惶,由着一只因激动而在执笔的发抖——人们可以感受得到——的手写到哪里算哪里。这恰恰充分说明玛利亚·斯图亚特在那些日子里由于自己的所作所为神经过度紧张的心情。只有一个善窥人心的顶级天才才能针对无人不知的种种事实,如此完美地虚构出这样

---

① 麦克弗尔逊(1736—1796),苏格兰作家,出版据传古代苏格兰英雄诗歌《莪相诗集》。
② 柯尼金霍夫手稿,古代捷克诗歌的伪造手稿。

一种心理基调。以维护玛利亚·斯图亚特名声为己任的人们轮番随口指责莫雷、梅特兰或布坎南伪造手迹。事实上，他们并不是莎士比亚，并不是巴尔扎克，并不是陀思妥耶夫斯基，他们只是可鄙的小人，也许有本事干些卑微无赖的蒙骗勾当，却没有本事在办公室里组合如此感人的言为心声的真实图像，如同玛利亚·斯图亚特的书信经历各个时代所展示的那样。如果这些书信竟是赝品，就得先把这一位作伪的天才寻找出来。所以不持偏见者可以心安理得地认定只在心灵遭到困厄和深重的压抑时才提笔诉诸文字的玛利亚·斯图亚特是这些书信与诗作的作者和她极度痛苦的最为可靠的证人。

只有透过诗中的自我暴露，人们方才得以了解这次不幸的激情从何开始，只有借助火热的诗行，人们方才知道这场情爱并非缓慢地凝结而成，而是骤然扑向这个不知就里的女人，永远攫取了她。直接的缘由则是一次粗暴的肉体行为，波思威尔的突然袭击，半是强暴或者就是强暴。她写的一首十四行诗像闪电一样照亮了幕后的秘密：

> 由于他，我泪流不止，
> 当他离开我的身子，
> 还未获取我这一颗心之时。

一下子人们就看清了全局，几个星期以来，玛利亚·斯图亚特愈来愈多地同波思威尔在一起。他作为王国的首席顾问、全军统帅在女王旅行与游览期间陪伴她从一座城堡来到另外一座城堡。女王根本没有想到这个年轻的新郎垂涎自己，正是她自己替这个男子挑了一位美貌的贵族女子，还参加过他的婚礼。由于促成这桩婚事，因而面对这个忠心耿耿的臣子，她一定感到双重的安全，不会受到侵犯。她可以毫无猜疑地同他旅游，毫无顾虑地同他待在一起。玛利亚·斯图亚特由于轻信而产生的安全感（这本是她性格中最可宝贵的特点）每次都成了她自己的灾难。可能——人们恍如目睹——她偶尔对他举止随便、亲昵，也有女性卖俏忘了分寸的时候，就像当时对夏斯特拉尔，对里齐奥的态度给她造成严重的后果那样。也许她长时间单独同他待在屋子里，她寻开心，耍笑，逗趣。可是这个波思威尔不是弹奏琉特的浪漫诗人夏斯特拉尔,不是阿谀奉承的新贵里齐奥;波思威尔是这样一个男人,有火热的情感和结实的肌肉,由着冲动,由着本能行事,胆大包天。这样一个男人不能轻易撩拨、挑逗。他陡然动手,抓住春情亢奋,官能被愚蠢的初恋激发,却又未能酣畅尽兴的女人。"也许这是肉体占有者的行为。"他向她袭击或者说向她施暴。(在这样半推半就的迷醉时刻谁能分辨自愿与自卫呢?)人们可以相信:从波思威尔一方来看,这次袭击确实不是预谋的举动,不是克制已久的温存得以如愿以偿,只是一时情欲冲动,并非心心相印,纯属肉体的,纯属本能的暴力行为。

　　但对玛利亚·斯图亚特的影响则宛如遭到雷击。某种全新的感受像暴风骤雨一样突然侵入她平静的生活:波思威尔占有她肉体的同时,也夺取了她的情感。她至今只在两个丈夫,在十五岁的青年弗朗西斯二世和嘴上无须的达恩莱的身上接触到阳刚之气不足的男性:病夫和懦夫。她担当赐予者、慷慨的造福者、甚至在这最为隐蔽的深处也担当主宰与君王的角色,早已成了理所当然的常事。她从来都不是被索取者、被占有者、被征服者。可是在这粗野的施暴行为中,她突然——这意外的袭击使她的官能酣畅如醉——遇上真正的男性,终于遇上一个男人,他将她的女性潜质,她的羞耻心、自尊心、自信心全都打得粉碎,终于遇上一个男人,他欢快地为她敞开她自己的、迄未意识到的火山世界。她还未觉察到危险,她来不及推拒,就被击败。密致的外壳一破,深藏的熔岩往四外喷射,在吞噬,在烧毁。可能她最初只是感到恼火、愤怒,气头上恨死这个伤害女性自尊的色狼。可是自然法则中最为难解的奥秘之一则是两种截然不同的情感往往碰在一起。正如皮肤几乎无法区分极冷与极热,正如严寒可能给人以像火一样的烧灼感觉,相反的情感也会融合在一起,在某一瞬间,女人心中的恨可能变成爱,受到伤害的自尊可能变成失去控制的顺从,她的躯体可能贪得无厌地渴求刚才还由于极度反感而拒不接纳的行为。从这时起,这个至今还算审慎的女人激情勃发,在内心的烈焰中焚烧,渐渐化为灰烬。所有迄今她借以安身立命的支柱,名声、尊严、体统、高傲、自信与理性全都坍塌:一被压倒,扔了过去,她便只想越来越深地沉醉其中,但求堕落与毁灭。前所未有的异乎寻常的欢乐向她袭来,她尽情地享受,贪婪地、迷恋地,宛如融化了自我:她温顺地吻了这个男人的手,他毁了她的女性自尊,却教会她委身进入从未有过的极乐境界。

这种从未有过的,这种无可比拟的醉意远远超越了她对达恩莱的初次激情。在达恩莱身上,她仅仅发现委身的乐趣,浅尝辄止。现在她才痛快淋漓地享受。她只愿与达恩莱分享王冠、权力、寿命。她要给波思威尔的不再是某一件礼品,不再是这个和那个,而是她在世上拥有的一切。为了使他富有,她可以变成穷人;为了使他飞黄腾达,她乐于贬低自己。在难以言传的迷醉中,为了抓牢他留住他,为了这唯一的一个人,她扔掉束缚她限制她的一切。她知道,她的朋友们会离开她,世人会辱骂她看轻她。看到了这一点使她在旧的高傲遭到践踏以后产生新的高傲,她兴奋地表明态度:

> 为了他我从此无视名声,
> 这一生造就的唯一真正的幸福,
> 为了他我拿良知与权力去冒险,
> 为了他我抛却亲情与友谊,
> 任何顾虑在他面前都得让开。

> 我想起他,朋友们便微不足道,
> 没有敌人,没有仇恨会使我发抖,
> 我乐于为了他送掉一切,
> 我愿意为了他让出整个世界,
> 为了他能高升我可以死去。

从此再无他求,一切都只是为了他,她第一次感觉到将自己完全奉献给了他。

> 为了他我要获取最高的奖赏,
> 永不停息,直至他终于知道,
> 没有其他乐趣能点燃我的心,

除却不断地不倦地为他效劳。

为了他愿命运之神使我长在，
只是为了他使我常年幸福、健康，
让我可以追随他依靠他，
永远作为她的这一个女人。

她所拥有的一切，她所体现的一切，她的王位、她的名声、她的肉体、她的灵魂，她都扔下自己激情的深渊，在堕入深处的过程中肆意品尝自己漫溢的春心。

内心激动与过于激动到如此疯狂的程度一定会发生心理变化。过度的激情促使这个至今随和、拘谨的女子萌发出从未有过的和无与伦比的力量。在这几个星期里，她的肉体与灵魂所得到的享受增强了十倍，从她身上可以看出以前没有见过、以后不再见到的能量与能力。在这段时间里，玛利亚·斯图亚特能够骑马疾驰十八个钟头，随后彻夜写信而无倦意。平时只是写些简短的警句箴言、即兴小诗，现在她却能热情如沸，灵感如潮一口气写下那一首十四行诗，字里行间用以往从未有过、后来未再见过的表现力与说服力，诉说了自己的种种欢乐与痛苦。她，这个一向轻率、粗心的女人竟能在众人面前伪装得完全不露痕迹，以至于几个月里没有一个人觉察到她与波思威尔的关系。她在众人面前同这个男人说话就像对臣子那样一本正经。事实上，只要这个人稍微碰她一下，她便激动得直打哆嗦。她能在她的神经紧张得使她发抖，内心由于绝望而痛苦已极的时候，却能装得轻松愉快。在她身上形成一股魔鬼般"超越自我"的力量，它拽着她，使她远远超越原有的潜质。

然而强迫意志促使情感负担过重带来了恶果，这便是可怕的虚脱。每次她事后都得精疲力竭地在床上躺好几天，一连几个钟头迷迷糊糊地在一些屋子里四处乱走，在卧榻上抽抽搭搭地呻吟："我还是死了好！"叫喊着要别人给一把匕首让她自尽。正如这种超常力量袭来时那样，过了几个钟头它又不可思议地消失了。她的身体再也无法长期承受这种狂暴的强化自我行为，这种剧烈的尽力超越自我行为，它叛乱了，它反抗了，神经都在燃烧，都在颤抖。她的身体由于毫无节制的放荡已被伤害到了何种程度，在吉特堡事件中暴露得最清楚。10月7日波思威尔在与一个偷猎者搏斗时受了重伤，消息传到吉特堡，玛利亚·斯图亚特当时正在那里举行地方法院庭审。为免引起注意，她克制自己没有立即上马疾驰二十五英里去赫密塔治城堡。但是毫无疑问，这个坏消息使她六神无主。她身边最无先入之见的观察者，即法国使节杜·克洛克当时还对她与波思威尔的暧昧关系一无所知，他向巴黎报告："对她来说，失去他并非没有多大的损失。"梅特兰亦觉察到她心不在焉，神思恍惚，但是同样不知道真正的原因，他说："抑郁寡欢，闷闷不乐，可能由于她与国王关系不好。"过了几天，女王才在莫雷勋爵以及几个贵族的陪同下骑马飞奔去看波思威尔。她在受伤者的床边待了两个钟头，随后同样骑马狂奔返回，好像想借发疯似的疾驰将心乱如麻的痛苦压住。可是这一来，她那被朝里面烧灼的激情掏空的身体突然垮了。人们把她扶下马鞍，这时她晕了过去。昏迷不醒地躺了两个钟头。随后开始发烧，这是典型的伤寒。她辗转反侧说胡话。后来忽然身子僵直。她不能辨认，也没有知觉了。那些贵族和医生束手无策地围住这个令人困惑不解的病人。信使被派往各地，去请国王，去请主教，以防万一，到时候可以为她举行最后的涂油仪式。就这样，玛利亚·斯图亚特在生死之间躺了八天。看起来好像她那不想再活下去的意愿在一次猛烈的爆发中撕断了她的神经，摧毁了她的力量。然而，人们用有护栏的大车将正在康复的波思威尔一送来，女王便感到好了一些——这像临床诊断那样清楚地显示出：这次虚脱实质上是一次心灵的衰竭，典型的歇斯底里的发作。而且——又是一个奇迹——过了两个星期，这位人们认为必死无疑的女王又能骑马了。危险来自内心，这个垂危的病人又从内心排除了危险。

女王虽然身体已经恢复健康，但在随后的几个星期里依然心绪不宁，失魂落魄。连最不了解情况的人都觉察到，她已换成"另外一个人"。她的神情、举止都有了某种已经定格的变化。在她身上已无往日的轻巧与自信。她步履维艰，生活与行事有不胜负担的重压。她把自己锁在屋子里。透过门缝使女们听见她在抽泣、呻吟。她一向坦诚待人，这回却三缄其口,不把心事告诉任何人。谁都没有料到她日夜守住、逐渐使她的心灵窒息的可怕的秘密是什么。

原来她这种激情潜藏着一种祸患,它使她变得非同寻常而又令人寒心。这贻害无穷的祸根就在于:她从最初一刻起便意识到,她选取这种情爱是犯罪行为,只有绝路一条。第一次拥抱——一个特里斯坦①瞬间——之后的醒悟一定非常可怕。他们误饮了迷魂酒,猛然从沉醉中惊醒,两个人都记起,他们不是生活在并无旁人的无边无际的感情天地里,而是受制于这个世界,受制于责任与法律。感官恢复功能,蓦然眼前通亮,他们看清了自己多么荒唐,这是骇人的觉醒。委身于他的她是有夫之妇,她对之委身的他是有妇之夫。这是通奸,他们疯狂的情欲造成的双重通奸。才多少天前,才两个星期,二三十天前,她自己,玛利亚·斯图亚特,作为苏格兰女王隆重签署并颁发诏书,在她的王国内,犯通奸与任何其他形式的有伤风化的罪行者处以死刑。所以从最初一刻起,她这种激情便已打上罪恶的烙印。如果要将这种欲望持续下去,只有接二连三地犯罪,才能得以实现。为了永远结合在一起,两个人都得以强制的方式脱身——这一个离开丈夫,那一个离开妻子。这种罪恶的情爱只能结出毒果,玛利亚·斯图亚特从一开始就畏惧而清醒地看到,从此她不得安宁,无可救药。正是在这样绝望的时刻,玛利亚·斯图亚特产生出最后的勇气,明知不可为而为之,向命运挑战,并不是胆怯地退缩、躲藏,而是昂首在这条通向深渊的道路上走到底。就让一切都失去吧,在这种痛苦中,为他做出牺牲便是她的幸福。

> 我将在尘世上拥有的一切,
> 我的孩子、国家、生命、幸福与荣誉,
> 全都放在他那大权在握的手中,
> 我的心永生永世都向着他,
> 只能是,一定要归他所有,

---

① 特里斯坦,古代凯尔特人传说中的人物,他与叔父未婚妻伊索尔德误饮魔汤,两人产生无法抗拒的爱情。

> 听命于他,在他身旁便是极乐,
>
> 不管发生什么,我对他至死忠贞。

"不管发生什么",她都敢于走上通向绝境的道路。她已经牺牲了一切,牺牲了肉体、灵魂与命运。为他,为这个她爱得无法形容的情人,这个爱他到了难以名状程度的女人在这世界上只担心一件事:失去他。

然而,对玛利亚·斯图亚特来说,这祸患中最大的祸患,这痛苦中最大的痛苦还在后头。她尽管做了种种蠢事,但是目光敏锐,她很快便发觉:这一回她又是虚掷了感情:她对之倾注了满腔如火真情的男人根本就不是真正爱她。波思威尔在情欲驱使下,急骤而残暴地占有她,像对许多其他女人一样:官能的兴奋一冷却,他便把她们全抛掉,现在他也同样满不在乎地准备离开玛利亚·斯图亚特。对他来说,这种施暴行为只是炽热的瞬间,转眼即成过去的艳遇。这个不幸的女人自己也很快就不得不承认,她以一片真心热恋的主宰对她完全没有另眼相看:

> 你以为我放荡不羁,
>
> ——我看得出——你不了解我的品性,
>
> 你以为——啊,你冤枉了我!——
>
> 我的心像蜡一样,水性杨花,
>
> 你体会不到我对你一片真情,
>
> 你以为别人也会使我动心,
>
> 你以为我软弱,毫无主见。
>
> 猜疑使我对你情意更炽烈,
>
> 使我更热切地为你献身!

但是这个为自己的激情所迷醉的女人不是傲然转身离开这个负心汉,不是克制自己约束自己,而是跪倒在这个漠不关心的男人面前,为的是留住他。她过去的高傲突然变成极度的自我作践。她恳求,她乞求,她自卖自夸,把自己像商品一样推销给并不爱她的情人。她完全丧失了自尊心,忍受奠大的屈辱,以至于这个往日气度不凡的女王如今像一个市集女贩那样斤斤计较,在他面前历数她为他做出了哪些牺牲。她一再恳求他——

人们甚至不得不说:纠缠不休地——保证对他像奴隶一样恭顺。

> 你的女友舍此无他的要求
> 便是喜爱你,为你效劳,对你忠诚,
> 让自己的愿望完全合你的心意,
> 为了你,我面对危难也不退避,
> 你会看到我的奉献何等恭顺,
> 我多么热切地渴望
> 学会充实自己来侍候你,
> 按照你的意愿在爱抚中解脱——
> 我只求为这个奖赏而生而死。

在这个直率的女人身上如此彻底地毁灭自尊心,令人不寒而栗,感到震惊。她一向面对世上任何君主、人间任何危险都毫不畏惧,现在竟然这般糟蹋自己,出于嫉妒的恶意采取极为可耻的手段。玛利亚·斯图亚特一定从某些迹象中觉察到,波思威尔心里对自己年轻的,也就是她当时毫无私心为他选定的妻子比对玛利亚·斯图亚特更喜欢,他决不会为了她而背弃前者。于是她便想——正是强烈的情绪能使一个女人变得狭隘想起来实在可怕——以最不光彩、最可悲、最恶毒的方式贬低他的妻子。她竭力撩拨男子性爱的虚荣心:她提醒他(显然根据某些私下相告的情况),他的妻子在他拥抱时不够热切,她只是略带迟疑地委身,并无充盈的激情。她过去傲气十足,如今落到可怜地自夸的地步。她比较了她这个通奸者为波思威尔做出的牺牲与奉献比他自己的妻子大了多少,而后者只是靠了他才得到好处与乐趣。不能啊!他应该留在她玛利亚·斯图亚特的身边,只该留在她的身边,不能被那个"虚情假意的"妻子的书信和眼泪所蒙蔽。

> 可是现在她开始认真思考,
> 她给自己出的主意多么糟糕,
> 无视情重如此的男子给予宠爱,
> 一旦惊觉,便以满纸虚情假意

> 引诱我的朋友离我而去
> 唉！我已看到,她成功地
> 用骗人的眼泪、呼喊与哀诉,
> 再度将你拽入过去的罗网。
> 你却保存这些虚妄的手书,
> 相信笔下谎言超过我的申述。

她的哀号越来越绝望:希望他不要将她这个唯一匹配的女人同那个并不般配的女人弄混了;希望他抛弃那个女人,同她结合,因为她愿和他生死与共,不管发生什么事情。她跪着哀求他向她索取一切作为她忠贞不渝的明证,她愿意牺牲一切:宫室、家园、产业、王冠、荣誉与孩子。希望他把一切都拿去,只求留她在身边,她已经把整个儿都给了他,给了她心爱的男子!

这时可悲的局面第一次展露出它的背景,从玛利亚·斯图亚特喋喋不休的自白中可以非常清楚地看到这幅图像:波思威尔要她就像占有其他许多女人一样只是逢场作戏,春风一度,也就了结。可是玛利亚·斯图亚特全心全意迷恋他,情热如火,忘乎所以,只想留住他,永远留住他。然而对这个婚姻美满、野心勃勃的男子来说,仅仅是情人关系并无多大的吸引力。波思威尔至多由于近水楼台有利可图才同一个能够支配苏格兰一切显职与尊荣的女人再敷衍一段时间,或许将玛利亚·斯图亚特视为情妇而继续容忍她。但是这不能满足一个具有女王胸怀的女王,同样不能满足一个不愿与人共享的女人,她只想在激情冲动中独占这唯一的男子。那么怎样才能羁縻他呢?怎样才能永远笼络他,这个野性未驯、胆大包天的男子呢?承诺无限忠贞与恭顺只会使这种男人感到厌烦,不可能诱惑他,他从其他女人那里早听腻了。只有一种奖赏才能吸引这个贪婪的男人,就是许多人竞相夺取的最高奖赏:王冠。波思威尔尽管无意继续与一个他并不喜欢的女人相好,但是一想到这个女人是女王,在她身边他能当上苏格兰的国王,便感到巨大的诱惑。

当然,这个念头乍看似乎非常荒谬,因为玛利亚·斯图亚特的合法丈夫亨利·达恩莱还活着:不可能有第二个国王。但是这个荒谬的念头却成了从此刻起将玛利亚·斯图亚特与波思威尔像锁链一样缚在一起的唯一的想法,这个可怜的女人再无其他引诱办法可以拴住这无法无天的男人。除了王冠,世上别无他物可以使这个不受约束、我行我素的狂人为此而被对他绝对恭顺的女人收买和喜爱。没有一种代价她不肯付出。这个醉意蒙眬的女人早已忘掉名誉、身份、尊严、法律。即使玛利亚·斯图亚特必须用犯罪为波思威尔谋取这顶王冠,她也不会畏缩,因为情欲已使她丧失了理智。

正如麦克白为了利用女巫们残忍的预言当上国王,除了血腥灭绝整个王族以外,另无其他可能一样,波思威尔也无法通过正当的、合法的途径成为苏格兰的国王。要走这条路,只有踩着达恩莱的尸体才能过去。为求血与血得以交融,就得流血。

如果他在使玛利亚·斯图亚特摆脱达恩莱之后向她求婚并索要王冠,可以预料,她不怎么会拒绝,对这一点波思威尔无疑有绝对的把握。据说在那个尽人皆知的银首饰盒里发现了明确的书面承诺,玛利亚·斯图亚特答应,就是"遭到亲属和其他人的反对"也同他"结婚"。即使这份保证书是赝品,即使没有白纸黑字、加盖图章的承诺,波思威尔也能确信她会顺从。

她不知有多少回向他(也向所有其他人)抱怨,说一想到达恩莱是她的丈夫,就感到非常苦闷。她在十四行诗里过分热切地,在情话喁喁时或许更加热切地向波思威尔倾诉,说她非常渴望同他永生永世结合在一起。因此,他可以放胆使用极端手段,为她采取暴戾恣睢的举动。

波思威尔无疑也确信那些勋爵都会赞同——至少默许。他知道,这些人无一例外全恨死那个令人讨厌、叫人难以忍受的年轻人,是他出卖了他们。波思威尔也知道,最使他们高兴的事莫过于能以某种方式尽快将此人撵出苏格兰。波思威尔自己就出席过11月间在克莱格密勒宫那次奇怪的会议,玛利亚·斯图亚特当时也在场。会议内容隐隐约约地涉及达恩莱的命运。王国最高的显要们:莫雷、梅特兰、阿盖尔、亨特利和波思威尔当时一致向玛利亚·斯图亚特建议,将放逐的贵族,即杀害里齐奥的莫顿、林稷和卢塞文召回来,他们定会自告奋勇使她摆脱达恩莱。在女王本人面前起初只谈摆脱他的合法形式,即离婚。玛利亚·斯图亚特提出这样的条件:摆脱的形式一方面要合乎法律,另一方面不能对她儿子产生偏见。这时,梅特兰以含糊得费解的方式回答说:方式方法交给他们去处理,他们一定把事情办得不让她的儿子吃亏;莫雷虽然身为新教徒,但在这类问题上并不较真,也会"开一只眼,闭一只眼"。把这番话说在前头令人感到奇怪,因此玛利亚·斯图亚特再次强调,不能干出有损她的"名声或良知的事情"。在这样话里有话的言词背后潜藏着某种话里有话的意向——波思威尔当然不会听不出弦外之音。只有一点却很清楚:当时大家,玛利亚·斯图亚特、莫雷、梅特兰、波思威尔这些悲剧的主要角色都要搬掉达恩莱;只是最好用哪种方式,还未取得一致的意见:好好商量,是要手腕,还是用暴力?

波思威尔最性急,最鲁莽,他主张使用暴力。他不能也不想等待,因为他不仅像其他人那样要把这个讨厌的小家伙挤走,而且还要继他之后取得王位和王国。其他人只是巴不得有机会弄走他,可他非果断地行动起来不可。看来他早就以某种隐蔽的方式在这些勋爵当中找过同伙和帮手。但是这一点在历史的烛光中依然显得朦朦胧胧,罪行总是在背阴或昏暗的角落里策划。人们永远也不知道波思威尔把计划告诉了多少和哪些勋爵,他又争取到哪些人给予的协助或默许。莫雷看来知道此事,但未参与。梅特兰往前迈步可能没有那么多顾虑。可靠的则是莫顿临终时的一番话。莫顿恨死出卖他的达恩莱,放逐后刚刚返回时,波思威尔策马相迎,直截了当地向他建议,一起杀掉达恩莱。可是莫顿经过上回那件事,当时那些同伙将他弃置不顾,所以变得谨慎了。他吞吞吐吐没有把答应的话说出,而是要求做出保证。莫顿先询问女王是否同意谋杀。波思威尔毫不迟疑地做了肯定的回答。里齐奥被害以来,莫顿知道,口头协定事成之后很快便被否认,因此他在承担责任之前,要求见到女王白纸黑字的书面保证。他希望按照良好的苏格兰道德,得到一份正规的"协定",以便出现麻烦时可以拿出来推卸罪责。波思威尔同样答应了。当然他永远也不会提供这样的"协定",因为只有玛利亚·斯图亚特完全居于幕后,用事出"意外"做挡箭牌,他们以后才能结婚。

因此,动手一事又落回到波思威尔这个最性急最鲁莽的人肩上,于是他下定决心独立完成此事。无论如何,莫顿、莫雷、梅特兰在听取他的计划时态度暧昧,据此他已经感觉到,这些勋爵不会公开反对。他们尽管没有明确保证,但都通过心照不宣的沉默和置身事外的友好态度表示了赞同的意思。从玛利亚·斯图亚特、波思威尔与这些勋爵有了一致的想法这一天起,活人达恩莱便穿上了寿衣。

可以说,万事俱备。波思威尔已与铁杆同伙当中的几个说好,并通过多次密议定下动手的地点和方式。但是举行祭祀仪式尚缺一物,即:牺牲品。达恩莱尽管非常愚蠢,但还是不知怎的一定隐隐约约觉察到他面临的厄运。几个星期以前,只要那些勋爵戒备森严,待在霍利罗德,他便不进宫门。自从被出卖的杀害里齐奥的那些凶手意味深长地得到玛利亚·斯图亚特的赦免回到国内以来,连在斯德林宫他也觉得不安全了。他坚决拒绝所有的邀请与诱惑,始终待在格拉斯哥。那里有他父亲伦诺克斯伯爵,那里有忠实的自己人,那里有一座坚固的可以防守的府邸。紧急时,如果敌人强攻,可以登上泊在港口的那艘船逃走。在这危急关头,仿佛命运要保护他,让他在一月初得了天花,他求之不得,拿害病当借口,一连几个星期留在格拉斯哥,躲在这万无一失的港口宝地。

波思威尔在爱丁堡等候牺牲品,可达恩莱这一病却意外地打乱了他酝酿成熟的整套计划。波思威尔一定由于某种我们不能确知,只能揣测的原因急着要动手——也许由于他急不可耐地要夺取王冠;也许他有理由担心,这个阴谋有这么多靠不住的知情者,再拖下去,可能会被泄漏;也许他同玛利亚·斯图亚特的暧昧关系造成的后果已见端倪——无论如何,他不想再等待下去。可是怎么样把这个害病的人,起了疑心的人骗到谋害的地方来呢?怎么样把他从床上,从有围墙的宅院里弄出来呢?公开的约请会使达恩莱感到突兀,而且无论莫雷、梅特兰或者宫廷任何其他人同这个被唾弃、被憎恶的人都没有亲密的关系,都无法说动他自愿回来。只有一个,唯一一个女人能够支配他,她曾两度成功使这个对她俯首帖耳的不幸的男人顺从她的意志。玛利亚·斯图亚特,只有她一个人,如果她假装喜欢这个渴求她爱他的人,或许能把这个起了疑心的人诱进绝境。只有她,世界上所有人当中只有她一个人才能设下这个闻所未闻的骗局。再说,她已不再是自己意志的主宰,完全听从于暴君的命令。波思威尔只消吩咐即可。于是一桩令人难以置信的事情,或者可以说人们在感情上不愿相信的事情发生了:1月22日,几个星期来胆怯地避免同达恩莱在一起的玛利亚·斯图亚特骑马来到格拉斯哥,表面上说是探望害病的丈夫,实际上是按照波思威尔的嘱咐引诱他回到爱丁堡城里,在那里死神手持已经磨好的匕首焦急地在等候他。

第十二章　通向谋杀的道路

1567 年 1 月 22 日至 2 月 9 日

现在,玛利亚·斯图亚特叙事曲中最隐晦的一节开始了。她从格拉斯哥将尚在病中的丈夫带回来,使他遭到杀身之祸。此行成为她一生最有争议的举动。玛利亚·斯图亚特真是像阿特柔斯家族的成员吗？她是不是像克吕泰涅斯特那样的人？——后者假装关心为归来的丈夫阿伽门农准备好热腾腾的洗澡水,而她的情夫兼凶手埃癸斯托斯这时却手执利斧藏在暗处。她是不是另一个麦克白夫人？——后者以甜言蜜语伴送邓肯国王就寝,让麦克白趁国王熟睡时杀掉他。她是不是那些像魔鬼一样的女罪犯当中的一个？——极度痴情往往使那些非常大胆、堕入爱河不能自拔的女子变成这样的罪犯。莫非她只是这个残暴的靠女人干禄的波思威尔手中没有自己意志的工具？莫非她在迷恋恍惚中不知不觉地按照无法抗拒的命令行事,对为这桩骇人听闻的事件所做的种种安排一无所知,只是轻信而顺从的玩偶？首先在感情上我们自然而然地不愿意认定她真的有这种犯罪行为,指摘一个素来温厚的女子,说她是这一罪恶勾当的知情人与协助者。我们一而再,再而三地力求对她这次格拉斯哥之行做出另外一种基于人之常情的比较温和的解释。我们一次又一次撇开所有作为玛利亚·斯图亚特罪证的记载与文件,抱着希望自己能被说服的真诚意愿,检验了替她说话的人们找到或编造出来的为她辩解的全部论述。但都徒劳无益！尽管我们非常愿意相信,可是所有这些为她辩白的论据都缺乏说服力。玛利亚·斯图亚特此举做得滴水不漏,这个环节同一连串事件严丝合缝地联在一起,而替她辩护的任何说法都一经推敲,便破绽百出。

如果说是恩爱关切驱使玛利亚·斯图亚特来到达恩莱的病榻旁边，以便把他从万无一失的庇护所带回家里，更好地照料他，那么这是怎样推定的呢？几个月来，这对夫妇可以说已完全分居。达恩莱总是从她面前被赶走。不管他怎样卑躬屈节地恳求玛利亚·斯图亚特容许他作为丈夫重温伉俪之情，他对那些婚姻生活权利的要求总是遭到断然拒绝。西班牙、英国、法国的使节早就在各自的报告中都谈到这对夫妇关系冷淡，说这是一个无法改变、势所必然的事实。那些勋爵则在表面上建议离婚，背地里甚至考虑了更加偏激的解脱方法。两个人各自生活，互不关心到了这样的程度，这个多情的丈夫甚至得到玛利亚·斯图亚特在吉特堡病危的消息时，竟然没有赶去看望受了终傅的妻子。就是借助最高倍数的放大镜，在这对夫妇之间怎么样都再也找不到一丝一毫的恩爱、一点一滴的温情，所以认定玛利亚·斯图亚特此行是由于情爱甚笃、忧心忡忡的说法是站不住脚的。

然而——这是那些铁杆辩护人最后一个论据——也许玛利亚·斯图亚特正是想借此行消除令人痛苦的不和局面。说不定她来探望病人就是为了同他和解。怎奈并非如此：一份由她亲笔签署的文件否定了这个对她有利的大轴子辩解说法。就在动身去格拉斯哥的前一天，这个轻率行事的女人——玛利亚·斯图亚特从来没有想到自己的手札会被后人用作不利于自己的佐证——给大主教皮顿写了一封信，以极其憎恶和恼怒的口气谈到达恩莱。"至于国王，我的丈夫，天主知道我一向待他如何，天主和世人也同样了解他那些与我为敌的无情无义的行径。我的臣民全都看在眼里，我不怀疑他们会在心中谴责他。"和解的心声是这样的口吻吗？这是情真意切的妻子焦灼地赶去探视病中丈夫的心思吗？还有一个情况无可辩驳地说明有罪——玛利亚·斯图亚特此行并非只是看望达恩莱，随后就回来，而是打定主意立即把他带回爱丁堡。这也有点关心过头，很难说是光明正大的举动，很难教人相信。将一个正在发烧、脸部还肿得厉害的天花病人，在这1月寒冬从床上拉起来，放在敞篷马车里，整日都在赶路，运了两天，这不是有悖一切医学与理性的原则吗？可是玛利亚·斯图亚特却从一开始便带了两边有护栏的大车,由不得达恩莱说半个不字,就急急忙忙把他运回爱丁堡,而这里正在密锣紧鼓地进行着谋害他的阴谋。

但是——我们再看看替她辩护的人们说些什么,因为冤枉一个人犯有谋杀罪,这个责任可担当不起——说不定玛利亚·斯图亚特对这次阴谋一无所知。不幸这一方面也有阿奇巴尔德·道格拉斯写给她自己的一封信排除了这种揣测。在那次可悲的格拉斯哥之行的途中,进行此事的主要阴谋分子之一阿奇巴尔德·道格拉斯甚至见到她本人,希望她公开赞同谋害的计划。就算她当时没有对他表示许可或同意,作为妻子既然知道了这些阴谋活动,怎能只字不提这一个请求呢?怎么能不提醒达恩莱呢?怎么能确知有人正在进行某种对他不利的活动,又劝说他回到充满谋害气氛的地方去呢?在这样的情况下,沉默已经不仅仅是知情,这是暗中消极协助了,因为面对犯罪行为而不设法制止,这样漠不关心至少难辞其咎。所以玛利亚·斯图亚特最有力的说法是:关于策划中的罪恶行为她一无所知,因为她声称不知道此事;她闭起眼睛,转过身去,以便事后可以起誓说:她未参与这次行动。

因此,一个没有偏见的研究者总觉得:就玛利亚·斯图亚特的丈夫遭到杀害一事来说,她的所作所为在一定程度上属共同犯罪。如果要为她辩解,只能说这个女人差不多落到身不由己的地步,但并非不知情。这个恭顺的女人在行动中并不愉快,并不狂妄,并不自觉,行事并非出于自愿,而是听从另外一种,即他人的意志。玛利亚·斯图亚特到格拉斯哥引诱达恩莱回去,却并不冷酷、自私、阴险、刻薄,倒是在关键时刻——首饰盒中的书信可以作证——她对强加于己的角色感到憎恶和恐惧。她当然同波思威尔谈过把达恩莱带回爱丁堡的计划,但是从她的信里非常清楚地看出:她离开主宰者一天路程,由于他在身边产生的迷醉力量便有所减弱,与此同时,这个举足轻重的共犯身上已被麻痹的良心也就觉醒。行为的分界线将不可思议的力量促使其犯罪的人与真正的在内心力量推动下犯罪的人,将居心不良、按照预谋来作案与身不由己、因激情冲动而犯罪区别开来。玛利亚·斯图亚特的行为也许是最能说明这类罪责的例证之一，这不是某一个人自己主动犯下的，而是屈服于他人更加有力的意志犯下的罪行。到了那个时刻，当玛利亚·斯图亚特必须真正完成讨论过、赞成过的计划的时候，当她按照盼咐要将牺牲品引上屠宰台，并与之面对面站着的时候，在这个女人的心里，所有的憎恶与报复情绪却倏地消失，她天生的原始人性与任务的冷酷无情开始了一场殊死搏斗。可是为时已晚，徒劳无益。在这一罪行中，玛利亚·斯图亚特不仅是蹑手蹑足靠近牺牲品的猎人，自身也被人驱策。她感觉得到在背后赶着她前行的鞭子。要是她不把谈好引诱的牺牲品带来，那个靠她干禄的情夫一定会发火，想到这里，她发抖了；如果她不听使唤，又将失去他的欢心，想到这里，她也发抖了。在这里，一个在意志上身不由己的女人从心底不愿意干这件事，一个在心灵上无力自卫的女人反对这桩强加于她非干不可的事情。仅仅由于这一点，她这次行动虽然从正义角度来看是不可原谅的，但以人性角度来看还是可以理解的。

　　按照这一比较温和的看法，这个可怖的事件之所以可以理解，仅仅由于她从害病的达恩莱床边发给波思威尔的那封众所周知的信，而她那些辩护者却总想否认它，其实只有这封信还能给她这次行动的令人反感之处涂上一抹宽容的人性微光。通过这封信像透过壁上的裂隙一样可以窥见在格拉斯哥的那几个钟头里的可怕情景。午夜早已过去。玛利亚·斯图亚特穿着睡袍坐在陌生的房间里一张桌子旁边。壁炉里火苗在跳动，高高的清冷的四壁上阴影乱舞。然而炉火并未使寂寥的屋子，也未使凄楚的心境变得温暖。这个女人穿得不多，肩头一阵阵地打着寒战。天这么冷，她这么累，多想睡觉，然而百感交集，焦躁不安，难以安眠。最近这几个星期，这几个钟头，她经历了太多惊心动魄的事情。她的神经直至最敏感的末梢还在颤抖，灼痛。对自己的任务心里充满恐惧，但又顺从地听凭意志的主宰摆布，波思威尔的这个心灵女奴踏上邪恶的旅途，为的是把自己的丈夫诱出确保安全的处所，引入必死无疑的绝地。可是人们也并不轻易地由着她进行这场骗局。达恩莱父亲伦诺克斯派了一个使者在城门口就将她挡驾。这个女人几个月来非常讨厌他的儿子，总是避开他，现在却突然这么亲热地赶到他的病榻旁边来，这位老人觉得很可疑。老年人对祸事有预感,或许伦诺克斯也记起,每当玛利亚·斯图亚特表面上满足他儿子的愿望时,总是用伪装来骗取私利。她好不容易招架住使者的种种盘问,总算一路顺利通过到了病人的床边。他同样——她在他面前演的假戏也太多了——心怀疑虑地接待她。他马上就问:干吗要带大车来?目光里闪动着不安的惶惑的神色。她一定要竭力保持镇定,回答问题不能结结巴巴,不能脸色泛白或面红耳赤,否则就会露出马脚。对波思威尔的畏惧使她学会假装。抚摩的双手和柔媚的话语慢慢地平息了达恩莱的怀疑,一点一滴地抽走他的决心,注入她自己的更有力的意志。到第一天下午事情便已成功一半。

时已入夜,她现在独自坐在昏暗的屋子里,冷森森,空落落,烛光摇曳有如鬼火,室内寂静无声,可以听出她最隐蔽的思想在自语和被践踏的良心在叹息。她难以入睡,也不得安宁。她多么需要对随便哪个人倾诉沉重地压在心头的苦闷,在这无法摆脱而又极度孤独的困境中对随便哪个人说几句话。他不在身边,他,世上唯一的那个人,对他她可以谈所有除他以外,除他一个人以外,任何人都不能知道的事情,谈那些对她自己都不敢承认的可怕的犯罪行为,于是她取过几张纸开始写起来。这是一封长而又长的信,当夜没有写完,第二天日间没有写完,直到第二天夜里方才结束。在信里一个正在犯罪的人同自己的良心进行搏斗。这封信在疲惫不堪、神思昏乱中写就。由于意识蒙眬,精疲力竭,一切都杂乱无章。蠢话与深意、呼喊与空言,还有无可奈何的牢骚、狠毒的念头像蝙蝠那样四处飞舞,一会儿她又谈毫无意义的琐事,一会儿陷入困境的良心嚎叫着起来反抗。仇恨猛地爆发,怜悯又将它压下去。在这中间,她对这唯一一个人的喜爱之情始终强烈而热切地溢于言表,他的意志控制了她,他的手将她推向前去,使她堕入深渊。突然她又发现这张信纸也写满了。她接着写下去,不断写下去,因为如果她不是至少用言词紧紧地抓住自己拴在他身上的那个人——女罪犯拴在男罪犯身上,血脉相通——她就觉得好像恐惧会将她扼杀,寂静会使她窒息。可是正当发抖的手中那支笔宛如脱缰之马飞快地滑过纸面的时候,她发觉:在信里所写的一切并没有像她想说的那样去说,她已经没有力量管住和梳理自己的思想。在她意识的另一部分她同时了解这一点。因此请求波思威尔把这封信读两遍。但是正由于这封词语多达三千的长信,在考虑与下笔时意识不清醒,条理不分明,正由于各种想法纷至沓来,乱成一团,语无伦次,互不连贯,正由于这个原因,这封信成为一个反映心路历程的无与伦比的文献。在这里,不是一个自觉的人在说话,而是内心的自我由于疲惫与冲动而恍恍惚惚时在独白,平时绝不可能窥见的潜意识在展示,再也不被羞耻心裹住的毫无掩饰的情感在流露。在这种未能全神贯注的情况下,交替出现听得清和听不清的声音,条分缕析的和平时不敢说出口来的完全真实的思想。她在信里写得重重复复,自相矛盾,在激情的蒸腾和波涛中一切都不停地翻滚起伏,搅和在一起。从来没有或者极少见到流传下来的自白如此彻底地展示出犯罪过程中过度紧张的思想和心理。——不可能!无论是布坎南、梅特兰,或者是这些人当中任何一个(他们只是智囊而已),凭他们的才智,都不可能虚构出六神无主时伴有幻觉的内心独白,这样逼真,到了已入化境的程度,都不可能虚构一个女人在犯罪时的可怖的处境,她不知道有什么其他办法可以消除良心的痛苦,只好不停地给情夫写信,以求沉迷其中,把自己忘掉,为自己辩解,替自己表白,她借写信来躲避,免得在寂静中听到自己的心在胸膛里狂跳。人们不禁又一次想起麦克白夫人,她也穿着宽松的睡袍,浑身发抖,在昏暗的城堡里四处乱走,被恐怖的思想所围困所逼迫,像梦游者那样,在令人震惊的独白中说出了自己的罪行。只有莎士比亚这样的人,只有陀思妥耶夫斯基这样的人才有这样的创作能力,而他们的至高无上的大师则是:现实生活。

就这开头一段便如闻其声,从心底打动了人们,留下深刻的印象。"我累了,昏昏欲睡,只要还有纸,我就停不下来……请原谅字迹潦草,你得揣摩另外一半是什么……可是趁别人都已入睡能够给你写信,我还是感到高兴,因为我觉得由于渴望投入你的怀抱我会写不成信,我的命根子呀!"她以令人倾倒的诚恳与真挚描叙可怜的达恩莱意外地见她来到非常高兴,使人仿佛亲眼看到这个听话的小伙子,脸部烧得发烫,由于痘疮未好而泛红。他日日夜夜都独自躺着,想起自己一心迷恋的妻子推开他,抛弃他,不由得心都碎了。现在她,这个自己真心喜爱的女子,这个年轻的女子,这个美貌的女子突然来了,忽然又亲热地坐在他的床边。这个可怜的傻瓜喜不自胜,以为是在"做梦",说"见到她这么高兴,以至于觉得自己一定会乐极死去"。当然,在他心里怀疑的旧伤有时也会猛地灼痛。他感到此事来得太出人意料,太难以置信,可是他拙于运思,尽管她诓了他多次,可他就是想不到会有这样一场闻所未闻的骗局。对于一个软弱的人来说,可以相信与可以托付是令人愉快的事;要想说服一个虚荣的人,使他以为别人喜欢他,也轻而易举。没有多久,达恩莱便心软了感动了,又变得百依百顺,就像杀害里齐奥以后的第二天夜里那样。这个好说话的小伙子请求她原谅他冒犯她的一切。"你的臣民做错事情,你原谅了他们,我可是这么年轻啊。你可能说:你已经多次原谅了我,我却一再重蹈覆辙。但是在我这个年纪,有人出了馊主意,我就一而再,再而三地犯错误,没有照着自己的承诺去做,终于有了切身体会才把自己管住,这不是很自然吗?如果这次我能得到你的原谅,我发誓不会再有任何过失。再说除了我们作为夫妻起居与共,我也别无他求。如果你不肯,我便永远不从这张床起来……天主知道,由于把你奉若神明,由于我心里只有你一个人,我受了多大的罪呀!"

透过这封信,我们又看到远方那间昏暗的屋子。玛利亚·斯图亚特坐在病人的床边,听着他突然表白相爱之情,滔滔不绝倾诉恭顺之心。现在她该舒心了,计划已经成功,她又使这个傻小子入她彀中,俯首帖耳。但是她深深地为自己的骗局而感到羞愧,因而高兴不起来。在实施预定计划的过程中,她为自己可鄙的行为感到恶心,憋得难受。她表情阴郁,目光冷淡,惘然若失地坐在病人身边。达恩莱也注意到有什么可疑的费解的事情折磨着这个自己迷恋的女子。这被出卖被欺骗的可怜虫还想——此情此景妙不可言!——劝慰这个出卖和欺骗他的女人。他要帮助她,使她愉快,高兴,开心。他恳求她在他屋子里过夜。他,这个不幸的傻瓜又要在温柔乡里做春梦。从这封信里人们感觉到:这个脓包又轻信地对她百依百顺,以为她完全可以信赖,真是使人不寒而栗。不能啊,他不能不看她,他尽情地享受着这种重新得到、思念已久的亲昵乐趣。他请她把烤肉先切成一块一块。他傻乎乎地说呀说呀,和盘托出了所有的秘密：他说出了所有他的跑腿和眼线的名字。他对她坦言恨死梅特兰和波思威尔，做梦也没有想到她把身心都奉献给了波思威尔。就这样，他愈深信不疑地，愈情意绵绵地暴露自己，他就——这完全可以理解——愈加使得这个女人难以出卖这个毫不知情的人，听任摆布的人。眼看自己的牺牲品如此无力抗拒，如此轻信，她不由得心软了。她不得不竭力强制自己把这出可鄙的喜剧不停地演下去。"我从来没有听过他说话这么入耳，这么谦和。要是我不知道他心软如蜡，就好了；如果我不是心如铁石，就好了。此事是你亲自安排，否则谁下命令都无法使我不同情他。"可以看出：她自己对这可怜虫早已恨意全消。他的脸孔烧得发红，一对含情、渴求的眼睛在注视她。她已忘掉这个渺小、愚蠢的撒谎者以前给她带来的种种痛苦。怀着深切的感情，她很想救助他。强烈的反感袭来，于是她将这一犯罪行为归咎于波思威尔。"要是替我自己报复，我不会这么干。"只是为了自己的一片痴情，不是为了谋求其他报酬，她将利用这个人孩子气的信赖，干出这桩丑事来。突然她声色俱厉地发出指责的呼喊："是你逼我装假，害得我担惊受怕，是你要我演这个叛徒的角色。可你得记住：要不是为了听从你，我宁愿死去也不干。我的心在淌血呀！"

然而，痴情者无力反抗：在无情的鞭子驱赶下，只能声声叫唤。随着屈从的哀诉，玛利亚·斯图亚特马上又在意志的主宰者面前低下头来。"我痛苦哇！我从来没有骗过什么人，我这么做可是全为了你呀！你总得说一句话呀，我该怎么办哪！不管怎么样，我一定听你的。你也想想看，能不能用什么药做得隐蔽一点，因为他要在克莱格密勒宫服药，沐浴。"可以看出：她至少想替这个不幸的人找到一个比较缓和的死法，避开凶狠的粗野的暴力行动。如果她不是完全无法控制自己，不是完全依赖波思威尔，只要她身上还有一点一滴力量，还有一星半点道德自主心理，她一定会——人们可以感觉得到——救助达恩莱。但是她不敢不听话，因为她担心这样一来会失去她所迷恋的波思威尔，同时她也担心——独创的心理描写，哪个作家都想不出来——到头来说不定波思威尔正由于她干得出这样可悲的行径而鄙视她。她举起双手恳求他，"不要由于此事便不像原来那样尊重"她，"因为根源就在他身上"。她跪下来，从心灵深处发出最后的走投无路的呼号:请求他以情爱酬报她现在为了他而忍受的种种痛苦。"我牺牲一切:名誉、良心、幸福与尊严。你要记住,不要听信你那虚伪的内兄,抛弃你无论过去或者将来都最为忠实的恋人,也别理睬她(波思威尔的妻子)的虚伪的泪水。你看看我,看看这桩我投入整个身心的事情。我硬着头皮这样干,为的是获得应有的地位,而且为了此事我违背天性欺骗所有人,祈求天主宽恕我,祈求天主赐给你——我亲爱的朋友诸般幸福与恩泽。这是你最恭顺最忠实的恋人对你的祝愿。她希望很快就将变得更能合你的心意,超过对她所受痛苦的回报。"如果不带偏见从这一番话中听出那颗备受折磨与煎熬的心在倾诉,那就不会说这个不幸的女子是凶手,虽然她在这些白天和夜晚所做的一切都为谋杀做准备。她的对抗情绪,厌恶心理比她自己的意愿不知强烈多少倍。也许在这段时间里的某些时刻,这个女人离开自杀近于谋杀。可是受人奴役,命该如此:舍弃了自己的意志,就不能再自己选择道路,只能为人效力,听命于人。就这样她跌跌撞撞地往前走进犯罪行为的深渊,这个痴心的女仆,这个并不自觉而又极为自觉的情感梦游病患者。

  第二天玛利亚·斯图亚特已经彻底完成由她承担的一切。这一任务中更为细致,更为棘手的部分已经顺利完成。她消除了达恩莱心里的猜疑。这个可怜的害病的傻小子,他现在一下子变得轻松、自信、平静、愉快,甚至高兴。虽然他还很虚弱,乏力,痘疤使他变丑,但是他已经又想对他夫人表示亲热。他想亲吻她拥抱她。她好不容易才掩饰了自己的反感情绪,阻遏了他的迫切要求。听从玛利亚·斯图亚特的意愿,就像她听从波思威尔的命令那样,他,这个奴隶的奴隶表示愿意随她回爱丁堡去。他深信不疑地由着人把他抬出万无一失的城堡放在大车上,脸部蒙着一个薄呢面罩,免得别人看见他这副丑相。于是这个牺牲品终于上了通向屠宰场的道路。见血的粗活则由波思威尔去干,这对那个恶棍比违背良心行事对玛利亚·斯图亚特不知要容易多少倍。

  大车由马队护送,冒着严冬的寒冷一路缓缓向前驶去。经过几个月来无休无止的不睦,现在表面上已完全和好,女王与国王又回到爱丁堡。回到爱丁堡?回到爱丁堡什么地方?人们当然以为是回到霍利罗德城堡,回到王宫,回到君主舒适的住所。不是！权倾朝野的波思威尔已另有安排。国王不能待在自己的住所,不能待在霍利罗德,据说,原因是传染的危险还未过去。那么是不是到斯德林宫？是不是到宏伟而坚固的要塞爱丁堡城堡？或者再退一步说,是不是到其他豪华的住宅客居,譬如到主教的府第？都不是！非常奇怪,竟挑了一所至今谁也没有想到的、很不起眼的偏僻的房子,一所毫无气派可言的房子,坐落在社会渣滓成堆的地带,在城墙的外面那些园林草场之间,很快就会坍塌,多年无人居住,不易守卫和保护——真是挑得奇怪而又意味深长。人们不禁要问,是谁呢？竟然给国王偏偏在这柯克·奥菲尔德挑了这所偏僻得使人起疑的房子,只有那些小偷夜间出去活动时的必由之路才通到这里。瞧,现在说了算的就是波思威尔。在这错综复杂的事件中,人们一而再,再而三地看到一条贯穿其间的红线。在所有的书信、文件、证言中,点点血迹无不汇集到这唯一的一个人身上。

这所配不上国王寓居的小房子建在荒芜的田野上,只与波思威尔的一名贴身随从的住处相邻,总共有一个门厅和四个房间。楼下给女王临时安排了一间卧房。因为女王突然说很想能够体贴入微地照料这个以前她避之唯恐不及的丈夫。她的侍女们住在另外一间。楼上一间是国王的卧室,隔壁住着他的三个仆役。当然,这个教人犯疑的住所房间低矮,但陈设并不短缺:从霍利罗德送来的地毯与挂毯,还特地放了玛利·德·吉斯当年从法国带来的其中一张华丽的绣床。另外一张摆在楼下供女王使用。玛利亚·斯图亚特忙得不亦乐乎,尽可能让别人看到她对达恩莱的关心和亲近,一天数次带着所有随从过来陪伴病人,可就是她——人们不由得一再记起这种情况——几个月来总是避开他。她从2月4日到7日一连三夜都在这所偏僻的房子里度过,没有待在自己舒适的宫殿里。每一个爱丁堡人都看到:国王和女王又伉俪情深了。这互怀敌意的一对在全城臣民面前特意显示重修燕好,到了令人讨厌、起疑的程度。可以想象,感情的突变首先一定使那些勋爵觉得奇怪。就在不久前他们还同玛利亚·斯图亚特商讨过让她摆脱他的种种办法,可现在两个人却一下子如此急骤地变得如胶似漆,那也做得太煞有介事了。勋爵当中最有头脑的莫雷已心里明白,他不久以后的态度便说明这一点。他一刻也没有怀疑,断定在这所偏僻得出奇的房子里正在进行不可告人的勾当,于是悄然巧妙地自己做好准备。

无论在城市或者在乡村,也许只有一个人真诚地相信玛利亚·斯图亚特已经回心转意:这个人便是达恩莱,这个不幸的丈夫。她对他无微不至地关切,这迎合了他的虚荣心。他看到往日看轻他避开他的那些勋爵突然又来到他的病榻旁,弯腰弓背,露出关心的样子,这使他很得意。怀着感激的心情,他于2月7日写信给他父亲,说自己的健康由于女王的关切而大有好转,她现在确实是一位真心爱他的妻子。那些医生也高兴地告诉他正在康复,这场使人变丑的疾病留下的疤痕也开始渐渐消失掉。他可以搬回自己的王宫去了,已定在星期一早上来几匹马,再过一天他便端坐在霍利罗德,与玛利亚·斯图亚特在那里共同生活,终于又成了国家的主人,她那颗心的主人。

但是在2月10日星期一之前,还有一个2月9日的星期天。人们宣布那天晚上在霍利罗德有喜庆活动:玛利亚·斯图亚特最忠诚的臣仆中有两个到时将举行婚礼,为此将有盛大的喜宴与舞会,女王也答应侍女们去参加。可是公告此事并非当天要闻,因为这天另有真正的头条消息,其意义日后才显示出来,这就是:早上莫雷伯爵突然向他妹妹请了几天假,说是要去自己的一处城堡探望害病的妻子。而这便是一个凶兆,因为每当莫雷忽然离开政治舞台,此中必大有文章,接着总会发生剧变或灾祸,事后堂而皇之回来,言之凿凿,证明自己并未插手。谁要是觉察到暴风雨即将来临,眼看这个有心计有远见的人现在又趁还未变天悄然抽身他去,一定会感到不安。里齐奥被害的次日早上,他骑马进入爱丁堡,看起来他好像一无所知。现在他同样又装作不知就里,在即将发生更加可怕的惨剧那一天早上动身离去,把危险留给别人,确保自己的名声和利益。

还有一个迹象令人费解。据说,玛利亚·斯图亚特已嘱咐将她那张昂贵的绣床和毛皮的毯子从柯克·奥菲尔德的卧房搬回到霍利罗德。看起来这样安排的本身完全可以说得过去,因为已经宣布的喜庆活动那天夜里,女王不在柯克·奥菲尔德,而是在霍利罗德过夜,而第二天反正不再分居。只是这样小心谨慎地急着搬床,由于发生了种种事件,后来就被理解或者说曲解为性命攸关的事。暂时,下午和傍晚人们丝毫觉察不到可怕的事情或真正的危险。玛利亚·斯图亚特的举动也尽可能不引起他人的注意。白天她带着朋友们去探望差不多已经康复的丈夫。晚上她同波思威尔、亨特利、阿盖尔一起坐在婚礼贺客中间,对侍役非常和蔼可亲。多么令人感动啊:她又一次——异乎寻常地令人感动——虽然达恩莱明天早上就要回霍利罗德去,但是她又一次在寒冷的冬夜去柯克·奥菲尔德那所冷寂的房子。她特地中途离开欢乐的喜宴,只是为了再在达恩莱的床边坐一会儿,同他聊聊天。玛利亚·斯图亚特在柯克·奥菲尔德一直待到夜里十一点——必须牢记这个时刻——然后返回霍利罗德。黑夜里远远就可以看见擎着火炬、灯笼前导的马队,可以听见笑语喧哗。各处城门大开,整个爱丁堡都一定看到女王照料、探视丈夫以后回到了霍利罗德,这里在中提琴和风笛的伴奏下,使役和女仆们正翩翩起舞。女王又一次亲切地来到婚礼贺客中间,谈笑风生。午夜过后,她方才回宫就寝。

深夜两点钟,传来剧烈的爆炸声,大地抖动,"简直像二十五门大炮同时轰响",空气在震荡。马上可以看到一些可疑的人影从柯克·奥菲尔德那个方向拼命跑出来:在国王那所房子里一定发生了祸事。全城的人都从睡梦中惊醒,惶恐不安。城门立即打开。几名使者朝霍利罗德飞驰而去,报告可怕的消息:柯克·奥菲尔德那所冷清清的小房子连同国王以及所有他的使役都被炸得飞上天空。参加过婚礼的波思威尔——显然为了证明在他的部下准备爆炸时自己不在场——被人从睡梦中叫醒,或者说得准确些,被人从床上叫起来,他装作躺在那里睡觉。波思威尔匆匆穿上衣服,带了武装侍卫赶到现场,只见达恩莱和睡在屋子里的仆役都陈尸现场,只穿着一件衬衣,这所房子已完全被炸药毁掉。波思威尔只说此事使他感到非常意外和震惊,其实只是表面文章:他比谁都更了解真相,所以他也没有再费事抖搂全部内情。他吩咐收尸,过了不到半个钟头便回城堡去了。到了那里,他懂得向同样毫不知情,从睡梦中被人叫醒感到恼火的女王报告:她的丈夫,苏格兰国王亨利已被不知哪些凶手用不知什么方式杀害了。

第十三章　多行不义必自毙

1567年2月至4月

　　激情多能。它能在一个人身上唤起无法形容的异乎寻常的潜力。它能以不可抗拒的重压从沉静逾常的心灵里榨出巨大的强制力量，驱使这一颗心无视道德的一切规范与形式走向犯罪。但是激情又具有这样的特点：在如此猛烈的爆发之后，它那急骤的冲动便因力竭而归于平息。激情罪犯与真正的、天生的、不思悔改的罪犯之间的根本区别就在这里。仅仅一次作案者，即激情犯罪者力之所及止于作案，但事后种种却无法顾及。这样的人一时冲动便下手，双目所视者只有想干的那件事，全副精神都放在这唯一的目的上。目的一达到，事情一结束，冲劲立即松弛，决意随之消失，头脑马上不灵。但正是在这个时候，冷静的、清醒的、自私的罪犯开始同原告与法官捉迷藏。这种罪犯最费心思之处并不在于犯罪行为，而是在于事后开脱自己。

　　玛利亚·斯图亚特由于对波思威尔百依百顺而陷入犯罪境地无力摆脱，这并未贬损，反而增益了她的形象，原因是：她虽然是罪犯，但这是激情驱使的结果，并非出于自己的本意，而是迫于他人的意志，因而不能对自己的行为负责。她只是没有及时阻遏祸害的力量，而且事后又毫无主见。本来她这时有两件事可做：或者打定主意，厌弃波思威尔，避开他的罪恶活动，因为他的所作所为已经超出她心甘情愿的限度；或者不得不帮助遮掩他的罪恶，这样她又得装假，做出悲痛的样子，免得旁人怀疑他。然而玛利亚·斯图亚特并没有这样做，而是在嫌疑重大的情况下做了莫名其妙、愚蠢不过的事，也就是什么都不做。她始终木然，默然，惘然若失,这就暴露了自己。像那种机械玩具,一上了发条,便按照设计呆板地做几个动作,玛利亚·斯图亚特也在百依百顺的迷醉中由着别人摆布,做了波思威尔要她去做的一切:她去了格拉斯哥;她抚慰了达恩莱;她把他哄骗回来。现在发条已转完,外力顿时消失。正是现在,当她必须充当情感演员,让大家都深信此事与她无关的时候,她却颓然听任面具脱落,陷于僵化,严重的心灵呆滞与说不清楚的冷漠,麻木地无视涉嫌的重压像一柄出鞘的利剑直奔自己的头顶。

在这非常需要装假、自保、聚精会神去应付的时刻,整个身心都完全僵化,听之任之,淡然处之,这种心灵呆滞的奇怪现象本身并不反常,因为这是精神过度紧张的必然反映,这是自然对所有逾越其限度的人们进行恶意的报复。在滑铁卢前夜,拿破仑就突然丧失了超凡的意志力。正是在这危急关头,在这非常需要他进行各项部署的时刻,他却木然呆坐,并未做出安排,所有力量一下子就从他身上流走,像葡萄酒从刺穿的酒桶里漏掉那样。同样地,奥斯卡·王尔德[①]在被捕前的瞬间也这样发愣:朋友们已经给他通风报信,他还有时间,他有钱,他本来可以乘上火车,然后横渡海峡去逃亡。可是他也一下子呆住了,坐在旅馆的房间里等待又等待,不知道他等什么,等待奇迹的出现,还是等待自己的毁灭?我们只有借助这些类似的情况——历史上有无数这样的例子——才能解释玛利亚·斯图亚特在那几个星期里的举动,才能解释那种不近情理、愚不可及、消极对待因而惹人注意的态度,正是这种态度才促使人们怀疑她。谋害事件发生以前,谁也没有料到她会同波思威尔一个鼻孔出气:探视达恩莱的确可能出于和解的愿望。但是惨剧发生以后,被害者的未亡人马上置身于众目睽睽之下。这个时候,或者自然而然显示出自己的清白,或者更加装假,不露丝毫破绽,两者必居其一。然而这个不幸的女人对这种撒谎和装假的厌恶心理已经占了上风,她不去消除人们无论从哪个角度看都合情合理的怀疑,完全置之不理,因此她的罪责在人们的眼里就显得或许比实际情况更要深重。像一个跳进深渊的自杀者,她闭起眼睛,什么都看不见

[①] 王尔德(1856—1900),英国唯美主义作家。

了,什么都感觉不到了,一心只求了结,再也没有思索和权衡的痛苦,只有虚无,只有毁灭。在犯罪学中几乎找不到这样一个典型病态的激情罪犯案例:在犯罪过程中耗尽全力,随着犯罪行为的结束而崩溃……上天要诛灭谁,必先让其丧失理智。

一个清白、贞洁、多情的妻子,一个女王深夜听到一个使者奏报,说她的丈夫刚才已被身份不明的凶手们杀害,会怎样反应呢?她一定像四周起火一样跳起来,一定会大吵大闹,大喊大叫,一定会传旨立即捉拿凶犯,一定会将每一个稍微有点嫌疑的人都投入监狱,一定会召唤臣民关注此事,一定会吁请外国君主在边境扣押每一个越境逃亡的人。不把最后一个作案者和知情人逮住并绳之以法,她一定会像弗朗西斯二世姐谢时那样,日夜足不出户,一连几个星期、几个月不思欢乐、自娱、聚会,首先是不得安宁。

一个确实感到意外、真正不知就里的多情妻子的心态一定大致如此。而从另一角度来看,一个身为从犯的妻子至少也会装出这副样子,尽管反常,却也合乎情理,因为还有什么比作案以后装作完全清白、毫不知情的人更能使罪犯免遭怀疑呢?可是谋害惨剧发生以后,玛利亚·斯图亚特的冷漠简直是闻所未闻,连最轻信的人都觉得蹊跷:不见一丝一毫里齐奥被杀时她流露出来的那种恼怒与怨恨,不见一丝一毫弗朗西斯二世驾崩后她表现出来的那种忧伤。她并未像为第一位丈夫写下令人感动的挽歌那样,为悼念达恩莱而动笔,而是在人们奏报凶信以后几个钟头内便冷静地签署了致各国宫廷的公函,转弯抹角地向全世界说明谋害的情况,当然意在竭力开脱自己。在这奇特的陈述中,有意捏造事实,仿佛凶杀的对象根本不是国王,首先是女王本人。根据这个官方版本,阴谋分子误以为女王与国王在柯克·奥菲尔德过夜,只是女王事先离开这所房子去参加婚礼,凑巧躲过了与国王一起被炸得血肉横飞的劫难。玛利亚·斯图亚特在顺从地签署撒谎文件时拿笔的手也未发抖:"女王不知道哪些人是这一罪行的指使者,但她相信,内阁会议各个成员必将尽心尽力查明罪魁祸首,到时她将予以堪为后世儆戒的惩处。"

这样歪曲事实当然过于笨拙,未能产生误导舆论的作用。实际上——整个爱丁堡的居民都目睹——女王已于晚间十一点钟离开了柯克·奥菲尔德那所孤寂的房子,这显然要让全城的人都看见,所以埋伏在暗处的凶手们过了三个钟头把这座房屋炸飞决不会是为了谋害女王。而且利用炸药毁掉这所房子,也只是掩盖真相的障眼手法,因为达恩莱可能事先已被破门而入的凶手扼死——官方的说法如此拙劣,破绽百出,只会给人们以更加深刻的共同犯罪的印象。

然而,奇怪的是:苏格兰一片沉默。在那几天里,不仅玛利亚·斯图亚特漠然置之,而且举国上下也一片沉寂,这使全世界都感到诧异。试想:发生了令人难以置信的事情,就是在这部用鲜血写就的史册中也闻所未闻的事情——苏格兰国王在本国首都被谋害,连人带屋都被炸得飞上了天空。那又怎样?全城的人有没有愤恨得浑身发抖?那些贵族爵爷们有没有从他们的城堡赶来保卫据称同样处境危险的女王?那里的神父们有没有在布道坛上控诉?法庭有没有采取措施来揭露凶手?有没有关闭城门,拘捕数以百计的嫌疑犯严刑拷打?有没有封锁边境?王国的那些贵族有没有在出殡行列里抬着受害人的棺材穿过大街去送葬?有没有在一个公共场所搭起灵柩台四周点起油灯和蜡烛?有没有召开国会从头到尾听取关于这一骇人听闻的罪行并且依法采取行动?那些勋爵,那些王位的卫士有没有集合起来,庄严宣誓去缉拿凶手?——什么都没有,什么都没有去做。霹雳震耳,过后竟是不可捉摸的沉寂。女王杜门不出,并未在公开场合说一句话。那些勋爵都默不作声。莫雷毫无表示,梅特兰也这样,曾对国王卑躬屈节的所有人没有一个不是这样。他们既不谴责也不赞扬这次谋害的行为。他们按兵不动,引而不发地等待事态的进一步发展。大家觉得:公开议论国王被害眼下对谁都有不便之处,因为他们或多或少事先都已知道此事。市民们则小心翼翼地关起门来你一言我一语地进行各种猜测。他们明白:小百姓不宜妄议大人物的事情,好管闲事难免成为替罪羊。在最初这段时间里出现这种局面,正是凶手们求之不得的事情。谁都把这次谋害当成令人不快的小事一桩听了便算。整个宫廷、全体贵族和市民如此默然而胆怯地想对国王被弑一事避而不谈,这或许在欧洲历史上还从未有过。非常显眼的是:甚至有意识地未去采取清查案情必不可少的措施。行政与司法部门都未派人到凶杀现场调查,未做任何笔录,没有呈交反映真相的汇报,没有公布关于谋害详情的一目了然的文告。人们百般掩饰这个案件。尸体并未由医生,由官方做出鉴定,因此直到今天都不清楚,在凶手们用大量炸药毁掉房屋以前,达恩莱究竟是被勒死、刺死还是毒死的(人们看到裸露的尸体横陈在花园里,脸部发黑)。为了避免人们七嘴八舌,为了避免太多人看到尸体,便由波思威尔将它草草收殓。赶快掩埋达恩莱!尽快彻底了结这桩丑事,以免闹得臭气熏天!

这一来,便显露出最引人注意的迹象,等于告诉所有人,高层人物一定在暗中插手这件凶杀案。人们并未为苏格兰国王亨利·达恩莱举行恰如其分的葬礼:既未以隆重的仪式安放遗体,随后亦未以庄严的送葬行列出殡,抬着灵柩穿城而过,后面跟着悲痛的遗孀,跟着那些贵族。既未鸣炮,亦未敲钟,而是悄悄地在夜幕掩护下将棺材抬进小教堂。没有什么排场,没有什么仪式,就这样畏葸而匆促地将苏格兰国王亨利·达恩莱的遗体放进墓穴,仿佛他自己是凶手,而不是死于他人的嫉恨和贪得无厌的受害人。再就是做弥撒,便万事大吉!从此这个受苦的灵魂不会再使苏格兰不得安宁了。上天要诛灭谁,必先让其丧失理智……

玛利亚·斯图亚特、波思威尔与那些勋爵巴不得棺盖一合上,这桩丑事便就此了结。为了免得多管闲事的人们问个不休,譬如免得伊丽莎白指责他们并未采取行动揭露罪行,他们决定做个有所行动的样子。为了避免真调查,波思威尔安排了一次假调查,就用这种聊备一格的姿态表示他们正在着力追捕那些"不知姓甚名谁的凶手"。当然,这些姓名全城无人不晓:参与包围那所房子、采购大量炸药、装入袋子搬进屋内的帮凶太多,彼此不会不记得这个那个。再说城门口哨兵想忘也忘不了那天夜里爆炸以后,他们让哪些人进了爱丁堡。然而,内阁会议成员现在实际上只有波思威尔和梅特兰,即同案犯①与知情人两个,他们只要照一下镜子,便能认出主谋,因此人们硬要坚持"不知姓甚名谁的凶手"这一说法,并且发布公告:如能指出罪犯的姓名,将获两千苏格兰镑。对于一个贫穷的爱丁堡老百姓来说,这是一个可观的数目。可是谁都知道,只要一多嘴,

---

① 同案犯:原文如此。

162

马上就会当胸挨一刀,别想把那两千镑放进腰包。波思威尔很快就实施军事独裁。他的部下,即边防军咄咄逼人地骑马在大街上疾驰而过。人们可以看见他们佩带的武器。这副架势很明显地吓住了每一个胆敢说真话的人。

但是每当人们想用暴力压制真理的时候,真理总会巧施妙计保护自己。白天不让真理开口,它就会在更加沉寂的黑夜讲话。发布公告的次日早上,在市场上、甚至在霍利罗德王宫大门上都发现了写着凶手名字的揭贴。在这些揭帖上毫无顾忌地说波思威尔与他的帮凶詹姆士·巴尔福以及女王的内侍巴斯蒂安与约瑟夫·里齐奥都是凶手。有些名单中还列出其他一些名字,但在所有招贴中一再出现的则是波思威尔与巴尔福、巴尔福与波思威尔。

如果不是鬼迷心窍,如果不是疯狂的激情彻底冲垮了她审慎行事的能力,如果不是她的意志力完全由人摆布,既然百姓的呼声如此清晰,那么有一件事玛利亚·斯图亚特本来非做不可,即:同波思威尔分清她是她,他是他。只要她那糊涂的头脑里还有一丝一毫理智,她现在就得对他疏而远之。她本来应该用巧妙的手法由"官方"证明他一身清白,在此之前,她不能与他有任何往来,必须随便找个借口先让他离开宫廷。只有一件事她本来不应该去做,那就是:人们在大庭广众或高声或低声都说那个人是杀害国王,即她丈夫的凶手,她却让他继续在苏格兰王宫里发号施令,尤其是不应该交托这个舆论一致认为是凶杀祸首的人负责调查那些"不知姓甚名谁的凶手"。更要命更糊涂的是:在那些招贴上除了波思威尔与巴尔福以外还提到她的两个内侍巴斯蒂安和约瑟夫·里齐奥(大卫·里齐奥的弟弟),说他们是帮凶。在这种情况下,玛利亚·斯图亚特首先该当如何?不消说应将这两个受到指责的人交给司法机关去处置。可是她并没有这样做——这个时候,愚蠢差不多等于胡来与不打自招:她悄悄地辞退了他们。有人塞给他们护照,匆匆忙忙地偷送他们出境。所以她的所作所为与为了维护自己名誉本来该做的事情恰恰相反。她不是把嫌疑犯交付法庭,却帮助他们脱逃。玛利亚·斯图亚特的这种包庇行为使她自己坐上了被告席。而败坏名声的荒唐事还有更多更多。在那段时间里,任何人都没有见她流过一滴眼泪,她也没有像当年那样一身缟素,足不出户四十天——虽然这回本来更有必要假装服丧——而是刚过一个星期便离开霍利罗德,动身去了塞顿勋爵的城堡。这位遗孀为宫廷丧礼的门面装个样子也提不起精神,而且藐视物议到了无以复加的地步——简直就像指着人们的鼻子挑衅,竟然在塞顿城堡接受朝见。谁来朝见?就是那个詹姆士·波思威尔,就是那个人,他那幅有"此人便是弑君凶手"字样的画像这时正在爱丁堡街头被人分发。

然而,苏格兰并非全世界。虽然那些心虚的勋爵和敢怒不敢言的市民胆怯地保持沉默,仿佛国王遗体入土以后对他被害一事也失去了任何兴趣,但是在伦敦、巴黎、马德里的宫廷里人们对待这桩惊天大案绝非如此冷漠。对苏格兰来说,达恩莱不过是个碍眼的外人,一旦厌烦他,便用常见的办法干掉他就是。可是在欧洲其他国家的宫廷来看,他是膏立的国王、显赫家族的成员,具有他们那样不可侵犯的地位,因此把他的事情看成自己的事情。当然,任何人都根本不相信官方胡诌的陈述。整个欧洲从一开始便看出:罪魁祸首肯定是波思威尔,玛利亚·斯图亚特肯定是他的心腹。连教皇与他的使节都以激愤的言辞指摘这个失去了理智的女人。但是最使这些外国君主耿耿于怀的,最使他们恼火的,倒不完全是谋害的本身。在那个时代,人们并没有什么道德观念。事关一条人命也并不特别难办。自从出现了马基雅弗利的主张以来,在所有国家,对政治谋杀都视为情有可原。几乎每一个欧洲王室在自己的宗谱里都有类似的做法。亨利八世需要除掉他那些妻子时一点也不手软。菲力普二世不喜欢别人问起他的亲生儿子唐·卡洛斯被害的情况。教皇家族博恰①得了恶名,手段之一便是毒药。然而在这一点上却有不同之处——这些君主无一例外都避开任何凶杀甚至同谋的嫌疑。他们都让别人动手,自己并不沾边。他们只希望玛利亚·斯图亚特做个洗刷自己的样子。最使他们恼火的仅仅是她漠然置之的愚蠢做法。这些外国君主先是愕然,既而愤然

---

① 教皇家族博恰,从西班牙迁往意大利的贵族世家,罗德里乔(1431—1508)于1492年成为教皇六世,其子契萨尔(1475—1507)属文艺复兴时期强者为尊、冷酷无情的典型人物。

注视着这个不知深浅、鬼迷心窍的同行姐妹,她竟毫无推卸嫌疑的表示。在这种情况下,人们通常找几个小人物,将他们绞死或四马分尸了事。可是玛利亚·斯图亚特却在球场上优哉游哉,还挑了那个罪魁祸首做她玩乐的搭档。玛利亚·斯图亚特派驻巴黎的忠诚使臣焦虑而恳切地报告了这种消极态度造成的恶劣影响。"此间人们诽谤您为这一罪行的祸首,说您自己下了这道命令。"这位正直的教徒如此坦率,足以使他万古流芳,他对女王说:如果她现在还不以极其有力与坚决的方式弥补这次谋害的罪过,"那么失去了生命和一切对您来说或许还要好些。"

这是一位友人的诤言。如果在这个自暴自弃的女人身上还有一丁点理性,在她的灵魂里还有些许自己的意志,她一定会振作起来。伊丽莎白唁函的措辞更是直叩心扉。事有凑巧,说来也怪:玛利亚·斯图亚特面对一生最严峻的危机和最冷酷的行为,世上竟没有一个女人,甚至没有一个人能够像做她一辈子死对头的这个女人那样了解她。伊丽莎白一定在这一事件中像照镜子一样看到了自己:在与达德利·勒斯特打得火热的那段时间里,她自己就曾经处于同样的境地,也有同样的与或许同样事出有因的嫌疑。为了扫清结婚的道路,在玛利亚·斯图亚特这里必须除掉一个丈夫,在伊丽莎白那边则是一个碍事的妻子。伊丽莎白或许知情,或许并不知情——这永远是难解之谜,总之,发生了同样令人毛骨悚然的事件:一天早晨人们发现罗伯特·达德利的这个妻子即爱弥·罗勃萨特被某些"不知姓甚名谁的凶手"杀害了——现在达恩莱也这样。当时大家都用谴责的目光注视伊丽莎白(就像眼下人们盯着玛利亚·斯图亚特一样),那时还是法国王后的玛利亚·斯图亚特自己甚至也随随便便地讥讽这位表亲,说她要下嫁杀妻的马厩总管。正如今天世人自然而然地都把波思威尔视为凶手一样,当时人们都将勒斯特看作杀人犯,将女王看作帮凶——一定是伊丽莎白想起了当初渡过的难关,这使她成为诚心诚意替这个处境相同的表亲出主意的最佳智囊。伊丽莎白当时明智而坚决地传旨进行——自然毫无收获的——调查。不管怎样总是调查过了,这就保住了她的名声。她抛却与那么引人注意地卷入此事的勒斯特结婚的渴望,从而最终完全平息了种种闲言碎语。这样在众人面前便显得同谋害事件毫无联系了。现在伊丽莎白也希望玛利亚·斯图亚特采取同样的做法。

伊丽莎白1567年2月24日写的那封信之所以值得注意，也由于这是一封只有伊丽莎白才能写得出来的信，只有出于女人感情才能写得出来的信，只有由于人性流露才能写得出来的信。她在这封真诚关切的唁函中写道："夫人，您的丈夫即我的表亲惨遭杀害，噩耗传来，我惊骇莫名，木然不知所措，以致此刻我还无法就此提笔详谈。虽然感情驱使我为血缘如此相近的亲戚死于非命而悲不自胜，但我还是不能对您隐瞒——恕我直言：您比他更使我伤心。夫人！如果我想方设法对您说些甜言蜜语，而不是竭力维护您的名声，那么我便不是您忠实的表亲和真正的友人，因此我对您不能不说我的臣民关于此事的议论，他们认为您对这一罪行睁一只眼闭一只眼，无意缉捕那些曾经为您效劳的人犯。这就造成这样的印象，人们以为这些凶手作案曾得到您的准许。我请求您相信我，就是给我人间全部财富，我也不会往这方面去想。我永远都不可能让他人这样荒诞不经的看法留在我的脑子里，我对任何君主都不会有这样糟糕的想法，对您更是根本就不这么看。我只希望您诸事顺遂，如我所想，如您所愿。因此我提醒您，忠告您，请求您认真对待此事。如果罪有应得，就是追到您最亲近的人头上也不能瞻前顾后，您别听信旁人的劝说而不向大家表明您既是高贵的君主，又是正派的女人。"

这个平时难以捉摸的女人所写的书信中或许从来没有哪一封比这一封更加真诚、和善的了。这封信本当像一颗枪弹那样使这个麻木不仁的女人大吃一惊，唤醒她回到现实生活中来。现在有人又一次指责波思威尔，又一次无可置辩地向她表明，如果对他姑息，人们便会认定她是同谋。但在那几个星期里——我们必须反复强调，玛利亚·斯图亚特的内心毫无自主意识。她"可耻地迷恋波思威尔"，以至于伊丽莎白的一个暗探在发往伦敦的书面报告中写道："有人听她说过：她可以舍弃一切，只穿一件衬衣同他一起远走高飞。"她对任何劝告都充耳不闻，理性已无法控制沸腾的热血。而且由于她忘掉了自己，便以为别人也会忘掉她及其所作所为。

在一段时间里，也就是在3月份整整一个月里，玛利亚·斯图亚特毫无动静好像做对了，因为整个苏格兰都在沉默，司法部门诸公装聋作哑，波思威尔也怎么都逮不住那些"不知姓甚名谁的凶手"——碰得这么巧，真是咄咄怪事，虽然在大街小巷，家家户户，市民们都在小声传播案犯的姓名。每一个人都认得这些人，每一个人都说得出他们的名字，但是没有一个人为了得到赏格而甘冒生命危险。终于有人开口了。被害人的父亲，伦诺克斯伯爵，全国最有威信的贵族之一，他据理质疑：为什么已经过去几个星期还未对谋害他儿子的凶手采取有力的措施。这样一来，说什么都不能不给他一个回答。与杀人犯同床共枕、由知情人出谋划策的玛利亚·斯图亚特当然只会虚应故事，说她一定尽心尽力，交由国会处理此事。可是伦诺克斯非常清楚，这样搪塞意味着什么。他再次提出要求，希望先捉拿所有在爱丁堡四处张贴的揭贴上有名有姓的那些人。应付如此确切的要求就更加困难了。玛利亚·斯图亚特又一次敷衍他，说她很愿意这样做，只是名字太多，又各有不同，彼此毫无关系，因此请他自己指出谁是罪犯。她显然希望炙手可热的军事独裁实施的恐怖统治会把伦诺克斯吓住，不敢说出波思威尔这个要命的姓名。然而，在这中间伦诺克斯已经找了靠山，腰杆子硬了。他已与伊丽莎白取得联系，这就等于有了保护伞。使当局非常难堪的是：他一清二楚地写下所有的名字，要求对这些人进行调查。第一名便是波思威尔，接下来是巴尔福、大卫·查梅斯，以及玛利亚·斯图亚特的与波思威尔的侍从当中的几个小喽啰，这些人的主子早已把他们送出境外，免得他们受刑时供出真相。这个时候，狼狈不堪的玛利亚·斯图亚特方才看到，"睁一只眼闭一只眼"的滑稽戏再也演不下去了。她明白，伦诺克斯采取死硬态度是由于伊丽莎白以自己的全部实力与威望为他撑腰。在这当中，卡塔琳娜·美第奇也极其尖锐而明确地告知玛利亚·斯图亚特：如果不通过正式的公正的审判程序将这次谋害事件的凶犯绳之以法，她将视玛利亚·斯图亚特为"已经无脸见人"，苏格兰也别指望法兰西友好相待。现在需要赶快改弦易辙，不能再演"查无结果"的滑稽戏了，而是另演一出，即上演公开审理的滑稽戏。现在玛利亚·斯图亚特不得不表示同意波思威尔到贵族法庭为自己辩护——对那几个小人物以后再作处置。3月28日伦诺克斯伯爵接到去爱丁堡并于4月12日到法庭控告波思威尔的邀请。

波思威尔这个人决不会心甘情愿地去认罪,决不会畏怯地自卑地去见法官。他之所以表示愿意接受传讯,只是因为他已打定主意,不惜采取任何手段迫使法官做出无罪释放的判决,而不是由他们定罪。首先,他让女王将所有要塞的指挥权都交给他,这样全国所有可供使用的武器弹药都掌握在他手里。他知道,谁有权,便有理。此外,他把自己的边防军全都调到爱丁堡,把他们装备起来,好像要一决雌雄。他以其特有的暴戾恣睢、践踏道德的习性,毫无顾忌、不知羞耻地在爱丁堡建立起地地道道的恐怖统治。他公然叫嚣:"如果他得知谁张贴过那些指控的揭帖,他就要用他们的鲜血来洗手。"——这是对伦诺克斯进行严厉的警告。波思威尔和他手下那些人总是把手搭在腰间的短剑上。他的部下反复露骨地叫嚷:他们决不答应拿他们的首领当罪犯来审问。请伦诺克斯有胆来指控他吧!叫这些法官试试看,把这个苏格兰的独裁者定罪吧!

这类准备活动如此明目张胆,以至于伦诺克斯毫不怀疑等待他的是什么。他知道,他可以去爱丁堡控告波思威尔,但是波思威尔不会让他活着离开这座城市。伦诺克斯又一次向他的后台伊丽莎白求助。伊丽莎白毫不迟疑地给玛利亚·斯图亚特写了一封信,措辞激烈,要她悬崖勒马,不能对这种公然违法的行为听之任之,致使自己陷于同谋嫌疑的境地。

她非常激愤地写道:"夫人,如果不是对无助者与不幸者的请求施以仁爱的信条驱使我这么做,我不会如此不近人情地写这封信来打扰您。夫人,我得知,您已发布公告于本月12日开庭审理参与谋害您的丈夫即我的表亲一干嫌疑人的案件。非常可能有人施展诡秘而狡诈的手段掩盖此事的真相,亟须加以防止,是为当务之急。死者的父亲与友人们恳求我转请您推迟开庭日期,因为他们已经看到,那些歹徒正在想法通过暴力得到依法不能取得的结果。因此,出于对您的情谊——因为此事对您关系最大,也为了使那些与这一闻所未闻的罪行毫不沾边的人们安心,我不能不这样做。纵使您原本清白,但此姑息养奸的做法便足以使您丧失君主的尊严,遭到寻常百姓的鄙弃。如您竟至名誉扫地,我倒愿意您光荣死去,而不要苟且偷生。"

这样再次直刺良知,照理一定会使一颗已经麻木、失去知觉的心醒悟过来。然而完全无法肯定,这一封告诫信有无在最后关头发送到玛利亚·斯图亚特手里,因为波思威尔耳目众多,这个肆无忌惮、凶狠强悍的狂徒天不怕地不怕,根本就不把英国女王当一回事。奉命向玛利亚·斯图亚特呈交此信的英国使节在王宫大门口被他那些喽啰挡住,不让进去,只是告诉他,女王在睡觉,不能接见他。为一个女王向另外一个女王送信的使者彷徨街头,不知如何是好。最后他见到波思威尔,后者毫无顾忌地拆看了那封写给玛利亚·斯图亚特的信,随随便便塞进口袋里。后来他有没有把信交给玛利亚·斯图亚特谁都不知道,也无关紧要。这个驯服女人早就什么事情都不敢违逆他的意志,甚至据说她还干下这样的蠢事:就在那个时候,他在形同土匪的马队护卫下去法院大楼,她竟从窗口朝下面向他挥手,仿佛她祝愿这个尽人皆知的凶犯在审判闹剧中取得成功。

然而,就算玛利亚·斯图亚特并未接到伊丽莎白的最后警告,也绝不是没有人提醒过她。开庭之前三天,她的异母兄莫雷来向她辞行:他突然想去法国和意大利游览,看看威尼斯和米兰。根据以往多次的经验,玛利亚·斯图亚特照理会悟出:莫雷如此仓促地离开政治舞台意味着风暴即将来临。他这样显眼地置身事外,便是事先就反对这出卑劣的法庭闹剧。而且莫雷也毫不隐讳此行的真正原因,他对愿意了解情况的每一个人都说:他曾力图拘捕凶杀案的主要参与者之一詹姆士·巴尔福,但是波思威尔为了庇护同伙从中作梗。一个星期以后,他在伦敦对西班牙使节德·西尔伐说:只要如此异乎寻常、骇人听闻的罪行在王国里不被惩办,他再待在那里,便难保无损名誉。他说话这样直言不讳,想来对自己的妹妹也会知无不言。人们的确注意到,玛利亚·斯图亚特噙着眼泪让他离开。但她无力留住他。自从她依恋波思威尔以来,就完全不能有所作为了。她只能听任这个骑在她头上的人爱干什么就干什么。在她身上的女王已向激情勃发、甘作牛马的女人俯首称臣。

审判闹剧于4月12日以无视物议的架势开场,同样以无视物议的架势收场。波思威尔身佩利剑,腰插匕首,在众多的——据说有四千人(这可能是夸大了的数字）——爪牙簇拥下,骑马去法院大楼,宛如去攻取一座要塞。可是人们又援引了一道过去的诏令,只允许伦诺克斯进城时至多带六名随从。女王的偏袒于此可见。这样剑拔弩张来审理此案,伦诺克斯不想出庭了。他知道,伊丽莎白已发信给玛利亚·斯图亚特,感到有一种道义的力量在支持他,因此他只派了一名家臣去法院宣读他的抗议书。那些法官已被吓住,也已被收买,捞足了土地、金钱、荣誉。他们看到原告缺席,求之不得,顺手做出了原来棘手的判决,心上一块石头落地。经过看来十分繁琐的合议——其实一切都早已串通好——可耻地以"并无指控"为由,一致裁决波思威尔无罪,说他同"策划并参与上述谋害国王"无关。要是为人正直,面对这个很不像样的判决,一定不会满意。可是波思威尔却马上耀武扬威,在全城驰骤,兵器叮当作响。他拔剑挥舞,大声公然向每一个当时还敢指控他是谋害国王的元凶或帮凶的人挑衅。

从此车轮飞快地滚向深渊。市民们感到震惊,法律遭到空前的嘲弄,人们小声地在嘀咕。玛利亚·斯图亚特的友人们惊惶地注视着她,他们忧心忡忡。对这个发疯的女人告诫已无济于事,这使他们痛心疾首。她最忠诚的朋友梅尔维尔写道:"只能眼睁睁地看着这个善良的女君主滑向深渊,但是谁都无法使她意识到危险,真不知如何是好。"可玛利亚·斯图亚特就是听不进良言,听不进告诫。最荒唐的事也敢干的那种难以理解的欲望驱使她不断干下去。这个听任情感支配的狂乱女人,她不回头看看,也不问问别人的想法,也不听听别人的意见,只顾往前直冲,奔向毁灭。波思威尔向全城挑衅以后,有一天她伤害了整个国家的臣民:她给予这个臭名昭著的罪犯以苏格兰的最高荣誉——在国会开幕那一天,她让波思威尔高举国宝,即王冠与节杖前导。这个时候,谁都不会怀疑,波思威尔今天可以把王冠捧在手里,明天就会把它戴在自己的头上。波思威尔生性不会遮遮掩掩——此人无法无天,但这一点倒往往让人刮目相看。现在他肆无忌惮,劲头十足,毫不躲躲闪闪地径直把手伸向他要索取的酬报。他无耻地要国会由于他的"丰功伟绩"把全国最坚固的顿巴尔要塞奖给他。而且趁那些勋爵都已在场,全由他控制,都对他唯命是从,他便对他们恣意施加压力,迫使他们为他效劳,以达到最后的目的,即:同意他与玛利亚·斯图亚特结婚。国会闭幕那天晚上,他作为显贵和统揽军权的独夫邀请这一帮人在艾恩斯利斯酒家共进晚餐,大家开怀畅饮。当大多数人喝得醉醺醺的时候,他要这些勋爵在一份盟约上签字——这使人想起《华伦斯坦》①尽人皆知的那一场戏,盟约中写明:这些勋爵不仅在波思威尔遭到任何诽谤者的攻击时必须替他说话,而且也有责任将他"这位高贵而举足轻重的勋爵"推荐给女王作为与她般配的丈夫。这个妙不可言的文件里写着:全体贵族既已申明波思威尔无罪,"而女王目前又在孀居,为了公众的福祉,祈求女王俯允,纡尊降贵下嫁一个臣子,即上面提到的勋爵"。他们则有义务,如同"向天主负责"一样,支持和捍卫该勋爵,反对任何人企图破坏或阻挠这一婚事,为此不惜投入自己的生命与家产。

这份盟约宣读之后,大家一时不知所措,只有一个勋爵趁这当口悄然溜出酒家。其他人都乖乖地签了字,或者由于波思威尔那些手执武器的爪牙包围了这座酒家,由于打定主意到时候便撕毁这份强加在他们头上的盟约,他们深知,白纸黑字可以用鲜红的血液洗得不留痕迹,谁都不怎么操心——对这帮家伙来说,大笔一挥算得了什么?!——一签过字,便继续胡闹,酗酒,高谈阔论,而最得意的则是波思威尔。他已得手,如愿以偿。再过几个星期——在莎士比亚的《哈姆莱特》中看起来难以置信的夸大的虚构故事,在这里便将变成现实:"一个王后为自己丈夫送葬时穿的那双鞋子还未破旧",就同杀害她丈夫的凶手一起走向婚礼圣坛。多行不义必自毙。

---

① 《华伦斯坦》,席勒的戏剧三部曲,第二部《波柯洛米尼父子》中有借酒诱人签字的场景。

第十四章 绝路一条

1567 年 4 月至 6 月

波思威尔悲剧正逐步趋向高潮，人们似乎在一种内在力量的驱使下，不由自主地一而再，再而三地想起莎士比亚。这部悲剧与哈姆莱特悲剧的情节外部有着明显的相似之处。像在那里一样，在这里也有一个遭到自己妻子的情人暗害的国王，也有一个急得离谱赶着同谋害自己丈夫的凶手走向婚礼圣坛的遗孀，也有凶杀带来的影响，致使掩盖与否认此事比当时进行此事更要费力。这一方面非常相像，已是匪夷所思，而莎士比亚创作的苏格兰悲剧[①]与作为史实的苏格兰悲剧中好些场景之间的惊人类似之处使人产生的似曾相识的感觉则更加强烈而深刻。莎士比亚有意无意地移植了玛利亚·斯图亚特悲剧的气氛写下《麦克白》：在创作里发生于顿锡南宫中的种种实际上是霍利罗德宫里的遗事。像在那里一样，在这里凶杀之后也有同样的孤寂、同样的心灵阴影的压抑、同样的可怕的盛宴，席间谁都无心取乐，一个一个地悄然溜走，因为不祥的乌鸦在屋外盘旋，呱呱声预报着灾祸临头。人们往往几乎难以分辨：是历史上的玛利亚·斯图亚特深夜绕室彷徨，不能安眠，在良心的折磨下六神无主，但求一死解脱？还是作品中的麦克白夫人想洗掉手上无形的鲜血？是波思威尔还是麦克白？——犯下了罪行变得越来越死硬越冷酷，对举国上下敌视自己进行越来越大胆越狂妄的挑衅，但又知道，再凶也无济于事，冤魂总比活人要狠。在这里和在那里驱动的力量都是一个女人的激情，下手

[①] 指《麦克白》。

的凶犯都是男人。两部悲剧特别相似之处则是那种气氛,那种沉重的压力——迷惘而痛苦的心灵所承受的那种压力,男人和女人被同一罪行缚在一起,互相拉扯堕入可怖的深渊。这两部悲剧——一部是创作,一部是史实——将罪犯的心理活动和死者不可思议地施加在凶手身上的威慑力量刻画得入木三分,这在世界史上,在世界文学中都是未曾有过的事情。

这种相似之处,这种罕见的类似现象只是一种巧合吗?还是不妨这样设想?——即:在莎士比亚的作品里或多或少地浓缩与提炼了玛利亚·斯图亚特亲身经历的悲剧。童年的印象永不磨灭地留存在作家的心灵里。这位旷世奇才将过去的启示出神入化地变为从此超越时间而永驻的现实。无论如何,莎士比亚肯定知道发生在霍利罗德宫中的种种事情。他在边陲地区度过整个童年,一定听到过许许多多关于这个浪漫女王的故事和传闻。狂热的激情使她丧失了王国和王冠。为了惩罚她,将她从一座英国城堡押解到另外一座。他——一个年轻人,已是半大的男子,真正的作家——大概刚好在伦敦,听到钟声响彻全城大街小巷,人们欢呼伊丽莎白的死对头终于授首,达恩莱最后还是将这个不贞的妻子拽进了坟墓。后来他在霍林谢德①的编年史里读到关于苏格兰国王遭遇不幸的记载时,想起玛利亚·斯图亚特悲惨的结局。或许他在创作的虚构过程中,将这一个和那一个题材巧妙地融合在一起。谁都没有把握肯定就是这样;但是谁也不能否认,莎士比亚笔下的悲剧有着玛利亚·斯图亚特亲身经历的那部悲剧的印记。然而只有读了《麦克白》,并且设身处地去体会,才能充分理解在霍利罗德那段日子里的玛利亚·斯图亚特,才能充分理解一个坚强的灵魂在无法承受投入整个身心犯下的罪行时那种难言的痛苦。

在这两部——虚构的和真实的——悲剧里使人感到震惊的首先是玛利亚·斯图亚特和麦克白夫人犯罪以后发生的变化极为相似。在此之前,麦克白夫人是一个多情、开朗、富有活力的女人,有主见,好逞强,一心只想到自己所爱的丈夫是一个伟人,玛利亚·斯图亚特十四行诗中的

---

① 霍林谢德(?—1580),英国编年史家。

"为了他我要获取最高的奖赏"也有可能出现在她的笔下。

要强的心理产生出使她犯罪的动力。当此事只是想法、意图、计划的时候,当鲜红的热血还未在她手上、在她心头流过的时候,麦克白夫人行事机智而坚决,像玛利亚·斯图亚特将达恩莱哄骗到柯克·奥菲尔德一样,她也用甜言蜜语将邓肯引诱到匕首在等候他的卧室里。谋杀得手以后,她马上变成另外一个人。她的力量已耗尽,她的勇气已消失。良知像一把火在徒有生命的躯体里燃烧。她目光呆滞,神不守舍,在各个房间里乱窜,朋友担忧,自己恐惧。唯一的狂乱的渴求使得遭到折磨的头脑失常了:渴望忘却,这是一种病态的希求,盼着不再知道此事,盼着不必再想到此事,盼着沉沦解脱。达恩莱遭到杀害以后,玛利亚·斯图亚特也正是这样。她一下子变了,变了模样,从她过去的气质来看,甚至连她的脸部特征也显示出这种前所未见的变化,以至于伊丽莎白的暗探德拉利向伦敦报告时这样写道:"从未见过一个女人没有重病,却在这么短的时间里外貌变得像女王这样厉害。"仅仅几个星期以前,她还是一个开朗、理智、健康、自信的女子。现在人们再也没有这种印象了。她杜门不出,躲起来,藏起来。也许她像麦克白和麦克白夫人那样还抱着这样的希望:只要自己保持沉默,人们也不会说话,黑浪就会开恩从她头顶越过去。可是人们开口了,开始提出疑问,提出坚决的要求。她听到,人们从爱丁堡街头向上面朝她的窗口高喊那些凶手的名字。被害人的父亲伦诺克斯、她的对手伊丽莎白、她的朋友皮顿、整个世界都要求她表态,要求她进行审判。这时,她逐渐不知所措了。她知道,她一定要想点办法来掩饰来辩解,可是无法做出令人信服的回答,无法找到瞒天过海的说法。好像被人催眠那样,她仿佛听到来自伦敦、巴黎、马德里、罗马的声音在说话、规劝、告诫,但是无法从心灵的麻木中振奋起来。她听到这些呼喊就像一个遭到活埋的人觉察到头顶地面上的脚步声,挣扎不得,动弹不得,求生不得。她知道,现在她一定要装成哀痛的寡妇、绝望的妻子,大声抽泣、诉苦,让人们相信她的清白。但她觉得口干舌燥,再也无法说话,她再也不能装模作样。这样过去几个星期,她终于忍受不了。像一头四面被困的野兽在极度恐惧中拼死转身扑向猎人,像麦克白为了自保,想以一次又一次凶杀来逃避未偿的血债,玛利亚·斯图亚特这时也终于从再也难以忍受的麻木状态中挣脱出来。她变得根本就不在乎人们怎么看她,不在乎自己的做法是明智还是荒谬,但求别再陷身于呆滞之中,但求做些什么,但求现在继续和不断做些什么,做得越来越快,越来越快,借以避开告诫的和威胁的声音,但求向前向前,千万不要停下来,别去细想,否则她一定会看出:再好的主意也救不了她。心灵有各种各样的奥秘,其中之一便是:快速的行动能够暂时掩盖内心的恐惧,宛如一个马车夫,觉察到车下的桥面发出咯吱咯吱的断裂声响,便抽打辕马,因为他知道,只有朝前猛冲才能逃生。玛利亚·斯图亚特现在也拼命驱策她那匹命运黑马,想在奔驰中冲过种种顾虑,将各种非议踩得粉碎。别再思考什么,别再了解什么,别再听见什么,别再看到什么,但求往前,继续往前直冲,冲入疯狂的境地!宁可在惊惧中了结,也不要永无了结的惊惧。这是永恒的规律:一块石头落进深渊,越往下掉,速度越快。自知无路可走的灵魂行事也越来越仓促越荒谬。

凶杀案发生后这几个星期里玛利亚·斯图亚特所做的一切都不能以清醒的理智,只能以极度恐惧造成的慌乱心理来解释。就在六神无主之时,她也一定心里明白:她已永远败坏了自己的名声。发生凶杀案后没有几个星期便又结婚,而且偏偏下嫁给谋害自己丈夫的凶手,苏格兰全国和整个欧洲都一定将此事视为对正义与美德的空前挑衅。要是偃旗息鼓一两年,大家或许也就淡忘了中间的种种纠葛;事先在外交上巧妙地活动活动,便能找出各种各样的理由,说明她为什么挑他,就挑这个波思威尔做她的丈夫。只有一种情况会将和必将玛利亚·斯图亚特毁掉,即:如果她不服丧,急不可耐到目中无人的地步,就将王冠戴到凶手头上。可玛利亚·斯图亚特现在却硬要采取的做法正是这种极其荒唐的行为,急切得露骨已极。

一个素来行事明智,还算审慎的女人竟然做出这种难以理解的事情,只有一种解释,就是:事出无奈。显然,她不能再等待了,因为有什么事情不容许她再等待下去,因为等待与拖延不可避免地必将暴露目前尚无人知晓的秘密。她之所以慌乱地一头扎进同波思威尔结婚的事情里,唯一的原因只能是：这个不幸的女人当时已经知道自己怀孕了——后来发生的事情将证实这一揣测。她所怀的孩子不是亨利·达恩莱国王的遗腹子，而是犯禁、罪恶的孽种。可是一个苏格兰女王不能有私生子，尤其是如有此事，则无异于在所有墙壁上用火红的字体记述了她犯罪或同谋的嫌疑，无可置辩地表明她在丧期里同情人寻欢作乐。最不会计数的人也会按月回头算出玛利亚·斯图亚特到底在达恩莱被害之前还是遇害之后不久便与波思威尔有染——那样也可耻，这样也可耻。只有匆匆结婚取得合法地位才能挽救孩子的名誉，勉强保住自己的面子。如果孩子出世时，她已经是波思威尔的妻子，人们对早产倒还会谅解，不管怎样总算有一个人在旁边，将自己的姓氏给孩子，保护孩子的权利。同波思威尔结婚的事，每拖延一个月一个星期，都是无可挽回地在浪费有限的时间。或许她觉得——这是要命的选择！挑选谋害自己男人的凶手做丈夫，也不会像生下一个不知谁是父亲的孩子而公开认罪那样丢脸。只有认定这种不可抗拒的自然压力可能就是事实，才能理解玛利亚·斯图亚特在这几个星期里的反常行为。所有其他解释都是闭门造车，使人难以看清她的内心世界。人们只有理解了她的这种恐惧心理——任何时代都有成千上万的女人采取荒唐、罪恶的做法，人们只有理解了它的这种令人寝食不安的焦虑，理解了她生怕由于始料未及的怀孕而暴露出人所未知的关系，才能懂得她由于心虚而迫不及待。只有这个解释，只有这个唯一的解释才能使人在她匆忙行事的慌乱中寻获某种缘由，同时得以窥见这个可悲的女子内心有何等深重的苦楚。

这是可怕、悲惨的处境，连魔鬼也想不出更加残酷的处境。一方面，由于女王觉得已经怀孕，时间促使她在极度匆忙中成婚；而另一方面，如此忙迫等于告诉人们她是从犯。在举国上下和整个欧洲众目睽睽之下，作为苏格兰女王，作为遗孀，作为庄重正派的女人，玛利亚·斯图亚特不应该挑选一个像波思威尔这样臭名远扬、嫌疑重大的男人做丈夫。但是在无路可走的情况下，她一个无助的女人除他之外别无救星。她不应该同他结婚，又不得不同他结婚。可是为了不让公众察觉到成婚的内在压力，必须虚构另外一种外在压力，随便什么都行，但求谁能够解释为什么忙乱到这种地步。必须想出一个借口,证明这桩在法律上与道义上极为荒唐的事情自有原因,迫使玛利亚·斯图亚特这样结婚。

可是一个女王怎能被迫下嫁一个地位偏低的臣子呢?按照当时的名誉规范只有一种可能,即:如果一个女子遭到强奸,那么施暴者就有责任通过结婚恢复这个女子的清白。只有她事先已被强奸,玛利亚·斯图亚特还可勉强解释与波思威尔结婚的缘由。只有这样,才能在民众面前造成假相:她非自愿,迫于无奈出此下策。

只有无路可走,绝望到了极点,才会采取这样一个异想天开的办法;只有慌乱的心态才会产生慌乱的想法。玛利亚·斯图亚特在关键时刻一向有胆识,有决断,可是当波思威尔向她建议演出这样可悲的闹剧时,连她也吓得后退:"我宁愿死去,因为我看到一切没有好结果。"这个痛苦万分的女人写道。可是不管伦理学家们怎样议论波思威尔,这个亡命之徒依然故我,神气活现,敢冒天下之大不韪。不怕整个欧洲非议,他就敢扮演不要脸的无赖,奸污女王的流氓,对正义与美德嗤之以鼻、拦路行劫的强盗这样的角色。如果事关王冠,即使地狱大门对他打开,他也不会悬崖勒马。面对任何危险,他都不会退缩、发抖。人们不禁想起莫扎特的唐璜,想起他向死者挑衅,"邀请"骑士立像共进晚餐的无赖嘴脸。他的勒波雷罗①,即内兄亨特利在一旁吓得发抖。亨特利因赞同波思威尔与他妹妹离婚曾得到几个受俸神职作为报酬②,可他没有那么卤莽,这出胡来的闹剧使他非常害怕。他赶紧去找女王,想劝阻她。但是波思威尔恬不知耻地已向全世界挑战,再多一个人反对,他根本就不在乎。突然袭击的计划可能已经泄漏出去——伊丽莎白的密探在实施计划的前一天已向伦敦报告了此事,但无论人们认为劫持是真是假,他都完全不放在心上,只要这次行动能使他更加接近当上国王的目标就行了。他天不怕地不怕,爱怎么干就怎么干,何况他还有力量挟持那个并不情愿的女人。

人们又一次从首饰盒中的书信里看到,玛利亚·斯图亚特的内在本

---

① 勒波雷罗,莫扎特所作歌剧《唐璜》中唐璜的仆人,编写了勒波雷罗名录,记载主人的情人。

② 原文如此。

能拼命挣扎着反对她主子冷酷的意志。她清楚地意识到：她这样子再骗一次瞒不过别人，只是自欺而已。这个唯命是从的女人像往常一样由着这个男人来摆布。像她当时帮他诱骗达恩莱离开格拉斯哥那样听话，这回她也怀着沉重的心情甘愿听任他"诱骗"自己。这部一个鼻孔出气的强奸闹剧一幕一幕地按部就班开演了。

4月21日，即在贵族法庭上通过施加压力波思威尔得以无罪释放和在国会受到嘉奖之后没有几天，4月21日，在波思威尔于艾恩斯利斯酒家迫使绝大多数勋爵同意这桩婚事之后不过两天，自从她当时作为半大姑娘与法国王储成婚，正好过去九年，一直不大为小孩操心的玛利亚·斯图亚特说是很想去斯德林宫看看儿子。受命监护王储的玛尔伯爵迎接她，心里很不踏实——大征已有各种各样的传闻透露出来。只有在其他妇女陪同下，玛利亚·斯图亚特才可以看她的儿子，因为伯爵们生怕她抢走孩子交给波思威尔。谁都知道，这个女人俯首帖耳地听从主宰她灵魂的暴君对她发出的任何命令，甚至意味着弥天大罪的命令。在少数几名骑兵——还有无疑已经卷入这一计划的亨特利和梅特兰——护卫下，女王看过儿子后又骑马回去。在离城六里处，突然有一大队骑兵冲过来，在波思威尔的率领下，"袭击"了女王一行。当然没有发生战斗，因为玛利亚·斯图亚特为了"避免流血"，不许她的随从人员抵抗。波思威尔一抓住她那匹马的缰绳，她便自愿"被俘"，由着人们把她带到顿巴尔去过甜蜜、快活的囚禁生活。一个带兵的热心过头，打算率领援军救驾，很快便经人暗示作罢。遭到袭击的随行人员亨特利与梅特兰在一团和气中被释放了。谁都未损一根毫毛，只有女王自己继续被"囚禁"在她迷恋的"暴徒"那里。一个多星期这个"遭到强奸的女人"与玷污她清白的施暴者同床共枕。而同时在爱丁堡却急如星火地通过重贿在教会法庭办理波思威尔与合法妻子离婚的手续。在新教法庭利用的借口破绽百出，说是他与女仆私通；在天主教法庭又说事后发现他与妻子珍妮·戈登有四等亲关系。这桩肮脏交易终于做成。现在可以向公众说：波思威尔狂妄地拦路劫持了事先一无所知的女王，出于一时邪念玷污了她。只有与这个以暴力占有了她的男人结婚，才能挽救苏格兰女王的名声。

用这样的"劫持"来骗人也太愚蠢了。谁都不会真正相信苏格兰女王"遭到了强暴"。甚至最善意的西班牙使节也向马德里报告说：这完全是串通起来干的事。可奇怪的是：正是把这场骗局看得最清楚的那些人，即那些勋爵现在却都装得好像他们真的相信这是一次"暴力行动"。他们已经又订立了一份除掉波思威尔的"盟约"。这伙人煞有介事地把劫持闹剧当成确有其事，实际上，这是颇具匠心的恶作剧。他们忽然变得赤胆忠心，令人感动，满腔怒火地宣称："身为一国之君的女王横遭囚禁，此事危及苏格兰的尊严。"他们又突然抱成一团，身为臣属要从恶狼波思威尔的利爪下救出无助的羔羊。他们寻找多时的借口现在得来全不费工夫：戴上爱国的面具，从背后袭击这个兵权在手的独裁者。他们匆匆聚集起来，要从波思威尔手里"解救"玛利亚·斯图亚特，就此阻挠他们在一个星期前还赞同过的婚事。

她那些勋爵突然巴结得过了头，硬要在"劫持者"魔爪下搭救她。对玛利亚·斯图亚特来说，再也没有比这种情况使她感到更尴尬的了。这样一来，她这副做了手脚洗的牌便被他们吃掉。事实上，她并不希望别人将她从波思威尔手中"解救"出去，相反地，只想永远同他在一起。因此，她又连忙把波思威尔对她施暴的谎言扔掉。既然她昨天要往他脸上抹黑，那么今天她就得又把他洗刷干净，于是这出闹剧便毫无效果可言。为了使她的波思威尔不被追究，不被控诉，她急忙为她的诱骗者充当雄辩的律师，说虽然她"受到奇怪的对待，但是从那以来却很好，所以完全没有抱怨的理由"。由于身边没有人帮助她，"她只好按捺最初的反感，考虑他求婚的事情"。这个陷身于激情荆棘丛中的女人处境越来越难堪。她的最后一块遮羞布已被钩住留在这片树丛里，等到她挣脱出来，便赤裸裸地站在那里，任由人们嘲弄。

5月初，玛利亚·斯图亚特从爱丁堡返回，朋友们在迎接这位他们一向极为尊敬的女王时感到非常惊愕：波思威尔牵着她那匹马的缰绳，为了暗示女王自愿跟随他，他的士兵都把枪矛扔在地上。少数真心关切玛利亚·斯图亚特与苏格兰的人力图劝诫这个鬼迷心窍的女人，但都白费唇舌。法国使臣杜·克洛克对她说：如果她同波思威尔结婚，那么与法国的

179

友好关系也就结束。对她忠心耿耿的臣子当中有一个哈里斯勋爵,他曾跪在她的脚边苦谏。矢志不移的麦尔维尔想在最后关头劝阻这桩不幸的婚事,好不容易才逃脱波思威尔的报复。眼看这个勇敢、开朗的女子一味听命于一个狂妄的野心家,大家都很痛心。他们都忧心忡忡地预见到:玛利亚·斯图亚特这样不顾一切地匆匆与杀害自己丈夫的凶手结婚,必将失去王冠与名声,而对她的敌人来说却提供了大好时机。约翰·诺克斯所有话里有话的预言都可怕地成了事实。他的后继者约翰·克莱格起初断然拒绝在教堂里张贴罪恶的结婚启事,直截了当地说:这是一桩"当众露丑、骗人"的婚事。后来波思威尔威胁要绞死他,他才答应谈判。为此被迫屈从的玛利亚·斯图亚特低下头来,低得越来越厉害。现在所有人都知道:她迫不及待地要尽快结婚。每一个无耻的勒索者都借表示同意,促成其事而尽量敲诈她。亨特利由于办成妹妹与波思威尔离婚的事,得到原来拨给王室的领地。天主教主教索取的高额报酬是各种圣职与称号。而要价最狠的则是新教神职人员。牧师在女王和波思威尔面前俨然是一个没有讨价还价余地的法官,而不是臣下。他要她当众低头:女王,这位信奉天主教的女君主,吉斯家族的外甥女不得不表示愿意也按改革教派的,即异端的仪式举行婚礼。玛利亚·斯图亚特作了这一屈辱的妥协,也就丧失了最后的依靠,打出了她剩下的最后一张牌:失去了天主教欧洲的援助,失去了教皇的好感,失去了西班牙与法国的同情。现在她孤身与所有人为敌。十四行诗里那些话语已成为可怕的现实:

> 为了他我从此无视名声,
> 这一生造就的唯一真正的幸福,
> 为了他我拿良知与权力去冒险,
> 为了他我抛却亲情与友谊。

然而,自暴自弃者无可救药;神明无意听取做出无谓牺牲者的请求。

在她身后数百年间,历史几乎没有留下比1567年5月15日的婚礼更加可悲的一幕:在这幅凄凄惨惨的图像里反映出玛利亚·斯图亚特达于极点的屈辱。她的第一个夫婿是法国王储,婚礼在大白天举行,那是辉煌的日子、荣耀的日子。几万人向这位年轻的王太妃欢呼。法国城乡贵族，各国使节都来一睹王太妃在王室成员与骑士精英簇拥下前往巴黎圣母院的风采。她经过一个个看台和窗口，那里挤满了激奋不已、挥手致意的人群。众多的平民怀着敬意和喜悦的心情看着她。第二次婚礼就已没有那么风光：不再在大白天，而是在曙光初露时分六点钟，神父将她与亨利七世的外曾孙结为夫妇。但不管怎样，全体贵族都到场，还有外国使节。当时热热闹闹地摆了几天宴席。爱丁堡回响着欢乐的喧闹声。可这一次，即第三次婚礼，同波思威尔（她赶在最后时刻封他为奥克尼公爵）结婚却偷偷地进行，就像作案那样。凌晨四点，全城居民还在睡梦中，家家户户的屋顶上还笼罩着夜色的时候，有几个身影生怕人家看见蹑手蹑脚地进了宫内小教堂。人们曾在这里——此事过去还不到三个月，玛利亚·斯图亚特还在戴孝——为她被害的丈夫的尸体举行过祈祷仪式。这一回，小教堂里却一直冷冷清清。发出了许多请帖，可是来宾少得使人脸上都挂不住。谁也不想亲眼看到苏格兰女王把戒指戴到杀害达恩莱的那只手上去。几乎所有的王侯都未在场，也不找个理由说明一下。莫雷与伦诺克斯已经出国。甚至梅特兰和亨特利这两个忠奸参半的近臣也不露面。虔诚的女天主教徒玛利亚·斯图亚特以往只会对仅有的一个人，即对听取她忏悔的神父吐露内心深处的秘密，现在他也永远离开了她。这位庇护她良心的神职人员凄然断言：现在他认为她已无可救药。任何重视名节的人都不想看到杀害达恩莱的凶手与达恩莱的妻子结为夫妇，效忠天主的神父更不愿意为这一罪恶的结合祝福。玛利亚·斯图亚特恳请法国使臣杜·克洛克到场，想以此挽回一点面子，可也未能遂愿，这位一向善意相待的朋友断然加以拒绝。他如在场，将意味着法国对此表示赞同。他说："我如应邀到场，人们可能以为我国君主曾经插手此事。"此外，他也不愿意承认波思威尔为女王的丈夫。没有做弥撒，没有奏风琴，仪式匆匆收场。晚上举行舞会的厅堂没有用蜡烛照明，没有大摆筵席。没有像在达恩莱婚礼的过程中那样，伴着"恩赐！恩赐！"的叫喊声，把钱从楼上扔到正在欢呼的人群中去。小教堂冷清清，空荡荡，黑黢黢，活像一口棺材。在这奇怪的婚礼上，见证人都宛如吊丧者神情肃穆地站着，随后并无婚礼行列浩浩荡荡地在人们夹道欢呼声中穿过全城。新婚夫妇在凄清、阴森的小教堂里冷得发抖,连忙躲进自己的屋子,把各扇门都闩上。

她曾由着性子,像鬼迷心窍一样奔向目标,如今已经达到目的,正是在这个时候,她感到了失落。她曾以灼热的目光盼着结婚时刻的到来,在虚幻的想象中以为他的亲近、他的爱抚将使恐惧心理一扫而光。但是现在,当她再也没有热切的盯住不放的目标时,她的眼睛也就能够看清所处的境地了。她环顾四周,突然发现置身于空白与虚无之中。就是在他——这个她爱得发疯的男人——和她之间看来结婚之后也马上开始不和了。如果两个人曾经各把对方推向毁灭,那么彼此总说错在对方。在举行这次可悲的婚礼当天下午,法国使臣便已发现她一副六神无主、走投无路的样子。还没有到傍晚时分,夫妇两人之间便出现了冷漠的阴影。杜·克洛克向巴黎报告:"悔恨已经开始。星期四女王陛下召我入宫,我觉察到她与丈夫之间在举动上有点异样。她想对我解释:如果我看到她神情忧郁,那是因为她永远不想再有乐趣,但求一死了之。昨天,她和波思威尔伯爵锁了门待在屋子里的时候,人们听到她大声呼喊,叫人给她一把刀子,她要自尽。大家在隔壁听见她的叫喊声,生怕要是天主不来救助,她可能会在绝望中伤害自己。"不久又有报告谈到这对夫妇之间出现严重不和。据说,波思威尔实际上不把他与年轻美丽的妻子离婚当一回事,同她过夜,而不是同玛利亚·斯图亚特待在一起。这位使臣再次向巴黎报告:"从举行婚礼那一天起,玛利亚·斯图亚特以泪洗面,终日唉声叹气。"这个鬼迷心窍的女人已经获得她向命运索取的一切,现在她明白了:一切都已完蛋,自讨苦吃,恐怕只有死去,才可解脱。

玛利亚·斯图亚特与波思威尔在痛苦中度过了总共持续三个星期的蜜月,这是只有恐惧和挣扎的三个星期。这两个人为了硬挺,为了解救自己所做的一切都徒劳无功。在公共场合,波思威尔对女王显得非常尊敬而体贴,他假装恩爱和恭顺。然而,他的所作所为如此伤天害理,言辞与举动已无济于事。全城的居民都闭紧嘴巴沉着脸注视这对罪犯夫妇。这个独裁者想收买民心也是枉然。贵族们对他避之唯恐不及,他便装成开明的、善良的、虔诚的样子。他去看望改革派的布道师,但是新教的神职人员像天主教的一样对他心怀敌意。他给伊丽莎白写了几封信,措辞卑谦,她不予回复。他写信到巴黎,人们也不理睬。玛利亚·斯图亚特召见那些勋爵,他们却待在斯特林。她想要回孩子,人们并不给她。谁都毫无动静,谁都对他们两个三缄其口。为了装出一点满不在乎、轻松愉快的样子,波思威尔急匆匆地举办了一次假面舞会和水仗游戏。波思威尔自己也骑马去参加比赛。脸色苍白的女王在看台朝他微笑。老百姓一向好奇,他们一群一群地聚集在一起,但是并没有欢呼。全国笼罩着冷酷的淡漠和使人瘫软的恐惧,一经触动必将变成愤怒和怨恨。

可是波思威尔并非属于沉迷在一厢情愿的错觉之中的那一类人。作为有经验的水手,他在这样沉闷的静寂中觉察到风暴即将来临。像往常一样,他果断地着手准备。他知道,人们是要他的命,很快就是武力最后讲话了,因此他急忙从各处拼凑骑兵和步兵对付袭击。玛利亚·斯图亚特自愿为他招募雇佣兵而牺牲她还能牺牲的一切。她变卖珠宝,举债筹款,最后甚至——这对苏格兰女王是耻辱,对英国女王是耻辱——叫人将刚刚收到的伊丽莎白送给孩子的礼物金质洗礼盆熔化掉,只是为了以此铸几枚金币,勉强支撑她的统治地位。沉默越来越可怕。那些勋爵聚集起来,像阴云四合压向王宫,闪电随时都会直刺而下。波思威尔对他同伙的奸诈深有了解,当然不会相信现在太平无事。他知道,这些人很阴险,正在酝酿突然袭击他的计划。他不想在这不设防的霍利罗德等着挨打,便于6月7日,结婚才三个星期,就逃往坚固的博斯维克城堡,那里离他自己的部下近些。玛利亚·斯图亚特算是最后一次出力,号召"国民、贵族、骑士、地主、缙绅、自耕农"于6月12日也去那里,全副武装,携带六天口粮。显然波思威尔打算趁他那些敌人还未集结,便发起闪电一样的攻击,把他们打垮。

然而,正是逃出霍利罗德这一行动给那些勋爵壮了胆。他们马上向爱丁堡进发,未遭到抵抗便占领了全城。谋杀帮凶詹姆士·巴尔福连忙出卖同伙。他将固若金汤的王宫交给波思威尔的敌人,这样他们便可以带一两千骑兵奔赴博斯维克,在波思威尔的部队做好战斗准备之前就将他俘获。可是波思威尔并不像一只兔子那样让人捕捉。他急忙从窗口跳出,骑马疾驰而去。只有女王还留在城堡里。面对女君主,他们不想马上动粗。他们只想劝她离开祸根波思威尔。可是这个不幸的女人依然全心全意迷恋这个施暴者。夜里她匆忙换上男装,未带随从,抛下一切,大胆地驰往顿巴尔,去与波思威尔同生共死。

一个耐人寻味的迹象应该使女王意识到:她已完蛋,无可挽救。她唯一还在身边的谋士梅特兰·勒廷顿突然"不辞而别"。在玛利亚·斯图亚特丧失理智那几个星期里,只有他依然对她怀着几分善意。在女王的绝路上,梅特兰伴随她走了好长的一段,也许谁都没有像他那样卖力卷入杀害达恩莱的那一张网里。可是如今他觉察到女王已危如累卵。一个真正精于权术之道者总是转动风帆驶向得势者,从来不会驶向失势者。梅特兰再也不想待在已经失败的一方,趁前往博斯维克时一片忙乱之机,悄然从随行人群中拨转马头,驰往勋爵他们那边。最后一只老鼠离开了正在下沉的大船。

现在再也没有什么能够使这个屡教不改的玛利亚·斯图亚特畏葸不前或心怀警惕了。危险在这个非凡的女子身上总会激发出不顾一切的勇气,这使她那些荒谬绝伦的愚蠢行为显示出一种匪夷所思的动人之处。她身穿男装,骑马来到顿巴尔。这里没有女王服饰,没有铠甲,没有兵器,这无所谓!朝觐和仪态都已成过去,现在是打仗了!于是玛利亚·斯图亚特向某个贫苦的女人借来乡间常见的普通衣服:一条短裙,一件红衫,一顶绒帽。尽管她穿起来显得并不合身,也没有了女王的气派,但是只要能够骑着马同他在一起,在这个男人身边就行,自从她失去了一切,这个人现在对她来说就是世上的一切。波思威尔匆忙将他临时拼凑的乌合之众集中在一起。骑士和贵族中没有一个人应召赶来。整个国家早就没有人对女王唯命是从了。只有两百名使火绳枪的雇佣兵作为主力向爱丁堡进发,尾随其后的是一群装备粗劣的农夫和边民,充其量不超过一千两百人。为了抢在那些勋爵的前面,波思威尔只有依靠自己坚强的意志驱赶他们前进。他知道,理智告诉人们已经无路可走时,往往只有蛮勇还能挽救颓势。

在卡贝里山附近,离爱丁堡六英里处,这两群人(双方实在都不能叫军队)遇上了。玛利亚·斯图亚特这边在人数上占有优势。但是在舒展开来气势逼人,上有雄狮王徽的大旗下,却没有一个勋爵,没有一个骑着骏马的贵族。除了使火绳枪的雇佣兵以外,只有武器差、士气低的族人簇拥着波思威尔。在他们对面,相隔不到半英里,近到玛利亚·斯图亚特可以认出每一个人。那些勋爵排成队伍,骑在鞍辔华丽的马上,盔甲闪着微光。这些人既惯于打仗,也乐于打仗。他们那面旗很怪,白底上画着一个遭到杀害的男人,躺在一棵树下面,旁边跪着一个小孩,一边哭泣,一边举起双手朝天叫喊:"上帝呀!请求你为我的事审判,复仇!"这面旗竖在王室旗标的对面,一副对着干的架势。这些勋爵当时参与过挑唆,致使达恩莱被害,现在一变脸又要借此表示他们是替达恩莱复仇,只是与谋害凶手刀兵相见,并非反叛女王。

两面图像鲜明的彩色大旗迎风招展。这边和那边双方都缺乏真正动手的勇气,这两群人谁都没有渡过小溪发起攻击。两边都在等待,都在观察对方。波思威尔仓促拼凑起来的边区农夫并不想为与己无关、毫不了解的事去送死。而那些勋爵这样堂而皇之对合法的女王动武也感到有点尴尬。施展精心策划的阴谋除掉一个国王,然后绞死几个可怜虫,一本正经地说自己一身清白,干这种暗算的勾当,这些勋爵从来也不怎么于心不安。但是背离以坚不可摧的武力统治着那个时代的封建意识,光天化日之下明目张胆地向女君主冲杀,又实在拉不下脸来。

法国使节杜·克洛克作为中立的观察者来到战场,双方都不想诉诸武力的心态逃不过他的眼睛,他立即从中斡旋。一面阵前谈判旗展示在人们眼前,于是两方大群人都享受这晴好的夏日,互不侵犯,在自己这边驻扎下来。骑兵下马,步兵放下沉重的武器,大家开始吃饭。杜·克洛克则在一小队人护送下,渡过小溪,骑马上了女王所在的山坡。

这样朝见不寻常。女王以往总是身穿贵重的王袍在华盖下接见法国使节,这时却坐在一块石头上,穿着一条杂色的农妇短裙,连膝盖也遮不住。但她身上那种雍容华贵、傲视万物的气派并不比一身朝服要逊色。她神情激动,脸色苍白,睡眠不足,难以抑制一腔怒火,自以为还是局势的主宰，还是国家的主宰，要求那些勋爵立即按照她的旨意行事，说当时他们郑重其事地宣判波思威尔无罪，现在又指控他是凶手；说当时他们自己向她建议同他结婚，现在又声称这桩婚事是犯罪行为。玛利亚·斯图亚特火冒三丈当然自有道理。可是一旦举起刀枪，讲理的时刻也就成为过去。玛利亚·斯图亚特同杜·克洛克正在谈判的时候，波思威尔骑马过来。这位使节对他打了招呼，但没有伸出手来。波思威尔开口了，他的话说得明白而又毫无保留。他那坦然傲视的目光并无丝毫畏惧的阴影。杜·克洛克尽管不愿意，但也不得不承认这个无赖巍然不动的气概。这位使节在报告中写道："我只能实话实说：我看他真是了不起的将才。他说起话来信心十足，深谙带兵之道，大胆果断而机灵。他看出：对方已经铁了心，而他自己手下一半人都未必靠得住，可他依然毫不动摇，教我不得不佩服。"波思威尔提出通过由他与任何一个地位相同的勋爵决斗来彻底解决这件事。在这生死关头，他甚至还兴致勃勃建议杜·克洛克登上一座小山，亲自观战取乐。可是女王不许决斗，她还是要对方俯首听命。这个不可救药、耽于幻想的女人总是缺乏现实感。杜·克洛克很快便明白，他此行已徒劳无益。玛利亚·斯图亚特噙着泪水，这位正派的老人很想帮助她。然而只要她不离开波思威尔，她便无可挽救，而她却硬是不肯抛开他。那么就此分手了，他躬身行礼，缓缓地骑马回到勋爵们那里去。

　　言尽于此，现在该是刀兵相见了。可是小卒都比将领乖巧。大人物们和颜悦色地谈判，他们看在眼里，那么自己这些穷汉干吗又要在这晴好的热天互相厮杀呢？他们四处闲逛，非常显眼。玛利亚·斯图亚特眼看自己的最后希望就要落空，便传旨发起攻击。但是这些乌合之众已经游荡了六七个钟头，现在慢慢地四散走开。那些勋爵一发现这个情况，马上派出两百名骑兵，准备切断波思威尔与女王的退路。这个时候，女君主方才意识到他们处境何等危险。然而她情深如此，并未想到自己，只想到对之倾心相爱的波思威尔。她知道，没有一个臣子敢对她下毒手，可他们对他就不客气了，就是为了免得他一翻脸又将替达恩莱复仇的那些人不爱听的一些事情抖搂出来，他们也不会放过他。因此她——这些年来头一回——收敛了她的傲气,派出一名使者,他手持阵前谈判旗,朝那些勋爵走去,请骑兵队长柯克坎尔第·格兰奇单独来她边。

女王的神圣旨意此时尚有令人敬畏的威力与魔力。柯克坎尔第·格兰奇马上传令骑兵停止前进,自己只身去见玛利亚·斯图亚特,还未开口,便先按臣下本分下跪行礼,他提出的最后一个条件是:请女王离开波思威尔,同他们一起回爱丁堡。然后他们让波思威尔上马,随他去哪里都不追击。

波思威尔——妙不可言的场景,妙不可言的角色!——默然站在旁边。他没有对柯克坎尔第说一句话,也没有对女王说一句话,免得影响她做出决定。人们可以看得出来,他准备单枪匹马驰向那两百名骑兵,他们在山脚下勒住缰绳,等着柯克坎尔第举剑发出信号,马上就冲破敌方防线。波思威尔听到女王同意柯克坎尔第的建议,便朝她走去,拥抱了她,两个人都不知道这是最后一次。接着他上马疾驰而去,只带了几名仆人。浑浑噩噩的痴心终须抛却。透彻的、残酷的醒悟随之而来。

大梦乍醒,却醒得这般可怕而无情。那些勋爵曾经许诺玛利亚·斯图亚特,他们将体面地送她回爱丁堡。这些人的本意大概确实如此。可是这个遭到屈辱的女人穿着寒酸的积满尘土的衣服一靠近那一队雇佣兵,便像群蛇吐信,响起嘲讽的嘶嘶声。在波思威尔的铁拳庇护她的时候,百姓的仇恨都压在心里。现在没有人保卫她,他们便肆无忌惮地发泄怨气。一个投降了的女王对于叛乱的士兵来说就不是君主了。人群越聚越多,先是好奇,继则挑衅,到处都可以听到尖声的叫喊:"烧死这个妓女!烧死这个谋害亲夫的凶手!"柯克坎尔第用剑身抽打他们也无济于事,毫无办法。愤怒的人群重新聚集起来,终于以凯旋的方式结队而行,在女王前头高举画着一个遭到杀害的丈夫和一个祈求复仇的小孩的那一面旗。从下午六点到晚上十点,从兰赛德到爱丁堡,女王一路上遭到夹道旁观的人群百般辱骂。人们从每一幢房屋,每一个村庄蜂拥而来,争看一个女王被俘的绝妙好戏。好奇的人群推挤过猛,竟然冲散了士兵的队列,他们只能一个跟着一个向前行进。玛利亚·斯图亚特从来没有遭受过比这一天更加难堪的侮辱。

人们可以侮辱这个高傲的女人,但是无法使她屈服。正如伤口在感染后开始灼痛,玛利亚·斯图亚特也是在遭到嘲讽的毒素侵袭后方才感受到失败。她那容易激动的脾性和斯图亚特家族的脾性、吉斯家族的脾性猛地暴露出来。她不是心里明白,表面装蒜,而是把老百姓的辱骂算在那些勋爵的账上。像一头发怒的母狮,她呵责他们,要将他们绞死,钉在十字架上。突然她抓住在她旁边骑着马的林稷勋爵的手,威胁他说:"我以这只手起誓,我要你的脑袋!"每到危急关头,她在情绪冲动中产生的勇气便会促使她干出蠢事来。虽然她的命运攥在他们的手里,她这回也还是当众发泄自己对那些勋爵的仇恨与鄙视,而不是明智地隐忍或者怯懦地讨好他们。

　　或许她这样决绝使得那些勋爵也做得更加决绝,尽管他们的初衷并非如此。他们看到绝不可能指望她会放过他们,便想方设法让这个桀骜不驯的女人体会到自己已经到了任人宰割的地步。他们不是护送她回到坐落城郊的霍利罗德,而是强迫她沿着挤满围观人群的主干道进城——这条路经过谋杀现场柯克·奥菲尔德。在大街上,她被关进监狱看守的屋子里,好像将她示众一样。严禁他人入内,她的侍女与使女一个也不许进去。绝望的黑夜开始了。一连几天她没有解衣歇息,从早上起不曾吃过一点东西。这个女人从日出到日落经历了无可估量的痛苦:失去了江山,失去了情侣。外面窗下像在一只关着野兽的笼子面前聚集了流里流气的人群,嘲弄这个毫无还手能力的女人。激怒的市井小人不断地朝上面辱骂她。这时那些勋爵以为她屈服了,于是想法同她谈判。他们的要求也并不高,只是要她同波思威尔彻底断绝关系。可是这个刚愎的女人在毫无希望时拼搏比在充满希望时斗争还要奋不顾身。她鄙夷地拒绝了这个提议。甚至她的对头当中有一个事后也不得不承认:"我从来没有见过一个女人比置身于这些场合的女王还要勇敢,果断。"

　　那些勋爵威胁玛利亚·斯图亚特抛弃波思威尔未能奏效以后,他们当中最聪明的一个打算使用计谋。梅特兰,这个往日甚至忠于她的老谋臣采用比较微妙的办法。他想激起女王的自尊心和忌妒心。他对她说——或许是谎言,或许是实话,遇上权术家谁知道是怎么一回事——波思威尔骗取了她的爱情,就是在结婚的那个星期他还同已经离异的年轻妻子继续亲热,还对她起誓,说他仅仅把她看作合法的妻子,女王只是小妾而已。可对这类骗子玛利亚·斯图亚特见怪不怪,早就一个也不相信了。梅特兰这一番话只会激起她更深的怨恨。于是爱丁堡市民看到了一个凄惨的场面:在铁窗后面,苏格兰女王衣衫褴褛,露着胸口,披着头发,像一个疯女。她突然扑到窗前,抽泣着歇斯底里地向人群叫喊,要他们解救她,说她被自己的臣子关在监牢里。老百姓尽管恨她,但目睹这番景象也感到震惊。

渐渐地局面很难再这样继续下去了。那些勋爵很想找个台阶下。可是他们看到已经做得太过分,无法再走回头路了。再把玛利亚·斯图亚特送回霍利罗德已不可能。把她留在看守的屋子里,责任重大,担当不起,因为周围全是愤慨的人群,而且这也可能激怒伊丽莎白和所有外国君主。唯一有勇气有威望做出决定的是莫雷,但他不在国内。没有他,那些勋爵不敢断然采取什么行动。于是他们商量好,先把女王送到一个安全的地方。他们认为罗奇勒文城堡最保险,就选定这里。这座城堡位于湖心,四面都不同陆地相连,而且城堡的主人是莫雷的母亲玛格丽特·道格拉斯。估计她不会太善待玛利·德·吉斯的女儿,因为玛利·德·吉斯曾使詹姆士五世背弃了她。在勋爵们的文告中谨慎地避开了"囚禁"这个字眼。按照文告的说法,隔离只是为了免得女王本人同波思威尔勋爵取得任何联系,也免得女王本人同企图保护此人逃脱对他所犯罪行进行正义惩罚的那些人通气。这只是权宜之计,暂时变通的办法,只是惶恐与内疚产生出来的结果:他们还不敢将这起事件说成造反,还是把过错全推到在逃的波思威尔身上,用空洞的说法怯懦地掩盖更隐秘的意图:一劳永逸地将玛利亚·斯图亚特从王位上撵下去。

老百姓盼着审判与处决这个"妓女",为了欺瞒民众,那些勋爵于6月17日傍晚派三百名警卫将玛利亚·斯图亚特送到霍利罗德。可是一俟市民们上床休息,他们便组成一小队人,把女王从那里带往罗奇勒文,一路奔驰,冷寂而悲凉,东方发白时方才到达。晨曦中,玛利亚·斯图亚特看到面前是波光潋滟的小湖,湖心便是囚禁她的城堡,坚固,孤寂,四面环水。人们划着小船把她送过去,随后那些铁皮的小门全都无情地关上了。关于女王与达恩莱和波思威尔的激情迸发而又阴森可怖的叙事曲至此结束;随之开始了忧伤凄苦的终曲,那是一部终身囚禁的编年史。

第十五章　废黜女王

1567年夏

从6月17日开始,那些勋爵将女王囚禁在罗奇勒文,这是她命运转折的一天,从此玛利亚·斯图亚特的遭遇一而再,再而三地成为欧洲动乱的主题。她的经历向时代提出一个影响无比广泛的崭新的,可是说具有革命意义的问题:一个君主同子民势成水火,已经不配再戴王冠,该拿这样的一国之主怎么办?就眼前的事例而言,罪责无疑全在女王本人:玛利亚·斯图亚特情欲迷心、恣意妄为、不成体统、令人发指。她无视贵族、平民、神职人员的意愿选取这样一个男人,而且是这样一个有妇之夫作为自己的配偶,此人被舆论一致认定为谋害苏格兰国王的凶手。她置法律与道德于不顾,现在甚至还拒不宣布这次荒谬绝伦的婚姻无效。连对她最有好感的友人们也都一致认为:这个凶手在她身边,她这个苏格兰女王就再也当不下去了。

可是有什么办法迫使女王要么离开波思威尔,要么让位给她的儿子吗?回答真要命:没有办法,原因是:在那个时代,就国家制度来说,对付一个君主的法律依据等于零。臣民无权按照自己的意愿非议或责备自己的君主。司法权止于国王宝座之前。国王不在民法适用范围之内,国王置身于民法之外,高踞其上。国王像神父一样受命于天主,不能将自己的王位转让或转赠他人。谁都无法剥夺一个膺立的国王坐拥的尊号。按照专制观点,人们倒可以夺去君主的生命,但无法夺去他的王权。人们可以谋杀君主,却不能将他废黜,因为逼迫国王无异于摧毁人间的等级制度。玛利亚·斯图亚特的罪恶婚姻促使世人面对这一前所未有的决定。决定她何去何从不是仅仅决定如何解决一个单一的矛盾,而是意味着决定如何确立一个精神生活的原则,一个关于怎样看待整个世界的原则。

因此,那些勋爵急切地寻求一个平和的解决办法,虽然就其性质来说一点也不客气。事隔几百年,人们还能感受到那些勋爵由于自己的革命行动而进退维谷。对玛利亚·斯图亚特来说,在开始时回去做她的国王确实还是一件容易的事情。只要她宣布同波思威尔的婚事违背情理,借此认错就可以了。这样一来,虽然声望、威信大大降低,但她还能勉强体面地回到霍利罗德,还可以住在那里,重新挑选一个般配一些的丈夫。谁知玛利亚·斯图亚特依然没有醒悟,依然自以为是,无法理解,自己的轻狂闹出这一桩紧接一桩的丑闻——夏斯特拉尔、里齐奥、达恩莱、波思威尔——已经罪不可逭,却丝毫不肯让步。她同自己的国家,同整个世界为敌,只知袒护凶手波思威尔,坚持说不能不要他,否则她腹中由他而来的胎儿出生后将成为私生子。她依然浑浑噩噩,这个耽于幻想的女人就是不肯正视现实。可是这种刚愎自用,也可以说愚不可及或者超然物外的态度——爱怎么说都行——必然招致人们对她采取种种极端的行动,亦即促使人们做出一种延续几个世纪的决定,以至于不仅她自己,连她的嫡孙查理一世也为坚持王权无限、君主可以为所欲为这一要求而以自己的鲜血付出代价。

当然,最初的时候,她还可以指望有人助以一臂之力。这种君民对立的局面恶事传千里,那些休戚相关的人们,那些同道中人,即欧洲其他各国君主决不会熟视无睹。首先,伊丽莎白就坚决地站在自己的老对手一边。她此时突然如此斩钉截铁地为自己的对头说话,每每被视为反复无常,表里不一。事实上,伊丽莎白此举旗帜鲜明,完全合乎情理,意向一清二楚。此时此刻她有力地支持玛利亚·斯图亚特绝非偏袒后者,偏袒这个女人,偏袒她那种见不得阳光而且比嫌疑还要严重的行为——这一区别必须着力加以强调。她是作为女王维护另一个女王,维护王权不可侵犯这一潜在意识,这样也就在维护自己的安身立命之本。伊丽莎白对自己国内这些贵族的忠心太不相信了,所以不能容忍邻国有以下犯上,用武力对付女王,囚禁女王而不受惩罚的先例。她手下的塞西尔倒很想为庇护这些新教勋爵而出力,可是伊丽莎白同他截然相反,下定决心要尽快迫使这些冒犯国王尊严的叛逆重新归顺。她为玛利亚·斯图亚特撑腰亦即巩固自己的地位。她说她对此事至为关切,我们可以例外地相信她这一番话。她立即声称给予这位被推翻的女王以亲如姊妹的支持,但同时又咄咄逼人,尖锐地向这个女人指出她的罪责过错,毫不含糊地将关于个人的看法与关于国君的态度区分开来:"夫人!"她写信给玛利亚·斯图亚特,"幸福引来朋友,忧患考验朋友,人们一向都视之为友谊特有的规律。现在我们看到了一个机会,可以通过行动来说明我们之间的友谊。考虑到我们的立场,考虑到您的处境,我们认为应该用这几句简短的话语向您表示出我们之间的亲睦之情……夫人,我对您直说吧。您在婚事上甚欠持重,致使我们不得不确信,您在世界上的好朋友没有一个会赞同您的做法,此事曾使我们忧心忡忡。要是我们不这样说或者不这样写,那便是言不由衷。您如此匆忙地同这样一个人结婚,此人除了常见的种种恶劣品质以外,更是遭到舆论谴责的凶手,他谋害了你现已亡故的丈夫,因此您也难免有同谋的嫌疑,虽然我们满怀信心希望事实并非如此——再也没有什么比此事更加败坏您自己的名声了。您冒了多大的风险同此人结婚,而他的妻子还在人世,因此无论根据神明的还是人间的准则,您都不能算是他名正言顺的妻子,孩子也不是嫡出的子女。您这就可以清楚地了解我们对您这桩婚事的看法;非常遗憾,我们无法形成此事尚有可取之处的见解,尽管您的使者提出了言之凿凿的理由。我们本来希望,您的丈夫死后,您该做的第一件事应是拘捕凶手,将其绳之以法。如果真是这样去做——这样去做也很容易,因为这是明摆着的事情——那么有关您这次婚姻,好些事情看来都有回旋的余地。现在情况既然如此,出于与您的友情,也由于我们同您已故的丈夫在血统上的天然联系,我们只能说:我们将竭尽全力给予谋害国王的凶手以应有的惩罚,不管他是您臣下当中的哪一个,不管他与您多么接近。"

这些话明明白白,词锋锐利如刀。这些话一点都不费解,也不可能曲解。这些话说明伊丽莎白通过自己的密探,通过莫雷私下通报,比几百年后千方百计为玛利亚·斯图亚特辩解的那些人更加确切地了解柯克·奥

193

菲尔德事件,完全确信玛利亚·斯图亚特犯有同谋之罪。伊丽莎白直截了当地指出波思威尔是凶手,但意味深长地在外交函件中只是使用了客气的说法:她"希望"——而不是譬如说:她深信——在凶杀案件中,玛利亚·斯图亚特并不是同谋。"希望",这在谈及这样一种犯罪行为时是一个极其温和的说法,可是细听话音便知伊丽莎白绝非担保玛利亚·斯图亚特白璧无瑕,而是仅仅由于休戚相关,希望尽快结束这桩丑闻。从个人角度出发,伊丽莎白生怕与玛利亚·斯图亚特的行为沾边,避之唯恐不及,而——事关切身利益——维护其君主的尊严却又更加坚决。在这封意义重大的信函里她继续写道:"可是我们获悉,您遭逢飞灾,望能宽慰。我们向您保证,愿尽全力采取我们认为合适的处置方式,以保护您的声誉与安全。"

伊丽莎白果然信守诺言。她命自己的使臣毫不客气地反对叛逆的一切行动。她让那些勋爵明白:要是他们动粗,她甚至准备打仗。在一封措辞尖锐、强硬的信里,她指摘他们企图审判一位膏立的女王这种僭越行为。"在《圣经》里,有哪一个地方载明臣子可以废黜君主呢?在哪一个欧洲君主国里根据成文法臣子可以冒犯、囚禁或审判自己的君主本人呢?我们与勋爵们一样强烈谴责谋害我们的表亲即国王,对妹妹与波思威尔的婚事我们比你们当中任何一个人都更加反感。然而对勋爵们后来冒犯苏格兰女王的做法我们不能坐视、姑息。遵从天意,勋爵为臣,女王为君,决不容许臣子迫使君主应对指控,因为这不符合天然的法度,否则成了本末倒置。"

伊丽莎白却第一次遭到那些勋爵的公开反抗,虽然他们当中绝大多数人这些年来都暗中接受伊丽莎白的收买。杀害里齐奥这件事过去以后,他们已非常清楚,要是玛利亚·斯图亚特重新掌权,只能等着她怎样来收拾他们,因为无论威胁还是诱骗,始终都未能说动她离开波思威尔。这个遭到屈辱的女人骑马去爱丁堡时发誓复仇,要将他们的脑袋搬家。她咒骂的尖叫声这时还在他们耳边回响,眼看就要大祸临头。他们先是去掉里齐奥,然后是达恩莱,接下来是波思威尔,并不是要在这个难以捉摸的女人面前再做驯服、无权的臣子。对他们来说,如将玛利亚·斯图亚特一岁的儿子扶上王位,那么比较起来行事就大大方便了,因为婴孩不会发号施令,在他尚未成年的二十年里,他们又顺理成章地成为全国说了算的人物。

尽管如此,如果不是由于偶然的因素,一个始料不及,真能要玛利亚·斯图亚特命的把柄落入那些勋爵的手里,他们还没有胆子公然反抗自己的东家。在卡贝里山下双方剑拔弩张之后六天,一次卑鄙的出卖使他们获得了教这些人非常高兴的消息。詹姆士·巴尔福原是波思威尔谋害达恩莱的同伙,现在风向转变,顿时慌了手脚,眼看只有一个办法才能自救,就是:重施无耻故伎。为了确保得势者的好感,他出卖遭到驱逐的朋友:暗地里把重要的消息透露给那些勋爵,说:出逃的波思威尔已经派出一个仆人来爱丁堡,要从王宫里把藏着重要文件的首饰盒偷运出去。这个仆人叫达尔格列施,很快就被逮住。在严刑拷打下,这个人害怕被折磨死,便供出藏匿的地方。根据他的供词,发现床下藏着一个贵重的银首饰盒,便取了出来。这是当时弗朗西斯二世送给妻子玛利亚·斯图亚特的礼物,而她又如同把她所拥有的一切也把它给了她爱得死去活来的男人波思威尔。他得到这只坚固的,只能用好几把精巧的钥匙才能打开的盒子以后,经常将私人资料收藏在里面,可能也保存了女王关于同他结婚的书面承诺与那些信札,还有使那些勋爵丢脸的文件。在逃往波思博斯与双方对阵的时候,带着这样重要的文字资料,对他来说——可想而知——大概风险太大。他宁可先将这些文件藏在宫中万无一失的处所,以便事后伺机叫可靠的仆人去取。无论是与那些勋爵签订的"协议",还是女王关于婚事的书面承诺以及她那些情真意切的信件,在他处境不利时都大有用处,可以讹诈,可以辩解:他有了这些书面的自白,这个任性的女王万一想撇开他,便逃不出他的掌心,而在另一方面,那些勋爵如果想指控他谋杀,也有把柄在他的手里,因此这个出逃者几乎还未完全脱离险境,就一定想到取回这些一眼便能看清的物证是至关重要的一着。所以,恰恰在这个时刻竟有如此意外的收获,对那些勋爵来说确实是可遇不可求的喜事:现在他们既可以为所欲为地销毁所有证实他们自己共谋的文字材料,又可以肆无忌惮地利用所有证明女王有罪的文件。

这一伙人的首领莫顿伯爵将这个锁住的首饰盒保管了一夜。次日，所有其他勋爵都被召集起来，其中也有——这是重要的事实——天主教徒和玛利亚·斯图亚特的朋友。然后在众人面前，撬开了这只锁住的盒子。里面收藏着她亲笔写下的那些经常提及的首饰盒书信以及十四行诗。印刷的文本与原件是否完全一致的问题再次搁在一边，有一点马上就可以看出：这些书信的内容肯定对玛利亚·斯图亚特非常不利，因为从这一刻起那些勋爵完全换了一种做法：更大胆，更稳健，更强硬。随着最初一阵欢呼雀跃，他们连忙把这消息散播出去，等不及抄写这些文件，更不要说篡改，就在当天派了一名使者去法国向莫雷口述作为主要物证的那封信大致有些什么内容。他们通知法国使节，说他们对那些擒获的波思威尔仆人严加刑讯，并就他们的口供作了笔录。要是这些文字材料并未令人信服地表明玛利亚·斯图亚特在波思威尔的讼事中已陷得很深，他们绝不会摆出这样稳操胜券、志在必得的架势。对女王来说，形势一下子变得异常严峻。

在这危急关头发现了这些书信意味着叛逆们的地位得到了非同寻常的增强。这一发现终于为他们目无君主提供了长期寻求的道义依据。在此以前，他们只说波思威尔是谋害国王的罪犯，同时却又把握分寸不去穷追这个出逃者，唯恐他把他们自己的同谋老底揭出来。对女王他们一直别无把柄，只能说她与凶手结婚。可是现在幸亏看到了这些书信，他们这些一清二白、一无所知者这才"发现"女王原来有共谋之罪。她不慎坦言，留下白纸黑字，成了这些老练而刁钻的讹诈者有力的手段，借此促使女王屈服。这个时候，他们终于有了强迫女王"自愿"让位给她儿子的杀手锏。要是她拒绝，就让人指控她通奸和参与谋杀。

让人去指控她，并不是自己来指控她。那些勋爵非常清楚：伊丽莎白绝对不会赞同他们自己有审判女王的权力，因此他们谨慎地隐在幕后，让第三者提出公开起诉的要求。约翰·诺克斯很愿意替他们包揽煽惑人心反对玛利亚·斯图亚特一事。此人极其冷酷无情，以恨为乐。在里齐奥遭到杀害以后，这个狂热鼓动能手小心翼翼地避往国外。可是关于"祸水耶洗别①"及其失于检点而生出的后患他曾作过种种预言,这些现在都已出奇地应验了,而且其严重程度有过之而无不及,于是他便摆出一副先知面孔回到爱丁堡。从此布道台上传出响亮的声音明确要求起诉这个罪责难逃的女天主教徒。这个宣讲《圣经》的牧师主张审判这个通奸的女王。改革派传教士们的调门一个星期天比一个星期天高昂。他们从讲台上向着下面亢奋的人群叫喊,说女王通奸与谋杀应像微不足道的村妇一样罪不可恕。他们直截了当地要求处死玛利亚·斯图亚特,而这样不停地煽动果然也不无效果。很快仇恨便从教堂散播到寻常百姓家。他们那么久来总是畏惧地仰望这个女人,现在眼看她就要身穿囚服被押上断头台,这些平民兴奋不已,要求公开审判她。而要拿女王问罪闹得特别起劲的则是那些妇女。"那些女人对她恨之入骨,爱怎么骂就怎么骂。那些男人也够厉害。"每一个贫苦的苏格兰妇女都知道:如果她也同样大胆地沉浸于通奸的情欲之中,那么等待她的便是耻辱柱和火刑架——难道就是这一个女人,由于她是女王,便可以放荡和杀人而不受惩罚,逃脱火刑吗?"烧死这个妓女!"的叫喊声越来越激烈。英国使节非常害怕,他向伦敦报告:"以意大利人大卫和女王丈夫开始的悲剧恐怕就将以女王本人结束。"

那些勋爵已如愿以偿。现在重炮已经架好。玛利亚·斯图亚特如再拒不"自愿"让位,必将遭到致命的打击。材料已准备就绪,约翰·诺克斯可以据此指控女王:即应指控女王"违背法律"和——他们挑了一个谨慎的说法——在与波思威尔及另外一些人的关系上"有失检点"。如果女王现在依然不肯让位,那就可以当庭宣读在首饰盒中发现的那些书信,把她的丑事揭露出来。这样就足以在世人面前说明犯上有理。女王亲笔写下的文件证实自己是凶杀从犯和荡妇,就是伊丽莎白和其他国王也将无法再为她辩护。

以公开审判这种逼供手段做后盾,麦尔维尔与林稷于7月25日启程去罗奇勒文。他们携带三份已经拟好的羊皮纸文件,如果玛利亚·斯图

---

① 指玛利亚·斯图亚特。

亚特想避免受到公开审判的耻辱,就得在上面签字。在第一份文件中,玛利亚·斯图亚特必须申明:她已倦勤,"乐于"卸掉王冠重压,她已无力无意再戴下去。第二份的内容是她同意立她儿子为王。第三份是说她允许将摄政的权力交给同父异母的哥哥莫雷或一位候补摄政。

出面谈判的是麦尔维尔,在所有这些勋爵中他同她最接近。在此以前,他已来过两次,为的是以好言相劝,调解矛盾,说服她离弃波思威尔。但两次她都拒绝了,原因是:不然的话,她所怀的来自波思威尔的孩子生下后变成了私生子。可是现在那些书信被发现了,已到摊牌的时候。起初,女王极其任性地在硬顶。她突然流泪,郑重地表示:宁愿不要生命,也不愿放弃王位——她的遭遇也确实反映出她的表白。可是麦尔维尔打开天窗说亮话,极其具体地向她描述了她面临的境地:当众宣读那些书信,提讯在押的波思威尔仆人,在法庭上审问和判决。玛利亚·斯图亚特意识到由于自己行事轻率,受了牵连,这些事情多么肮脏多么可耻,不禁吓得发抖。她害怕当众受辱,逐渐失去了克制的力量,在长时间犹豫之后,气愤、激怒、绝望——一次又一次剧烈发作以后,她终于软下来,在那三份文件上签了字。

协议已经达成。但是涉及苏格兰的"协议",双方一向谁也不把誓约和承诺真当一回事。那些勋爵依然会在国会里宣读那些书信,到处散播她有同谋之罪,使她无法再打退堂鼓。而玛利亚·斯图亚特也并不由于在了无生气的羊皮纸上用墨水和笔尖画一下就算退位。赋予了这个世界以现实价值和本质意义的一切,诸如名誉、诚信、义务,与她的王权固有意识相比,对她来说便一文不值。她觉得王权像脉管里流动的热血一样,同生命不可分离地连在一起。

几天以后,幼王登位。老百姓不能在开阔的广场上目睹围观者人山人海的火刑,只好看看并不那么热闹的场面。即位仪式在斯德林举行。阿托尔勋爵端着王冠,莫雷举着权杖,格林凯恩勋爵捧着佩剑,玛尔勋爵抱着那个男婴,从这个时刻起这孩子被称为苏格兰詹姆士六世。约翰·诺克斯为他祝福,这是向公众表示:这个孩子,这个刚刚即位的国王永远摆脱了罗马邪教的羁绊。民众在宫门前欢呼,喜庆的钟声响起,全国都在燃放焰火。这一瞬间——总是只在一瞬间——苏格兰又呈现出一派欢乐祥和的景象。

这时,每一件硬来、难办的事情都由旁人处理了,莫雷这位表演细腻的人物便可以俨然以奏凯的统帅姿态回来。他那到了危机的关键时刻韬光养晦为上策的圆滑手法又一次取得成效。在里齐奥遭到杀害时,在达恩莱遭到杀害时,他都身在异地。他也没有参与针对他妹妹的叛乱活动。他的忠诚没有留下污点,他的双手没有沾上鲜血。时间为这个置身事外的聪明人完成了一切。他善于盘算,伺机而动,因而他处心积虑所要攫取的一切都能异常体面地唾手可得。那些勋爵公认他是顶尖智囊,异口同声地请他出任摄政。

可是天生治人的莫雷也懂得制约自己,一点也没有急急巴巴地伸手去捞取。他的脑筋太灵活,因而不想让日后听他发号施令的那些人像施舍一样给予自己这样的恩典。而且他也不想造成这样的印象:他这个亲切而卑顺的兄长回来就是为了索要硬从她妹妹手上夺走的权力。应当让她自己求他出任摄政才是——从心理学角度来看,这是炉火纯青的高着:他要由这些反叛的勋爵和由这个下台的女王两方都任命他、请求他。

他到罗奇勒文看望女王这个场面当由一位伟大的剧作家动笔来描绘。这个落难的女人一见到他便情不自禁地扑进这个异母兄的怀里。她希望现在终于能够得到一切:安慰、帮助、情谊,特别是这么久以来迫切需要的真心为她着想的解决办法。但莫雷却装出冷淡的样子,看着她激动不已。他把她带进屋子,严词指摘她的劣迹,没有一句话可以让她产生得到从宽处理的希望。他这种令人不寒而栗的冷漠使女王感到惶恐,她不禁潸然泪下,竭力申辩解释。然而莫雷俨然是个指控者,他皱着眉头拉下脸,沉默,沉默,再沉默。他要使这个绝望的女人始终不能摆脱恐惧的心理,仿佛他的沉默掩藏着更加可怕的遭遇。

整整一夜,莫雷将她的妹妹扔在这种恐惧的炼狱之中。他要让滴注到她身上使她六神无主的剧毒液汁腐蚀她的内心深处。这个怀孕的女人对外界的情况毫不了解——完全不许外国使节来看望——她不知道她将面对什么:指控还是审判,屈辱还是死亡。度过了不眠之夜,到次日早晨她已完全失去反抗的勇气。于是莫雷逐渐缓和下来。他谨慎地暗示：如果她不打算出逃或者与外国君主通气，尤其是如果她不再同波思威尔缠在一起，也许——也许——他用游移不定的口气说出这个字眼——人们还能设法在公众当中保全她的颜面。这么一点似有若无的希望微光就使易动感情、走投无路的女王振奋起来。她扑进哥哥的怀里，请求他承担摄政重任。只有这样，她的儿子才能确保无事，王国才能治好，她本人也能摆脱危险的处境。她一再请求，而莫雷让女王在那些亲眼目睹者面前请求了好长时间，最后才宽大为怀地从她手中取去他专程为此而来的猎物。此时此刻，他可以心满意足地离开了。玛利亚·斯图亚特也放下心来留在那里，她以为权力既然在她的哥哥手里，关于那些书信的秘密也就不致泄漏，她便能在众人面前保住自己的名声。

然而，失势者不会有同情者。莫雷的铁腕一旦掌握了大权，当务之急便是设法使他的妹妹永远不能回去。作为摄政，他必须在道义上除掉这个碍手碍脚的争夺王权的对手，从此只字不提将她从囚禁中释放出来的事了。相反地，人们想方设法长期羁押玛利亚·斯图亚特。虽然莫雷答应过伊丽莎白，也答应过他的妹妹，说要保全她的名声，但他还是容许人们于12月15日在苏格兰国会从银质首饰盒中取出玛利亚写给波思威尔的使她丢脸的那些书信与十四行诗，当众宣读、比较，并一致确认为她亲笔所写。四个主教、十四个修道院院长、十二个伯爵、十五个勋爵和三十多个下层贵族，其中有好几个女王密友，他们以人格起誓，确认这些书信与十四行诗为真迹。没有任何一个人，甚至在她的朋友当中也没有任何一个人对此表示出一点点怀疑——这是一个重要的事实——因而这个场面无异于审判，无形的女王面对臣民站在法庭上。近几个月里的种种非法行为，叛乱、囚禁等等在宣读了那些书信以后都在法律上得到认可。人们明确宣称：女王的遭遇都是咎由自取，因为她在策划时和行动上参与谋害她的合法丈夫，而且"证明这一事实的是：动手谋害之前和之后她亲笔写给这一凶杀案件的主犯波思威尔的那些书信和在谋害以后立即进行的有失体统的婚事"。除此之外，为了使整个世界都得知玛利亚·斯图亚特的罪行，使每一个人都了解：循规蹈矩、光明正大的勋爵们完全出于义愤起来反对女王,他们向所有外国宫廷分发那些书信的抄件。这样一来,玛利亚·斯图亚特便被公开打上令人齿冷的烙印。莫雷与那些勋爵心想:额上有了这个红色标记,她就再也不敢为她这颗有罪的脑袋索取王冠了。

可是玛利亚·斯图亚特的君主自尊意识过于牢固,诟骂或羞辱都不能使她低下头来。她认为:烙印不可能使戴过王冠衬箍和涂过受命圣油的额头变形。她不会在任何判词和命令前低头。人们愈是硬要强迫她接受卑微而无权的命运,她就愈加坚决地起来反抗。这样一种意志无法长期禁锢,它会炸毁所有围墙,淹没所有堤坝。如果人们用铁链缚住它,它就会不顾一切地抖动,致使四壁震颤,惊心动魄。

第十六章　葬送自由

1567年夏—1568年夏

关于波思威尔悲剧,只有一个像莎士比亚那样的巨匠才能将那些隐秘而可叹的场景写成完美的作品。另外一位作家,即瓦尔特·司各特①则创作了罗奇勒文城堡中较为缓和的,像传奇一样令人伤感的尾声。尽管作者稍逊一筹,但是小孩,男童读了以后,就会觉得比历史事实还要教人喜欢,因为书中偶尔妙笔生花,美丽的传奇便胜过现实的生活。我们大家都曾经是热情的年轻人,非常喜爱这些情节,它们鲜明地印入脑际,让我们内心充满了同情。这里涉及的素材仿佛已经包含着现成的像传奇那样动人心弦的各种因素:有凶狠的看守,他们监管着清白无辜的女王;有诽谤女王名誉的恶棍;有女王本人:年轻、善良、美丽。她将敌人的冷酷转化为宽容,使男子们具有慷慨助人的胸襟。像主题一样,背景也带有传奇色彩:一座阴森可怖的城堡,四面环绕着令人心旷神怡的湖水。女王从阳台远眺美丽的苏格兰,那里的森林和群山影影绰绰,灵秀而迷人。远方某处便是波涛汹涌的北海,苏格兰民众喜爱自己的女王,蕴藏在他们心中充满诗意的全部力量都围绕她此时此刻的遭遇像结晶一样凝集起来,这样一部传奇一旦完美地创作出来,就会深深地渗入整个民族的血液之中,融化在里面。人们一代一代重新讲述与确认这部传奇,宛如一棵永不枯败的树木,年年发芽开花,成了层次更高的真实,而用纸张记载事实的文献却可怜巴巴地搁在一旁,无人问津,原因是:不管什么一经创作出来给人

---

① 瓦尔特·司各特(1771—1832),英国诗人、历史小说家,出生于一个苏格兰家庭。

留下美感,便会由于美好而得以存在。等到日后人们变得成熟一些,觉得有点不大对劲,便会设法从这个动人的传奇后面寻找真相。这时,真相就仿佛亵渎神明似的露出本来的面目,犹如用缺乏想象、缺乏情趣的散文记下一首诗的内容。

传奇的危险在于:为了拨动人们的心弦,隐瞒可悲可叹的真相。关于玛利亚·斯图亚特在罗奇勒文遭到囚禁的传奇性叙事曲也对她真正的、极为深切的、人性当中莫此为甚的苦楚只字不提。这是指瓦尔特·司各特闭口不谈这位传奇女王当时正值怀孕,胎儿来自杀害她丈夫的凶手。事实上,正是这一情况是她遭受屈辱度日如年的那几个月里最难忍受的精神痛苦。如果她所怀的孩子,像可以预料的那样提前出世,人们便可毫不容情地根据完全可信的自然历法回头推算出她什么时候委身给波思威尔。人们无法确知具体时期与时刻,但可以肯定此事发生在情理不容的时间,发生在情爱或者表现为通奸,或者表现为放纵的时间里:也许发生在为亡夫服丧期间,在塞顿勋爵的城堡时和从这一个城堡到那一个城堡那次非同寻常的旅游途中;也许,或者说大概就发生在这以前,就在她丈夫还在人世的时候——属于这一种可能是可耻的,属于另一种可能同样是可耻的。人们只有记得:波思威尔的孩子一出世,就会像日历一样清晰地向全世界揭出他们的情欲罪行何时开始,只有记住这一情况,才能充分理解这个绝望的女人多么痛苦。

但是这个秘密永远地没有被揭开。我们不知道,人们把玛利亚·斯图亚特送到罗奇勒文时她已怀孕多久;不知道,她什么时候摆脱了内心的恐惧;不知道,这个孩子出生时是活的还是已经死掉;不知道任何可以确切地说明问题的情况;不知道,人们将这个通奸的情爱之果弄走时已经过了几个星期或者几个月。围绕此事全是模糊的和揣测的说法,各种各样的证据互相矛盾。只有一点确凿无疑:玛利亚·斯图亚特一定很有必要掩盖有关她身为母亲的各种日期。从此她没有再在任何一封信里,任何一句话里提到这个波思威尔的孩子。根据在玛利亚·斯图亚特亲自监督下由秘书纳奥执笔的报告,她提前生下不能成活的双胞胎——提前,不妨揣测:提前并非完全事出偶然,否则她为什么偏偏要带自己的药剂师来这囚禁她的地方呢?！根据另外一种同样未能证实的说法,孩子是一个女婴,出生时活着,悄悄地被送往法国,后来死在那里的一所女修道院里,并不知道自己出身王室血统。面对这一无法探究的情况,猜想与议论都无济于事,这一方面的种种事实成为永远难解的疑团。她最后一个秘密的钥匙已经沉入罗奇勒文的湖水深处。

然而,罗奇勒文城堡里私生子的出生或早产这一秘密严重地危及玛利亚·斯图亚特的名声,而那些狱吏竟然帮着隐瞒真相,仅此一事便足以说明:这些人并非凶神恶煞,像异想天开的传奇里所竭力丑化的那种人。受托监管玛利亚·斯图亚特的罗奇勒文城堡主人道格拉斯夫人三十多年前是她父亲的情妇,曾给詹姆士五世生了六个孩子,其中最大的便是莫雷伯爵。她后来与罗奇勒文的道格拉斯伯爵结婚,又生了七个孩子。她十三次受到分娩之苦,由于头几个孩子被认定为非婚生,本身就遭受过精神折磨,她比其他女人更能体会玛利亚·斯图亚特的难处。人们说她冷酷无情,看来不是事实,纯属无中生有。说不定她将这个女囚完全当贵宾来接待。有一整排房间供玛利亚·斯图亚特使用。她带了厨师、药剂师、四五名侍女。在城堡里她的自由完全没有受到限制,大概还曾经允许她去打猎。如果完全将动人的传奇放在一边,尽量公允地加以观察,那么我们只能说,这是非常宽厚的待遇。毕竟这个女人在丈夫被害三个月后便与凶手结婚,至少有了行为极其轻浮的过错——传奇让人忘记这一点——放在近代法庭也只是以精神错乱或奉命行事为由从宽发落,免去同谋之罪而已。这个女人闹得满城风雨,引起整个欧洲的公愤,在一段时间内迫使她冷静下来,不仅对国家,也对她本人都有好处。隔离了几个星期,使这个心乱如麻的女人终于有了机会放松过度紧张的神经,重新获得内心的坚定和由于波思威尔而丧失殆尽的意志力。事实上,在罗奇勒文被囚的几个月倒使这个过于恣意妄为的女人免除了莫大的危险,免除了折磨自己的不安与焦灼的心理。

尤其是与她的同谋犯和心上人遭到的惩罚相比,她干了这么多蠢事,而囚禁却这样别致,我们只能说是宽大处理。命运对待波思威尔完全不是这样。尽管有过承诺,这个被放逐者无论在陆地还是海上依然被这一伙人追捕。为了买他这颗人头,悬赏一千苏格兰克朗。波思威尔知道,在苏格兰就是最好的朋友也会为了这笔钱背弃他出卖他。可是要逮住这个亡命之徒也不容易。起初他想方设法纠集他管辖的边区居民,以进行最后一次抵抗,随后逃到奥克尼群岛①,准备从那里跟那些勋爵打一仗。但是莫雷率领四艘战船向奥克尼进发紧追不舍。这个逃命者上了一条像胡桃壳一样的小船进入公海,好不容易才脱身,却又遇上风暴。这条本来只用于沿海行驶的平底小船靠破烂不堪的帆篷向挪威漂去,最后被一艘丹麦战船截住。波思威尔为免引渡,想法不让别人辨认出来,便向水手借来普通的衣服——他宁愿被人当做海盗,也不想被认出是遭到追捕的苏格兰国王。可是他最终还是给认了出来,从一个地方被移送到另一个地方,在丹麦他一度曾被释放。刚看来侥幸得救了,这个好色的登徒子却又意外地让内美西斯②给逮住。他的处境便每况愈下,是这样一回事:他曾经答应娶一名女子,诱骗了她,现在她告发他。在这中间,人们在哥本哈根了解到更为确切的情况,得知他被控犯了什么罪。从此他的头顶上晃荡着行刑的利斧。于是外交使者来去匆忙。莫雷要求将他引渡回国。伊丽莎白则表现得更加急切,为的是将这个可以用来对付玛利亚·斯图亚特的首要人证控制在手。玛利亚·斯图亚特的法国亲戚们则悄悄地设法让丹麦国王把这个要命的人证交出来。现在囚禁越来越严,可监狱倒是他免遭报复的唯一庇护所。这个人在战场上面对成百敌人满不在乎,毫无惧色,现在却每天都得担心带着刑具被押送回国,遭到百般折磨,作为杀害国王的凶手被处死。监禁的地方不断变换,像一头危险的野兽被关在越来越小的牢房里,愈来愈严酷地被囚在铁窗和高墙后面。很快他就明白:只有死神才能将他解脱。这个健壮的充满活力的男子汉,这个教敌人丧胆、教女人喜欢的人在可怕的孤寂与无聊中度过了几个星期又几个星期,几个月又几个月,几年又几年。生命宛如庞然大物,在活生生的躯体里烂掉、死去。这个人天不怕地不怕,他只在有逾常的精力、无限的自由

---

① 奥克尼群岛,苏格兰东北一郡。
② 内美西斯,希腊神话中司天诛的女神。

205

时曾经感受到自己的充实;他曾经在郊野疾驰行猎;他曾经跨上马背率领部属去战斗;他曾经在不同的国家赢得妇女的欢心;他曾经享受过精神果实的雅趣——对这个人来说,没有生气、没有言语、没有光明的囚室里这种令人不寒而栗的无所事事的落寞,这种枯坐度日致使充盈的生命力化为乌有的空虚比刑讯、比死亡还要难受。有些记述说——姑妄信之——他像疯子一样猛撞铁窗,在精神错乱中凄然死去。在为玛利亚·斯图亚特而送命和遭到拷打的许多人当中,她最爱这个人,他受的罪也最久最惨。

然而玛利亚·斯图亚特还会想起波思威尔吗?使她变得百依百顺的魔力远在异域还能产生作用吗?是不是炽烈的情箍已悄然缓缓地松开了?人们不知道,这也同她生活中许多其他事情一样始终是一个难解之谜。只有一点使人感到惊奇:她生了孩子刚恢复不久,刚摆脱身为母亲的艰辛不久,便又重新施展女人的魅力,又一次生出祸乱。又一次——这是第三次——使一个年轻人卷进她的命运漩涡。

我们不得不一再重复并感到遗憾:流传下来的玛利亚·斯图亚特像大都出于中等画家之手,我们无法窥见她真正的精神面貌。我们面对一张秀丽、文静、温婉动人的娇嫩的脸庞,冷漠而缺乏情趣,丝毫没有透出这个非同寻常的女人肯定具有的性感。她一定曾经发挥出某种博取好感的特殊的女性威力:不管在哪里,甚至在敌人中间,她都能争取到朋友。在做新娘时,在做孀妇时,在每一个王位上,在每一座监狱里,她都懂得在自己周围创造大家意气相投的环境,使自己处于和善的亲切的气氛之中。她一到罗奇勒文,便使看守之一,年轻的勋爵卢塞文这样听话,以至于那些勋爵觉得必须把他弄走。但他一离开城堡,她又使另外一个年轻的勋爵,罗奇勒文的乔治·道格拉斯着了迷。几个星期以后,女监管的儿子就愿意为她去做任何事情。而且他果然成了她出逃时最可靠最忠诚的帮手。

他只是帮手吗?在囚禁期间的这几个月里,这个年轻的道格拉斯对她来说不是意味着更多吗?这种感情真的完全是侠义心肠,精神恋爱吗?不知道!无论如何可以肯定:玛利亚·斯图亚特完全出于需要利用了这个小伙子的激情,不惜欺蒙哄骗。除了她的个人魅力之外,女王始终另有一种引诱手段:同她结婚也就成了君主这个迷惑工具像磁力一样吸引她遇上的每一个人。看来——此事只能揣测,无法遽下断语——玛利亚·斯图亚特为了使她更加宽容,拿结婚的希望诓了年轻的道格拉斯的母亲,她被灌了迷汤,看管越来越松。玛利亚·斯图亚特终于得以进行一心想干的大事,即脱逃。

第一次试图脱逃(那是3月25日)没有成功,虽然做了巧妙的安排。当时每周都有一名洗衣妇女带着另外几个女仆坐小船到对岸,然后划回城堡。道格拉斯设法同洗衣妇说通,她表示愿意跟女王互换衣服。玛利亚·斯图亚特身穿洗衣妇粗劣的女衫,为免被人认出戴上厚实的面纱,侥幸通过了守卫森严的城堡大门。乔治·道格拉斯在对岸等候,备好几匹马。人们帮她划桨,刚要横渡湖面,一个船夫忽然想逗逗这个身材苗条、戴着面纱的洗衣妇。他想看看她是不是漂亮,便要揭开她的面纱。玛利亚·斯图亚特紧张地用她白嫩纤细的双手护住它。可正是保养得这么好的手指如此白嫩纤细同一个洗衣妇并不相称暴露了她。船夫们马上发出警报,尽管女王生气地要他们向对岸划去,人们还是将她送回囚禁她的地方。

这件事马上通报出来,于是监管更严,再也不许乔治·道格拉斯进城堡了。可这也难不住他留在近处同女王保持联系,他变成忠实的使者,将消息传递给她的追随者。瞧!她虽然遭到谴责,当做凶手被送来监禁,可是莫雷执政一年以后女王又有了追随者。勋爵中有一些,尤其是亨特利家族与塞顿家族始终忠于女王——至少不是出于对莫雷的嫉恨。说来也怪,汉密尔顿家族一直是玛利亚·斯图亚特最凶狠的对头,恰恰就在家族里面却有她最可靠的追随者。本来汉密尔顿家族与斯图亚特家族自古以来就世代结仇。前者势力强大,仅次于后者,妒忌后者拥有苏格兰王位,竭力要为自己家族争取王权。可是现在出现了通过与玛利亚·斯图亚特结婚使他们当中的一个成为苏格兰之主的可能性。这样一来,他们马上就站到这个女人一边——政治与道义无关,尽管几个月前他们还说她是凶手,要求处死她。至于玛利亚·斯图亚特,很难说真是想同一个汉密尔顿家族的人结婚(波思威尔已经给忘掉了吗?),可能她答应这桩婚事,是权衡了得失,以求获得自由。她也答应过乔治·道格拉斯的求婚——一个走投无路的女人胆大妄为的两面手法,而在这件事情上他充当她与汉密尔顿家族之间的使者角色,同时又是逃亡这一决定性行动的关键人物。5月2日一切准备就绪。每当胆量而不是明智在起作用的时候,玛利亚·斯图亚特从来不是脓包。

这种传奇式的逃亡就该发生在一个传奇式的女王身上。玛利亚·斯图亚特或者乔治·道格拉斯在堡内人当中争取到一个当少年侍从的男孩威廉·道格拉斯从中协助,这个灵活机敏的小伙子巧妙地完成了任务。城堡守则严格规定:罗奇勒文城堡内在共进晚餐时,为了安全起见,所有出堡的小门的钥匙都要放到桌子上去,搁在城堡总管手边,由他带走,夜里藏在他的枕头下面。就是在吃饭的时候,他也要看得见手边的钥匙。这一回,在他面前的桌子上也放着那些粗笨的钥匙,泛出金属的微光。在上菜的时候,这个小机灵鬼飞快地把给城堡总管的那块餐巾盖在这些钥匙上面。进餐时大家痛饮畅谈,他便趁人不注意在收走杯盘时,将那些钥匙连同餐巾也一起拿去。然后一切都连忙按事先的准备来进行。玛利亚·斯图亚特穿上其中一个女仆的衣服,小男孩在前头带路,从里面打开一扇扇小门,然后又认真地从外面锁住,这样谁也不能很快就追得来。他把那些钥匙全扔进湖里。事先他已将所有那里的小船都连在一起,用他自己的那只船把那些船朝堡外拽向湖面,人们就无法追捕了。现在他只消在这暖和、晴朗的5月夜晚迅疾地划桨,把小船送到对岸,那里已经有乔治·道格拉斯和塞顿勋爵带了五十名骑兵在等候。女王毫不犹豫地飞身上马,通宵疾驰,直到抵达汉密尔顿家族的城堡。有了自由,她身上又有了过去的豪气。

这就是人所共知的关于玛利亚·斯图亚特逃离岛上城堡的叙事曲。她逃出这个四面环水的城堡,靠的是一个感情炽烈的年轻人的忠诚和一个男孩的自我牺牲精神。如果方便,不妨读读瓦尔特·司各特的作品,印证这个故事的传奇色彩。编年史家关于此事的思考比较冷静。他们认为:严谨的女监管人道格拉斯夫人不会像她装成的那样,不会像传说中所说的那样毫不知情,只是事后编出这个美丽的故事替那些看守辩解,无意赶尽杀绝,需要装聋作哑。既然传奇这般美丽,也不应该拆穿西洋镜。干吗非要将玛利亚·斯图亚特一生仅存的一抹如诗如画的晚霞涂得漆黑一团呢?天边已是浓云翻滚,艳事种种已经了结。这个年轻、狂放的女子最后一次激发了爱情,体味了爱情。

过了一个星期,玛利亚·斯图亚特有了一支六千人的队伍,看来乌云又被驱散,一段短暂的时间里她又看到吉星在头上闪耀。不仅是亨特利家族、塞顿家族这些老伙伴回来了,不仅是汉密尔顿家族,而且令人感到惊讶的是,苏格兰贵族当中大部分人,八个伯爵、九个主教、十八个勋爵和一百多个男爵也都为她效劳。说是令人感到惊讶,却又并不令人感到惊讶,因为在苏格兰从来没有一个人真正当家做主而不遭到贵族的反对。莫雷冷酷无情,引起那些勋爵的反感。他们宁肯要一个尽管有一百个不是,但已低下头来的女王,也不要一个严酷的摄政。外国君主马上都为这个获得自由的女王撑腰。法国使节来见玛利亚·斯图亚特,向她这位合法的君主表示敬意。伊丽莎白派了一名专使表达她获得"脱险的喜讯"以后的宽慰心情。在遭到囚禁的一年里,她的地位更加巩固,前途更有希望,这些都是前所未有的情况,处境也就大大改善。可是这个一向非常勇敢好斗的玛利亚·斯图亚特仿佛内心产生了一种隐约的忧虑,但求不以兵戎相见而能有个了断:她宁愿同她的哥哥不动刀枪达成和解。如果他现在能够给她留点浅淡的国王之尊的余晖,那么这个受过严峻考验的女子就会把权力让给他。波思威尔坚强的意志支撑着她时活跃在她身上的力量有一部分似已被摧毁——在随后几天里便可以看出。经历了这么多忧虑、苦难、折磨,经历了这么多恨之入骨的敌对行为,现在她仅仅渴求自由、平静、安宁。然而,莫雷根本不想分享大权。他和玛利亚·斯图亚特的雄心同有一个父亲,与生俱来。何况高明的参谋更使他铁了心。在伊丽莎白向玛利亚·斯图亚特祝贺的同时,英国首相塞西尔又使劲催促他彻底除掉玛利亚·斯图亚特与苏格兰的天主教派。莫雷也没有犹豫多久。他知道,只要这个死硬的女人能够自由行动,苏格兰便不会太平无事。他要一劳永逸地清算那些反叛的苏格兰勋爵,让他们尝到厉害,知道不能这么干。他像平时一样行事风风火火,很快组建了一支军队,尽管在人数上不如玛利亚·斯图亚特那边多,可是在指挥、纪律方面都占上风。他并未等待其他援军,便从格拉斯哥出发。5月13日,在兰赛德附近,女王与摄政,哥哥与妹妹,这一个斯图亚特家族成员与那一个斯图亚特成员进行了最终的清算。

兰赛德一战历时虽短,却立见分晓。这一仗不同于卡贝里山之战,双方并未长时间犹豫与谈判。玛利亚·斯图亚特的骑兵发起攻击,朝敌方猛冲。但是莫雷所选的阵地位置很好,趁敌军骑兵还未攻上山坡,便以猛烈的火力将他们打得七零八碎,然后进行反攻,击溃敌方的整条防线。过了三刻钟,一切都已结束。女王的残兵溃不成军,扔下大炮和三百具尸体,拼命逃窜。

玛利亚·斯图亚特在一座山冈上观战,一看到败局已定,便急忙下山,翻身上马,只由少数几个骑兵护送,飞驰而去。她已经吓得要命,再也不想阻击,马不停蹄,拼命奔逃,穿过牧地和沼泽、森林和原野,第一天一直往前赶,心里只有一个想法:逃命!后来她写信给洛林的红衣主教:"我忍受辱骂、诽谤、囚禁、饥饿、寒冷、暑热。我逃走了,但不知逃往何方,一口气奔驰了九十二英里,没有进食,没有歇息。我不得不在光秃秃的泥地上睡觉,喝发酸的牛奶,吃燕麦糁粥,见不到面包。我像猫头鹰一样在野外过了三个夜晚,没有一个侍女伺候我。"就这样她以最近几天的形象,一个勇敢的巾帼英雄,一个具有传奇色彩的女杰,留存在民众的记忆之中。今天,在苏格兰人们已经忘记了她的种种弱点与蠢事,宽恕和谅解了她因激情勃发而犯下的过错。留存下来的只有这个形象——即:这个温柔的女子被囚在冷寂的城堡里——和另外一个形象——即:勇武的女骑手为了保住自身的自由,跨着口吐白沫的马奔驰在暗夜之中,宁愿上千次冒着死亡的危险,也不肯畏惧地怯懦地向敌人投降。她在夜间出逃已有三次:第一次是同达恩莱一起逃出霍利罗德;第二次是女扮男装,从博斯维克城堡逃往波思威尔处;第三次是跟道格拉斯逃离罗奇勒文城堡。三次她都是大胆地快马奔驰,为了保全自由和王位。这一回她只救了自己一条命。

兰赛德之战后三天,玛利亚·斯图亚特到达坐落在海滨的敦德伦南修道院。这里是她的国土尽头。人们将她像一头逃窜的野兽追逐到她自己辖地的边缘。对这个昔日的女王来说,如今在整个苏格兰再也没有安全的处所。后退已无路可走,在爱丁堡等待她的将是毫不容情的约翰·诺克斯,将是又一次平民的嘲弄,又一次神职人员的仇恨,也许还有耻辱柱和火刑架。她最后的一支队伍已经溃败,她最后的一线希望已经破灭,现在到了艰难选择的关头。身后是失去了的国土,再无一条道路通往那里。面前是无边无际的大海,可以通向所有国家。她可以渡海去法国,去英国,去西班牙。她在法国长大成人,那里有她的朋友和亲戚,那里还住着许多人,他们喜爱她。有曾经歌颂她的诗人,有曾经伴送她的贵族。这个国家曾经以待客之礼接纳过她,举行过豪华的盛典使她母仪天下。可是正因为她在那里曾经贵为王后,世间荣华集于一身的人上人,现在也不想形同叫花子,作为衣衫褴褛、名声有损的乞求者回到那里去,也不想看到满怀仇恨的意大利女人卡塔琳娜·美第奇的奸笑,也不想接受任何施舍或者由着他人把自己关进修道院里去。逃到西班牙去找满面冰霜的菲力普意味着看人脸色过日子:这个一意孤行的君主永远也不会原谅她在一名新教牧师前面表示愿意与波思威尔结婚,不会原谅她接受异教徒的祝福。这样一来,只剩下不是选择的一种选择,其实这是一种无奈的做法:渡海去英国。在囚禁期间最无希望的日子里,伊丽莎白不是叫人转告她,"她随时都可以把英国女王看作可靠的朋友"吗?伊丽莎白不是郑重地承诺过,要使她重登王位吗?伊丽莎白不是派人送来一枚戒指,任何时候都可凭此信物唤起姐妹之情吗?

可是谁的手一旦触到厄运,伸出去抓到的骰子点数总不对头。像做出每一重大的决定时那样,玛利亚·斯图亚特在这最紧要的关头也过于仓促地打定了主意。她事先并未要求得到保证,便从敦德伦南修道院写信给伊丽莎白:"至亲的姐姐,我遭到的种种不幸你大概多半已经获悉。但是促使我今天给你写信的事情就在不久前发生,你可能还未听到。因此我必须尽可能简要地告诉你下面这些情况:我最信任最器重的臣子当中有一些人对我动武,所作所为极其无礼,是全能的主宰将我从陷身其中的残酷的囚禁中解救出来。但是后来在一次决战中,我被打败,忠于我的臣子中绝大多数已在我眼前牺牲了。我被逐出自己的王国,处境艰窘,除了天主,我只能寄希望于你的善意。至亲的姐姐,我请求你做出安排,让人将我带到你的面前,以便向你倾诉所有的事情。

"同时,我请求天主赐你以上天的一切幸福,给我以宽容和安慰,首先是我希望通过你得到的安慰。为了使你记起我信赖英国的缘由,我派人给英国女王送来这枚宝石戒指,这是你答允给予友情与援手的信物。爱你的妹妹　女王玛利亚"

玛利亚·斯图亚特写得匆匆,仿佛落笔算数,就此放下了心,这些话使她的未来永远成了定局。随后她将戒指封入信封,将这两样东西交给一名骑马的使者。封在里面的不仅是那枚戒指,还有她的命运。

现在事情已经定下来了。5月16日玛利亚·斯图亚特登上一条小渔船,横渡索尔威湾,在海港小城卡立斯尔附近踏上英国的土地。在一生前途系于此的这一天,她还不到二十五岁,但她这一辈子实际上已经到此结束。包罗万象的生活能够给予人们的一切她都享受过和遭受过。她登上了人间欢乐的顶峰,踏遍了世上悲苦的低谷。在极短的时间里,在心灵的极度紧张中,她体味了诸般幸福和灾祸,埋葬了两个丈夫,丢掉了两个王国,遭到监禁,走过犯罪的邪路,但是一再以重新焕发的自尊踏上通向王位、圣坛的台阶。这几个星期,这几年,她生活在火焰之中,生活在如此炽烈、吞没一切的火焰之中,以至于它的反照历经几个世纪还在闪耀。但是现在火堆坍落了,熄灭了。她已在里面销蚀殆尽:只留下熔渣与灰烬。这是令人瞩目的耀眼的火光消失之后可怜的残余。玛利亚·斯图亚特仅仅剩下自身的影子,融入人生的暮色里。

第十七章 结　网

1568 年 5 月 16 日至 6 月 28 日

毫无疑问，伊丽莎白得到玛利亚·斯图亚特抵达英国的消息时，大吃一惊。这个不请自来的客人使她非常狼狈。玛利亚·斯图亚特的臣子作乱，最近一年里，她的确出于君主相护的义气，尽量帮玛利亚·斯图亚特说话。她曾热情地——白纸不值钱，在外交文件上动笔写几句客气话易如反掌——向玛利亚·斯图亚特保证给予关切、友谊、亲情。她热情洋溢地，唉，热情过头地向她承诺：玛利亚·斯图亚特在任何情况下都可以把她看作可靠的姐姐。可是伊丽莎白从来没有邀请玛利亚·斯图亚特到英国去。相反，多年以来她一再使两人见面一事成为泡影。可现在这个给人添麻烦的女人却突然来到了英国，来到了不久以前她还神气活现地自诩为其正牌女王的英国。事先既未询问，亦未得到邀请，也未提出要求，她就这样来了，劈头便提过去仅仅意在借机喻事的友好承诺。玛利亚·斯图亚特在第二封信里就不征询伊丽莎白是否愿意见她，而是把它视为理所当然的权利。"我请求您尽快派人来接我，因为我现在所处的境地，不仅对一位女王，就是一个普通贵族妇女也太艰窘。我现在除了第一天越过原野奔驰了七十英里才保住的这条性命，其他一无所有。如果您像我所希望的那样同情我一言难尽的遭遇，您就会亲眼看到这种情况。"

同情，这确实是伊丽莎白最初的心理活动。她要将这个女人从王位上撵下来，现在这个女人自己倒台了，用不着她去动手，这必定大大地满足了她那颗高傲的心。她这回可以将这个过去不可一世，如今屈膝下跪的女人扶起来,俨然以一个保护神的姿态居高临下地将她拥在怀里,在世人面前这将是什么样的一番景象啊!因此,大度地邀请这个已被推翻的女人是她真正的初衷。法国使节写道:"我已获悉,女王在枢密会议上竭力维护苏格兰女王,让每一个人都明白:她准备按照玛利亚·斯图亚特原有的身份和荣耀,而不是按照目前的处境会见她尊重她。"伊丽莎白怀着强烈的世界历史使命感打算信守诺言。要是她按油然而生的情感行事,也就会保全玛利亚·斯图亚特的生命和她自己的名声。

然而,伊丽莎白并不是独处一隅。在她旁边站着塞西尔,他那钢青色的眼睛里闪射着阴冷的光芒,他用一副铁石心肠在政治棋盘上走了一着又一着。此人冷静,坚韧,工于心计。那个喜怒无常,风吹草动也会受到影响的女人早有预见,所以将他放在身边。塞西尔绝无音律的清雅,绝无浮想的奇幻,生就清教徒式的天性,发自内心地憎恨玛利亚·斯图亚特那种激情迸发、放浪形骸的气质。塞西尔坚定不移地崇奉新教,厌恶这个天主教的女信徒,而且完全相信——他的私人笔记说明这一点——她是杀害达恩莱的同谋与帮凶。伊丽莎白表示愿意对玛利亚·斯图亚特助以一臂之力,他马上就加以阻挡。作为一个政治家,他清楚地看到英国政府如果同这个很难伺候的恣意妄为的女人有了瓜葛,就得承担许许多多责任。多年来,她到哪里都把事情弄得一团糟,在伦敦以接待国王的礼仪欢迎玛利亚·斯图亚特,实际上意味着承认她对苏格兰拥有统治权,英国就有义务用兵和花钱对付莫雷与那些勋爵。塞西尔根本就不想这么做,因为唆使这些勋爵起来作乱的就是他自己。在他眼里,玛利亚·斯图亚特从来就是,现在还是新教的死敌和英国的主要危险。他成功地使伊丽莎白确信这种危险性。英国女王听到她自己的贵族在她自己的土地上以什么样的仪式欢迎苏格兰女王感到不高兴。信天主教的勋爵中最有权势的诺塞姆伯兰把她请到自己的城堡里。信新教的贵胄中最有影响的诺福克去拜望了她。所有人看来都让这个女囚给迷住。伊丽莎白生性多疑,作为女人又虚荣到了愚蠢的地步,于是很快便打消了宽宏大量地邀请玛利亚·斯图亚特进宫的念头,这个女君主会使她黯然失色,使本国那些不满分子将其视为备受欢迎的王位接替者。

仅仅过了几天,伊丽莎白便抛却了善心,打定主意既不让她进宫,也不让她离开英国。如果伊丽莎白在某一件事情上说法做法都一清二楚,那么她便不成其为伊丽莎白了。像在政治活动上那样,在人道问题上模棱两可也总会带来极大的不幸,它使人无所适从,不得安宁。伊丽莎白对玛利亚·斯图亚特应负的深重而不容置辩的罪责就从这里开始。命运向她奉送梦想多年的胜利:她这个敌手公认为具有一切高尚品质的光辉榜样,如今却用不着伊丽莎白亲自动手,便已可耻地被人打倒。这个女王伸手要摘她的王冠,如今却失去了自己的王冠。这个女人自以为有合法继位的权利,对她摆出不可一世的架势,如今却站在她面前乞求给予帮助。现在伊丽莎白可以有两种做法。英国一向宽以待人,向每一个逃亡者提供避难的机会,此时也可以给予这个请求者以同样的权利,这样一来,便从道义上使对方跪倒在地。或者伊丽莎白也可以出于政治原因拒绝她在本国逗留。这一种做法或者另一种做法都可以戴上公正合理这一顶神圣的王冠。人们可以接纳一个求助者,也可以拒绝一个求助者。但是有一种做法却背离天地之间任何公正合理的准则:将一个求助者引诱过来,然后又违反其本人意愿加以扣留。尽管玛利亚·斯图亚特明确要求离开英国,但伊丽莎白就是不让她走,而是借助花招与谎言、奸刁的承诺和隐蔽的暴力将她扣住,通过这种阴险的囚禁驱使一个已经低下头来、遭到失败的女子身不由己地越走越远,终至陷于在绝望中挣扎,在罪责中打滚的死路。

这样明目张胆地干出伤天害理的事情,成了伊丽莎白一生品格中永远也洗刷不了的污点,比以后将玛利亚·斯图亚特判处和执行死刑还要无法辩解,因为强行扣留她缺乏做得有理的任何借口。拿破仑逃到贝勒罗封号战船上[①],并在那里要求英国给予避难权——人们有时以此作对比的例子来反证,英国认为这是装模作样的闹剧,当然有理由加以拒绝,因为法国与英国双方处于交战状态。拿破仑身为敌军统帅,整整四分之一世纪死死地盯住大不列颠的大动脉。相反地,苏格兰与英国之间并未

---

① 1814年拿破仑兵败滑铁卢后逃到英国战船贝勒罗封号上,要求英国给以客人的待遇,但英国却将他当做阶下囚。

发生战争，两国十分和睦，伊丽莎白与玛利亚·斯图亚特多年来互以朋友与姐妹相称。玛利亚·斯图亚特逃到伊丽莎白处，可以递给她那枚戒指，那是一件"纪念品"，友好情谊的信物。玛利亚·斯图亚特可以援引伊丽莎白说的那些话："世界上没有人会这样热情地倾听她的诉说。"她还可以指出：直到现在为止，伊丽莎白收留过所有逃到英国的玛利亚·斯图亚特的臣子，收留过莫雷和莫顿，收留过杀害里齐奥的那些凶手，收留过杀害达恩莱的那些凶手，尽管他们都犯了罪。而且说到底，玛利亚·斯图亚特来英国不是要求得到王位，而是只有一个无足轻重的请求：希望能在英国平安度日，或者如果这对伊丽莎白有不便之处，就让她转去法国。伊丽莎白当然知道，她没有什么把柄可以扣留玛利亚·斯图亚特，甚至塞西尔也了解这一点。他亲笔写下的一页记述（见《关于苏格兰女王》）可以作证。他写道："人们不能不帮助她，因为她来这里是出于自愿对女王的信任。"可见这两个人在内心深处都很明白：难觅一根正义的细绳，把它编成一条不义的粗索。可是如果不在局面难以应付时编造种种借口与遁词，把"有"说成"无"，把"无"说成"有"，那么什么才算是政治家的任务呢？既然扣留这个逃亡的女子并无言之成理的缘由，那就得编造一个说法。既然玛利亚·斯图亚特并无任何加害于伊丽莎白的罪责，那就得使她变成有罪之人。但是只能谨慎行事，外界众目睽睽呀。一定得悄悄地，隐蔽地张网，把这个毫无还手之力的女子罩住，趁她还未觉察到意图所在，收紧它，再收紧。等到她——为时过晚——想挣脱时，随着每一个手忙脚乱的动作，会将自己缠得更紧。

这一罩住与缠住的手法始于种种礼遇与客套。伊丽莎白身边地位极高的贵族当中有两位，即斯克罗普勋爵和诺利斯勋爵急忙——多么体贴——作为迎宾骑士被派往卡立斯尔去见玛利亚·斯图亚特。但是他们的真正的任务却既机密又复杂。他们以伊丽莎白的名义欢迎这位贵宾，向这位已被废黜的女王对她的遭遇表示惋惜。同时，他们还要稳住这个情绪波动的女人，使她安下心来，免得她过早警觉，向外国宫廷要求援助。但是最重要、最根本的任务则在暗中交给他们，叮嘱他们对这个其实已经被囚的女人严加看管，阻挡所有来访者，没收所有信件。而且在同一天派

威廉·塞西尔

了五十名执戟兵到卡列斯尔也绝非偶然。除此以外，斯克罗普和诺利斯要将玛利亚·斯图亚特所说的每一句话立即向伦敦报告，因为在那里人们迫切而焦急地盼望得到的莫过于玛利亚·斯图亚特终于有把柄落入他们的手里。他们可以为已成事实的拘禁补找一个借口。

诺利斯非常出色地完成了刺探的任务。他运笔灵巧，极其生动而形象地刻画了玛利亚·斯图亚特的性格。人们一再看到，这个女人偶尔在聚精会神的时刻使得最有头脑的男人也会自然而然地生出敬佩的心理。弗朗西斯·诺利斯写信给塞西尔说："无疑地，她是女中人杰，恭维不能使她动心。同样的，看来只要她认为对方为人正派。她也并不在意对方说话直来直去。"他发现，她能言善辩，头脑灵活。他赞扬她心性正直，胸怀坦荡，和蔼可亲。但是他也觉察到狂放的傲气啃噬着她这颗心。"她急切渴望得到的是胜利，与此相比，财富与世上其他一切她都看不上眼，认为无足轻重。"——可以想象，生性多疑的伊丽莎白读到她的敌手具有这些特点时会有怎样的感受，她马上便铁了心下毒手。

但是玛利亚·斯图亚特的听觉也很敏锐。她很快就注意到：两位使者亲切地慰问与致敬只是虚与委蛇的手法。两人之所以这样巴结，这样随顺地同她对话，是为了避开不谈某些事情。像吃苦药一样，拿一大堆奉承话掺在里面使它变甜，人们慢慢地，一点一滴地透露给她：她没有把所有对她的指控洗刷干净，伊丽莎白不想接待她。亏得在这当中伦敦那些人想出这个干巴巴的遁词，这就掩盖了将玛利亚·斯图亚特晾在一边，留住不放的赤裸裸、冷冰冰的意图。玛利亚·斯图亚特或许没有看穿这个圈套，或许假装并未领会这样推托的伪善本质。她贸然激动地表示愿意申辩。"但是当然只向我认为身份相当的，仅有的一个人，向英国女王一个人申辩。"她说，越快越好，不，她想马上就去，"扑进她这个知心人的怀里。"她迫切地请求，赶快让她去伦敦，先不要考虑其他情况，先听她申诉，驳斥人们狂妄地损害她名誉的诽谤。她说，她乐于请伊丽莎白评断是非，当然只是她一个人。

伊丽莎白最要听的就是这句话。玛利亚·斯图亚特在原则上同意申辩，伊丽莎白就有了第一个突破口，将这个作为客人来到英国的女人慢慢地拖进一场讼争里去。当然,这不能一蹴而就,必须慎之又慎,免得这个已经感到不安的女人过早地惊动外界。采取关键步骤,致使玛利亚·斯图亚特最终名誉扫地之前,先得让她陶醉在种种承诺之中,这样她才会不声不响地、毫不挣扎地引颈受戮。于是伊丽莎白写了一封信,人们要是不知道枢密会议此时早就决定扣留玛利亚·斯图亚特,便会觉得这封信的口气令人感动:信里委婉地拒绝了亲自接待玛利亚·斯图亚特。这个狡猾的女人写道:"夫人,我听了哈里斯勋爵的奏报,他说您想在我面前解释您所受到的种种指责。夫人哪,世界上没有人比我自己更想听您申辩。谁都不会更加乐意地听取旨在恢复您名誉的每一句解释。但是我不能为了您的事情拿我自己的威信去冒险。跟您实说,人们已经认为我只想为您辩护,却不睁开眼睛看看您的臣子指控的那些事情。"可是这样巧妙地拒绝以后,却更狡诈地继之以引诱。伊丽莎白郑重许诺——人们必须在这几句话下面画线加以强调——"君主一言九鼎:无论是您那些臣子或者是我可能从自己那些谋士得到的忠告,都不会促使我要求您去做任何有损或涉及您名声的事情。"这封信越写越急切,越写越顺耳,"我不能让您来见我,您觉得奇怪吗?我请您站在我的地位替我想一想,如果您洗刷了这种嫌疑,我一定以最高的礼遇接待您。在此之前,我不能见您。但是我向上帝起誓,在此之后,永远也不会有人抱着更好的愿望见您,对我来说,这将是世间万千乐事的第一件。"

这些话给人以安慰、温暖,说得入耳而熨帖,却掩盖了冷酷无情的真相。送信的使者同时受命最终要向玛利亚·斯图亚特说清楚,向伊丽莎白当面解释绝无可能,只能按章办事侦查在苏格兰发生的案情。当然,此事暂时还得一本正经地用比较体面的叫法"会议"来遮掩。

一听到讼争、侦查、判词这类字眼,高傲的玛利亚·斯图亚特像碰到烧红的铁块一样跳了起来。她抽泣着流下愤怒的眼泪:"我别无法官,除了天主,谁都不能审判我。我知道我是什么人,也知道我的身份所拥有的权利。我出于自愿,出于我对女王,即对我姐姐的充分信赖,曾经建议请她评断我这件事情。但是如果她不同意我去她那里,这件事怎么能进行呢?"她语带威胁地宣称(这句话已经不折不扣地说中了!):要是伊丽莎白把她扣留在英国将一无所得。于是她提起笔来,激动地回答道:"哎呀,夫人,您在哪里听见过可以指摘一位君主,因为他倾听人们诉说遭到无理的指控?……夫人,您别以为,我来这里是为了苟全性命——全世界和整个苏格兰都并没有否认我,我来英国是为了恢复名誉,寻求支持,谴责诬陷者,并不是认为他们的身份与我相同,向他们进行申辩。在所有的君主当中,我挑选了您,我最近的亲戚和最好的朋友。这样,我可以在您面前指责那些人,因为我当时以为,吁请您恢复一个女王的名誉,您会以此为荣。"她说,她逃离一座监狱,到这里又被扣留在"与此相差无几的另外一个牢房中"。最后她强烈要求伊丽莎白明确自己的做法——这正是任何人向伊丽莎白提出,但都不会有结果的要求:要么给予帮助,要么给予自由。玛利亚·斯图亚特说,"出于善意"她愿向伊丽莎白申辩,但不愿意以诉讼的方式向她的臣子解释,除非将他们的两手捆住押解到她的面前。她满脑子君权神授的意识,拒绝将她与臣子等量齐观。她说,如果这样,还不如去死。

玛利亚·斯图亚特这个观点在法律上无可辩驳。英国女王完全没有处置苏格兰女王的权利。一件发生在其他国家的谋杀案,用不着她来侦查;也用不着她来干预一个外国君主同这个君主的臣子之间的矛盾。这一点伊丽莎白在内心深处非常清楚,因此她设法尽量用甜言蜜语诱骗玛利亚·斯图亚特使她离开不败之地,将她引入讼争的泥泞。伊丽莎白说:不是,不是作为法官,而是作为朋友和姐姐。她希望能够澄清此事,唉,要想了却终于能够亲眼见到心仪的表亲,使她得以恢复王位这个心愿又非这样不可。为了促使玛利亚·斯图亚特离开稳固的阵地,伊丽莎白做出一个又一个重要的保证,装得好像从来没有怀疑过这个被诽谤者的清白,好像这场讼争同玛利亚·斯图亚特无关,只是针对莫雷和其他叛逆的官司。她谎话连篇,表示由她负责,一定做到在这次侦查中不许讨论任何有损玛利亚·斯图亚特名誉的事情——这一承诺如何兑现,人们以后自会看到。伊丽莎白信口雌黄,哄骗居间谈判的那些人,说:不管侦查结果如何,一定保证玛利亚·斯图亚特的女王地位。可是在伊丽莎白信誓旦旦、大包大揽的同时,塞西尔首相却在另一条路轨上飞驰。在侦查这件事情上为了使莫雷听话,他又背地里加以抚慰,说:绝对不会重新将他的妹妹扶上王位——可见两面手法并非当代的政治发明。

玛利亚·斯图亚特很快便觉察到人们在暗中布下天罗地网,引她入彀。就像伊丽莎白不会被她蒙骗,她对这个满嘴情义的表亲安着什么心也不是不清楚。她自卫,她抵制。她不止一次写信去,一会儿让人听着舒服,一会儿尖酸刻薄。而伦敦方面再也不松开收网的绳索,慢慢地越来越紧,在皮肉里越陷越深。为了加大心理压力,逐步采取各种预防措施,让她明白,他们已经铁了心,如有必要,如果吵闹,如果抗拒,他们就会使用强制手段。提供给她的各种方便缩减了;她不能再接待来自苏格兰的朝见者;每次骑马外出,随她一起的骑兵不少于一百名。而且有一天来了一个通知,使她感到意外:将她从卡列斯尔——这里濒临大海,至少可以远眺,说不定哪天来一条小船帮她逃离此地——转移到约克郡那座万无一失的博尔顿城堡中"一所非常坚固,非常漂亮,非常高大的房子"里。当然这道无情的命令也像裹着蜜糖一样极为动听,利爪还藏在柔软的绒毛里面:人们在玛利亚·斯图亚特面前断言,说:伊丽莎白安排这次搬迁是出于关切之情,这样她就觉得离玛利亚·斯图亚特近了一些,书信往来也更方便;住在博尔顿,玛利亚·斯图亚特"会有更多的乐趣和自由,她那些敌人也就完全无法加害于她。"可是玛利亚·斯图亚特并非那么天真,自然不会相信伊丽莎白对她这般厚爱。她继续自卫,抵制,虽然明知大势已去。她还有什么办法呢?她苏格兰回不去,法兰西不能去。有目共睹的处境越来越难堪。她吃别人的面包活命,她向伊丽莎白借来衣服蔽体,孤单一人,与所有真正的朋友完全隔绝,周围全是她那个死对头的臣子。逐渐地,玛利亚·斯图亚特感到不知如何抵制才是。

果如塞西尔所料,她终于铸成伊丽莎白翘首以待的大错。在一个警惕松懈的时刻,玛利亚·斯图亚特表示愿意进行侦查。这是她所犯的最大最不可原谅的错误。她原来坚持的不容侵犯的立场是:伊丽莎白不能审判她,不能剥夺她的自由,她作为女王与宾客不能接受异国的判决。现在她却由着别人驱使自己背弃了这个观点。玛利亚·斯图亚特总是只能短暂而剧烈地爆发出勇气,却始终缺乏一个君主必须具有的坚韧的毅力。

她感到已经失去了立足之地,便想事后再提条件,在被诱骗表示同意之后,至少可以抓住那条将她推向深渊的手臂,却是枉费心机。1月28日她写信说:"不会有任何事情我不按您所说的去做,因为我从来没有怀疑过您的人格和作为君主的真诚。"

然而一旦束手就擒,事后说理、求情全都无济于事。胜者自己认为浑身是理,对败者来说,这就成了无理可讲。败者遭殃!

第十八章 收　网

1568 年 7 月—1569 年 1 月

　　玛利亚·斯图亚特被人诱骗轻率地同意采取"公正的仲裁"形式,英国政府马上就动用一切权力手段进行并不公正的审理。那些勋爵可以亲自出庭,各种证据应有尽有;对玛利亚·斯图亚特则仅允许派两名亲信去代表她。她只能在法庭之外,通过中间人对进行叛乱的那些勋爵提出控诉;而这些人却可以大声地要说什么就说什么,也可以暗中互相串通——这一阴险的手法迫使她一开始就从进攻的地位转到防守的地位。所有动听的承诺都一个接着一个悄然扔到审理案件的桌子下面去了。同一个伊丽莎白,她刚刚说过,如果在讼争结束以前让玛利亚·斯图亚特见她,有碍她的声誉,却毫无忌惮地接待叛逆莫雷,突然只字不提她的"声誉"了。当然,将玛利亚·斯图亚特强按在被告席上的意图仍以狡诈的方式掩盖起来——尚需顾忌国外的反响,口径一致的说法是:那些勋爵要把起来造反一事"说清楚"。伊丽莎白装模作样地要求那些勋爵"说清楚"自然意味着:他们应当说明对女王动武的缘由,实质上就是要他们将谋害国王的整个事件都抖搂出来,这样便自然而然地将矛头指向了玛利亚·斯图亚特。只要这些勋爵对她提出足够的指控,那么伦敦方面继续扣留玛利亚·斯图亚特的理由在法律上就站住了脚,拘禁她本来说不过去,现在面对世人总算也说得通了。

　　可是这次设计起来遮人耳目的会议——实在不能称之为审理,否则就玷污了"司法"二字——出乎意料地逐渐变成完全与塞西尔和伊丽莎白的愿望相左的闹剧。人们一把双方带到圆桌旁边坐定,想让彼此互相指控,两边就都无意抛出文件和资料,大家心照不宣。——这场官司真是怪事！——在这里,原告与被告从根本上说是同一罪行的共犯。双方对谋害达恩莱这件棘手的事情都想避而不谈,因为策划和参与此事两边都有份。如果莫顿、梅特兰与莫雷打开那只首饰盒,认定玛利亚·斯图亚特是帮凶或者至少是知情人,那么这些一脸正气的勋爵说得完全有理。然而,如果玛利亚·斯图亚特指摘他们也是事先得知或者默许此事,同样完全有理。要是这些勋爵将那些令人尴尬的信件放到桌面上来,那么玛利亚·斯图亚特可能也将这些事后国王忠臣的假面具撕下来,因为她通过波思威尔知道谁在谋害协议上签了字,或许手里就捏着这些文件。因此双方都不想动真格,这是最自然不过的事情。以不为已甚的方式处理这桩令人难堪的事情,不去惊动坟墓里可怜的亨利·达恩莱,成为他们的共同利益,这也完全可以理解了。"让死者安息！"成为双方假惺惺的祝愿！

这就出现了伊丽莎白完全意料不到的怪事:开庭审理时,莫雷只指控波思威尔——他知道,这个什么都干得出来的家伙远在他国,不会说出这些同伙,但他出奇地审慎,在任何问题上都避开指摘他的妹妹,好像完全忘掉了一年前人们在国会里公开控诉她参与谋害那件事。这些令人费解的骑士完全不像塞西尔所希望的那样一往无前地冲进竞技场的围栏:他们并没有把那些做出指控铁证的书信扔到桌面上。而且——这出挖空心思编出的闹剧还有并非最后一个的怪现象——连那些英国仲裁委员们也手下留情,保持缄默,很少动问。诺塞姆伯兰勋爵是天主教徒,对玛利亚·斯图亚特也许比对自己的女王伊丽莎白更要亲近一些;诺福克公爵出于逐步暴露出来的个人原因则在进行心平气和的调停。谅解的基本线条已经显示出来:玛利亚·斯图亚特重新获得尊号与自由;莫雷保留他唯一看重的统治实权。伊丽莎白盼望以雷霆万钧之势从德行上击垮对手,但轻轻吹拂而来的却是一缕柔风。大家关起门来,亲切交谈,而不是扯着嗓子争论文件和资料,气氛越来越融洽,越来越友好。几天以后——这场官司真怪！——不是铁面无私开庭审理,而是原告与被告、仲裁委员与法官已经亲密无间地进行合作,要为这次会议,为这一伊丽莎白苦心经营,准备以此对付玛利亚·斯图亚特的全国政治大事举行头等体面的丧礼。在两方之间来回跑动的合适的媒人、够格的掮客便是苏格兰国务大臣梅特兰(勒廷顿)。在达恩莱谋杀案这桩见不得人的事件中他扮演了最见不得人的角色,他是天生的权术家,两面角色非他莫属。这些勋爵曾在克莱格密勒朝见玛利亚·斯图亚特,建议她以离婚或其他方式摆脱达恩莱,这时代表他们说话的就是梅特兰,他作了语意暧昧的承诺,说:莫雷会"睁一只眼,闭一只眼"。而另一方面他又怂恿她与波思威尔结婚,在那次劫持时,他也"凑巧"目击了此事,到了玛利亚·斯图亚特大势已去的最后关头他才又转到勋爵们那一边。如果女王与那些勋爵火并,他就难逃两边夹击的厄运。因此,他连忙采取各种各样的办法,不管合情合理与否,但求达成和解。

首先,他吓唬玛利亚·斯图亚特,说:要是她不让步,那些勋爵就会使用所有能够借以自卫的手段,即使让她丢脸也顾不得了。为了让她看到,那些勋爵手里有哪些使她出乖露丑的武器,他偷偷地叫他妻子玛利·弗来明抄下主要指控证据,即首饰盒中的情书和十四行诗,将抄件送到玛利亚·斯图亚特的手上。

这样偷偷地将她还不知道的指控材料交给玛利亚·斯图亚特当然是梅特兰吃里爬外的一着棋,而且也严重地违反了诉讼规定。勋爵们立即反击,也以同样上不得台面的方式,将"首饰盒中的信件"有点像从审理案件的桌子下面塞给了诺福克和其他英国仲裁委员。这对玛利亚·斯图亚特是一个沉重的打击。刚想进行调解的法官们本人马上就对她有了反感。尤其是诺福克对这个打开了的潘多拉的盒子①里冒出的臭气大为震惊,立即向伦敦奏报——他本来也不应该这么做,但是在这场咄咄怪事的讼争里,什么都畅通无阻,只有正义寸步难行:"波思威尔与女王之间放纵、肮脏的情爱,她对后遭杀害的丈夫的厌恶,置他于死地的阴谋如此显而易见,一定会使每一个正直、善良的人都感到惊骇,不寒而栗。"

这份报告对玛利亚·斯图亚特来说是坏消息,对伊丽莎白来说却是求之不得的喜讯。现在她知道有什么能使玛利亚·斯图亚特名誉扫地的

---

① 潘多拉的盒子,希腊神话中的第一个女人潘多拉私自打开主神宙斯的一个盒子,装在里面的各种祸患一起飞出,只有希望留在盒底。人间充满了疾病、罪恶等等各种灾难。潘多拉的盒子常被用来指祸根。

指控材料可以放到桌面上来。在材料公开之前,她急不可耐了。现在玛利亚·斯图亚特越是希望私下调解,她就越要坚持让她当众出丑。诺福克看了人人皆知人人皆骂的首饰盒里的那些信件,便抱着敌对的态度,感到非常气愤,看来玛利亚·斯图亚特在这场赌博中已经输定了。

然而,在赌博时和在政治斗争中,只要手里还有一张牌,就永远都不能认输。正是在这一短暂的时刻里,梅特兰走了让人目瞪口呆的一着棋。他去找诺福克,同他进行了一次促膝长谈。瞧,大家都感到奇怪,起初大家都不会相信那些记述:一夜之间发生了奇迹,扫罗变成了保罗①。一腔义愤、怒火中烧、对她成见已深的法官诺福克,现在成了玛利亚·斯图亚特最起劲的帮手和同党。英国的女王希望公开审理,但他不是按照她的意向行事,而是突然反而更多地为苏格兰女王的利益卖力了。他出人意外地劝说玛利亚·斯图亚特不要放弃苏格兰的王冠和英国的继位权利。他支持她,鼓励她,同时竭力劝阻莫雷不要将这些书信抖搂出来。瞧,莫雷同诺福克密谈一番以后蓦地换了一副面孔。现在他不硬来,好说话了。他完全赞同诺福克的态度,只拿波思威尔问罪,并不涉及玛利亚·斯图亚特。看来夜间解冻的和风拂过千家万户,坚冰融化,再过几天,这个稀奇古怪的法庭上将会春意盎然,皆大欢喜。

人们不禁要问:拿什么能说动诺福克,使他一夜之间竟会一百八十度大转弯,从伊丽莎白的法官变成她自己意愿的叛徒,从玛利亚·斯图亚特的对头变成她最热心的朋友?第一个想法是:梅特兰一定贿赂了诺福克。再想一下,这看来不会起什么作用,因为诺福克是英国贵族的首富,他的家族紧挨着居于都铎家族之后。一个梅特兰,整个贫穷的苏格兰都凑不起这么多钱。但是像在大多数情况下那样,第一个感觉准确无误——梅特兰果然成功地贿赂了诺福克。他向这个年轻的鳏夫使用了唯一能让这样一个炙手可热的人物动心的行贿手段,这就是更大的权势。他向这位公爵建议与女王玛利亚·斯图亚特结婚。这样,可以同时得到英国王位

---

① 保罗,据《圣经·新约》,扫罗曾迫害基督徒,在去大马士革途中听见耶稣对他说话,转而信奉耶稣基督,接受洗礼,宣扬耶稣,后在各地传教,改名保罗。

的继承权利。王冠仍然能够产生魔力,使最胆怯的人变得勇往直前,使最恬淡的人变得野心勃勃,使最明智的人变得愚不可及。现在大家明白了:为什么诺福克昨天还那么急切地硬要玛利亚·斯图亚特自动放弃王权,突然又那么显眼地劝说她要加以维护。他要同玛利亚·斯图亚特结婚,只是为了一下子便能使他取代都铎家族的权利,正是这个家族曾以叛国罪处决了他的父亲和祖父。一个国王家族曾经借刽子手的利斧砍杀了他自己的家族成员,如果他这个做儿子、做孙子的背叛了这样的国王家族,人们就不好责怪他了。

同一个人昨天还对那个杀人犯、通奸犯玛利亚·斯图亚特深恶痛绝,对她"肮脏的"奸情义愤填膺,现在却这么快就打定主意同这个女人结婚。在最初的瞬间,我们现代人觉得实在难以理解这种闻所未闻的做法。当然,关于此事,替玛利亚·斯图亚特辩解的人又有一个说法,认为在那次密谈中,梅特兰肯定说服了诺福克,使他相信玛利亚·斯图亚特清白无辜,肯定证实了那些"首饰盒里的信件"全是赝品。可是流传下来的文献对此却无只字提及,而且实际上几个星期以后诺福克还继续在伊丽莎白面前称玛利亚·斯图亚特为女杀人犯。以现代人的眼光要想倒退四百年来谈道德,那是大谬不然,因为一个人的生命价值在不同时代和地域并非一成不变,每个时代的衡量标准都不一样。道德始终只是相对的概念。当今这个时代对政治谋杀远比十九世纪宽容,同样地,在十六世纪干这类事也没有多大顾忌。在一个道德观点不是源自《圣经》,而是源自马基雅弗利主义的时代,人们不知良心的责备为何物。那时谁想登上王位,通常不会多愁善感地左思右想,太跟自己过不去,而是眼睛盯住丹墀,只怕它洒了鲜血还未干透。《理查三世》①里,王后嫁给她知道这就是杀害她丈夫的凶手的那个人。这场戏出于一位同时代人之手,观众看了并不觉得难以置信。为了当上国王,谋害、毒杀自己的父兄,驱使成千上万无辜的人互相残杀,赶走这个,除灭那个,什么伤天害理的事都干。人们几乎无法在当时的欧洲找到一个没有公然犯下这类罪行的君主家族。只要事关

---

① 《理查三世》:莎士比亚所写关于无耻、罪恶的窃国大盗理查的剧本(1592年)。

王冠,十四岁的男童娶来五十岁的贵妇,尚未成年的少女嫁给可以做爷爷的白发老翁。人们不大理会德行、美貌、尊严与人品,配偶可以是弱智、驼背、瘫子、梅毒患者、罪犯。既然这个年轻、貌美、热血沸腾的女君主表示愿意扶持他做她的丈夫,为什么偏偏要这个爱虚荣、有野心的诺福克就非顾虑重重不可呢?诺福克为非分之想所蒙蔽,对玛利亚·斯图亚特过去的所作所为不怎么在意,而是一心想着她对他有何用处。这个人意志薄弱,不甚明智,心目中自以为已经在威斯敏斯特取代了伊丽莎白。一夜之间,形势陡转,梅特兰这只巧手松开了罩住玛利亚·斯图亚特的罗网。她本来难免面对一名严厉的法官,谁知却又有了一个求婚者和援助者。

但是伊丽莎白有顶用的耳报神,她生性多疑,头脑清醒。她曾得意地对法国的使节说过:"君主有大耳,远近都能听清楚。"从许许多多细小的迹象中她觉察出:在约克郡正在酿造不合她口味的可疑的饮料。她先召见诺福克,语带讥刺地劈头告诉他:听说他在求婚。诺福克并不是一个铁打英雄汉,连忙狼狈不堪地加以否认,虽然他昨天还向玛利亚·斯图亚特求过婚,使人想起彼得听见响亮而清脆的鸡啼声①。他说:这些传闻全是谎言,全是诽谤,他决不会娶这样一个通奸犯和杀人犯。他虚伪透顶地表示:"如果我要入睡,枕头就非保险不可。"

然而伊丽莎白心里有底,事后她说:"他们当我是傻瓜,以为我什么都没有看出来。"这个女人按捺不住了,恶狠狠地揪住他,就当宫内唯唯诺诺的一个小角色,他便把自己所有的秘密和盘托出。她立即采取有力的措施。根据她的旨意,于11月25日将审理会议由约克郡迁到威斯敏斯特的迪庇克泰推事室里举行。到了这里,离她门前只有几步路,就在她警惕的眼皮底下,梅特兰做手脚便不像在约克郡那么容易了,到那里有两天路程,远离了警卫和密探。此外,伊丽莎白看出她那些委员不牢靠,又添了几个她完全信得过的人,首先是宠臣勒斯特。现在她这只无情的手握住了缰绳,审理便按指定的步调高速运行。莫雷这个老食客得到简单

---

① 鸡啼声,据《圣经·新约》,耶稣对彼得说:"我告诉你,今天晚上鸡叫以前,你要三次不认我。"当晚耶稣被捕。彼得三次对人说不认得耶稣,第三次说"不认得那个人"以后,立时鸡就叫了。

明了的指示:"要为自己辩护",也得到隐含风险的鼓励:"即使要进行臭不可闻的指控"也不能退缩,这是指提出玛利亚·斯图亚特与波思威尔通奸的物证,也就是出示首饰盒里的信件。伊丽莎白曾对玛利亚·斯图亚特郑重承诺:不许提出有损她名声的事情,现在却把它忘得一干二净。倒是那些勋爵还感到不怎么自在。他们犹豫再三,没有拿出这些信件来,而且仅限于谈及一般的疑点。伊丽莎白不能公开要求他们交出那些信件,否则她那居心不善的用意就暴露得太清楚了。因此,她采取一种更加伪善的做法。她装作仿佛她自己深信玛利亚·斯图亚特清白无辜,怀着身为姐姐的焦急心情迫切要求彻底查清事实,要求呈交所有"造谣中伤"的物证,认为只有这一个办法才能挽救她妹妹的名誉。她要使有关的信件、写给波思威尔的十四行诗都出现在审理案件的桌子上,非把玛利亚·斯图亚特最终弄得身败名裂不罢休。

在这样的压力下,那些勋爵终于软化。在最后的瞬间还演了一幕不听话的小闹剧:莫雷不是自己把信件放到桌子上去,而是仅仅扬了一下,便让一名文书"强行"夺去。无论如何,此时此刻——伊丽莎白赢了,这些书信摆在桌子上了。此时此刻,这些书信被朗读了,读了一遍;次日在扩大委员会上又被朗读了一遍。那些勋爵虽然早就宣誓确认这些书信为真迹,但还不够,还不够哇。伊丽莎白仿佛提前几个世纪早已预见到为玛利亚·斯图亚特恢复名誉的人们会把这些信件称作赝品,提出种种质疑,因此她传旨,在委员会全体成员面前,认真比较这些信件与她收到的玛利亚·斯图亚特来信的笔迹。在进行鉴别时,玛利亚·斯图亚特的代表们离开会场(证明信件确系真迹的又一重要论据),同时——理直气壮地——申明,伊丽莎白自食其言:不许提出任何"有损"玛利亚·斯图亚特"名誉"的材料。

主要被告不许出庭,而她的对头如伦诺克斯却又可以随便指控,试问在这场所有案件当中最不公平的讼争里还有什么公正可言呢?玛利亚·斯图亚特的代表们一离开,与会委员们便一致通过《暂行决议》:玛利亚·斯图亚特洗刷干净所有这些指控以前,伊丽莎白不能接待她。伊丽莎白达到了目的。人们终于编造了她迫切需要的借口,她可以据此将这个逃亡的女人一脚踢开了。再找一个遁词,将她继续"置于体面的监护"之下——这是代替"囚禁"的漂亮说法,也并非难事。伊丽莎白忠实的追随者之一大主教派克得意忘形地欢呼:"我们善良的女王现在揪住这只狼的耳朵了。"

这个《暂行决议》公之于众之后,玛利亚·斯图亚特名誉扫地,低下头来,露出脖子,现在可以判决了,就像等着利斧猛地砍下一样。她可以被定为杀人犯,引渡到苏格兰,到了那里约翰·诺克斯就绝不容情了。但是在这个时刻,伊丽莎白抬了一下手,致命的一击化解了。每当需要做出最后决定去行善或者去作恶时,这个哑谜一般的女人总是缺乏应有的勇气。这回是萌发了时常在她内心像暖流一样涌起的宽容厚道的人性,还是感觉到身为君王,自食维护玛利亚·斯图亚特名誉的承诺而问心有愧?是权术家工于心计,还是——这个不可捉摸的人物经常如此——种种互相矛盾的情绪混作一团?无论如何,伊丽莎白退缩了,放弃这次彻底击垮玛利亚·斯图亚特的机会。她并未要法庭很快做出不留情面的判决,而是推迟最终的审判,以便与玛利亚·斯图亚特讨价还价。从根本上说,伊丽莎白只要这个倔强、执拗、不怕硬来的女人听话,她只要她顺从、服从。因此,她开导她,趁还未最后判决,应该对物证提出质疑;私下又让人透露给玛利亚·斯图亚特,只要她愿意让位,就会裁定她无罪。这样,她就可以自由自在地领取养老金留在英国。与此同时,又拿公开审判的消息吓唬她——又是糕点,又是鞭子——英国宫廷红人诺利斯奏报:他已竭尽全力恫吓她。伊丽莎白又同时施展她爱用的两种手段:吓唬和引诱。

但是玛利亚·斯图亚特既不怕吓唬,也不被引诱。每次都要到危险迫在眉睫之际,她才会振作精神,随着勇气的增长,态度也越来越坚决。她拒绝查验物证。虽然为时过晚,但她终于看清陷身其中的圈套,于是又回到过去的立场,她说:不让别人摆布与自己的臣仆平起平坐来对质。她身为君王只消说一句:所有这些指控和物证全不足信,这就比所有证据和证言都更有效。她断然拒绝向她提出的交易:以自己的逊位来换取裁决无罪,她根本就不承认这个法庭。她毫不妥协地扔给居间谈判的人们她用生命与死亡加以兑现的几句话:"不要再谈放弃我这顶王冠的可能性了！我宁愿死去也不会同意。我一生最后的话语注定是一个苏格兰女王的临终之言！"

恫吓失败。伊丽莎白欲进又退。玛利亚·斯图亚特勇往直前。伊丽莎白又开始举棋不定了。尽管玛利亚·斯图亚特不肯屈服，人们还是不敢公开裁决。伊丽莎白每次都在如愿以偿有了最后结果的时候畏葸不前（人们将一而再，再而三地看到这种情况）。终于裁决了，虽然未按原来的计划置人于死地，却仍像整个审理那样奸诈可鄙。1月10日宣布的暗中做了手脚、未能自圆其说的判词煞有介事地说：人们并未提出莫雷及其追随者背弃人格与职责的举动。这就明确认可了那些勋爵起来叛乱这件事。对玛利亚·斯图亚特名誉的说明则极为含混，说：勋爵们未能充分证明他们对女王的指控，也就未使英国女王对她妹妹形成不良的印象。从字面上看，人们可以把这个说法视为保全名誉，可以把证据看做被宣布等于没有提出来，没有提成功。但在"充分"一词中却藏有淬毒的倒钩，隐含的意思是：各种各样说明嫌疑与罪行极为重大的物证已经提出来了，只是还不那么"完备"，未能说服一个像伊丽莎白这样善良的女王而已。但对塞西尔来说已经够用了：现在嫌疑依然笼罩在玛利亚·斯图亚特的头顶，这就有足够的理由继续拘禁这个无力还手的女子。就这一时刻而言，伊丽莎白已经取胜。

但这是一个付出惨重代价的胜利。只要她不放走玛利亚·斯图亚特，英国国内便有两个女王，而且只要这一个活着，另一个不死，这个国家就不得安宁。不公平总会带来不安全，居心不善有所得总会变成自己吞食的恶果。从伊丽莎白剥夺玛利亚·斯图亚特自由那一天开始，她便葬送了自己的自由。她对待玛利亚·斯图亚特像敌人一样，也就使对方任何敌意行为变得合情合理。她自食其言，对方当然也随时都可以言而无信。她撒谎骗人，对方当然随时都可以口是心非。伊丽莎白未按纯任自然的初衷行事，一步走错，年年岁岁不得不为此付出代价。她后来认识到：面对此事原是明智之举，可是为时过晚。要是伊丽莎白举行低档仪式，冷淡地接见一下，让这个哀求的女人离开英国，那么玛利亚·斯图亚特的余生将会多么可悲而渺小，消失在无声无息中！在那种情况下，这个遭到鄙弃的女人还能去哪里呢？没有一个法官，没有一个诗人还会提到她。由于那些丑闻而令人齿冷，由于伊丽莎白宽厚而显得卑贱，她只能漫无目的地从这个宫廷到那个宫廷四处游荡。在苏格兰，莫雷已切断她的通道。在法兰西和西班牙，人们都不会特别欢迎这个给人添麻烦的不安分的女人。依着她容易动情的习性，说不定又会卷入新的桃色事件，说不定渡海去丹麦追随她那个波思威尔去了。但是她的名字要么在历史上销声匿迹了，要么充其量作为与预谋自己丈夫的凶手结婚的女王，并不那么体面地被人提一下。只是由于伊丽莎白对她心怀鬼胎的不义行为在世界史的角度上解救了她，她才免除了所有这些凄惨、卑微的遭遇。只有伊丽莎白才又使她敌手所处的地位反而显得具有重大的意义。她竭力要贬低玛利亚·斯图亚特，实际上却抬高了她，在这个被推翻的女人头上围上一个殉道者的光轮。玛利亚·斯图亚特自己的所作所为没有一件事情像平白无故遭到不公平待遇那样使她成为传奇人物。伊丽莎白也没有一件事情像在重要时刻未能真正以宽厚待人那样损害了她自己的道义水准。

第十九章　幽闭度日

1569 年—1584 年

　　空白最难描述,单调最难展示。玛利亚·斯图亚特的囚禁生活便是这样沉寂的虚无,这样不见星光、无限凄清的暗夜。裁决之后,她生活中狂放而炽热的节奏终于戛然而止。岁月不居,像海水那样一浪接着一浪向前涌去,有时起伏较大,有时又较缓慢平静,然而深藏不露处永远也不会狂澜翻滚了。美满的幸福并非这个孤单的女人所能安享,也谈不上受到折磨。太平无事过日子反而加倍难挨,她昔日那种热情奔放的生活如今已凄然逝去。这个渴求迸发活力的年轻女子心如槁灰,无精打采地度过第二十八、第二十九、第三十个年头。接着又一个十年开始了,同样空虚而无聊:第三十一、第三十二、第三十三、第三十四、第三十五、第三十六、第三十七、第三十八、第三十九个年头——书写一个挨着一个的数字就已使人感到腻烦。但是还得一个个列出来,一个数字接着一个数字,为的是让人体会到灵魂濒死延续多久,这是一段使人化为齑粉,敲骨吸髓的时间。这些年头当中的每一个都有几百天,每一天又有太多的时刻,但是没有一个时刻充满生机和乐趣。接着到了第四十个年头。她已不是经历这个转折的年轻女子,而是萎靡不振,疾病缠身了。第四十一、第四十二、第四十三个年头缓慢地悄然来到。终于死神而不是活人给予同情,引导这个疲惫不堪的灵魂离开了囚笼。在这些年里发生了这样那样的变化,但总是一些鸡毛蒜皮无关紧要的小事。有时候玛利亚·斯图亚特身体健康,有时候害病。一度有了希望,接着便有百倍的失望。一会儿人们对她严厉一点,一会儿又客气一点。有时候她给伊丽莎白写信发火,有时候又表示亲热。但从根本来说，依然总是千篇一律，刻板得令人恼火。毫无生趣的时刻像一串用旧了的念珠白白地从指缝间流失。表面上，牢房不断变化：有时候人们把女王关在博尔顿城堡，有时候又关在查茨沃思城堡、谢菲尔德城堡、塔特布莱城堡、温菲尔德城堡或者福瑟琳海城堡，只是名称、石块、墙壁不同；但是实际上所有这些城堡没有什么两样，因为它们都阻断了自由。星星、太阳、月亮，在这个窄小的圈子外面，沿着伸向远处、越过山山水水的路线，恶意而顽固地周而复始绕行不已。黑夜来了，白天来了，岁月悠悠无尽期。一些王国消亡了，更新了；一些国王登位了，废黜了。多少女子长成了，生育了，凋谢了。在海岸和山峦的后面，世界不停地变化着，只有这棵生命之树永远陷于幽闭的阴影之中，树根和树干都已被砍断，再也不能开花结果。慢慢地在徒唤奈何，渴念不已的毒素侵蚀下，玛利亚·斯图亚特的青春枯萎了，她的活力消失了。

在这遥遥无期的囚禁生活中最残酷之处竟在于表面上从来一点也不残酷。一个人如果生性高傲，会在面对粗鲁的暴力时起来自卫，会在遭到屈辱时燃起怒火。一个心灵总会在拼命反抗中不断成长。可是当它陷于空虚之中时，便会束手无策，变得软弱无力。在橡皮囚室里，挥拳猛击墙壁将无济于事。这比四面铜墙铁壁的地牢更加难以忍受。貌似卑躬屈节，阿谀奉承，实为蹂躏自由，比什么样的鞭笞，什么样的辱骂都更加深切地烧灼着一颗自尊的心。装模作样的虚礼比任何嘲讽都更加可怕地刺痛人。而正是这种伪善的照顾并非给予受到磨难的人本身，而是针对身外的地位，使玛利亚·斯图亚特遭到难以摆脱的伤害。总是只有这种毕恭毕敬的关注，这种不露痕迹的监视，这种礼仪警卫帽子拿在手里，卑顺地垂下目光，寸步不离的"体面的守护"——在这些年里，从来都一分钟也没有忘记：玛利亚·斯图亚特是女王，人们可以给她一切无关宏旨的待遇，所有微不足道的方便，只是不给她人的一生当中这一特有的、极为神圣的、至关重要的东西：自由。伊丽莎白生怕有损自己的君王仁慈的美誉，城府极深，对待这个敌手并不采取睚眦必报的方式。啊！她可关心自己的好妹妹呀！每当玛利亚·斯图亚特有病，伦敦方面马上忧心忡忡地探询；伊丽莎白向她提供御医，明确希望由玛利亚·斯图亚特自己的仆人来料理饮食——不能让人居心叵测地嘀咕,说她企图毒死这个不好对付的敌手;免得别人抱怨,说她将一位膏立的女王关在监牢里:她只是迫切地(迫切得令人难以推却)请求苏格兰妹妹长期住在美丽的英国庄园里!当然,将这个倔强的女人关进伦敦塔,而不是花这么多钱让她住城堡,对伊丽莎白来说本来是方便一些,保险一些。那些大臣就一再催促伊丽莎白采取这种粗暴的安全措施。但是伊丽莎白比他们世故,她要避开敌视行动带来的恶名。她坚持要将玛利亚·斯图亚特像国王一样养起来,但是必须用令人肃然起敬的拖裙缚住她,用黄金锁链拴住她。这个一毛不拔的女人在这一件事情上竟然硬着头皮一反锱铢必较的吝啬习惯,一边诅咒,一边叹息为这自作多情的好客之举每个星期花费五十二镑,达三十年之久。此外,玛利亚·斯图亚特每年还可从法国领取一笔可观的退休金:一千镑。所以她确实不必节衣缩食。她像一位君主驻跸在这些城堡里。她还可以在接见大厅中张起王冠华盖,让每一个来访者都清楚地看到:这里住着一位女王,虽然被囚。她进餐都用银质食具,插在银烛台里的昂贵的蜡烛照亮每一个房间,地板上铺着当时特别贵重的土耳其地毯。家用器具极多,每次从一个城堡迁往另一城堡时都需动用几十辆四驾马车。玛利亚·斯图亚特身边有一大群贵妇、侍女、婢子。全盛时期,陪伴她的不少于五十人,俨然是一个各司其事的小朝廷,有管事、神父、医生、文牍、主计、内侍、尚衣吏、裁缝、裱糊匠、厨师。悭吝的英国女当家要想裁减也无可奈何,都让玛利亚·斯图亚特硬顶软磨给保住。

确定长期看守玛利亚·斯图亚特的人选一事,从一开始便说明本来就不准备将这个废黜的女君主关在暗无天日、难以想象的牢房里。施鲁斯伯里伯爵乔治·塔尔波特是真正的贵族君子,而且直到1569年6月伊丽莎白看中他时为止,人们还可以说他有福气。在北部和中部各省他拥有大片领地、九座城堡。他像一个小国之君生活在自己的庄园里,平安无事,与世无争,也与实权、尊号无缘。这个人安于富裕,从未受到政治野心的逼迫,按照自己的方式生活,正派而满足。胡子已略显灰白,自以为可以安度晚年了,谁知伊丽莎白却把这个令人厌恶的差使压在他的肩头,要他看守这个雄心未泯,由于蒙受冤屈而满腔怨愤的敌手。他的前任诺利斯一得知施鲁斯伯里接替他,自己卸去了这个要命的任务,便大大地舒了一口气,一身轻松。他说:"说真的,我宁愿受到任何惩罚也不想再干下去了。"这是吃力不讨好的苦差,这"体面的守护"应该管的和不该管的都是些什么极不明确。这种职责模棱两可,凡事都讲究得体。一方面玛利亚·斯图亚特既是女王又不是女王;她说起来是客人,实际上是囚犯。因此,施鲁斯伯里作为正人君子,身为东道主,对她应该殷勤款待;而作为伊丽莎白的代理人又得恰到好处地事事限制她的自由。他是她的顶头上司,但是只能膝行到女王的面前。他必须严加看管,但要戴上卑躬屈节的面具。他应该招待客人,但要时时加以防范。他的妻子使这本已令人头昏脑涨的处境变得更加艰难,这个女人已经埋葬了三个丈夫,老是搬弄是非,现在将这第四个弄得焦头烂额。她诡计多端,一会儿站在伊丽莎白一边,一会儿站在伊丽莎白对面,一会儿帮玛利亚·斯图亚特,一会儿害玛利亚·斯图亚特。这个老实人夹在三个动不动就发火的女人中间过日子真不容易。他是其中一个的臣子,是另外一个的配偶,又身不由己地被无形的绳索拴在第三个身上。实际上,在所有这十五年里,这个可怜的施鲁斯伯里并不是玛利亚·斯图亚特的看守,而是同她待在一起的囚犯。在多灾多难的人生的道路上,她碰到谁,谁就遭殃,这一天机不可泄的厄运在他身上也得到了应验。

玛利亚·斯图亚特是怎样度过所有这些一片空白、毫无意义的年月的呢?看起来十分平静而闲适。表面上,她每天的活动与年复一年生活在封建领地上的高贵命妇并无区别。如果她觉得身体可以,常爱骑马出去打猎,当然身边围着那些不是东西的"礼仪近卫",或者她借打球或其他活动为已经有点疲累的身体保持活力。社交活动也不是没有,从邻近的城堡常有客人来访,向这位用得上便是宝的女囚表示敬意,因为——人们绝不能忽视这个事实——这个女子眼下尽管无权无势,但毕竟是名正言顺的直接继位者,要是伊丽莎白有三长两短,明天她可能就取代女王成了君主。因此,那些有头脑、有眼光的人,首先是这位长期看守施鲁斯伯里非常重视同她保持极好的关系。甚至于伊丽莎白的宠臣、挚友,如哈顿、勒斯特都背着他们的女靠山向她最死硬的对手与敌手写信、致意,只是为了人情留一线,日后好相见,说不定明天就会向她下跪乞求恩赐。因此,玛利亚·斯图亚特虽然困居乡村,却对宫内和偌大的世界各种事情都知道得一清二楚。施鲁斯伯里夫人还对她谈了有点头脑的人都不会说出来的伊丽莎白这样那样的隐私。这个女囚通过多种隐蔽的渠道不断得到鼓励。所以人们不能把玛利亚·斯图亚特的幽闭想象为阴暗的牢房,不能想象为与世隔绝。冬天的夜晚鼓瑟吹笙。当然,再也没有年轻的诗人像在夏斯特拉尔时期那样作卿卿我我的情歌,高雅的霍利罗德假面舞会也一去不复返,这颗浮躁不安的心亦与迷恋和激情无缘了。风流韵事层见叠出的岁月已随韶华永逝。对她痴迷的朋友只剩下帮她逃离罗奇勒文的救星,少年侍从威廉·道格拉斯。男性随从人员当中——唉,再也没有波思威尔和里齐奥那样的人了——她接触最多的是医生。玛利亚·斯图亚特时常害病,她得了风湿,还莫名其妙地腰疼,有时两腿浮肿,使她动弹不得。她不得不泡在温泉里,希望得到缓解。由于不大活动,活力衰减,以前纤细、苗条的身躯逐渐松弛、发胖。只是偶尔来了兴致,她还想像过去那样劲头十足地活动一下。整天不离马鞍在苏格兰大地上扬鞭疾驰,已成为过去。从这一个城堡到另一个城堡,一路尽兴漫游,也已成为过去。幽闭时间越久,这个女囚也就越来越多地在家务中寻求乐趣。她一身黑衣,宛如修女,在绣花架前一坐便是几个钟头,纤细的、依然灵秀白皙的双手制成精美绝伦的金线刺绣,我们今天还能欣赏她的杰作。有时她恬静地坐拥书城。在这近二十年里,再无任何关于艳事的记述。她天生的如潮春情也无法倾注到一个像波思威尔那样的男人,一个自己为之痴迷的男人身上,这样她便较温和,较有节制地转向万物之中从不使人失望的群体——动物。玛利亚·斯图亚特让人从法国运来犬类之中最驯顺、最聪明的狗:西班牙犬和猎犬;常年喂养鸣禽;还修了一个鸽棚;自己在院子里种花;关心仆役当中的侍女。如果人们只是看她表面,只是做客,而未往深处观察,就会以为曾因情令智昏,恣意妄为,使世人感到震惊的冲动,在她身上已荡然无存,就会以为她已看破红尘。这个垂垂老矣的女人不时——而且越来越频繁地去望弥撒。她常常跪在小教堂里的祈祷座前面,只是有时还会在祈祷书里或者空白纸上写些诗句,这是非常少见,而

且也不再是热情奔放的十四行诗,字里行间透出虔诚地顺应天命,凄楚地了却凡心的思绪。譬如:

> 还有什么?我将何以为生?
>
> 此身除了心在跳动,
>
> 只是不幸投下的影子,
>
> 等着一了百了,此外无他。

越来越多的表面现象使人觉得仿佛这个历经重重磨难的女人已经完全抛却对尘世权势的欲念,只是虔诚而平静地等候着安息的使者——死神的来临。

可是人们切莫信以为真:这一切全是表象,面具游戏而已。实际上,这个自视甚高的女人,这个内心炽热的君主只靠和只为一个念头而活着:重获自由,重掌王权。玛利亚·斯图亚特没有一个瞬间当真准备怯懦地听凭命运来摆布。绣花呀,读书呀,闲聊呀,神游天国呀,所有这些全是为了遮掩她每日的真正活动:密谋策划。从她被囚禁的第一天到最后一天,玛利亚·斯图亚特不停地进行八方串联和外交联系。无论住在哪里,她的居室都变成政治机密办公厅。在那里,她夜以继日,废寝忘食地工作着。玛利亚·斯图亚特关起门来同两个文书一起亲手草拟机密指示,发给法国的、西班牙的、教廷的使节,发给她在苏格兰的追随者,发往荷兰。当然,为了谨慎起见,她也同时写信给伊丽莎白,或提出请求,或让她放心,或卑顺,或发火,虽然这些信伊丽莎白早就不回复了。化装成各种各样面目的使者被派往巴黎和马德里来来去去。约定接头暗语,编制成套密码,每月更换。天天都有正规的国际邮递,以便与伊丽莎白所有的敌人保持联系。全部随从人员——塞西尔了解这一情况,因此总想裁减她的随从人数——就像一个参谋总部策划解救行动。这五十名服务人员不断接待或访问邻近各个乡村的居民,探听或传播消息。那些村民都借领取赏赐为名经常得到好处。借助这种周密的组织,开通了直达马德里和罗马的外交驿站业务。那些函件一会儿放在内衣里,一会儿夹在书本里,塞在掏空了的棍子里或者藏在首饰箱的盖子里,有时甚至放在镜子的水银

237

涂层后面。不断变着法子糊弄施鲁斯伯里,有时割开鞋底,嵌进用显隐墨水书写的信函,有时又制作特殊的假发,将纸卷捻在发卷里。玛利亚·斯图亚特让人从巴黎或伦敦送来的书籍里,按照某种代号在有关的字母下面画线,连在一起便可表示某种意义。但是极为重要的文件则由她的忏悔师缝在圣衣里携带。玛利亚·斯图亚特年轻时学会书写与解读密码,亲自指导所有这些事关国务的主要行动。这一具有诱惑力的游戏扰乱了伊丽莎白的部署,也大大地激活了玛利亚·斯图亚特的精神力量,可以代替体育锻炼和任何其他活动。她以冒失行事的十足冲劲投身于外交活动和八方串联。有时候,从巴黎,从罗马,从马德里通过不断更新的途径把消息和承诺传到她房门紧闭的居室里,这个遭到屈辱的女人又感受到真正的权势,甚至觉得成了欧洲众所瞩目的中心。伊丽莎白对她潜在的威胁深有了解,但又无法使她屈服。虽然有这些看守与警卫,玛利亚·斯图亚特还是能从自己的居室指挥一场又一场战斗,参与塑造世界的命运。这些也许正是她唯一的乐趣,使得她的心灵在那些漫长而空虚的岁月里依然透出如此充盈的生机。

　　这种坚持不懈的干劲,这种身陷囹圄发挥出来的力量真是不可思议,却因徒劳无功而令人扼腕。无论玛利亚·斯图亚特想些什么做些什么,结果都成泡影。她不断策划的密谋与串联从一开始便注定失败。双方力量太不相称。面对一个整体,孤身一人必然处于弱势。玛利亚·斯图亚特孑然一身,但在伊丽莎白背后却是整个国家,有大臣、谋士、警官、士兵和密探。而且在国务议事厅里指挥作战要比在牢房里方便。提供给塞西尔的经费与防范手段并无限制。他可以完全自己做主采取行动。他可以用上千双密探眼睛监视这个形单影只、并不世故的女人。警方掌握当时三百万英国居民当中几乎每一个人的任何情况。在英国海岸入境的每一个外国人都被调查和观察。侦探被派到旅馆、监狱、海船里。任何一个可疑分子都遭到暗探的跟踪。如果这种抵挡手段不能奏效,立即动用极其残酷的手段:严刑拷打。集合的暴力很快便显示出它的优势。玛利亚·斯图亚特那些具有献身精神的朋友这些年里一个又一个被关进伦敦塔幽暗的牢房里。施刑的绳索迫使囚犯招供,说出其他参与者的姓名。

一个又一个密谋在刑具的铁钳中被夹得粉碎。即使玛利亚·斯图亚特偶尔通过使节成功地将函件与建议偷带出境,要过多少个星期,这样的一封信才能到达罗马或马德里,要过多少个星期,才会在那里的国务议事厅里做出复信的决定,又要过多少个星期,才能接到复信。就算这样,对于这颗热切、焦躁的心,对于期待着派来陆军和无敌舰队解救自己的这颗心来说,这种援助又是多么不当一回事,多么不像个样子,令她感到难以忍受。被囚者、孤独者日日夜夜只想到自己的遭遇,总觉得别人在自由的有所作为的世界也一心一意想着自己。玛利亚·斯图亚特一再把解救自己视为反宗教改革力量的当务之急,视为天主教教会的头一件和最重要的营救行动,无怪乎不能成事。事实上,别人自有小算盘,舍不得掏钱,彼此意见也并不一致。无敌舰队并未做好战斗准备。她的援助主力西班牙菲力普二世善于祷告,却未能敢作敢为。他无意为这个女囚发动一场没有把握的战争。他或者教皇有时送些钱去,收买一些冒险分子进行叛乱或谋刺。可是这些密谋总是不成气候,漏洞百出,很快就被泄露给嗅觉灵敏的瓦尔辛亚姆手下的暗探。于是在伦敦塔山刑场上留下几具四肢不全、曾遭严刑拷打的尸体,一再提醒民众:在某个城堡还活着一个被囚的女人,她硬要说自己本来是英国合法的女王,总有一些傻瓜兼英雄为她争取这一权利而卖命。

这种串通和密谋最终必定会将玛利亚·斯图亚特拽进毁灭的深渊。这个一辈子都改不了冒失脾性的女人单枪匹马从一座监牢里向世界上最有权势的女王挑战,等于开始了一场已经输定的赌博。这些情况每一个她的同时代人都早已看得清清楚楚。1572年利道尔费阴谋败露之后,她的小叔查理九世气恼地说:"这个可怜的傻瓜不到人头落地总要使人不得安宁。他们一定会动真格要她的脑袋。明摆着她这是咎由自取,谁教她这么蠢。我知道,她已无可救药。"这话说得粗鲁,出于这样一个男人之口,他在圣巴托罗缪之夜只敢毫无危险地从窗子后面朝手无寸铁的正在奔逃的人们开枪,而对真正的英雄气概可以说一无所知。但从冷静权衡利害的角度来看,玛利亚·斯图亚特并未选择容易一些,但也怯懦一些的投降道路,而是宁可明知无望,依然坚决硬干,无疑是愚蠢的做法。或许及时放弃王位继承权真的会使她从囚禁中解脱出来。很可能这些年里牢房的门闩一直留在她的手中。她只消低下头来，只消郑重而自愿地放弃所有涉及苏格兰和英国的王位权利，英国就会松一口气把她放走。伊丽莎白多次——绝非出于宽厚，而是出于畏惧（因为只要这个危险的女囚在她面前便等于对她控诉，这像梦魇一样压在她的心头）——试图让她有台阶可下，一而再，再而三地谈判，向她提出公平的条件。可是玛利亚·斯图亚特宁愿做一个戴着王冠的女囚，也不肯做一个没有王冠的女王。诺利斯看透了她的内心，在她被禁的最初几天里，他就说起过她：只要有一线希望，她便有足够的勇气坚持下去。她心高气傲，已经看清：作为逊位的君主，在某个令人齿冷的角落等待她的是一种多么卑微、可怜的自由；只有屈辱才能使她在历史上再度成为伟大的人物。她曾说过，她永远也不会退位，而且她最后的话语也必定是一个苏格兰女王的临终之言。她觉得自己的誓言比囚禁的监狱要牢固一千倍。

　　在这里，一味蛮干与一往无前之间的界线很难划定，因为英勇与憨直总是两者同在。事关常识，桑乔·潘萨①总比堂吉诃德聪明；谈到理智，特西特斯②就比阿喀琉斯③冷静。哈姆莱特所言，在名誉攸关时刻，就是为了一根稻草也要战斗，这是千古不朽的英雄本色的试金石。当然玛利亚·斯图亚特的反抗面对如此强大的优势几乎毫无希望，但还不能由于它并未奏效便说它毫无意义。这个貌似无能为力，形影相吊的女人正由于她的不屈不挠在这么多年里，一年比一年更加强烈地象征着一种巨大的力量，而且正因为她抖动身上的锁链，有时也震撼了整个英国，使得伊丽莎白心惊胆战。后人如以自己习惯的观点考察历史事件，便会从错误的角度出发指指点点，同时也把成者为王败者寇的看法包括进去，然后就很容易说失败者愚蠢，因为他冒冒失失地进行了一场危险的斗争。可是

---

① 桑乔·潘萨，西班牙作家塞万提斯所写小说《堂吉诃德》的主角堂吉诃德的随从，富于常识，流于庸俗。
② 特西特斯，荷马史诗《伊利亚特》中一个多言而爱嘲讽人的驼背瘸子。
③ 阿喀琉斯，希腊神话中国王珀琉斯和爱琴海海神涅柔斯的女儿忒提斯所生的儿子。公元前十二世纪希腊人远征特洛伊的战争中最骁勇的希腊英雄。

实际上,差不多有二十年之久,这两个女人始终斗得难解难分。策划起来旨在使玛利亚·斯图亚特东山再起的密谋当中有一些如果稍微幸运、巧妙一点取得成功,对伊丽莎白来说确实是危及生命,有两三回她已遭到突然袭击,间不容发,真是死里逃生。先是诺塞姆伯兰纠合天主教贵族开始动手,整个北方陷于混乱之中,伊丽莎白好不容易控制了局势。接着诺福克施展阴谋,那更要危险得多。英国贵族的头面人物,其中甚至还有伊丽莎白最亲近的朋友们如勒斯特都支持他同苏格兰女王结婚的计划,她为了鼓动他,已经给他写肉麻得要命的情书——只要能取胜,她什么干不出来?通过佛罗伦萨人利道尔费居间联系,西班牙与法国的军队已经做好登陆的准备,如果这个诺福克不是孬种——在此以前他曾怯懦地否认此事,已证明这一点,如果不是偶然因素:风向、天气、大海和泄密,这些也都从中作梗,破坏了这个计划,局面就会彻底改变,角色就会互相调换,玛利亚·斯图亚特就会驻跸威斯敏斯特,伊丽莎白就会关在伦敦塔或者躺在棺材里。另一方面,诺福克的鲜血,诺塞姆伯兰和这些年里为了玛利亚·斯图亚特在断头台上送命的所有其他人的下场都未能吓退最后一个求婚者。又有一个人来向她求婚了:这就是奥地利唐璜,查理五世的私生子,菲力普二世的同父异母弟,勒潘托之役①的胜利者,自由骑士的榜样,基督教界武士之首:由于私生,与西班牙王冠无缘,他先想在突尼斯建立自己的王国,这时女囚伸出手来,另外一顶王冠从苏格兰向他示意。他已在荷兰组建一支军队,所有解救她的计划都已准备就绪,谁知——玛利亚·斯图亚特同所有她的援助者总是倒霉——他身染恶疾倒了下来,过早去世。幸运之星从来不给任何向玛利亚·斯图亚特求婚或者为她效劳的人照亮前进的道路。

　　细细想来,我们只能说:归根结底,伊丽莎白与玛利亚·斯图亚特之争实际上取决于运气:所有这些年来,伊丽莎白总是走运,玛利亚·斯图亚特总是倒运。从潜力、从外表来看,这两个人几乎不相上下。但是她们的运气完全不同。玛利亚·斯图亚特遭到了废黜,遭到了幸运的弃绝,她

---

① 勒潘托之役,奥地利唐璜于 1571 年在勒潘托打败土耳其人。

在牢房里策划的行动都成了泡影。派来攻打英国的舰队在风暴中撞得粉碎,使者迷了路,求婚者死去,朋友们在紧要关头丧失了精神力量,谁有意帮助她,谁其实是自掘坟墓。

所以诺福克在断头台上说的那一句话千真万确:"由她或为她着手去做的事情从来不见一件有好结果。"自从她遇上波思威尔那一天起,灾星便紧盯着她,寸步不离。谁爱她,谁就完蛋。谁爱她,谁就遭殃。谁对她怀有好意,谁就使她受到损害。谁为她效劳,谁就自己找死。像童话中黑色的磁石山吸住过往船只那样。她也将别人的命运纳入自己的命运,毁了别人。渐渐地围绕着她的名字形成了可怖的传说,说她有一种死亡的魔力。但是她的事业愈无望,她的斗志却愈强烈。长期悲惨的囚禁未能使她屈服,反而增强了对抗心理。她明知必败,却主动挑起最后的决战,以了结这段公案。

第二十章　最后一个回合

1584年—1585年

岁月流逝,一个又一个星期,一月又一月,一年又一年像浮云一样在这个苟活人间的孤寂者头上掠过,仿佛并未触及她。但是时间不知不觉地使人们及其周围的世界发生变化。第四十个年头来了,这是女人一生当中的转折年龄,可是她依然深陷囹圄,依然未获自由。年岁已悄然从她身边擦过,头发开始花白,身躯发胖,变得臃肿,面部线条显得安详一些,富态一些,一举手一投足都透出一丝唯求消融在宗教中的忧伤痕迹。这个女人一定深深地感受到:两情缱绻的岁月,精力充沛的日子即将一去不复返。此时未能遂愿,必将抱恨终天,黄昏来临,黑夜已近。久已不见求婚者登门,也许从此绝迹。再过一段短暂的时日,岁月蹉跎,韶华就将永逝。等待,等待解救的奇迹,等待人们事不关己慢慢来的援助真的还有意义吗?她在最后那几年里使人越来越强烈地觉得,仿佛这个磨难重重的女人已对斗争感到厌倦,逐渐愿意和解与放弃王位。她扪心自问的时刻越来越多:这样未能有所作为,未能为人所爱,像阴影中的一朵花慢慢地枯萎,这是不是很愚蠢?她是不是识趣地从日渐灰白的头发上取下王冠来换取自由要好一些?在这第四十个年头,玛利亚·斯图亚特开始对这沉重而空虚的生活越来越感到乏味,渐渐地那种强烈的权力意志溶化在听之任之,不可思议的但求一死的渴望之中。大概在这样的时刻,她用拉丁文将动人心弦的诗行写到纸上,既有怨艾,又在祷告:

啊,至高无上的主,我对你抱着希望,
　关心我吧,耶稣,请将我解放!

> 幽暗这条锁链,苦难这种惩罚
> 使我渴想你,思念你,我祈求,
> 呻吟,下跪,流泪,只盼得到解救。

由于援助者裹足不前,举棋不定,她便将目光转向救世主。宁愿死去,再也不要这种空虚,这种无常,这种遥遥无期的等待与希望与渴望与一而再,再而三的失望。最后总得有个了结,无论是祸是福,无论是得是失!斗争不可阻挡地走向终局,因为玛利亚·斯图亚特倾注全部的心灵力量要了断此事。

这场可怕的,这场欺诈的,恐怖的,这场寸步不让的有你无我的斗争持续时间愈久,玛利亚·斯图亚特与伊丽莎白这两个老敌手的对立局面也就愈加严峻。伊丽莎白在政治上一次又一次取得成功。她与法国已经和解。西班牙还不敢开战。面对所有不满分子她仍保持优势。只有一个敌人,一个要命的危险的敌人,这个已被击败而又并不认输的女人还毫发未损地生活在她这个国家里。只有除掉这一个敌人,这最后一个敌人,她才算是真正的胜利者。除了伊丽莎白一个人以外,玛利亚·斯图亚特也不恨任何其他人。在一个极为绝望的时刻,她再一次写信给她这个亲戚,这个影响她一生荣辱的姐姐,感人肺腑地呼吁她拿出人性来了结此事。她在这封非同寻常的信里喊叫:"夫人,我已再难忍受! 在这临终时刻,我不能不弄清慢慢使我瘐死的那些罪人。在您的监狱里,允许最低贱的囚犯要求人们倾听自己的申诉,人们应该告诉他们谁是指控者,谁是原告人。为什么这种权利偏偏不给我,一个女王,与您最近的亲戚和合法的继承人呢? 我相信,正是这最后提及的合理要求是我那些敌人进行……① 的真正起因。但是他们现在没有多大理由,也完全没有必要继续由于这个缘故折磨我了,因为我以名誉担保:除了天主的王国我并不希望得到任何其他王国了,我心甘情愿去天国,因为这是我所受的一切磨难与痛苦的最好结局。"最后一次她以从内心深处迸发出来的全部真诚的热情恳求伊丽莎白,将她从囚禁中释放出来。"我以自己的名誉与救世主耶稣所

---

① 此处原文为省略号,应为对玛利亚·斯图亚特进行迫害的方式等。

遭受的苦难起誓,再一次向您恳求,允许我从这个王国退回某个僻静的去处,让因无尽的焦虑而精疲力竭,徒具形骸的身体得到一点安宁,使我的灵魂得以做好准备,归向每天都在召唤我的天主……请您在我去世之前赐予这一恩典,以便我的灵魂在我们之间的纠葛一了百了后就脱离躯壳,不至于被迫带着怨艾去见天主,控诉您使我在此间人世而遭到的无妄之灾。"可是对这震撼人心的恳请伊丽莎白依然置若罔闻,连一句劝慰的话也不想说。玛利亚·斯图亚特这就闭紧嘴巴捏紧拳头,此时她对这一个女人只有一种情绪:仇恨,冷酷而又炽烈,咬定不放而又灼痛如火,而且这种深仇大恨现在由于所有其他敌人与对头都已亡故而变本加厉地汇集到这个唯一的女人身上,因为所有这些人都已在互相争斗中丧生,仿佛玛利亚·斯图亚特的那种死亡魔力要展示自己,恨她的和爱她的每一个人都难逃此劫,所有替她效力或与她为敌的人,所有为她或同她斗争的人也都先于她弃世。在约克郡指控她的人,莫雷和梅特兰都已暴死。在约克郡受命审判她的人,诺塞姆伯兰和诺福克都已上了断头台。所有共同密谋先是对付达恩莱,然后对付波思威尔的人都已互相将对方除灭。柯克·奥菲尔德、卡贝里与兰赛德的所有叛徒都已互相出卖了他们自己。所有这些桀骜不驯的苏格兰勋爵与伯爵,这一伙狂妄、阴险、贪权的暴徒自相残杀,死于非命。战场空落落,这世上她再也没有仇恨的对象,除了这一个女人,伊丽莎白。长达三十年的民族大搏斗变成了两个人的决斗。在这场女人对女人的决斗中再无谈判的可能,现在已到你死我活的关头。

　　为了这最后一战,为了这场白刃战,玛利亚·斯图亚特还需要最后一股冲劲:还得将她最后一点希望,最后那点希望夺走。她还得再一次在心底遭到屈辱,才会凝成无比巨大的力量。玛利亚·斯图亚特总是在一切已无或似无希望的时候才会获得非凡的勇气,才会下定不可动摇的决心。只有身陷绝境,她才显出英雄气概。

　　如要这样,还得从玛利亚·斯图亚特心中夺走最后的希望——同她儿子沟通的希望。在所有这些一片空白的,平淡无事到了难以忍受程度的年月里,她只能等待,隐约觉得光阴在身边流逝,像沙土不断从围墙上剥落下来。在这无穷无尽的时间里,她累了,老了,一个她亲生的孩子却慢慢长大。当年她骑马离开斯德林宫,波思威尔率领骑兵在爱丁堡城门前围住她,将她带入苦难的绝境。从那时起,她就没有再见到詹姆士六世,那时他还是一个婴儿。在这十年,这十五年,这十七年里,这个混沌未开的小把戏成了一个小孩子:成了一个小男孩,小伙子,眼看就是一个男子汉了。在詹姆士六世的秉性中带有他父母所具有的一些特点,但都混在一起,模糊难分。这是一个脾气古怪的孩子,手脚不灵,口齿不清,外貌笨重粗壮,生性畏缩胆怯。这个男孩让人一看就觉得不正常。他不参与任何社交活动,一见到雪亮的刀子就吓得往后退,什么狗他都害怕。他的举动笨拙而粗鲁。首先在他身上看不到他母亲那种气质的优美、天生的风雅。他毫无艺术禀赋,不爱音乐,不爱跳舞,生来就不善进行轻松愉快的对话。但他学习语言非常出色,记忆力强;一旦事关个人利益还有几分心计和韧性。但要命的是他父亲那种卑劣的品质影响了他的性格。达恩莱遗传给他软弱的意志、不诚实不可靠的习性。伊丽莎白有一回气得大声说:"对这么一个见人讲人话见鬼讲鬼话的人能指望什么?"像达恩莱一样,他完全屈从于每一个占上风者的意志。这个苦恼的利己主义者完全不知心胸豁达为何物。他的所有决定都是冷漠、浮浅的虚荣心驱使的结果。人们只有完全撇开情义和孝道,才能理解他对母亲冷若冰霜的态度。玛利亚·斯图亚特那些不共戴天的敌人将他抚养成人,乔治·布坎南教他拉丁文,此人撰写尽人皆知的诽谤小册子《侦破》攻击他的母亲。所以关于那个囚禁在邻国的女人,他只听说过,她曾帮着除灭他的父亲,她否认他这个已经戴上王冠的国王拥有戴王冠的权利。此外,他大概几乎一无所知。从开始起,人们就不断教他将母亲视为路人,视为障碍,因为她使他难以实现自己的权欲,令人恼火。即使詹姆士六世出于童心真想见见那个给他生命的女人,英国的和苏格兰的看守也会非常警惕,根本不让这两个囚犯接近——玛利亚·斯图亚特,伊丽莎白的囚犯;詹姆士,那些勋爵与有关摄政的囚犯。天各一方,但在这么多年里极少书信往还。玛利亚·斯图亚特送给他礼物,玩具,有一回送去一只小猴子。但是大多数信件和文书并未被接受,因为她生性倔强,难以下决心将国王尊号给她的儿子,而那些勋爵又认为所有只称詹姆士六世为王子的来函都是一种侮辱，便把它们退了回去。只要在他和她的心里，权欲说了算，骨肉之情便无从谈起。只要她坚持以苏格兰女王自居，而他又自视为苏格兰唯一的国王，母子之间的关系就不会超越不冷不热、流于形式的限度。

一俟玛利亚·斯图亚特不再坚持将那些勋爵拥立她儿子加冕一事视为无效，同时表示愿意给他一定的王位权力，这时母子方才得以接近。当然，就是在这个时候，她仍然不肯挪动她的女王尊号，不肯彻底放弃。在她活着时和死去时，她这涂过香膏的头上都要戴着王冠。但是为了付出换取自由的代价，她现在愿意至少要与儿子分享这一尊号。她第一次想到妥协。只要人们允许她继续称为女王，只要人们替她找到一种形式，为她的禅让在颜面上薄薄地镀一层金，留下一抹光辉，那就让他执掌朝廷，称作国王吧。秘密的谈判逐渐开始进行了。在那些男爵的威胁下，詹姆士六世经常身不由己，在谈判中冷酷无情，寸利必争。他肆无忌惮地同时与各方谈判。他借玛利亚·斯图亚特来对付伊丽莎白，借伊丽莎白来对付玛利亚·斯图亚特，又借一种宗教来对付另外一种。他冷漠地待价而沽，哪边给得最多就靠向哪边。对他来说，并非事关名誉，只是为了依然做他的苏格兰国王，同时又能确保英国王位继承身份。他不是只想继承这两个女人当中的一个，而是两个全要继承。如果有利可图，他愿意继续信奉新教；否则，只要向他出价更高，他也可以皈依天主教。这个十七岁的男人但求快些当上英国国王，竟然不怕恶心，准备与伊丽莎白结婚，这个明日黄花的女人比他母亲还大九岁，又是她的死敌和对头。对詹姆士六世，对这个达恩莱的儿子来说，所有这些谈判都是无情的算题，而玛利亚永远是一个幻想者。她与世隔绝，这最后的希望已使她心潮澎湃。她希望与她儿子沟通，获得自由，最终还是做她的女王。

伊丽莎白看到：母子达成协议，对她是一种危险，不能听之任之。她马上干预基础还很薄弱的谈判。她冷眼看人，目光敏锐，很快就琢磨出怎样才能把这个反复无常的小子攥在自己的手心：就是抓住他的习性弱点。她给这个打猎入迷的年轻国王送犬送马，都是良种极品。她收买他的谋臣，甚至每年提供给他本人五千镑补贴，永远缺钱的苏格兰宫廷凭这一点便能一锤定音。此外，她还将英国王位继承权这个屡试不爽的诱饵伸出去。金钱往往起着决定的作用。毫不知情的玛利亚·斯图亚特还在枉费心机进行外交活动,正与教皇及西班牙拟定关于天主教苏格兰的计划。就在这时詹姆士六世悄悄地与伊丽莎白签订了同盟协议,里面详细规定这笔肮脏的买卖能使他得到多少钱,有什么好处,但没有包含按照常情不会缺少的关于释放他母亲的条款。自从他母亲再也没有什么可以提供给他,他就完全不把她放在心上,所以关于这个女囚只字不提。将她撇在一边,仿佛世界上没有她这个人,儿子与母亲的死敌达成了协议。这个给他生命的女人现在再也无法给他什么了,就让她仍然离得远远的吧,别让她同他有什么瓜葛。协议一签,这个好样的儿子家里有了钱有了狗,就立即不同玛利亚·斯图亚特谈判了。现在对这个无权无势的女人还客气什么?奉国王旨意,人们起草了一份强硬的废黜文告,以粗暴的官腔永远取消玛利亚·斯图亚特的女王尊号与权力。继王国、王冠、权力、自由之后,那个绝后的女人从对头身上夺走了仅存的硕果:对头的亲生儿子。现在总算痛快地解恨了!伊丽莎白这一胜利粉碎了玛利亚·斯图亚特最后的梦想。在她的丈夫、她的哥哥、她那些臣子之后,现在连最后一个人,自己的骨肉,亲生的儿子也弃她而去,此时此刻她已茕茕孑立了。她失望已极,愤慨已极,再无任何顾虑了!对谁都不必顾虑了!既然她的孩子不把她当自己的母亲,她现在也不把他当自己的孩子。既然他把她的王冠权力卖给别人,她现在也把他的王冠权力卖给别人,她说詹姆士六世堕落,忘本,忤逆,粗俗。她咒骂他,她申明将在遗嘱中不仅取消他的苏格兰王位,而且也取消继任英国王位的权利。斯图亚特家族的王冠与其传给这个异教的,这个变节的儿子,不如转赠异族君主。她下定决心将苏格兰的和英国的继承权送给菲力普二世,只要他表示愿意为她获得自由进行斗争,制服毁掉她所有希望的罪魁祸首伊丽莎白,使她不得翻身。对玛利亚·斯图亚特来说,她的国家还算得了什么!她的儿子又算得了什么!只要活着,只要自由和取胜!现在她已无所顾忌了!最胆大妄为的事在她看来都已不够胆大妄为了。谁失去了一切,谁就再也没有什么可以失去了。

年年岁岁怒火与怨气积聚在这个遭受折磨与屈辱的女人心中。年年岁岁,她在希望,谈判,串联,寻求种种协调途径,到了这个地步,事情已经做绝。终于压在心头的仇恨像火焰一样蹿向那个施行暴虐的,那个霸占王位的,那个总管监牢的女人。不仅是女王同女王斗智,而且也是女人同女人扭打了,如今玛利亚·斯图亚特怒不可遏,伸出指甲,像利爪般向伊丽莎白扑去。一桩心胸狭窄造成的意外事情是触发的缘由:施鲁斯伯里夫人,这个阴险、恶毒、搬嘴弄舌的女人在一次歇斯底里发作中指摘玛利亚·斯图亚特同她丈夫有暧昧关系。这当然是谁都不会相信的胡诌,就是施鲁斯伯里夫人也没有真把它当一回事,可是伊丽莎白总要尽量在世人面前贬损自己敌手在道德方面的名声。她连忙设法让这桩新出的丑闻在外国宫廷中传播,大肆渲染,就像以前她将布坎南的谤书和"首饰盒里的信件"散发给各国君主那样。这一回玛利亚·斯图亚特暴跳如雷。人们夺走了她的权力、自由和她对孩子的最后希望,这还不够,现在竟要恶毒地玷污她的名誉。她已经像一个修女,没有乐趣,没有爱情,与世隔绝地活着,人们还要在世人面前说她通奸。自尊心受了伤害,她勃然大怒,要讨回公道。果然,施鲁斯伯里伯爵夫人不得不下跪收回这可耻的谎言。但玛利亚·斯图亚特非常清楚,是谁利用了这一谎言诽谤她。她已感觉到她的敌人那只黑手。从阴暗的角落里出手的打击损害了她的名声。她现在的反击却是打开天窗说亮话。咬牙切齿的仇恨煎熬她太久了,她急于要对这个以美德化身自居的所谓童贞女王说一句女人对女人才好说的真话。于是她给伊丽莎白写了一封信,表面上是"好意"向她转告施鲁斯伯里伯爵夫人关于伊丽莎白的私生活散布了哪些难听的言论,实际上等于对"亲爱的姐姐"当面大喊大叫,正是她最没有资格冒充作风正派、品德高尚的女人。在这封透露着恨入骨髓的信里,她的重拳雨点般不断落下来。一个女人对另外一个女人可以说得出口的真实情况在这里都冷酷地说了个透。她指着鼻子点滴不漏地数落了伊丽莎白的恶劣品性,毫不留情地抖搂了她最不想让人知道的女性秘密。玛利亚·斯图亚特写信告诉伊丽莎白——说起来是出于亲情好意,其实是为了使她受到致命的伤害:施鲁斯伯里伯爵夫人说她非常虚荣,自以为漂亮得很,简直是天上的女王;说别人再怎么奉承她都不满足,老是逼着内侍表示对她佩服得五体投地。可是一发起火来便虐待宫女和侍女:她斩断其中一个的手指;另外一个侍膳不周,她便拿刀砍手。但是比起揭露伊丽莎白千万不能外传的有关肌肤之亲的秘密,所有这些都是微不足道的非议而已。玛利亚·斯图亚特写道:施鲁斯伯里伯爵夫人肯定地说伊丽莎白的腿上有一个流脓的溃疡——暗指她父亲患梅毒遗传给她。她已青春不再,就会停止行经,可是她仍喜欢男人,乐此不疲;说她不仅和一个伯爵(勒斯特伯爵)同床无数次,而且还到处想法满足欲望,决不错过寻欢作乐的机会,随心所欲地更换面首;说她夜间偷偷溜进男人们的屋子里——只穿内衣,披着斗篷,为这类欢娱她倒贴了好多钱。玛利亚·斯图亚特说出一个又一个人名,一个又一个细节。对这个恨之入骨的女人也没有忘掉揭开她最隐蔽的秘密,给予最致命的一击:她嘲弄地向她挑明(本·琼生在酒馆餐桌旁当众讲过这一情况),说伊丽莎白同别的女人不一样,那些煞有介事期待她同安茹公爵结婚的人其实是在装模作样,因为她根本就结不了婚。就该这样,就该让伊丽莎白知道:她战战兢兢地想捂住的秘密,她那种女性的生理缺陷已是众所周知的事了!她只有欲望,却无法满足,只能浅尝辄止,未能酣畅地委身。今生今世已与女王成婚一事无缘,难为人母了。世上没有一个女人像伊丽莎白牢狱里的这个女囚一样,对这个世上最有权势的女人如此令人难堪地捅穿了她的最后一层窗户纸:凝聚了二十年的仇恨,被压抑的愤怒和被束缚的潜力,突然可怕地迸发出来,像巨兽的前爪向这个施虐的女人胸口猛击。

这封信满纸狂怒,从此再也无法和解了。写了这封信的女人和收到这封信的女人再也无法呼吸共同的空气,再也无法在同一个国家继续生存下去。正如西班牙人所说:Hasta al cuchillo, 即:现在只有白刃战,你死我活的搏斗,这是仅有的,最后的可能。经过四分之一世纪从未中断,从未放松的窥测与敌视,玛利亚·斯图亚特与伊丽莎白之间具有世界史意义的争斗现在终于到了白热化的程度,人们确实可以说:到了刺刀见红的程度。反改革派已用尽了外交手段,而军事手段则尚未准备就绪。西班牙还在艰难而缓慢地建造无敌舰队,但是这个流年不利的宫廷尽管获得了印度珍宝,却总是缺钱,总难下定决心。菲力普(虔诚者)像约翰·诺

詹姆士六世,苏格兰国王

克斯一样,认为除掉一个异教徒就是替天行道。他想:干吗不挑选便宜一些的做法,收买一个杀手干脆收拾这个异教徒靠山,岂不是更好?事关权力,马基雅弗利及其徒子徒孙的时代对种种道义方面的顾虑不大在乎,在这场争斗中,牵涉极为广泛的决战已箭在弦上:这种宗教信仰与那种宗教信仰之争,南方与北方之争也都在此一战,因此只消在伊丽莎白胸口捅一刀便能使整个世界摆脱异端的影响。

政治上的激情达到最高的热度,所有道义与法律上的顾虑便化为乌有,也丝毫不会顾及体面与廉耻,这时暗杀也被看做殉道的壮举。天主教的两个主要敌人伊丽莎白和奥伦治的邦君①分别于1570年与1580年被革出教会,被宣布不受法律保护。自从教皇将圣巴托罗缪之夜杀戮六千人视为值得赞扬的行动以来,每一个天主教徒都知道:以暗杀手段除灭这两个宗教信仰世仇死敌之一,只是一桩顺应天主之举而已。大胆用力捅一刀,当机立断开一枪,玛利亚·斯图亚特便能走出囚室,步上登位的台阶,英国与苏格兰就能以货真价实的信仰结合起来。下这样大的赌注却毫不犹豫、畏缩:西班牙政府恬不知耻地如此重视暗杀伊丽莎白的事情,将它当做国家的头等政治活动。西班牙使臣门多萨在他的紧急奏报中反复将"杀掉女王"说成是值得费力的行动。荷兰总督阿尔巴公爵也明确表示赞同,两个大陆的君主菲力普二世关于谋杀计划亲笔批示:"但愿天主赐以恩典。"不再运用外交手腕,不再通过主动、公开挑起的战争来寻求解决办法了。现在举起了雪亮的屠刀,刺客的匕首。这边和那边在做法上不谋而合:在马德里,枢密院通过决议谋刺伊丽莎白;在伦敦,塞西尔、瓦尔辛亚姆、勒斯特取得一致意见:必须采取强制手段干掉玛利亚·斯图亚特。这样一来,既不能绕道,也没有出路:只能用鲜血勾销这笔早已到期的旧账。现在只剩下一个问题:谁出手更快?是改革派还是反改革派?是伦敦还是马德里?未知玛利亚·斯图亚特在伊丽莎白之前还是伊丽莎白在玛利亚·斯图亚特之前被除掉。

---

① 奥伦治的邦君,奥伦治为法国侯爵领地。奥伦治的邦君指奥伦治的威廉(1533—1584),曾经是新教荷兰对西班牙菲力普二世的自由斗争中的领袖。

第二十一章　一了百事了

1585年9月—1586年8月

"总得有个了结"——伊丽莎白的一个大臣急躁地将全国的情绪归结为这句像铁石一样无情的口头禅。一个民族，一个人最难忍受的莫过于旷日持久未知鹿死谁手的局面。改革派的另一先锋奥伦治邦君（于1584年）遭到一名天主教狂热分子杀害，清楚地向英国揭示了下一刀要捅的是谁。现在越来越快地接二连三发生密谋事件——所以已到了对这个女囚动手的最后关头了，所有这些危险的动乱祸根全在她身上！已是"除恶要除根"的最后时刻了！1584年9月新教勋爵和官僚几乎扫数参与集会，结成"同盟"，在会上不仅"在永恒的上帝面前以名誉与誓言保证，凡参与加害于伊丽莎白的阴谋者均须处死"，而且也要"此等人密谋为之效劳的王位觊觎者"本人对此负责。随后国会通过"女王陛下人身安全法令"，赋予这些决议以法律形式。凡参与行刺女王者或者——这一条是要害所在——凡仅在原则上赞同行刺者从现在起均将处死。此外还规定："凡被控阴谋加害于女王者应在有二十四名奉旨陪审的法官组成的法庭受审。"

这就明明白白地告诉玛利亚·斯图亚特两种情况：第一，此后她那国王身份再也无法使她免遭公开的指控。第二，行刺伊丽莎白如果得手，对她并无好处可言，她只会毫不留情地被送上断头台。这无异于最后一声号角，催逼一个负隅顽抗的堡垒投降。再要犹豫，便会错过得到宽恕的机会。伊丽莎白与玛利亚·斯图亚特之间再也不做虚实难辨、模棱两可的文章了。现在吹的是刺骨的强风，现在终于一清二楚了。

风雅地书信往还和潇洒地装腔作势的时日已成过去。数十载争斗，如今已是最后一个回合，手下不留情了——不久玛利亚·斯图亚特从其他各种举措中也看出：这是一场白刃战。英国宫廷已经决定，发生了这么多次行刺事件，对玛利亚·斯图亚特必须更加严加监控，彻底杜绝她继续进行串联与密谋的任何可能性。施鲁斯伯里是一个高尚而高贵的人。作为牢房看守则太宽容。现在卸去了这项职务——"卸去"一词在这里说到点子上了，他真的向伊丽莎白跪谢：苦恼了十五年，终于还他一个自由身。接替他的是一个狂热的新教徒阿米亚斯·鲍勒特。现在玛利亚·斯图亚特第一次有理由说自己处于"被奴役"境地，因为来了一个凶神恶煞般的牢头，这可不是一个好说话的看守。

阿米亚斯·鲍勒特，一个死硬到底的清教徒，一个走正步和过分走正步的人，一个《圣经》所要求，但是天主教不喜欢的人，他毫不隐讳，要叫玛利亚·斯图亚特觉得日子难过，难受，一门心思，甚至快意而自得地以无情剥夺她的每一种优待为己任。他向伊丽莎白奏报："如果她由于某种叛卖行为或狡猾手段逃出我的手，我将永远都不会请求宽容，因为这只有钻我粗心大意的空子才能得逞。"他惯于无情而清醒地按照章法履行职责，现在把监控与防范玛利亚·斯图亚特视为上帝委派给他的毕生重任。从此，这个严厉的正人君子除了出色地完成狱吏任务，别无其他雄心壮志。任何诱惑都无法使这个加图①堕落。任何偶发的善心、涌动的温情都一刻也不能松动他那僵硬冷漠的态度。在他眼里，这个害病的疲惫的女人并不是一个命运多舛令人肃然起敬的君主，只是自己女王的一个敌人，这个基督教中的魔鬼，非得收拾她不可。她身体衰弱，两腿患风湿，行动不方便，他曾嘲讽地说："这对看守倒是一件好事，不必过分担心她会逃跑。"他不怀好意地欣赏自己的能耐，一条一条地履行狱吏的职责，像官员一样每天晚上将自己的观察有条不紊地记在本子里。即使世界史上曾经有比这个刻板得要命的人更冷酷，更

---

① 加图（前234—前149），古罗马政治家，以严厉、正直著称。公元前三世纪开始非洲北部国家迦太基与罗马争夺地中海西部霸权。加图在元老院演说鼓吹毁灭迦太基。

253

粗鲁,更凶恶,更蛮横的牢头,也几乎不会有谁如此善于将职责转化为津津有味的公务。首先,玛利亚·斯图亚特至今有时仍然与外界联系的地下渠道被无情地截断了。现在有五十名士兵日夜把守通向城堡的路口。以前随从人员可以随便在邻近的村庄走动,传递口头和书面的讯息,现在也被剥夺了所有的行动自由。只有取得同意之后,在士兵的跟随下,一名管事方可离开城堡。玛利亚·斯图亚特对周围穷人亲自进行的定期施舍也停止了。鲍勒特目光锐利,确实已经看出,这是一种手段,通过这种小恩小惠使得这些穷人心甘情愿地替她暗中传递消息。现在接连不断地采取严厉的措施。内衣、书籍、各种递送的物件都像在今天的海关一样被彻底检查。越来越严密的监控掐断了任何形式的通信。玛利亚·斯图亚特的两个文牍纳奥和柯尔现在闲坐在屋子里无所事事。他们已无信要破译,也无信要草拟,从伦敦,从苏格兰,从罗马与马德里都再也没有任何消息渗进来,孤寂的玛利亚·斯图亚特见不到一线希望。不久,鲍勒特夺走了她最后的个人乐趣:她那十六匹马只能关在谢菲尔德,骑马去打猎或闲逛也已成了过去。在这最后一年里,生活空间变得非常狭窄,在鲍勒特手下过日子越来越像——这是朦胧的预感——在一间牢房,一具棺材里。

为伊丽莎白的声誉着想,人们倒希望她这个妹妹女王有一个温和一些的看守。但是令人苦恼的是,人们不得不承认,为了她的安全,她确实找不到谁比这个冷酷的卡尔文派教徒更可靠。鲍勒特出色地履行了将玛利亚·斯图亚特与外界的联系割断的职责。几个月后,她便与世隔绝,宛如密闭在玻璃罩里。再也没有一封信,再也没有一句话传送到她的牢房里。伊丽莎白完全有理由放心,对这个臣仆感到满意。确实如此,她对他这些卓越的功绩,以兴奋的言词表示谢意:"如果您知道,我怀着多么感激的心情欢迎和肯定您以无可指摘的处置和毫无差错的做法,明智的安排与扎实的举措来完成这样危险而艰巨的任务,将会给您减轻忧虑,带来喜悦。"

可奇怪的是,先不说别的,伊丽莎白的大臣塞西尔和瓦尔辛亚姆对这个"一板一眼的家伙",这个认真过头的阿米亚斯·鲍勒特费这么大劲就并不感激。将这个女囚如此彻底地隔离开来,表面上似乎很有成效,其实违背了他们极为隐蔽的意图。他们根本就不希望完全剥夺玛利亚·斯图亚特进行密谋串联的机会,不希望鲍勒特对她严加防范,致使她未敢轻率行事。相反,塞西尔和瓦尔辛亚姆完全不需要一个无罪的玛利亚·斯图亚特,他们要的是有罪的玛利亚·斯图亚特。他们巴不得这个他们视之为英国任何时候一切动乱与阴谋祸根的女人继续进行密谋,最终自己找死,陷身于罗网之中。他们希望了结此事,他们希望玛利亚·斯图亚特被指控,被判刑,被处决。仅仅关押她他们已经不满足了。除了最终干掉这个苏格兰女王,别无万全之策。这个目的一定要达到,因此他们也得像阿米亚斯·鲍勒特采取严厉的措施使玛利亚·斯图亚特无法参与任何活动那样,想方设法人为地将她诱入一个圈套。为了达到这一目的,他们需要一个杀害伊丽莎白的密谋和玛利亚·斯图亚特参与其事的确凿证据。

这种行刺伊丽莎白的密谋本来就已存在,可以说从未中断过。菲力普二世在欧洲大陆设立了一个正规的反英密谋分子中心,玛利亚·斯图亚特的心腹与暗探摩根常驻巴黎,在西班牙的资助下不断策划反对英国和伊丽莎白的危险活动;经常在那里招募年轻人;通过西班牙与法国的使臣,在心怀不满的英国天主教贵族与反宗教改革的国务议事厅之间进行秘密沟通。但有一点摩根并不了解:瓦尔辛亚姆,这个历代最能干最冷酷的警务大臣之一派了几名坐探,假装狂热的天主教徒打入议事厅。摩根认为最可靠的那些联络人员实际上已被瓦尔辛亚姆收买,并由他定期发给津贴。不管为玛利亚·斯图亚特做些什么,计划还未实施,便已透露给英国。1585年年底,英国内阁也得知——上一次的阴谋分子在断头台上的血迹还未干透,另一次谋害伊丽莎白的行动又已在进行之中。摩根为玛利亚·斯图亚特登位而拉拢和争取过去的英国天主教贵族是哪些人,叫什么名字,瓦尔辛亚姆都知道。他只要一动手,便能借助勒紧用的绳索、拷打用的刑台及时揭开密谋。

但是这位精明的警务大臣手法更有远见,更加狡诈。当然,他现在只消一伸手就可以扼死这些密谋者。可是将几个贵族或者冒险分子分尸对他来说在政治上毫无价值。这种永无休止的密谋活动像许德拉①,砍掉五六个蛇头,过了一夜又重新生出来,这有什么用? 必须毁灭迦太基,这才是塞西尔与瓦尔辛亚姆的格言,必须除掉玛利亚·斯图亚特本人,为此他们需要用作借口的并非不痛不痒的,而是牵连极广,可以证实犯罪有利于这个女囚的行动。无怪乎瓦尔辛亚姆并不急于扼杀所谓巴宾顿阴谋于萌芽状态,而是千方百计以表示善意,舍得花钱,假装粗心等手法人为地使之扩大化。也只是靠他引蛇出洞的权术才慢慢地把几个乡巴佬反对伊丽莎白的不成气候的密议变成无人不晓的借以除灭玛利亚·斯图亚特的巴宾顿阴谋。

这一借助国会法令条文堂而皇之谋害玛利亚·斯图亚特的做法必须满足三个条件:首先,要使密谋者进而策划谋刺伊丽莎白,并有真凭实据;第二,要说动他们,将他们的意图一五一十告知玛利亚·斯图亚特;第三,要诱使玛利亚·斯图亚特——这一点最难——明确地以书面形式赞同谋刺计划。怎好不分青红皂白杀掉一个无罪的女人? 真要那样,在众目睽睽之下,伊丽莎白的面子往哪儿搁? 所以最好还是想办法让玛利亚·斯图亚特自己作孽,将她蒙在鼓里,把刀子塞到她手上,叫她自己去送死。

英国警方这一陷害玛利亚·斯图亚特的阴谋从一开始就采取卑鄙的手段:人们忽然给予这个女囚以各种各样的方便。看来,瓦尔辛亚姆并没有费多大力气便让虔诚的清教徒阿米亚斯·鲍勒特相信,将玛利亚·斯图亚特诱入一个阴谋陷阱,比使她隔绝种种诱惑更好。鲍勒特按照英国警方总部的布置突然改变了做法:一天,这个一向冷酷的人来找玛利亚·斯图亚特,非常客气地通知她,人们已准备将她从塔特布莱迁到查特利。玛利亚·斯图亚特根本不可能窥透她那些对头的诡计,掩饰不住内心的喜悦。塔特布莱是一座阴森可怕的城寨,与其说像城堡,不如说像监狱。而查特利所在的地方不仅景色宜人,视野开阔,而且附近——一想到这一点玛利亚·斯图亚特的心便跳得更快——住着信天主教的家庭,他们对她友好,可以指望得到帮助。在那里她终于又可以骑马和打猎,在那

---

① 许德拉,希腊神话中的九头蛇怪的译音,斩去蛇头后会重新长出。

里也许甚至从大海那边她的亲友处得到消息,借助勇气和机智获得对她来说意味着一切的自由。

果不其然:一天早上,玛利亚·斯图亚特惊讶不已,几乎不敢相信自己的眼睛,像魔力起了作用似的,阿米亚斯·鲍勒特可怕的天罗地网竟然出现了漏洞。一封信,一封暗语密信送到她的手上。封锁了几个星期,几个月以来又收到这第一封信。啊,这些朋友,这些心思周密、头脑灵活的朋友多么巧妙哇。他们终于又找到了一条通道,瞒过了这个无情的阿米亚斯·鲍勒特。真幸运,没有想到!她现在不再与世隔绝了,她可以感觉到友谊了,感受到人们的关注、同情了!她又能了解到为解救她正在进行的所有各种计划与准备工作了!然而一种不可思议的本能仍使玛利亚·斯图亚特保持警惕,她回复坐探摩根时谆谆告诫他:"您可要多加小心,别卷入让人抓住把柄的事,这里对您已经起疑心了,不要落下更大的嫌疑。"可是不久她一获悉她那些朋友——其实是谋害她的凶手——想出多么高超的传递消息的办法,以便畅通无阻地转交信件,就失去了警觉。每个星期都从附近的酿造厂给女王的侍役送来一桶啤酒,看来她那些朋友已经同马车夫谈妥,他每次都将一个塞紧壶嘴的木壶放进装得满满的酒桶,让它浮着。在这块中间挖空了的木头里藏着给女王的密信,以此定期联系,畅通有如正规的邮务。这个有心人——记述里称他为"老实人"——每星期都把啤酒连同桶中宝物运过去送到城堡里。玛利亚·斯图亚特的地窖管事在地下室将这个木壶捞出来,换上邮件以后又将它放进空桶。这个乖觉的马车夫没有什么可抱怨的了,这份偷运的差使让他左右逢源。一方面玛利亚·斯图亚特那些国外朋友给他高额报酬;另一方面他向管家算双倍的酒价。

但是有一点玛利亚·斯图亚特没有料到:这个壮实的马车夫干这瞒天过海的勾当还向第三方拿钱,因为他也得到英国警方的酬劳。当然,阿米亚斯·鲍勒特洞悉这桩买卖的全部底细。借酒通邮并不是玛利亚·斯图亚特那些朋友,而是基福德出的点子,此人是瓦尔辛亚姆手下的一个暗探,在摩根和法国使节面前装作女囚的亲信。这样一来——对警务大臣有无可限量的好处,玛利亚·斯图亚特的定期秘密通信便处于她那些政敌的监视之下。给玛利亚·斯图亚特的和玛利亚·斯图亚特写的每一封信在放入酒桶和从酒桶取出之前都由摩根认为最可靠的自己人,英国警方暗探基福德截获,交由瓦尔辛亚姆的文牍托玛斯·弗立帕斯破译,复写①,这些复写件墨汁未干便被送往伦敦。然后原件才通行无阻地直送玛利亚·斯图亚特或法国使馆,使得这些受骗者一点也不起疑,放心地继续采用这种通信方式。

这是似真实假的局面。双方互相欺骗,双方皆大欢喜。玛利亚·斯图亚特舒了一口气。这个拒人于千里之外冷冰冰的清教徒鲍勒特每一件内衣都要检查,每一只鞋底都要割开。他监管她当她是罪犯一样,现在终于被蒙骗了。她暗笑他没有料到:尽管这些士兵四处把守,尽管重重封锁,尽管使出各种各样狡诈的手段,她还是每个星期都从巴黎、马德里和罗马收到重要的信件,她那些自己人干得头头是道,已经为她准备了军队、战船和匕首! 有时她或许高兴得太露骨、太明显,从眼神都可以看得出来。阿米亚斯·鲍勒特讥诮地把它记入本子:自从她以这种希望的毒素注入自己的灵魂以来,她的心情、身体都不断好转。他每个星期都看到那个能干的马车夫赶车送来重新装上的啤酒,心怀恶意地看着玛利亚·斯图亚特的管家每回都急忙将酒桶滚进幽暗的地下室,以便背着人在那里捞出装有重要信件的木壶,每当这个时候,他就更有理由在他无情的嘴角露出冷笑,玛利亚·斯图亚特将要读到的内容,英国警方早就看过。在伦敦,瓦尔辛亚姆和塞西尔坐在办公楼的安乐椅里,面前放着玛利亚·斯图亚特的一字不差的秘密信件。从中可以看出:玛利亚·斯图亚特将苏格兰王位和英国王位继承权奉送给西班牙菲力普二世,只要他愿意帮助她获得自由——他们得意地微微一笑,这样一封信到时候也有用处,要是詹姆士六世借他母亲要价太狠,便可以拿这封信给他浇一头冷水。他们也读到:玛利亚·斯图亚特在迫不及待地发往法国的亲笔信里不断要求让西班牙军队为了她入侵英国。这封信在庭讯时当然也用得

---

① 此处原文如此。实际情况似应为:每一封给玛利亚·斯图亚特的信在放入啤酒桶之前和每一封玛利亚·斯图亚特写的信在(从啤酒桶取出)送往国外之前都由基福德截获,交托玛斯·弗立帕斯破译,复写。

上。但遗憾的是,最重要的信,关键所在的信,他们盼望得到的对于指控不可缺少的信直到此时在所有这些函件中始终还未发现,就是还未见到玛利亚·斯图亚特在信中表明赞同某种谋刺伊丽莎白的计划。她还未触犯法律。要想开动审理一个案件的杀人机器,还差一枚小螺丝钉,即玛利亚·斯图亚特表示"同意",明确赞成谋刺伊丽莎白。现在瓦尔辛亚姆这个要人性命的本行能手打定主意要把这最后一颗非有不可的螺丝安上去。这就开始了世界史上最难令人置信,却有文献可以作证的卑劣行径之一:瓦尔辛亚姆的卧底计,其目的在于使玛利亚·斯图亚特成为他自己炮制的一桩罪行的知情人,这就是所谓巴宾顿阴谋,实际上是瓦尔辛亚姆阴谋。

瓦尔辛亚姆的计划堪称杰作——取得成功证实了这一点。可是这个计划之所以如此卑鄙,致使几百年后的今天仍然令人恶心,令人寒心,原因就在于:瓦尔辛亚姆利用人类最为纯洁的潜力,即年轻人富于幻想而深信不疑的天性去干他的无耻勾当。在伦敦的那些人选定安东尼·巴宾顿作为置玛利亚·斯图亚特于死地的工具。巴宾顿有理由得到人们的同情和敬佩,因为他出于非常高尚的动机牺牲了自己的生命与名誉,这个醉心于梦想的年轻人是一个出身清白人家的低级贵族,已婚,同妻子一起住在里奇菲尔德庄园里,紧靠查特利——这一下人们马上就悟出为什么瓦尔辛亚姆恰恰挑了查特利作为玛利亚·斯图亚特的住地。长期以来,密探向他报告:巴宾顿是一个虔诚的天主教徒,具有舍身精神的玛利亚·斯图亚特的追随者,曾多次帮助她传递信件。悲惨的命运总会首先深深打动高尚的青年的心。这样一个不谙世事的理想主义者纯真而戆直,对瓦尔辛亚姆之流的用处比任何雇佣的密探好上一千倍。女王对他更容易信赖。她知道:这个光明磊落的,或许有点迷茫的贵族热诚为她效劳,并非出于有利可图的贪心,更非出于个人的好感。至于说他早在施鲁斯伯里处担任少年侍从时就认得玛利亚·斯图亚特并且爱上了她,这或许是牛头不对马嘴的瞎编。可能他从来都没有遇见过她。他效忠她只是喜欢效忠,只是由于对天主教的信仰,只是由于对这个女人的冒险行为感到令人迷醉的兴趣,他把她视为英国合法的女王。像所有年轻人一样,他举止大方,行事冒失,出言无忌,在他的朋友当中为这个女囚争取支持者,有一些年轻的贵族天主教徒跟着他走。形形色色的特殊人物聚集在他的周围,口无遮拦。其中有一个狂热的神父,名叫巴勒德;有某个叫萨维奇的是什么都敢干的莽汉;其余都是毫无猜疑之心、头脑简单的青年贵族,这些人读了太多普鲁塔克的作品,满脑子是乱成一团的英雄伟业梦想。可是不久在这一群光明磊落的人中间出现了另外几个人,他们比巴宾顿与他那些朋友要坚决得多或者看上去是这样。特别是那个基福德,后来伊丽莎白每年给他津贴一百镑奖励他的功绩。这些人认为解救幽禁的女王还不够,他们异乎寻常地强烈要求采取不知要危险多少倍的行动,即要求谋刺伊丽莎白,除掉这个"篡位的女人"。

这些敢字当头异常坚决的朋友当然只是瓦尔辛亚姆雇佣的警方暗探,不择手段的警务大臣将他们打进这个由理想主义的年轻人结合而成的秘密同盟,不仅是为了及时了解他们所有的计划,而且首先是为了驱使一味幻想的巴宾顿走得更远,超过他的本意。巴宾顿原来只是打算(有关文献使人对此毫不怀疑)同自己几个朋友果断地从里奇菲尔德出发在打猎时或者利用其他机会将玛利亚·斯图亚特从囚禁中解救出来。这些政治过激、本性非常善良的人心里根本就没有想要采取像谋刺这样一种不道德的行为。

然而仅仅劫走玛利亚·斯图亚特不能满足瓦尔辛亚姆的需要,这无法提供给他在法律上进行指控所不可缺少的证据。他需要的是进一步的行动。为了达到他那些不可告人的目的,他需要一个货真价实的行刺阴谋。他就叫他那些无赖暗探反复教唆不断催促。巴宾顿和他那些朋友终于果真考虑符合瓦尔辛亚姆期望的行刺伊丽莎白的计划。5月12日,与密谋者保持经常联系的西班牙使臣向菲力普二世奏报可喜的情况:四名有地位的贵族天主教徒可以出入伊丽莎白的王宫,他们已在圣坛前起誓,将用毒药或匕首把她除掉。瞧,这些暗探干得多漂亮。瓦尔辛亚姆策划的行刺阴谋终于施展开来。

到这一步,瓦尔辛亚姆布置的任务只完成了一半。这个圈套只在一端系牢,现在也必须把它固定在另一端。行刺伊丽莎白的阴谋已经安排妥帖。更加困难的工作开始了：要把玛利亚·斯图亚特牵扯进去，要促使这个被蒙在鼓里的女囚对此表示"同意"。于是瓦尔辛亚姆又一次招来他那些打进去的暗探，把他们派往巴黎天主教秘密活动中心菲力普二世和玛利亚·斯图亚特的总代理人摩根处，向他抱怨，说巴宾顿他们太窝囊，不想真正动手行刺，这些人老在犹豫、拖拉。为了神圣的事业，当务之急是推动这些懒散、疲沓的人。此事只有玛利亚·斯图亚特开口鼓励他们才能奏效。这些暗探说：要是巴宾顿确知，他所敬仰的女王赞同行刺，他无疑便会马上采取行动。这些暗探劝说摩根：为使这一壮举得以顺利成功，无论如何他要设法让玛利亚·斯图亚特给巴宾顿写几句话，以鼓励他的斗志。

摩根踌躇不决，仿佛在一瞬间他已清醒地看透瓦尔辛亚姆的手法。可是这些奸细缠住不放说：这不过是应景说几句嘛！最后摩根答应了。但是为防玛利亚·斯图亚特下笔不慎，他给她草拟了一个写给巴宾顿的信稿。女王对她的坐探完全放心，一字不差地抄了这封给巴宾顿的信。

这样玛利亚·斯图亚特与行刺阴谋有了关系。瓦尔辛亚姆在这一点上的努力成功了。起初摩根还能小心行事。玛利亚·斯图亚特第一次写给援助者的那封信尽管热诚关怀，但始终没有什么承诺和把柄。但瓦尔辛亚姆需要的是不慎的话语、明确的表态和对行刺计划直言不讳的"同意"。在他的指使下，这些暗探又从另一方面入手。基福德催促厄运当头的巴宾顿，说：现在既然女王如此施恩信任他，他也应该同样信赖她，理所当然地将各种意图告诉她。像谋刺伊丽莎白这样危险的行动不能不得到玛利亚·斯图亚特的同意。通过那个规规矩矩的马车夫可以畅通无阻地同她商定一切细节，得到她的指点，否则还要这条安全的渠道干什么？巴宾顿是一个不折不扣的笨蛋，冒失有余，慎重不足，就这样傻乎乎地上了当。他向最亲爱的女王写了一封长信，向她透露了各种预谋计划的每一细节。干吗不让这个不幸的女人高兴呢？干吗不让她事先就得知解救她的时刻已经近在眼前了呢？他那样天真，仿佛天使循着无形的通道会将他那些话语传送给玛利亚·斯图亚特，却一点也没有想到：暗探和奸细阴毒地潜伏着，要截获他所写的每一句话每一个字，这个可怜的傻瓜在一封长信里详细地说明了密谋的实施计划。他写道：他本人要带十名贵族和一百个援助者大胆地发起袭击，将她从查特利解救出来，同时有六名全是他可靠的好友，忠于天主教事业的贵族在伦敦将把那个"篡位的女人"除掉。这封异乎寻常、知无不言的长信透出他们具有火热的决心，充分意识到自身的危险。这封信读来确实感人至深。如果对这样表白高尚的思想准备的来信，由于谨小慎微而在回复时不予鼓励，这只能是一颗冷酷的、可怜而冷漠的心。

瓦尔辛亚姆料定在玛利亚·斯图亚特身上准会出现那种发自内心的热情和那种屡见不鲜的轻率。如果她获悉巴宾顿预告谋刺一事表示赞同，他便达到了目的。这样玛利亚·斯图亚特就使他不必多花力气派人暗杀她，她自己就在脖子上套了绞索。

这封索命的长信发了出去。暗探基福德马上就把它交给国务议事厅，在那里人们仔细地破译和复写。这封信完好无损地通过啤酒桶邮路发给那个蒙在鼓里的女人。7月10日玛利亚·斯图亚特把它捧在手里。有两个人同样焦急地在等待着，看着她是否和怎样回复这封信，这就是塞西尔和瓦尔辛亚姆，便是这个伦敦行刺阴谋的发明者与指挥者。最紧张的时刻已经来到，这是令人紧张得发抖的瞬间：鱼嘴已在饵边碰撞。它会吞吗？它不吞吗？这是一个可怕的时刻，但是无论如何，对塞西尔和瓦尔辛亚姆的政治手段可以各有看法，或褒或贬。不管塞西尔这个国务大臣置玛利亚·斯图亚特于死地的做法多么卑劣，他总是为一种思想而效力，对他来说除掉新教的死敌是刻不容缓的、势在必行的国策大事；而对瓦尔辛亚姆，对一个警务大臣，人们也很难要求他放弃密探活动，仅仅使用合乎道义的方法。

那么伊丽莎白呢？她这辈子凡有什么行动总是反复思量，想着后人会怎样看她。她知道这一回在幕后制造了比任何断头台都更阴狠的杀人机器吗？她这些参与国家机密的谋臣这种伤天害理的行径是否得到了她的同意？英国女王在这陷害她敌手的可悲阴谋中扮演什么角色？——这个问题不能不提。

回答并不困难：扮演双重角色。固然我们有确凿的证据，说明伊丽莎白对瓦尔辛亚姆的伎俩完全了解,她自始至终对塞西尔和瓦尔辛亚姆打进奸细的诡计,对其中每一个环节、每一件事情都采取纵容、赞同,也许甚至乐意促进的态度。历史永远也不会赦免她的罪责,她看着或者甚至帮着阴险地将信赖她的女囚诱入毁灭的罗网。但是——必须反复强调这一点——如果伊丽莎白行事干脆利落,也就不是伊丽莎白了。尽管说谎、装假、骗人在她已是司空见惯,然而决不能说这个万千女性当中古怪之尤丧尽天良,还从来没有见过她明摆着不仁不义。每到关键时刻,总有某种宽容之心占了上风。这一回借这样卑下的手段从中取利也使她觉得不是滋味。正当她自己的臣子诱使牺牲品进入罗网之际,她突然出人意料地回头帮了一下那个身陷险境的女人。发自和发往查特利的玛利亚·斯图亚特的所有信件全由法国使节中转,他却不曾料到,为他传书递简的信使是瓦尔辛亚姆收买的那些爪牙。伊丽莎白召见他,简单明了地告诉他:"公使先生,您与苏格兰女王联系频繁。请您相信我,在我这个王国里进行的事情我全了解。在我姐姐当女王执政期间,我自己就被关押过。我也知道得很清楚:为了争取别人替自己办事,进行秘密的联系,被囚者会开辟哪些人为的渠道。"说了这一番话,伊丽莎白在良心上感到宽慰一些。她已经明明白白地警告了法国使节,等于提醒了玛利亚·斯图亚特本人。她可以说的那些话已经说了,却并未暴露自己臣子的所作所为。要是玛利亚·斯图亚特还不悬崖勒马,伊丽莎白依然可以洗刷自己,理直气壮地说:我已在最后时刻告诫过她了。

同样的,要是玛利亚·斯图亚特听从告诫,就此住手,要是她什么时候能小心谨慎地行事,也就不成其为玛利亚·斯图亚特了。虽然她开头只用一句话确认收到巴宾顿的来信,塞西尔派出的那个人非常失望地报告说,还没有讲出"她的心里话",还没有讲出她对行刺计划的内心想法。但是她在犹豫,她在摇摆:该不该把心里想的说出来呢?她的文牍纳奥也竭力劝阻她,不要在这样见不得人的事情上以白纸黑字的方式在别人手里留下把柄。可是这个计划太诱人了,这一呼吁的前景太美好了,使得玛利亚·斯图亚特无法克制串联密谋的致命欲望。纳奥明显不安地写道:"她情不自禁地要表示同意。"她同两个机要文牍纳奥与柯尔一起关在她的屋子里详尽地逐点回复了各项建议。7月17日,即她收到巴宾顿来信没有几天,她的复信通过平时的啤酒桶邮路发了出去。

不过,此次这封招来横祸的复信无须远行,根本就没有送去伦敦,以往都在那里的国务议事厅里破译玛利亚·斯图亚特的秘密函件。这一回塞西尔和瓦尔辛亚姆急着要早一些获悉结果如何,便将奉命破译的文牍弗立帕斯直接派往查特利,让他从仿佛还是湿漉漉的信纸上译出来。说来也怪,这么巧,玛利亚·斯图亚特坐马车外出看见了这个死神使者。来人面生,引起了她的注意。这个难看的麻面小伙子(她在一封信里这样描述他的脸孔)朝她微微一笑——可能忍不住幸灾乐祸,玛利亚·斯图亚特陶醉在希望之中,以为这个人受她那些朋友的派遣,悄悄来到这里察看地形,以便人们按计划解救她。事实上,这个弗立帕斯察看的比这要危险得多。她那封信一从啤酒桶里取出,他急忙开始破译。猎物已在手里,现在赶快剖开。一句一句地很快译出。开头只是一些套语。玛利亚·斯图亚特感谢巴宾顿。关于使用武力将她救出查特利一事她提了三点建议。密探对此感到兴趣,但这还不是极为重要的关键所在。可是随后弗立帕斯蓦地喜不自胜,似乎连心都停止了跳动:他终于接触到那一段话,里面明明白白地包含了"同意"——瓦尔辛亚姆盼望了和引诱了几个月的玛利亚·斯图亚特对谋刺伊丽莎白一事所表示的"同意"。巴宾顿在信里告知她:有六名贵族将在王宫里刺杀伊丽莎白,对此玛利亚·斯图亚特冷静而切实地回复,表示了这样的意见:"那么就派这六位贵族去进行此事,同时告诉他们,完成任务以后,趁我的看守还未接到通知,马上就将我从这里接走……"这已够用,玛利亚·斯图亚特这就说出了"心里话",她赞同行刺计划。至此瓦尔辛亚姆的阴谋得逞。首犯与帮凶、主子和奴才彼此握住肮脏的手,握住很快就会沾满鲜血的手,互相称贺。弗立帕斯得意地写信给他的主人:"关于她的书面证据您现在掌握得够多了。"阿米亚斯也觉察到:不久将处决他看管的囚犯,他也就摆脱牢头的职责,不由得感到可以说是发自内心的喜悦。他写道:"上帝因我努力工作而赐福,因我忠心效劳而重赏。"

如今极乐鸟已罩在网里,瓦尔辛亚姆完全不必再瞻前顾后。他的计划已实现,他那肮脏的行径已完事。现在他已十拿九稳,可以把他这些姐上肉戏弄几天,满足自己龌龊的欲望。他依然让玛利亚·斯图亚特这封(早已复写了的)回信畅通无阻地送到巴宾顿的手上。瓦尔辛亚姆心想,要是他再回复,指控的卷宗增多一份材料,那也无妨。可是在这中间巴宾顿肯定从某种迹象意识到:不知从哪里射来恶毒的目光已经窥透了他的秘密。这个冒失的小伙子突然感到莫名的恐惧。一个人即使非常勇敢,但是如果蓦然觉察到自己被某种看不见摸不着的强大力量控制住,也会吓得头皮发炸。他像一只被追赶的老鼠四处乱窜。他骑上一匹马,打算逃往乡间,忽然又折回转向伦敦——在这一瞬间像陀思妥耶夫斯基笔下的情节,恰恰去找玩弄他命运的那个人,去找瓦尔辛亚姆。一个人六神无主,逃到他最危险的敌人那里。这种情况难以理解,却又可以理解。显然,巴宾顿想从瓦尔辛亚姆嘴里探知人们是否已经对他起疑。可是这个警察头子淡然泰然,不动声色,若无其事地让他离去:这样更好,这个笨蛋冒冒失失还会弄出其他证据。然而,巴宾顿已经感觉到暗处那只手。他急急忙忙地写了一张字条给一个朋友,为了给自己壮胆,写下豪气十足、耽于幻想的①话语:"炉火已旺,是考验我们信念的时候了。"同时他最后用一句话安慰玛利亚·斯图亚特,请她给予信任。但是瓦尔辛亚姆已经掌握了足够的证据,突然他动手了。一个密谋分子被逮住,巴宾顿一得到这个消息,便知道一切都完了。他建议同伴萨维奇最后拼一下,径直赶到王宫将伊丽莎白刺死,但为时已晚。瓦尔辛亚姆的差役早就跟在他们身后。在抓捕他们的瞬间,他们行动果断,得以逃脱。可是逃到哪里去呢?所有的道路都封锁,所有的港口都已接到通知提高警惕。而且他们没有食物,身无分文,藏身在当时属于伦敦近郊,现在已是伦敦中心的圣约翰树林。在惊骇中,在走投无路的恐惧中度过十天,然而饥饿无情地折磨着他们,后来不得已进了一个朋友家里,在那里吃了面包,最后一次受圣餐,随后便遭逮捕,戴上手铐脚镣游街。这些勇敢、年轻、虔诚的人在伦敦塔的一间牢房里等待拷打,等待审判。而胜利的钟声在他们的头顶上回响,

---

① 此处原文为 römische(罗马的),疑为 romantische 的误植,现暂按后者译出。

遍及整个伦敦。居民以欢乐的焰火和盛大的游行庆祝伊丽莎白获救,阴谋破产,玛利亚·斯图亚特毁灭。

在这中间,查特利城堡中那个毫不知情的女囚多年以来又一次享受到欢乐激奋的时刻,她的全部神经都绷紧了。随时都会有人飞驰而来,向她报告:"那个方案已经付诸实施",今天,明天,后天她这个女囚会被接到伦敦王宫里。她已在想象:贵族与市民身穿节日的盛装在城门口迎接她,欢快的钟声在回响。(她并不知道,这个可怜的女人,为了庆祝伊丽莎白获救,钟真的在晃荡,从钟楼里传出钟声。)再过一天,两天,一切都完成了,英国和苏格兰将统一在她的王冠之下,在全世界将恢复天主教信仰的地位。

对于疲惫的肉体,对于颓丧的灵魂,哪个医生都开不出比希望更有疗效的灵丹妙药。玛利亚·斯图亚特一而再,再而三地轻信而又深信,自从梦想胜利近在眼前,在她身上发生了彻底的变化。她突然感受到前所未有的活力,迥然不同的青春。最近几年来她总感到浑身无力,步行不到半个钟头便腰疼、疲倦、关节作痛。现在她又跃上马背。恢复得如此出人意料,她自己也感到惊讶,写信(此时密谋已遭腰斩)给那个"神通广大①的摩根"说:"感谢天主,他还未使我一蹶不振,我还能拉弓射鹿,还能纵马随犬去追猎。"

因此,那个一向没有好脸色给她看的阿米亚斯·鲍勒特邀请她于8月8日到附近的蒂克沙尔城堡打猎时,她感到又惊又喜——她想:唉,这个傻里傻气的清教徒没有料到,他那牢头差使很快就将结束。大队人马整装出发:内务总管、两位文牍、医生纵身上马。这天阿米亚斯·鲍勒特也特别随和亲切,同几名军官一起,陪着这支兴高采烈的队伍。这是一个晴好的早晨,阳光灿烂,温暖宜人,原野一片葱绿。玛利亚·斯图亚特催马飞驰,要更强烈、更痛快地从中感受活力与自由。好多个星期以来,好多个月以来,她一直没有这样活跃过,在所有这些坐困愁城的年头里从来没有像在这个美好的早晨这样愉快、舒畅过。在她看来万事如意,一切顺

---

① 此处原文为"got",疑为"god"的误植,现暂按后者译出。

利。希望醉心,自以为身在福中。

在蒂克沙尔猎园大门前,坐骑都从疾驰慢慢变为小跑。突然玛利亚·斯图亚特的心急速地跳动。在城堡的边门前面大队人马在等候。啊,福星高照的清晨! 这不就是那些朋友,就是巴宾顿和他那些伙伴吗? 莫非那封信里的秘密预告提前实施了? 可是奇怪,等候的那些人中只有一个离开队列,缓缓而异常严肃地骑着那匹小跑的马靠近她,然后脱帽鞠躬,自称托马斯·乔治爵士。可是一转眼,玛利亚·斯图亚特觉得欢蹦乱跳的心突然停住,因为托马斯·乔治爵士用简短的几句话通知她巴宾顿的阴谋已被揭露,他奉命拘捕她的两名文牍。

玛利亚·斯图亚特无法开口说话。无论说"应该抓",或者说"不该抓",无论是提问题,或者是发牢骚,都会暴露自己。或许她还未觉察到危险已经到了什么程度,但是当她发现阿米亚斯·鲍勒特根本就不准备同她一起骑马回查特利时,便很快疑虑重重,这时她才悟出这回邀请打猎的真意:人们要将她诱出住处,以便放手搜查她的各个房间。现在所有她的文件肯定都彻底翻检和审读过了。整个外事活动场所已被捣毁,她曾以至高无上的安全感在那里公然负责处理外交事务,好像她是一国的君主,而不是异国的囚徒。不过她将有足够的、过多的时间思考所有这些差错和疏忽。人们把她扣在蒂克沙尔十七天,使她无法写下或收到一行字。她明白:所有她的秘密现在都已暴露,任何希望都已幻灭。她又降下一个等级。她不仅是被囚,她已经是被告。

当她十七天以后回到查特利时,玛利亚·斯图亚特已变成另一个人。她再也不是快马飞驰,手持投枪,在那些忠心的朋友簇拥下,长驱直入猎园大门,而是缓慢地、无言地夹在严厉的看守与敌人中间前行。她已成了一个疲惫、灰心、垂老的女人。她知道已经没有盼头。看到所有箱子和柜子都被撬开,她留下来的所有文件和信函都被搬走,她还会感到惊讶吗?看到少数几个忠心的管事噙着眼泪露出失望的目光迎接她,她还会感到奇怪吗?不会了,她很清楚,现在一切都已过去,一切都已结束。可是一件意外的小事帮助她克服了最初的麻木绝望的心情。楼下侍役小屋子里一个女人发出临产的呻吟。这是她忠实的文牍柯尔的妻子。人们把柯尔解往伦敦,要他招供,以便更能陷害玛利亚·斯图亚特。这个女人孤零零地躺在那里,没有助产的医生,也没有见到神父。于是女王出于妇女彼此永远亲如姐妹和同是天涯沦落人的情感下楼去帮助哀号的产妇。由于没有神父在场,她按天主教仪式亲自为婴儿施洗,欢迎小生命进入这个世界。

玛利亚·斯图亚特在这令人厌恶的城堡又待了几天,接着来了命令,将她押往另外一个城堡,在那里她更跑不了,更加与世隔绝,人们给她挑了福瑟琳海。玛利亚·斯图亚特作为客人,作为女囚,作为一国的君主,作为遭到屈辱的女人在众多的城堡之间辗转流徙,这是最后一个。漂泊到此为止,这个不安生的女人很快也就安生了。那些为玛利亚·斯图亚特敢冒生命危险做出牺牲的不幸的年轻人在这些日子里受到残酷的折磨。与此相比,表面上看起来已是悲剧尽头的一切其实只是小小不言的苦头。世界史的编写总是缺乏正义感和社会性,它叙述的往往只是在这个世界上有权有势者的忧患、君主的悲欢,但对其他人,对不在台上露脸的普通人则漠然置若罔闻,仿佛这一个肉体和另一个肉体在遭到折磨与拷打时的感觉并不一样似的。巴宾顿和他那九个同伴——今天还有谁认得,还有谁说得出他们的名字?而玛利亚·斯图亚特的命运却在数不清的舞台上,在书本里图画中永远流传下来!——巴宾顿和同伴在三个钟头的严刑拷打中比玛利亚·斯图亚特在所有这二十年的不幸中受到的肉体痛苦还要大。按照法律应判他们绞刑,可是如果这样,在阴谋策划者看来未免太便宜了被他们煽惑的那些人。同塞西尔与瓦尔辛亚姆一起,伊丽莎白亲自决定——这给她的名声添了一个污点,通过别出心裁的折磨延长巴宾顿和他那几个同伴的处决过程,使他们死无数次。这些信仰坚定的年轻人当中有六个——里面有两个半大男孩——所犯的罪行只是在他们的朋友巴宾顿逃到他们家门口行乞时给了几块面包而已。为了做做依法行事的文章,先把他们绞了一会儿,可是接下来趁他们还活着,割断绞索,以便极尽野蛮时代残忍之能事折磨他们还有知觉的、无比痛苦的肉体。刽子手开始宰割,不厌其烦,令人恶心。这些牺牲品如此缓慢、如此痛苦地遭到千刀万剐的活杀,以至于连伦敦的市井无赖也觉得非常可怕,第二天不得不缩短行刑的过程。刑场又一次满地鲜血,一片恐怖,又是由于这个女人,她被赋予决定命运的魔力,一次又一次地不断有年轻人被拽进毁灭的深渊。这是又一次,也是最后一次!从夏斯特拉尔开始的盛大的死神之舞至此收场。从此再也无人为她的权力与尊荣之梦做出牺牲,现在轮到她自己当牺牲品了。

第二十二章　伊丽莎白首鼠两端

1586年—1587年2月

　　终于达到目的了。玛利亚·斯图亚特已落入圈套：她表示了"同意"；她已罪责难逃。现在伊丽莎白可以高枕无忧了，司法部门会替她裁决与处置。四分之一世纪的争斗已经结束，伊丽莎白赢了。伦敦街头平民欢呼雀跃，庆祝自己的君主获救和新教事业取得胜利。伊丽莎白本可洋洋得意，然而在万事如意的同时，不可思议地桩桩件件夹杂着苦涩。现在正是伊丽莎白可以出手的时候，她的手却发抖了。将那个轻率行事的女人诱入圈套，比此时让这个陷入罗网挣扎不得的女人命归黄泉要容易一千倍。要是伊丽莎白想用暴力除掉这个碍手碍脚的女囚，她早就有上百种不留痕迹的办法。十五年前国会就曾要求用斧头最后警告玛利亚·斯图亚特。约翰·诺克斯临终时还请求伊丽莎白："如果不把树根铲掉，枝条又会发芽，而且比人们想象得到的还要快。"可是每回她都回答说，她"不能弄死躲避苍鹰逃到她这里求助的小鸟"。可是现在要么赦免，要么处决，别无其他选择。现在迫使她面临一再搁置，然而终于无法拖延的决定。伊丽莎白害怕这个决定。她知道，她的裁夺后果非同小可，简直无法想象。我们站在今天的视角几乎难以体会得到这一决定的重要性、革命性，因为这在当时还会撼动世界上正在运作的整个等级制度：将一个膏立的女王强按到利斧之下就意味着向欧洲各国一向顺从的民众揭示：一国君主也是一个可以判刑、可以处决的人，并非不可侵犯——因此，伊丽莎白的决定涉及的并非一死了之的一个人，而是一种观念。如果伊丽莎白开了决定处死的先河，必将产生几百年之久的影响，警示世上所有的国王:已有一颗戴着王冠的脑袋在断头台上掉下来。如果不是援引这一判例,斯图亚特家族的后裔查理一世①就不至于人头落地;如果不是查理一世成了刀下鬼,就不会有那样下场的路易十六②和玛丽·安托瓦内特③。伊丽莎白高瞻远瞩,具有强烈的人性责任感,意识到她做出的决定将带来无可挽回的影响。她犹豫,她畏缩,她摇摆,她能拖则拖。再一次,比以前任何时候都更激烈地在她内心开始了理智与感情的冲突,伊丽莎白与伊丽莎白的斗争。目睹一个人与自己的良知在搏斗,自是一番惊心动魄的景象。

伊丽莎白陷于进退两难的境地,只想最后一次绕过这件不可避免的事情。她总是将决定搁在一边,但是决定每次又都回到她的手上。她想再一次在最后关头解脱干系,将责任推给玛利亚·斯图亚特,便给她写了一封(未能保存下来的)信,在信里劝她写一封私人函件以女王对女王的关系坦率承认参与密谋,表示愿意由伊丽莎白发落,不想接受公开审理的判决。

伊丽莎白的建议确实是这个时候还能找到的唯一可行的解决办法。只有这样,才能使玛利亚·斯图亚特免遭公开审讯的屈辱,免遭判决与处死。对伊丽莎白来说,这意味着无可估量的安全保证。手握那个令人头痛的王位觊觎者亲笔书写的出乖露丑的自白书,伊丽莎白就能万无一失地等于将她拘押在道义的牢笼里。然后,玛利亚·斯图亚特可以安静地隐居在某个地方继续生活下去,由于写了自供状,也就毫无还手之力;而伊丽莎白则安然沐在光辉之中,高踞于君临一切的宝座上。角色亦就永远分派停当,在历史上她们不再平起平坐,不再你争我夺,而是犯罪者跪在宽恕者面前,获赦者伏在救命者脚边。

然而玛利亚·斯图亚特根本就不屑于别人饶她一命了。高傲始终是

---

① 查理一世(1600—1649),英国斯图亚特王朝国王。即位后对抗国会,压迫清教徒,1649年被国会处死。
② 路易十六(1754—1792),法国国王,玛利·安托内特的丈夫。1789年法国大革命爆发,路易十六表面接受立宪政体,实则扼杀革命,1792年9月被废黜,次年1月被处死。
③ 玛丽·安托瓦内特(1755—1793),法国国王路易十六的妻子,1789年法国大革命爆发后,与革命派对抗。1793年10月被处死。

她最强大的潜力,她宁肯对着断头台俯首,也不愿面向庇护者屈膝;她宁愿徒然否认,也不愿如实招认;她宁愿一死百了,也不愿低头乞求。因此玛利亚·斯图亚特对这一既使她保全性命,又使她蒙受屈辱的建议傲然不予理睬。她知道,作为君主她已一败涂地,在世上她力所能及的只是使她的对手伊丽莎白陷于不义。她活着再也无法损她的敌人一根毫毛,因而毅然拿起这最后的武器:以死得光荣来羞辱伊丽莎白,在世人面前让她蒙受冷酷无情的恶名。

玛利亚·斯图亚特将向她伸过来的那只手推了回去。在塞西尔和瓦尔辛亚姆的催促下,伊丽莎白现在只好走上本来使她反感的道路。为了给已经策划好了的诉讼程序提供一个法律基础,首先召集了王室法学家商议,这些人可以说总是顺水推舟做出当时掌权者所要求的论断。他们卖力地在历史上搜寻以前国王正式受审的先例,以免指控出现过于明显地背弃传统的缺陷,以免标新立异。可是他们勉强凑集的例子又可怜得很:有卡耶泰努斯,一个恺撒时代的小君主;有同样并不出名的里奇涅乌斯,君士坦丁①的一个小舅子;还有霍亨斯陶芬②的康拉定和那不勒斯③的约翰娜——这些是仅有的有史为证判决处死的君王。这些奴性十足的法学家巴结得很,竟然认为伊丽莎白建议成立的贵族法庭是多此一举。按照他们的意见,由于玛利亚·斯图亚特在斯塔福德郡"犯罪",将她交给这一地区的普通平民陪审团处置即可。但是这种百姓参与行使政权的司法程序根本不合伊丽莎白的心意。她很在乎表面形式。处决一个都铎王室的外曾孙女和斯图亚特王室的女儿,她要显示出真正的王家气派,显示出庄严与尊贵,要有奢华而壮观的排场,要有与一个君主相称的显赫气势,令人敬畏,而不能让几个农夫小贩一锤定音。伊丽莎白恼怒地训斥这些卖力过了头的人:"像你们这样审判一个女王真是妙不可言。为了避免这类荒唐怪事(譬如由十二名平民来判决),我看如此重大的案件应该交给多位显贵的要人和法官来审理才是。我们俩都是君主,站在世界舞

---

① 君士坦丁,君士坦丁大帝(约280—337),即君士坦丁一世,古罗马皇帝(306—337)。
② 霍亨斯陶芬,霍亨斯陶芬王朝,神圣罗马帝国的封建王朝(1138—1254)。
③ 那不勒斯,那不勒斯王国,意大利南部的封建国家。

台上,人们的目光都集中在我们身上。"她要为玛利亚·斯图亚特安排符合国王地位的审判,符合国王地位的处决,符合国王地位的葬礼,因此在全国最优秀最高贵的精英中挑选,组成贵族法庭。

然而,玛利亚·斯图亚特却不想听任她的女王姐姐手下血统最纯的臣仆来审讯或判决。她在自己屋子里接见那些来使,却并未朝他们迈出一步。她斥责他们:"你们的主子难道不知道我生来就是女王吗?莫非她以为我会接受这样的传讯吗?——这将贬低我的地位,我的国家,我的出身之本的家族,我的继承王位的儿子,所有的国王和国外的君主,他们的权利都会因我受辱而遭到损害。不!决不!即使我看起来好像已被压弯,但我这颗心却傲然不屈,不会由于贬损而低三下四。"

然而,有一条永恒的规律:无论幸运还是厄运都不会彻底改变一个人的性格。玛利亚·斯图亚特的优点始终是原来的优点,失误也始终是原来的失误。在危急关头她总能显示出非凡的气势,但随后又总是过于漫不经心,在压力持续较久的情况下,未能始终保持最初的坚定态度。像约克郡案件中一样,她最后又一次在别人的影响下背离了不可侵犯的一国之主的立场,放下了伊丽莎白害怕的唯一武器。经过长时间苦斗之后,她表示愿意向那些来使讲清原委。

8月14日福瑟琳海城堡大厅里气氛庄严。厅堂正面靠壁处张着华盖,下设靡丽的宝座,在演出悲剧的整段时间里始终空着,这把圈椅只是一种象征,无声地表示御驾亲临,表示英国女王伊丽莎白用无形的方式在主持审理,以她的旨意与名誉做出终审判决。不同身份的法庭成员在丹墀左右两侧按照官阶依次落座。大厅正中放着一张桌子,靠桌坐着原告、预审法官、法庭工作人员和笔录文牍。

玛利亚·斯图亚特像这些年来那样一身庄重的黑衣,由事务总管搀扶着进了大厅。在步入厅堂时,她朝全场扫了一眼,鄙夷地说道:"这里法律行家多着哩,可没有一个替我说话。"然后她向一把指定的椅子走去,她这个座位在华盖的前面,但比那个空着的宝座低几级台阶。通过伊丽莎白的座椅高于玛利亚·斯图亚特那一把椅子这一细小而微妙的安排,形象地显示出反复争夺的英国对苏格兰的宗主权。但是即使死到临头,玛利亚·斯图亚特也不承认这种居高临下的架势。为了让人听得见听得懂,她大声说道:"我是女王,我曾经同一位法国国王结婚,所以上边那个座位应该属于我。"

审判开始。就像在约克郡与威斯敏斯特那样,审理这个案件也践踏了最起码的法律概念。人们又一次在诉讼开场之前就将那些主要证人——当时是波思威尔的仆人,这次是巴宾顿和他的同伴——处死,如此匆促,实属可疑,审判席上只有他们在死亡威胁下硬逼出来的供词。还有一个情况也违背了法律:用来给玛利亚·斯图亚特判罪的文字依据,即她写给巴宾顿的和巴宾顿写给她的信函在宣读时也不是原件,而是抄件,这又如何解释?!玛利亚·斯图亚特叱责瓦尔辛亚姆,问得在理:"我怎么能肯定,人们为了让人判我死刑而并未篡改我的密写符号?"依法论事,在这一点上本可进行有力的辩护。如果允许玛利亚·斯图亚特有一名律师,他要是指出这类公然违背法律的做法,易如反掌。可是玛利亚·斯图亚特在那些法官面前孤掌难鸣,不懂英国法律,闹不清楚定罪证据,而且要命的是,她又犯了当时在约克郡和威斯敏斯特时同样的错误。她并不是限于驳斥个别确有疑点的情况,而是一股脑儿否认一切,连无可争辩的事实也不认账。她先是说从来就不认得巴宾顿其人,可是第二天又在种种证据的压力之下承认先前推得一干二净的事实。这样她在道义上越来越难站得住脚,因此在最后关头,她又逃避到原来的立场上时,已经太晚;她坚持认为:"君无戏言,有权要求人们相信我。"她大声说:"我来到这个国家,是信得过英国女王讲情义,重承诺。请看,各位勋爵——"说到这里,她从手上脱下一枚戒指,拿给法官们看,"这是我从您诸位的女王那里收到的表示友好、提供保护的信物。"这些法官根本就不想维护永恒而不容置疑的正义,他们只求国家太平无事,判决早已准备就绪。10月28日在威斯敏斯特的星厅举行法官会议,当时只有苏彻一个人鼓足勇气表示他并不完全确信玛利亚·斯图亚特蓄意谋害英国女王。这样一来,便不能用无比漂亮的"一致通过"来装点判词了。其他法官都很听话,认定玛利亚·斯图亚特有罪。于是一名文牍坐下来,用美观的字体将判词写在羊皮纸上:"该玛利亚·斯图亚特自称有权取得本王国即英国的王位,曾赞同与制订各种计划,旨在伤害,毁灭或刺杀我们的君主,即本国女王陛下。"这样的罪行应该怎样惩处,国会事先已有决议,那便是:死刑。

组建起来的贵族法庭负有依法审理、做出判决的职责。法庭认定被告有罪,应处死刑。但是伊丽莎白女王身居万人之上,拥有一种特权,即崇高、神圣、仁慈、宽容的赦免权,可对已定的罪行不予惩处。只有她可以按照自己的意愿取消已经宣判的死刑,饶人一条活命。这个让她头痛的决定又落到她的,落到她一个人的肩头。如何对付呢?伊丽莎白再次首鼠两端。如同在古希腊悲剧中,一个人在良知施加压力时左右两边的歌咏队针尖对麦芒似的轮着唱那样,从外界和从内心都发出声音,一种声音要从严处置,另外一种声音要宽大为怀。可是我们尘世行为的法官凌驾所有声音之上,这就是历史,它对在世的人们始终讳莫如深,只是在他们已经走完人生道路时,它才向后世衡量永逝者的所作所为。

右边的声音无情而清晰地一再说:执行死刑,执行死刑,执行死刑。首相、御前会议成员、密友、勋爵、市民、百姓,他们都认为,要想求得国家太平,女王安宁,只在一种情况下才有可能,即:玛利亚·斯图亚特人头落地。国会郑重地提交了请愿书:"为了维护我们信奉的宗教,为了女王的安全和王国的福祉,我们怀着耿耿忠心恳请陛下降旨公布关于苏格兰女王的判决,尽快处死该女王,以伸张正义,舍此别无确保圣体平安的良策。"

对伊丽莎白来说,这一请求正中下怀。她求之不得的正是向世人表明:并非她要迫害玛利亚·斯图亚特,而是英国民众坚持要求执行法庭的判决。这种喧嚣声音越响,传得越远,越是有目共睹,对她的好处也就越多。这样她便有了机会在"世界舞台"上高歌善良与仁慈的独唱曲。她是经验丰富的优秀演员,这就借题发挥,表演得淋漓尽致。伊丽莎白听着国会言之成理的规劝,深受感动,谦恭地感激上帝,他的意志使她在有生命危险时获救。可是随后,她提高声音,仿佛越出大厅,对整个世界,对历史说话,洗刷干净自己在玛利亚·斯图亚特遭遇上的种种罪过。"虽然我的生命受到严重的威胁,但在这里我必须坦言:使我感到痛苦的莫过于有人与我同属一个性别,地位,与我出身相同,与我亲缘如此接近而竟犯下如此严重的罪行。但我毫无怨尤,而是在谋害我的犯罪行为揭露以后立即私下写信对她说:如果她在信里以诚待人,坦白相告,那么一切都不公开,就此了结。我写信对她说这一番话,绝非想引诱她落入陷阱,因为我当时完全掌握她能对我坦言的一切。就是现在事情已经到了这个地步,要是她愿意公开表示悔罪,没有人再以她的名义对我提出自称有理的要求,我还是愿意宽恕她,如果仅仅是我的生命,而不是我这个国家的安全与幸福也取决于此事,因为我希望活下去,只是为了你们,为了我的子民。"她坦率地承认,由于畏惧历史的评说,因而犹豫再三。"我们身为君主有如站在世界舞台上,成为整个世界的注意力与好奇心的焦点。我们服装上很不显眼的污渍也会被人看出,我们行为上任何一点欠缺很快就会被人发现。所以我们必须万分小心,我们的一举一动都要合理而高尚。"因此,她请求国会谅解,她不能马上决断。"我一向如此,就是处理远远没有这么重要的事情,也要经过长时间的考虑,方才定夺。"

此话当真,还是说得好听?两者兼而有之。在伊丽莎白心里存在着双重的意愿:她要除掉自己的敌手,又要在世人面前扮演一个仁厚宽容的角色。十二天以后她又询问首相,是否再无其他办法,既能饶玛利亚·斯图亚特一命,又能确保她自己的安全。但是首相再一次、国会再一次请求说:别无出路。于是伊丽莎白又开口了。这一回从中可以听出说真心话的口气,显得切实,可以说显得真诚——她还从来没有说得这般入耳。她说出了内心深处的感受:"今天我陷入比这辈子任何时候都更加棘手的两难境地:我该当说话还是沉默?要是我说话,即我指摘,这将表达不出我的真实想法;要是我沉默,那么你们的一番苦心又将化为乌有。你们可能觉得奇怪:我一面指摘,一面又承认在我心底的愿望是:为了确保你们和我太平无事,在已经提出的建议以外能够找到任何其他解决途径……可是既已肯定,除非将她处决,我的安全无法得到保证,我感到非常难受,因为我,正是我赦免了这么多叛乱分子,一声不吭放过了这么多叛卖行为,现在却要毫不容情地对待这样一个高高在上的君主。"可以体会得到,她已有这样的意向,只要继续坚持要求,她就会让人说服。但她素来头脑清楚,态度模糊,现在也不明言"可""否",免得作茧自缚,而是用这样一段话作结:"我请你们暂时满足于未作回答的回答。我并不否定你们的看法,我知道你们言之成理,但是我请你们接受我的谢意,原谅我内心的疑虑。我以未作回答来回答你们,望能蔼然置之。"

右边的声音说过了,响亮而清晰地说要执行死刑。但是左边的声音,心这一边的声音越来越有力量。法国国王隔海派来专使,告诫她应以所有国王的共同利益为重。他提醒伊丽莎白,维护玛利亚·斯图亚特不可侵犯的人身亦即自保不受侵犯。他劝诫说治国有方的最高准则是不流一滴鲜血。他提起所有民族都视为神圣的做客权利,请伊丽莎白不要冒犯天主让一位膏立的女王引颈受戮。伊丽莎白一向行事狡诈,只是作了可进可退的承诺,满嘴让人摸不着头脑的陈词滥调,于是那些使者的口气越来越凶:起初只是请求,逐渐变成咄咄逼人的警告,变成露骨的威胁。可是伊丽莎白老于世故,积四分之一世纪的经验,熟谙种种政治把戏,善于分辨是否话里有话。别人慷慨陈词,她只细听一件事:听听那些使者的弦外之音中是否透出受有断交宣战的使命。很快她便听出:在这些嗓门高口气重的话语后面并无兵器碰撞的声响;听出:就是刽子手的利斧砍进玛利亚·斯图亚特后颈,无论亨利三世或者是菲力普二世也都不会当真打定主意动刀动枪。

因此,最后她对法国和西班牙在外交舞台上虚张声势的雷声至多漠然耸耸肩膀。当然,敷衍另外一方,即来自苏格兰的指责须得巧妙一些。如果世上谁有神圣的义务阻止在异邦处决玛利亚·斯图亚特,那就是詹姆士六世,因为将要洒在刑场上的鲜血与他自己的完全一样,将被夺去生命的女人便是给他生命的同一个女人,即他的母亲,只是在詹姆士六世身上,亲子爱母之情淡于水。自从他成了伊丽莎白的年金受惠者和同盟者,这个拒不给予国王尊号,同他恩断义绝,曾经打算将他的继位权利让给外国君主的母亲只是他的绊脚石。他一听到巴宾顿阴谋被揭露,便迫不及待地向伊丽莎白道贺,而且在他兴致勃勃打猎的时候,法国使节请他利用他的影响力帮助自己的母亲,他气呼呼地回答道:"她这是自作孽不可逭!"他还毫无顾忌地说:关她的牢房多么窄小,她那些卑鄙的奴仆是不是全被绞死,这些对他都无所谓。但最好是:"她除了向天主祈祷以外什么也别干"。他又说:这整个事情同他无关,而且这个寡情的儿子起初连派一个使团去伦敦也不干。到玛利亚·斯图亚特已被判决,一个外国女王加害于膏立的苏格兰女王在整个苏格兰激起了民族的仇恨,这时他终于觉察到,要是他再不说话,再不做做样子,他将扮演的角色就可悲了。苏格兰国会的要求是:如果执行死刑,就马上结束同盟关系,甚至宣战。当然詹姆士六世没有走得这么远,但他总算在书桌旁边坐下来,用坚决、激愤、威胁的口气给瓦尔辛亚姆写信,并派出一个使团到伦敦去。

伊丽莎白自然注意到这一指摘举动。在这方面她也只是听话听音。詹姆士六世的使者分成两组。一组是正式的,大声而清楚地提出要求:无论如何不能执行死刑。这一组以解散同盟为要挟,剑拔弩张。这些言词激烈的苏格兰贵族情绪高昂,因为这是他们真诚的想法。可是他们做梦也没有想到:他们在接见大厅里又是叫喊又是恫吓的时候,另外一个特使,詹姆士六世的个人代表从后面悄然进入伊丽莎白的私人居室,在那里轻声地谈判另一要求,这对苏格兰远比他母亲的生命重要得多,即要求确认他是英国王位的继承人。詹姆士六世这个密使奉命——据消息灵通的法国使节记述——转告伊丽莎白:詹姆士的人这样扯着嗓门咄咄逼人地恫吓她,只是为了自己的面子,做做表面文章。这样气势汹汹,请她别计较举动不得体,别以为态度不友好。这样,伊丽莎白有力地证实她可能早就知道的情况,即:只要向詹姆士六世伸出诱饵,含含糊糊地或者明明白白地答应让他继位,那么关于处决他母亲一事他便会心中有数,不吭一声。于是很快就关起门来开始一宗卑鄙已极的买卖。玛利亚·斯图亚特的敌人和儿子彼此靠得更近,同样见不得人的意图驱使他们第一次站在一起。他们两个人都暗地里盼着同一件事,两个人都想在世人面前遮掩此事。玛利亚·斯图亚特成了两个人的障碍,但是两个人都得装出一副样子,仿佛庇护她,拯救她是他们最神圣的、最重要的、最关心的事情。其实伊丽莎白并没有为命悬一线的妹妹,詹姆士六世并没有为生母保住一条性命而做过努力,两个人都只是为了在"世界舞台"上展示漂亮的造型而下工夫。事实上,詹姆士六世早已流露出:即使伊丽莎白采取极端的做法,他也不会找她麻烦,这就等于向她签发了处决他母亲的许可证。还在这个外国女人,这个敌人对她下毒手之前,她自己的儿子已经将她献祭了。

现在伊丽莎白明白了:如果她要了结此事,法国、西班牙和苏格兰,谁都不会真正从中作梗。现在或许只有一个人还能拯救玛利亚·斯图亚特,就是玛利亚·斯图亚特自己。她只请求赦免就行,如果这样,伊丽莎白可能打心眼里得意洋洋,因而感到满足。甚至在内心深处她正暗地里盼着向她求饶,这将使她解脱良心的折磨。在这几个星期里做了种种努力,以期摧毁玛利亚·斯图亚特的自傲习性。法庭一宣布死刑,伊丽莎白便给她送去判决书。而阿米亚斯·鲍勒特,这个冷面、寡情,显出教人看着难受的正人君子模样因而更加令人恶心的狱吏则马上趁机想羞辱她,在他眼里一个判了死刑的女人毫无尊严可言。在她面前他第一次将帽子留在头上——这是芝麻绿豆官厚颜无耻的举动,卑微而愚蠢——别人的不幸并未使他纡尊,反而使他倨傲。他要她的仆人马上把饰有苏格兰国徽的华盖撤去,这些侍役并未听从这个牢头的昐咐。鲍勒特叫自己手下人拆掉华盖,玛利亚·斯图亚特便在一直缀有苏格兰国徽的位置挂起耶稣受难像,表示比苏格兰更加强大的力量支持着她。从此,她那些对头稍有侮弄的小动作,她必有力地报之以颜色。她写信给她的朋友们说:"如果我不祈求赦免,他们就逼迫我。不过我说:既然她将我置于必死的境地,那就让她自行不义在这条路上走下去吧。"她说:就让伊丽莎白谋害她吧,这样对伊丽莎白更糟糕。她说,宁可一死教敌人面对历史无法抬头,也不让对手以虚情假意的宽容骗取慈悲为怀的光环。玛利亚·斯图亚特既未对送达的死刑判决书提出责难,亦未乞求赦免,她以信徒恭顺的诚心感谢天主做出决定。而对伊丽莎白她则以女王的身份傲然回答道:"夫人,我衷心感谢天主愿意借您的举措结束我漫长的人生历程。我无意请求延长这一苦旅,我已有过太多的时间身受人世的艰辛。由于我并不指望居于英国首要地位的大臣们施恩,我只请求您(而不是任何其他人)给予下列各项优待:

"第一,我请求:在我那些敌人喝足了我无辜的鲜血之后,由我的仆人将我的躯体运往任何一片净土埋葬,最好是法国,我尊敬的母后的遗骸在那里安息,以期我这个与灵魂合在一起时永难平静的可悲的躯壳,在脱离灵魂以后获得这种安宁。第二,您听凭人们对我施展残暴的手段,我对这些人的专横做法心存疑虑,因此请您安排不要在偏僻的地方,而是在我的仆人和其他人面前处决我,他们事后能够证明我忠于真正的宗教,驳斥我那些敌人可能散播的谣言,为我生命的终结与最后的叹息申辩。第三,我请求让这些仆人顺利地去他们爱去的地方,我在遗嘱中将非常有限的财物分送给他们,各人所得微乎其微,他们在这么多的艰难竭蹶中这么忠心耿耿地服侍过我。

"在怀念我们共同的祖先亨利七世和我至死依然拥有女王尊号的情况下,我恳请您,夫人,别让我这些正当的愿望成为泡影,亲笔写一句话为我保证此事。然后我将死去,与生无异。您的怀有善意的妹妹和女囚,女王玛利亚。"

瞧!争斗几十年,到了最后几天里,不可思议地,出乎意外地对调了角色:自从玛利亚·斯图亚特收到死刑判决书以来,她感到踏实而自信。她的心在她接过死亡文书时不像伊丽莎白的手在她签署这一文件时抖动得那么厉害。玛利亚·斯图亚特赴死不像伊丽莎白杀她那样害怕。

或许她在内心深处并不相信伊丽莎白有胆量让刽子手朝着这位膏立的女王举起刀来。或许她只是表面上装出镇定自若的样子来掩饰,但是无论如何像阿米亚斯·鲍勒特这样一个多疑的监视者也没有觉察到她有丝毫慌乱的迹象。她没有打听,她没有抱怨,她没有向任何看守请求照顾。她不再试图同国外的朋友暗中通气。所有挣扎、抵制、自卫都已结束。她清醒地将自己的意志交还给命运,交还给天主:请他决定一切。

在认真的准备中,她度过一个又一个时刻。她写遗嘱,她将身外之物预先分给自己的仆人,她给全世界的君主与国王写信,不过现在不再是为了催促他们发兵和备战,而是让他们确信,她已做好准备,真诚地怀着天主教信仰和为了天主教信仰而死去。这颗扰攘不已的心终于获得卓然超绝的安宁。歌德说过:畏惧与希望是"人类最凶恶的敌人",现在它们对她这个已经变得坚定不移的灵魂已奈何不得了。正如日后与她遭遇相同的玛利·安托内特那样,面对死亡时,她方才领悟真正的使命何在。历史责任的内涵使她一贯漫不经心的习性得到非凡的升华。她在进行准备,不是为了获致赦免而准备,而是为了能够产生效果,表明心迹的死亡而准备,为借助最后一刻取得胜利而准备。她知道,只有英勇地死去,引起轰动,才能在世人面前为可悲的失误赎罪,此生她只能再有一次胜利,这就是:慷慨赴死。

与福瑟琳海城堡的死囚这种镇定而崇高的平静心态形成了强烈对比的是:伦敦的伊丽莎白那种摇摆不定,极度的紧张不安,因无计可施而暴躁愠怒的情绪。玛利亚·斯图亚特已经打定主意,伊丽莎白还在为下决心而苦苦思索。对手已经完全由她摆布,可是她从来没有像现在这样烦恼。这几个星期里伊丽莎白夜不成眠。一连几天她一声不吭,愀然不乐。人们感觉得到,她不停地盘算那唯一的难以忍受的念头:她是不是应该在死刑判决书上签字,她是不是应该传旨执行死刑。她像西西弗斯翻滚那块岩石一样,颠来倒去地考虑这个想法,但是它一再滚回来重重地落在她的心头,压住她的灵魂。大臣们对她劝说只是白费唇舌,良知的声音依然比他们的更加有力。她拒绝了每一个建议,又不断要求别人提出新的想法。塞西尔觉得她"像天气一样多变",她一会儿要处决,一会儿要赦免,她反复催问她那些朋友是否真的没有"其他途径",其实她心里明白,再无第二条路可走。但愿还是能够办妥此事就好,能够不让她知道,不用她下旨说得一清二楚就好,能够替她而不是由她去进行此事就好!对承担责任的恐惧使她感到越来越强烈的不安,她不断权衡这样一种惹人注意的做法有何得失。而那些大臣则非常失望,她总是说些两可的、恼火的、惶惑的、含混的话,将最后决定推开,一天一天地拖下去,拖向猴年马月。塞西尔抱怨说:"已经舌敝唇焦,女王陛下将此事拖下去,未知要到何年何月。"他手段冷酷,头脑灵活,擅长于打算盘,无法理解这个不得安宁的灵魂为何非要吃这个苦不可,因为伊丽莎白虽然派了一个无情的牢头监管玛利亚·斯图亚特,可是现在她自己却有一个更加无情得多的、世上最为残酷的狱吏夜以继日地囚禁她,这就是:她的良知。她应该听从理智的还是人性的声音,这一伊丽莎白对伊丽莎白的内心斗争已持续了三个月、四个月、五个月,几乎半年。在神经处于这样难以忍受的过度紧张的状态下,突然某一天像发生爆炸一样下定了决心,那也是极为自然的事情。

1587年2月1日,星期三,国务秘书戴维逊——瓦尔辛亚姆运气好或者脑瓜灵,这几天病了——在格林威治御苑忽然被海军上将霍华德叫住,说是请他马上去见女王,将玛利亚·斯图亚特的死刑判决书送给她签署。戴维逊拿着这个塞西尔亲自拟定的文件,连同其他一批公文一起交给女王。可奇怪的是:伊丽莎白这个高明的演员又突然好像并不急于签字。她装作若无其事,同戴维逊闲聊毫不相干的话题。她朝窗外眺望,欣赏冬日清晨鲜亮的景色。随后她才随便地——她真是忘了叫他拿死刑判决书来吗?——问他:他拿了什么来。戴维逊回答说:待签署的公文,其中也有霍华德勋爵特别嘱咐他呈交给她的那一件。伊丽莎白拿起文件,却未通读,便飞快地签署了一份又一份,当然也包括玛利亚·斯图亚特的死刑判决书。看来她本来打算假装好像漫不经心地完全没有意识到她签了这份夺命的文件。但是这个多变的女人往往出人意外地转换风向。接着她便显示出她对自己的行为非常清楚,因为她明白地告诉戴维逊,她之所以犹豫这么久,是向大家表明,她很不愿意同意这件事。她说:现在请他把这份已经签署的死刑判决书拿给首相盖国玺,但不要让别人知道,然后将文件交给指定的执行人员。任务明确,戴维逊认为,伊丽莎白无疑已经下定决心。随后伊丽莎白非常冷静而清楚地同戴维逊谈了所有的细节,这一情况更加无可置辩地说明她早有此意到了何种程度。她说:处决应在城堡的大厅里进行,她觉得天井或后院都不怎么合适。此外,她还谆谆嘱咐他,签署死刑判决书这件事要对所有人保密。长期苦恼之后做出了决定,总能使人感到轻松。她终于有了自信,看来心情也因此好转。伊丽莎白简直高兴了起来,她对戴维逊开玩笑说:这个消息一定会教瓦尔辛亚姆痛苦得要命。

戴维逊这时以为——可以理解——事情已经办妥。他鞠躬行礼,朝房门走去。可是实际上伊丽莎白遇事从未明确地下过决心,任何一件事情到她手里从未真正地有过了结。戴维逊到了门边,她又把他叫回。这个女人反复无常,此刻那种愉快的心情,那种真的或假的决心又已完全消失。伊丽莎白不停地踱步。是不是还有一条路可走？不管怎样，"同盟"的成员们曾经发誓，凡参与行刺女王者均须处死。而阿米亚斯·鲍勒特和他在福瑟琳海城堡的同伴两个都是"同盟"的成员哪。完成此事，免得她这个女王为公开执行落下恶名，这难道不是他们怎么都要尽的义务吗？因此，她嘱咐戴维逊转告瓦尔辛亚姆，要他无论如何按照这个意思给那两个人写信。

善良的戴维逊逐渐不安起来。他清楚地意识到：女王做了这件事，却又想推得一干二净。可能他已感到无可奈何：在进行这次重要的对话时，没有人在场可以作证。他还有什么办法呢？他的任务是明确的。因此，他先去国务议事厅，由那里的人在死刑判决书上盖上大印，然后去找瓦尔辛亚姆。瓦尔辛亚姆马上按照伊丽莎白的意思给阿米亚斯·鲍勒特写了要求他写的那一封信。他这样写：女王遗憾地发现鲍勒特在忠君之事方面稍欠勤谨，因为他目睹玛利亚·斯图亚特对女王构成的危险并未"主动而无须另候旨意"寻获除灭玛利亚·斯图亚特的手段。他可以此方式自行除灭而问心无愧，因为他曾在"同盟"的大会发过誓。这样他就能消除女王的心理负担，谁都知道，她不愿造成流血的局面。

这封信可能还未送到阿米亚斯·鲍勒特的手上。福瑟琳海那边更不会有回音，而格林威治的风向又已改变。第二天的，即星期日的早上，一个使者拿着女王一张便笺来戴维逊处叩门，说：如果死刑判决书还未交给首相加盖大印，在女王同他再谈一次之前暂时搁置此事。戴维逊连忙去见女王，向她奏明：他当时即刻就遵照旨意办了此事，死刑判决书已经盖印。伊丽莎白露出不满的神色。她不吱声，但她并未责备戴维逊，特别是这个不可琢磨的女人一字不提要他取回这份已经盖印的文件。她只是又在抱怨，说：那副担子一而再，再而三地落在她的肩头。她心神不定地在房间里来回踱步。戴维逊在等待，等待一个决定，等待一道命令，等待一种明确而清楚的表示。可是突然伊丽莎白离开了屋子，并未吩咐他做什么。

这是伊丽莎白在这位唯一的看客面前上演的莎士比亚气派的一个

场面。人们又想起理查三世在白金汉面前嘟嘟囔囔,说他的对头还活着,可是又不明确下令谋害他。白金汉听出他的弦外之音,却又假装没有听懂,理查三世露出愠怒的目光。同当时一样的目光现在射向不幸的戴维逊。这个可怜的国务秘书意识到:上当不得翻身了,便拼命挣扎,想拿别人当救命稻草,心想:千万不能一个人承担这事关世界史的天大的责任,他先去找女王的朋友哈顿,向他谈了自己可怕的处境,说:伊丽莎白命他将死刑判决书送去执行,但是从她整个做法他现在就已看出:事后她不会承认这个说得模棱两可的命令。哈顿太了解伊丽莎白了,但他同样不想明明白白地对戴维逊说:"会"或者"不会"。现在像踢球一样,大家都把责任推给别人。伊丽莎白把它推给戴维逊。戴维逊又想把它推给别人。哈顿则连忙转告塞西尔首相。首相也不想自己兜揽,便通知次日开会,算是商讨国家机密,只约请了伊丽莎白的密友与心腹,有:勒斯特、哈顿和另外七位贵族,这些人对伊丽莎白说话不算数都有亲身的体会,深有了解。在会上大家第一次把事情摊到桌面上来。他们一致认定:伊丽莎白为了维护自己的道义信誉,力求避免产生这样的印象,即:处决玛利亚·斯图亚特是她一手造成的结果。她要营造一个与己无关的局面,要在众人面前显得"事出意外",木已成舟她才获悉。因此,她这些忠臣理所当然地应该合演这出滑稽戏:表面上违背女王的意志去做实际上她求之不得的事情。不言而喻,这种看似越俎代庖,实则梦寐以求的做法责任重大,所以如果女王当真或假装发火不能由某一个人来负责,塞西尔建议:大家一起共同安排,共同承担责任。肯特勋爵和施鲁斯伯里伯爵被选定监察执行,文牍比尔事先被派往福瑟琳海城堡,带去有关的各项指示。现在所谓罪责共同由十名国务会议的出庭者分担,他们通过——伊丽莎白暗暗要求的——逾越权限的办法终于将"担子"从女王肩上卸下来。

伊丽莎白最根本的习性之一本来是好奇。王宫和王国里无论发生什么她总是都想知道,而且就想马上知道。可是奇怪得很:这回她既未向戴维逊,也未向塞西尔或其他什么人询问她所签署的玛利亚·斯图亚特死刑判决书的情况。在这三天里她似乎完全忘掉了几个月来无时无刻不在考虑的这件独一无二的事情。仿佛她喝了忘河①水,这件大事似乎已从她的脑子里消失得无影无踪。甚至第二天的,即星期日的早上,阿米亚斯·鲍勒特对那个建议的回信送到伊丽莎白手里时,她对已经签署的死刑判决书的下文如何,依然不吭一声。

阿米亚斯·鲍勒特的回复使女王大为不快。他一眼就看出:硬派给他的是没有好果子吃的角色。他马上悟出:要是他真的除掉玛利亚·斯图亚特,便躲不过悲惨的下场。到那时女王就会公开责骂他是凶手,将他交给法庭处置。不,阿米亚斯·鲍勒特并不指望都铎家族感恩,他不想让人挑出来当替罪羊。可是为了躲避留下对女王不恭顺的印象,这个滑头的清教徒躲到她的上司背后,躲到上帝背后。他连忙用道义的外衣,遮掩抗旨行为。他激动地回复道:"我心里充满了痛苦,因为我很不幸,经历了这样的一天,有人遵照我慈爱的君主的旨意,要我去做上帝与天理不容的事情。我的财产、我的职位和我的生命都由陛下支配。只要陛下愿意,明天我就全部奉献,因为我只是由于您的恩赐才得到这一切。但是如果不是法律允许,如果不是公开受命而制造流血事件,那么我的良知必将遭到可悲的贬损,我的后代必将蒙受极大的耻辱,我决不这样去做。我希望:陛下会以一贯的仁慈欣然接受我忠实的回复。"

然而伊丽莎白根本就不会慈爱为怀,接受鲍勒特这封回信,虽然她不久前由于"毫无差错的做法,明智的安排与扎实的举措"而兴奋地赞扬了他。她怒火中烧,在屋子里来回踱步,责骂那些"神经过敏的和过于拘泥的家伙",他们承诺一切,却不兑现。她暴跳如雷,说鲍勒特违背誓言,说他曾在那份"盟约"上签过字,曾表示就是有生命危险也要替女王出力。她说:甘愿为她效劳者还大有人在,譬如其中有一个叫温菲尔德。不知道是真发火还是假发火,她又叱呵倒霉的戴维逊——头脑灵活的瓦尔辛亚姆运气好,装了病——这个人天真得可怜,他还向她建议不如采取公开合法的途径。她训斥他,说别人比他聪明,谁都不会这么想,现在已到最终了结这件事的时候了,可还没有把事情办好,这是大家的耻辱。

---

① 忘河,据希腊神话,冥府有一条忘河,饮了河水便忘却往事。

戴维逊不吱声。他本来可以卖弄一下对她说:这件事进行得很顺利。但他觉得:老老实实奏报她大概早就获悉,只是不肯如实说出的事情可能最使她恼火——这就是:专使带着盖了国玺的死刑判决书已在前往福瑟琳海的路上。与他同行的还有一个矮胖、健壮的汉子,他将把文字化为鲜血,将命令付诸实施:这是伦敦派出的刽子手。

第二十三章 "我在终结中开始"

1587年2月8日

"我在终结中开始"——几年前,玛利亚·斯图亚特曾在一件缎子针线活上绣下这一句话,当时还不甚了了。如今,她的预感就要成为现实。原来她惨烈地死去方才是她留名后世的肇始。只有这样死去,才能在后人面前勾销青年时代的罪愆,使他们以超越世俗的眼光看待她的失误。几个星期以来,这个已经判了死刑的女人周密而坚定地为这一无比严酷的考验进行了准备。在她还是年轻的女王时,曾两度不得不亲眼目睹贵族死于利斧之下的景象。所以她早就了解:一动手便是冷酷无情的不归之路,如此残忍,只有大无畏的心态才能使人淡然处之。玛利亚·斯图亚特知道:她是第一个在断头台砧子上俯下头颅的膏立女王,整个世界和后人都将评说她临刑时的一举一动。稍微有点颤抖,稍微有点畏缩,稍微有点因胆怯而泛白的面色,在这关键时刻都无异于对女王之尊的玷污。因此,在待决的几个星期里,她悄然积聚所有的内在力量。这个平时容易冲动的女人这一辈子做任何事情都还从来没有像为最后时刻进行准备这样冷静而清醒。

所以当星期二,即2月7日,她的仆人通报,施鲁斯伯里伯爵和肯特伯爵带了几名当地行政机关工作人员来到时,她没有露出丝毫吃惊或诧异的神色。她预先将所有侍女和大多数仆人叫来,然后才接见来使,因为从此时此刻起,她都希望自己忠心的臣仆在场,以后他们可以作证:詹姆士五世的女儿,洛林的玛利的女儿,她——身上流动着都铎王室和斯图亚特王室的血液——能够坚强而豪壮地经受自古艰难唯一死的考验,她在施鲁斯伯里家住了将近二十年,现在这个头发花白的老人对她下跪俯首。他以带点颤抖的声音宣布:伊丽莎白别无办法,只能勉强接受臣仆们的强烈请求,安排执行判决。面对这一凶讯,玛利亚·斯图亚特看来并不感到惊讶。她完全不动声色地听着他宣读死刑判决书——她知道:她的任何表情都将载入史册,然后镇定地画了十字,说:"赞美天主让您带给我这个消息,这个不能再好的消息,因为它宣布了我的苦难至此结束,宣布了天主赐给我恩典:为了他的名义和为了他的宗教,即罗马天主教的荣誉而死去。"她再也不说一句话指责判决。她无意再以女王的身份抵制另一女王的不义行为,她愿意作为天主教徒承受这一苦难,或许她乐于殉难,把它看做自己此生仅存的最后胜利。她只有两个请求:让听取忏悔的神父以宗教的慰藉帮助她;不要在次日早晨就执行判决,让她有机会认真地做出最后的安排。两个请求都被拒绝。狂热的新教徒肯特伯爵回答说:她不需要邪教的神父,但他倒乐于派一个改革派的牧师来指点她真正的宗教教义。此时此刻玛利亚·斯图亚特正要以殉难向整个天主教世界证明自己的信仰,当然不要异教牧师来宣讲。对一个必死无疑的女人提出这个过分的要求实在愚蠢,与此相比,推迟执行的请求遭到拒绝便显得没有那么残酷。只有一夜工夫给她准备,留给她的不多几个钟头里事情这样多,也就没有了畏惧或慌乱的空隙。垂死者的时间总是过于紧迫,这可是造物主对人类的恩赐。

　　她过去吃亏的是不知审慎与周到为何物,这最后几个钟头她却这样细微地做了安排。她身为伟大的女王,也要死得伟大。她以完美而独具只眼的风格感受能力,得自遗传的艺术禀赋和与生俱来的临危岿然不动的气概准备着自己的归去,像过节,像凯旋,像举行盛大的典礼一样。什么都不能将就,什么都不能瞎碰,不能任性,一切都得衡量效果,一切都得透出君王卓荦而显赫的气势,任何细节都要恰到好处而又富有意义地写进颂扬殉难典范的英雄史诗里,成为感人肺腑或惊心动魄的一节。为了留出时间从容地写几封该写的信,稳定一下心神,玛利亚·斯图亚特盼咐比平时早些用膳,并采取郑重其事的形式,象征着最后的晚餐。她自己吃过之后,把侍役都叫到身边,让人递给她一杯酒。她严肃而淡定地举起酒

这个头发花白的老人对她下跪俯首

玛利亚·斯图亚特临刑前

杯,环视跪在她周围的臣仆。她为他们祝福,一饮而尽,然后说了一番话,谆谆嘱咐他们,要永远忠于天主教,大家和睦共处。她请求——像圣徒生平的一个片断——他们当中的每一个人原谅她以往可能有意或无意地使他遭受到的委屈。随后她送给每一个人一件精心挑选的礼品:指环、宝石、项链、花边,所有这些珍贵的小物件都曾给正在消逝的生活带来愉快,增添色彩。受赠者跪在地上吞声饮泣,接过礼物,而女王也不由得为忠心的臣仆这种饱含悲痛的爱戴之情深深感动。

她终于站起来,走过去进了自己的屋子,书桌前已经点起了蜡烛。在夜晚和早晨之间还有许多事情要做:要把遗嘱再读一遍,要为艰难的归去做出安排,要写最后的几封信。在第一封,也就是在最迫切的一封信里,她请求忏悔神父通宵不要入睡,为她祈祷。虽然他住在同一城堡里面,离她只有两三个房间,可是肯特伯爵——狂热者总是毫无同情心可言——不许这个给人安慰的神父离开居室,以免他为玛利亚·斯图亚特举行"天主教的"涂油仪式。然后女王写信给她的亲戚,给亨利三世和吉斯公爵。在这最后的时刻,特别使她担心的是——这又使她变得特别令人景仰:她在法国的孀妇年金停发以后,她这些侍役便将生活无着落。因此她请求法国国王承诺履行她的各项遗言,同时降旨举行弥撒,悼念"诚笃信奉天主的女王,所有一切均被剥夺而赴死的天主教徒"。此前,她已向菲力普二世,向教皇发了信。本当还要给这个世上一个君主,即给伊丽莎白写信,但是玛利亚·斯图亚特再也没有给她写一句话。玛利亚·斯图亚特再也无意祈求什么,再也无意感谢什么,只有无言自尊和慷慨殉难还能羞辱这个凤敌。

午夜过后很久,玛利亚·斯图亚特方才躺到床上去。一息尚存时该做的一切她都已完成。现在灵魂只剩下几个钟头还可以寄寓在这疲惫不堪的躯体里。侍女们跪在屋子的角落里,无声地翕动嘴唇祈祷。她们生怕惊动主人的睡眠。可是玛利亚·斯图亚特并没有睡,她睁大眼睛看着无边的黑暗,只让肢体休息一下,以便明天她能怀着一颗坚定而有力的心向更加有力的死走去。

玛利亚·斯图亚特曾盛装参加许许多多庆典韵事:为即位、施洗、婚

289

礼、高尚娱乐、游览、宣战、狩猎、接见、舞会、竞技,总是衣着华贵。她深知美在人世发挥的威力,但是从来没有像为她一生荣辱中最为伟大的时刻,为她的殉难穿戴得这般考究。一段时间以前,她便细细地思量过极其体面的赴死仪式,每一个细节都包含着自己的意图。她一定一件一件地审视了对这从未有过的场合非常适宜的服饰,仿佛作为女人走到生命尽头也爱虚荣,要为万世后人树立典范,让人看到一个女王应该以完美无缺的方式向断头台走去。早上六点到八点侍女们为她梳妆打扮两个钟头。她不想像一个可怜的罪犯那样,衣衫褴褛瑟缩着走到砧子前面。为这段不归之路她挑了一套节日盛装,这是最庄重最高雅的深褐色丝绒礼服,貂皮镶边,白色的领子竖立起来,袖子垂落下去,显得高贵而华美,外面披着黑缎斗篷,后襟长长地沉沉地拖在后面,总管麦尔维尔只好恭敬地托住跟着她走。从头顶到脚边飘拂着一块白色的孀妇面纱。精巧的无袖外衣和镶嵌宝石的念珠代替了任何尘世的饰物。她去断头台时,摩洛哥革皮鞋在可以想象得到的一片寂静中能使她无声地轻移脚步。女王亲手从收藏珍品的柜子里取出一块用来蒙住眼睛的手帕,这可能是她自己用极细的麻纱绣成,缀有金色穗状缘饰,其薄如纸的织物。她衣服上的每一个扣子都经过挑选,富有寓意;每一个细枝末节简直在音乐节奏上都能与整个场景互相配合,甚至事先就想到:面对那些陌生男人的眼光,在砧子前不能不把这些含意莫测高深的华美的衣服脱去。为最后血溅刑场的瞬间,玛利亚·斯图亚特让人帮自己穿上鲜红的内衣,准备火红的长袖手套,以免利斧砍进颈项的时候飞溅到衣服上的鲜红颜色太刺眼。从来没有一个待决的女人竟会如此精巧如此自重地为走向死亡做好准备。

早上八点有人叩门。玛利亚·斯图亚特没有应声,她还跪在祷告椅前大声诵读临终祷文。祈祷完毕后她才站起来。第二次叩门声响。郡长入内,手执白色权杖——马上就要折断,深深鞠躬,恭敬地说道:"夫人,勋爵们在等候您。他们派我来您这儿。""我们走吧。"玛利亚·斯图亚特回答说,准备离开。

现在开始走最后一段路。左右两边各由她的一名仆人搀扶,她缓慢地挪动因患风湿而软弱无力的双腿。她已用信仰的武器为自己布置了三道防线,因此恐惧的冲击将无法动她一根毫毛:她颈上悬挂一个金质耶稣受难像,腰带上垂下一串镶嵌宝石的念珠,手里拿着虔诚信徒当宝剑的象牙十字架——这是要让所有人都看到:一位女王如何心怀天主教和为了天主教而死去。人们应当忘掉她在青年时代犯下的罪愆和做出的蠢事,应当忘掉她作为蓄意谋害的从犯被押到刽子手的面前。她要向万世后人表明:她是天主教事业的殉难者,她也是遭到异端敌人杀害的牺牲品。

按照事先考虑和约定,她自己的仆人陪伴和搀扶她只到门边为止,这是要避免造成这样的印象,仿佛他们也参与这一令人憎恶的行动,他们自己把女主人送上刑场。他们愿意在她自己的居室里帮助她,服侍她,却不愿意做她惨死时的帮凶。从门边到梯级前面只能由阿米亚斯·鲍勒特的两个手下人来搀扶她:唯有敌人,对头才可以参与将一位膏立的女王带到行刑的砧子旁边的罪行。靠近下面最后一道梯级处,在执行死刑的大厅入口前面跪着她的总管安德鲁·麦尔维尔。处决以后告知她儿子的任务就落到他这个苏格兰贵族身上。女王把他扶起来,拥抱他。她欢迎这个忠实的见证人。有他在场只会增强她起誓要使自己保持的坚定态度。麦尔维尔说:"告知我尊敬的女王与主人去世是我毕生最为艰难的任务。"玛利亚·斯图亚特马上答道:"我已抵达艰辛的尽头,你倒应该高兴才是。望转告:我已忠于自己的宗教而死去,一个真正的天主教徒,一个真正的苏格兰人,一个真正的君主。愿天主宽恕曾经要求我归去的那些人。望告诉我的儿子:我未做过有损于他的事情,从未放弃过我们的主权。"

说完这番话,她转向施鲁斯伯里与肯特提出请求:行刑时允许她随从中的侍女也可以在场。肯特伯爵不同意,说:女人们会哭喊,会造成混乱,也许会用手帕浸蘸女王的鲜血从而引起麻烦。但是玛利亚·斯图亚特坚持自己的最后愿望:"我保证:她们不会这样做。我相信:您的君主不会拒绝另一个女王将自己的女仆留在身边侍奉。您的君主绝不可能下达过如此无情的命令。如果我的身份较低,她也会同意此事,何况我是她最近的亲戚,我身上流动着亨利七世的血液,我是已故法国国王的王后,是膏立的苏格兰女王。"

两个伯爵商量了一下,最后同意由四个仆人和两个侍女陪伴她。玛利亚·斯图亚特对此表示满意。在这几位最优异最忠诚的侍役与为她提着后襟的安德鲁·麦尔维尔的跟随下,她在郡长与施鲁斯伯里及肯特后面步入福瑟琳海城堡的大厅。

在这个大厅里,彻夜响着铁锤敲击声。人们已经搬走所有的桌椅。在正厅尽头处搭建了一个平台,两英尺高,蒙着黑麻布,像一个灵柩台。大厅中央,铺着黑布的砧子前面,预先放了一张黑色的矮凳,上面有一个垫子,女王要跪在这里成为刀下之鬼。左右两边各有一把为施鲁斯伯里伯爵和肯特伯爵准备的靠背椅。他俩为伊丽莎白行使权力。靠壁站着两个人,没有露出脸孔,身穿黑色绒衣,戴着黑色面具,一动也不动,像铜像一样,这便是刽子手和他的助手。只有受戮者与行刑者可以登上这个可怖而庄严的舞台。但在大厅深处挤满了观众。那里布了一道栅栏,由鲍勒特和他的士兵把守。在这后面站着两百位贵族,他们匆匆从附近赶来,要看看这个绝无仅有的、闻所未闻的处决一个膏立女王的场面。堡门全部关闭,门前也聚集着好几百下层民众,他们为这个消息所吸引,但被挡住不能入内,仅仅具有贵族血统的人们才可以观看君主鲜血飞溅的景象。

玛利亚·斯图亚特镇定地步入大厅。她一出世便是女王,从一开始就学会保持君王的气度。在这最艰难的时刻,她也并未乱了章法。她昂首登上通向断头台的两级台阶。十五岁时她就是这样登上台阶,走向法国王后的宝座,就是这样登上兰斯大教堂圣坛台阶。如果在她命运的上方另有一种星象,她也会这样登上通向英国国王宝座的台阶,她曾顺从而自尊地跪在一个法国国王旁边,跪在一个苏格兰国王旁边,接受神父的祝福,像她现在俯首承受死神赐福一样。她淡漠地听着文牍再次宣读死刑判决书,但她的脸上却显示出和善的,可以说愉快的表情,连对她恨得咬牙切齿的对头温菲尔德在给塞西尔的报告里也不得不说:在宣读死刑的判决书时,她仿佛在听赦免的福音一样。

但是严酷的考验还在后面。玛利亚·斯图亚特要使这最后时刻具有这样的特点:纯洁而伟大,要使它变成信仰的烽火,变成为天主教殉难的冲天烈焰，照亮整个世界。然而那些新教勋爵却一心要阻挠她一生的最后姿态成为一个虔诚的天主教徒坚持自己信仰的突出表现。他们力图在最后一刻通过不登大雅之堂的恶意举动贬损玛利亚·斯图亚特的君王之尊。从她居室到刑场大厅这段有限的几步路上她几次回头，看看她的忏悔师是否在场，盼望至少能够得到无言示意的赦罪与祈福。但是她没有看到他。她的神父不能离开自己的屋子。她也做好并无宗教慰藉便被处决的准备。谁知突然在断头台上出现彼得波罗的改革派牧师弗勒彻博士。两个教派恐怖而残酷的斗争损害了她的青春，毁掉了她的前途，侵扰了她的整个人生，直至最后一息。虽然勋爵从她连续三次拒绝的态度可以非常清楚地看出：虔诚的天主教徒宁愿没有神父的安慰，也不要异端牧师的祈祷，但是正如玛利亚·斯图亚特要在断头台前弘扬自己的宗教，新教徒们也要颂扬他们的宗教，他们也要自己的上帝降福。借口深情关切她的灵魂得救，这个改革派牧师开始宣读一篇极其一般的讲道稿。玛利亚·斯图亚特唯求速死，只想打断他的布道，但是无济于事。她三四次请弗勒彻博士不必白费力气，因为她崇奉罗马天主教，由于天主的恩典，现在她可以为了维护自己的信仰而洒下自己的鲜血。可是这个卑微的小小牧师对这个临终意愿并无敬意，却是虚荣心十足。他曾煞有介事地准备了布道稿，现在面对如此高贵的大群听众兜售奇货自以为荣耀得很。他叽叽呱呱地继续唠叨。后来玛利亚·斯图亚特没有其他办法对付这讨厌的说教，只好一只手拿起耶稣受难像当武器，另外一只手取过祈祷书，跪了下来，大声用拉丁文祈祷，为的是用神圣的祷词遮没他饶舌的声响。两大教派不是共同为一个殉难者的灵魂向共同的造物主祷告，而是在离断头台两步处斗得不可开交。看到别人身处逆境而恶意作弄比萌生敬意又畏葸不前的心理要强烈。施鲁斯伯里与肯特，还有聚集在场的大多数人便用英语祈祷。但玛利亚·斯图亚特和她的侍役却念拉丁文祷文。牧师终于读毕，全场恢复寂静。这时玛利亚·斯图亚特才同样也用英语说话，大声为耶稣的受到迫害的宗教祈祷。她因结束苦难而感激。她将耶稣受难像紧贴在胸口，大声宣称，她希望借助耶稣基督的鲜血而得救，他的十字架她捧在手里，为了他她愿意抛洒自己的热血。狂热的肯特伯爵又一次试图干扰她问心无愧的祈祷。他告诫她别再拿教皇的骗人把戏糊弄人。但是这个转眼撒手归去的女人已经离开任何尘世的争执太远。她并未为回答他而吭一声看一眼,而是提高嗓音,响彻整个大厅,说她全心全意宽恕所有这么久以来盼着她鲜血四溅的敌人,请求天主引导他们认识真理。

一片寂静。玛利亚·斯图亚特知道现在就要发生什么。她再一次吻了耶稣受难像,在胸前画十字,说道:"耶稣基督,如同你的双臂在这十字架上伸开,也请用你这两条同情的胳膊接纳我,宽恕我所有的罪愆,阿门。"

中世纪是冷酷残暴的时代,但又并不因此而对情感一无所知。在当时的一些习俗中可以看出:他们依然比在我们这个时代更加深切地意识到灭绝人性的恐怖。那时候,每次处死尽管非常野蛮,但在残忍的行刑过程中都短暂地显示出人性的伟大。在刽子手杀人或施刑之前,他必须向死囚请求宽恕对后者的血肉之躯所犯的罪行。现在刽子手和助手都戴着面具跪在玛利亚·斯图亚特的面前,请求原谅他们被迫使她致死。玛利亚·斯图亚特答道:"我诚心宽恕你们,因为我希望,这样死去可以结束我所有的苦难。"于是刽子手和助手站起来准备动手。

同时两名侍女开始为玛利亚·斯图亚特脱去衣服,她自己也帮着从颈脖上取下圣像项链,两手并未发抖——正如她的敌人塞西尔的使者所说,"如此匆促,仿佛急于离开这个世界。"当黑色的斗篷、深色的女衫从她肩头滑落下来时露出了红绸内衣。女仆将红色的手套罩在她的袖子上。她突然像一团血红的火焰似的站在那里,一个卓尔不群、令人难忘的形象。现在要永别了。女王拥抱了自己的侍女,提醒她们不要大声抽泣、抱怨。然后她跪在垫子上,高声诵读拉丁文赞美诗:"我信赖你,主啊!有了这个依靠我永远不会失去理智!"

接下来没有多少事情要做了。她还得把头弯下来搁在砧子上,并用两臂护住它,犹如对自己的死亡一往情深的烈女。直至最后一刻,玛利亚·斯图亚特都保持着君王的尊严,没有一个表情,没有一句话语透出她心怀畏惧。斯图亚特家族的,都铎家族的,吉斯家族的这个女儿凛然赴死。可是面对离不开残酷的任何凶杀,任何人类的尊严,任何学会和天生的气度又有什么用处呢?!处决一个活人从来都不可能富有情趣而纯洁动人。刽子手举刀让人丧命总是丑恶的可怕景象和卑鄙的宰杀行径。行刑者第一下砍得不好,并未从颈项穿过,只是落在后脑勺上发出钝声,受刑者嘴里冒出一阵喘息声,一阵呻吟声,模糊而低沉。第二下深深地砍脖子,鲜血刺眼地飞溅出来。第三下才把头颅从躯体上砍下来。接着又出现了令人恶心的一幕:刽子手扯住头发要将脑袋提起来给人看时,发现抓牢的只是一具假发。人头脱落,鲜血淋漓,像九柱戏球似的,咕咚一声滚到地板上。这时刽子手再次把它抓住,提了起来,人们方才看到——又如见到鬼魅那样的景象!——这一个老妪剃过花白头发的脑袋。这一宰杀场面令人骇然,一时间镇住了观看的人们,谁都屏住呼吸,谁都没有说话。最后彼得波罗的牧师费力地迸出"吾王万岁!"的呼喊。

那颗陌生的苍白的脑袋睁着无神的眼睛盯住那些贵族,要是出现另外一种结果,他们都会变成她最忠诚的侍役和最卖劲的臣仆。他们的上下牙齿打战,嘴唇抽搐着还哆嗦了一会儿。大家以非同常人的强制力量压抑常人的恐惧心理。为了冲淡这番景象的恐怖气氛,人们连忙用一块黑布盖住那个身躯和那颗像美杜莎①般的头颅。在人们吓呆了说不出话来的时候,差役们正想把那个黑糊糊的重物搬走,却发生了一个小插曲,消解了使在场者惊骇得面无人色的氛围。行刑者和助手抬起血污狼藉的躯体,打算扛到邻室涂油,这时尸体衣服里面有什么东西在蠕动。原来谁都没有发觉,她宠爱的小狗悄悄地跟在后面,仿佛为她的命运担忧贴着她的身体。现在它跳到人们面前,湿漉漉地遍体流着死难者身上飞溅出来的鲜血。它又叫又咬,尖声狂吠。它不肯离开尸体。刽子手们想硬将它拉开。但它不让逮住,也不肯放松。它发疯似的向这些陌生的高大的坏人猛扑过去,这些人使它喜爱的女主人流血,因而伤害了它的心,像烧灼般疼痛。这小动物为它的女主人搏斗,比她的儿子,比向她宣誓效忠的臣仆都要英勇、真诚。

---

① 美杜莎,希腊神话中的蛇发女怪,被其目光触及者即化为石头。

尾 声

1587年—1630年

在古希腊戏剧中，继凄怆而漫长的悲剧之后，往往安排一出紧凑轻松的羊人剧①。演罢玛利亚·斯图亚特这一场戏也不能没有这样一段尾声。2月8日早上她人头落地，第二天整个伦敦都得知执行死刑的事情。听到这一消息，城乡一片欢腾。要不是一向听觉灵敏的君主突然变得迟钝而耳聋，伊丽莎白现在一定会询问，她的臣仆如此热烈庆祝，这是什么节日，因为日历上并未标明。但她精于此道，不闻不问，将自己严实地而且越来越严实地裹在毫不知情这种奥妙莫测的外衣里。关于对手已经被处决一事，她需要的是：人们正式向她奏报，或者不如说，人们"出乎她意外地"先斩后奏。

向这位据称一无所知的女王上报她"亲爱的妹妹"已被处死的苦差落在塞西尔身上。他实在高兴不起来。二十年来，这位百炼成钢的谋臣在各种类似的情况下，屡屡劈头盖脸遭到雷暴的袭击：有时是逢彼之怒的真雷暴，有时是驾驭朝政的假雷暴。这一回冷静而进退有方的首揆先以逾常的镇定做好心理准备，然后步入女王的接见大厅，迟至此时正式向她奏报死刑已经执行。可是这时蓦地出现了前所未有的场面。怎么？有人竟敢在她并未明确降旨的情况下就背着她处决了玛利亚·斯图亚特？怎么可以这么干？！这还了得！她从来都未曾想过要采取这样一种残酷的

---

① 羊人剧，古希腊在演出悲剧之后安排的轻松戏剧，因剧中歌队扮成希腊神话中的小神"羊人"而得名，题材与悲剧有一定联系，借以调剂剧场气氛。

做法,除非国外的敌人踏上英国的国土。她这些谋臣欺骗了她,背叛了她,像无赖一样作弄了她。他们干出了这样阴险、卑劣的勾当,她的威信、她的名声在全世界都遭到了玷污。唉,她这可怜的不幸的妹妹,她成了可悲的失误、卑鄙的伎俩造成的牺牲品!伊丽莎白抽泣、叫喊、顿足,宛如一个疯婆。她以最粗鲁的言词痛骂这个白发苍苍的老臣,指责他和国务会议的其他成员竟敢未得到她明确准许便派人执行了她签署的死刑判决书。

塞西尔和他那些朋友从来没有怀疑过,伊丽莎白会把这项自己精心编排的"非法"国务活动当做"下属越权",将责任推给别人。他们体会到她巴不得他们擅自做主,因此大家商定,一起承担责任,卸掉女王肩上的"重负"。但是他们以为,伊丽莎白仅仅在重任面前拿这个遁词做个样子,背地里进了私人接见室,由于他们利索地除掉她的敌手甚至还会表示感谢。可是伊丽莎白一心想着假装发火,结果背离了,至少是忘掉了本意,弄假成真。此时落在塞西尔低垂的脑袋上的已经不是戏中骤雨,而是真正动怒,噼里啪啦爆发出来的雷暴:责骂犹如狂风,非难犹如暴雨。伊丽莎白就差没有动手打了她这个最忠心的谋臣。她以闻所未闻的言词侮辱这个老人,致使他表示愿意辞去职务。果然为了惩罚他的所谓冒失,他有一段时间不能再入宫朝见。这时人们方才恍然大悟,真正出谋划策的瓦尔辛亚姆多么有头脑,多么有远见。在关键的几天里,他不是害病就是装病。君王满腔灼人的怒火直往他的助手,倒霉的戴维逊身上喷去。他注定成了替罪羊,成了表示清白无辜的挡箭牌。这时伊丽莎白明确说:他永远也无权将死刑判决书交给塞西尔,让人盖上国玺;她说戴维逊违背她的意愿擅自行事,冒天下之大不韪,给她造成无可估量的损失。根据她的旨意,人们在星厅法庭公开指控这个不忠的,实则太忠的官员。通过法庭判决可以向欧洲郑重表明:处决玛利亚·斯图亚特应该完全归咎于这个恶棍,伊丽莎白事先对此毫不知情。当然,那些信誓旦旦,要以兄弟之情共同分担责任的国务会议成员可耻地背弃了他们的同事。在君王震怒的雷霆之下,他们忙不迭地挽救自己的大臣职位和薪俸。除了无言的墙壁,戴维逊别无其他为伊丽莎白执行命令的证人。他被判罚款一万镑,这是一个他永远都偿付不了的数目。此外,他还被投入监狱。果然后来有人悄悄给他一笔年金,但在伊丽莎白有生之年再也不许他朝见。他的前程已经断送,他的生活从此毁掉。身为朝臣而未悟出君王秘而不宣的愿望总是一个祸根,但是把它摸得太透有时反而更加危险。

关于伊丽莎白清白无辜、蒙在鼓里的优美童话编得也太离谱,周围谁都不会认为真是如此这般。或许只有一个人事后相信了这个异想天开的故事,说起来令人感到惊讶:这个人便是伊丽莎白。具有神经质习性或带有神经质色彩的人最本质的特点之一便是不仅有欺骗别人的绝技,还能欺骗自己。他们嘴上说是事实的一切,他们都会认为就是事实。他们作证时往往撒谎,还自以为最真诚,因而也最危险。可能伊丽莎白向各方面表示或坚称从未下旨,甚至从未起意要处决玛利亚·斯图亚特时,自己觉得完全是实话实说,因为在她的内心意愿中事实上曾经有一半是不想采取行动的倾向,这给她留下的印象逐渐排挤了当时居心叵测地也想采取行动的意向。她听了塞西尔奏报处决玛利亚·斯图亚特这个消息时,虽说已经遂愿,但又不想与此有任何瓜葛,所以火冒三丈,不仅是事先排好的一场戏,同时也是——她习性如此,干什么都依违两可——真正光火,确实光火:她不能原谅自己,竟被别人玷污了自己堪称纯洁的天性。她对塞西尔也是真正光火:他使她受到牵连,却无法使她卸掉干系。伊丽莎白一头扎进自我辩解之中,认定人们处决玛利亚·斯图亚特违背了她的意志,起劲地唠叨、说谎,从此在她的言谈里总是带着强调这一说法的弦外之音,好像真是这么一回事。她身穿丧服接见法国使节,推心置腹地说:她父亲去世,她姐姐去世都没有这样使她伤心;又说:她是一个可怜的弱女子,周围都是敌人。听起来仿佛真的不是在骗人了。那些国务会议成员这样可恶地作弄了她,要不是他们为她效劳了这么久,她早就让他们脑袋搬家了。她自己之所以在死刑判决书上签字,仅仅是为了平息民愤。只有在外国军队入侵英国的时候,她才会真的降旨执行。在亲笔写给詹姆士六世的信里,伊丽莎白也坚持自己从来就不想真要处决玛利亚·斯图亚特这种半真半假的说法。她又一次言之凿凿,说对这样完全违背她的意愿,在她一无所知,亦未得到她同意的情况下就"无耻地胡来"感到非常痛心。她请求上帝作证,她"在这件事情上完全清白无辜",她从来都没有想到过要让人处死玛利亚·斯图亚特,虽然她那些谋臣天天都在她耳边嘟囔要她这么做。人们当然会责备她把戴维逊推出来承担罪责,因此她先发制人,傲然说道:世界上没有任何一种力量能够驱使她把自己下令去做的事情推到别人身上。

詹姆士六世也并不急于了解真相,从自己这边来看,他现在只想做一件事:避开并未着力保住母亲生命的嫌疑。他当然不能马上就说:行啦,就此算数,而是必须像伊丽莎白那样撑起感到意外和激愤的门面。于是他搭足架子,郑重声明,这样胡作非为,非以牙还牙不可。他不许伊丽莎白的特使踏上苏格兰的国土;他派专人到边境城市贝威克去取她那封信。他要让全世界看看詹姆士六世对杀害他母亲的凶手们咬牙切齿了。可是伦敦内阁早就配好对症下药的药粉,能把这位虚火上升的儿子治得一声不吭地将处决他母亲的消息吞下去消化掉。与伊丽莎白发出为"世界舞台"而写的那封函件的同时,有一封涉及外交关系的私人书信送到爱丁堡。瓦尔辛亚姆在这封信里告知苏格兰的首相:保证詹姆士六世获得英国的王位继承权。于是这笔肮脏的交易就此成交。这种甘甜的冲剂在这个自称痛不欲生的儿子身上产生了神奇疗效。詹姆士六世再也不提解除同盟的事了。母亲的尸体依然搁在一个教堂的角落里还未安葬,他也不闻不问。母亲要求在法国泥土里安息的遗愿遭到了粗暴的践踏,他也未加指摘。变戏法似的,他突然确信伊丽莎白清白无辜了,主动同意"胡来"的骗人说法。他在写给伊丽莎白的信里说:"您这就把并无参与那个不幸事件的罪责说清楚了。"吃人家的嘴软,他祝愿她这"正派的做法永远在全世界流传"。承诺宛如送爽金风转眼就将气愤难平的巨浪吹得服服帖帖。于是乎从此以后儿子和签署他母亲的死刑判决书的女人之间相安无事,和睦共处,实则横亘着一片空虚。

道义与政治各行其是。因此,人们都从完全不同的层面来评说一个事件,或者从人道主义的,或者从政治利益的立场来衡量。从道义上看,处决玛利亚·斯图亚特是完全不可宽恕的行为,因为人们违背了任何国际法,在和平情况下拘禁了邻国女王,暗中设下圈套,以极其阴险的方式诱她上当。但是同样难以否认,从国家大政方针的角度来看,除灭玛利亚·斯图亚特,就英国而言,没有做错。在政治上——有什么办法!——决定一切的并不在于一种举措是否正义,而是效果如何。而在处决玛利亚·斯图亚特这件事上,从政治观点着眼,最后的效果表明应该把她除掉,因为此举带给英国和女王的并非动乱,而是安宁。塞西尔与瓦尔辛亚姆看准了实力地位的积极作用。他们知道,面对真正强大的政权,其他国家都会无能为力,都会对它的暴力行为,甚至犯罪行为胆怯地听之任之。他们准确地预料到,人们不会由于这一处决事件而大动肝火。果不其然,法国与苏格兰的复仇号角突然噤若寒蝉。亨利三世并未像当时恫吓的那样同英国断绝外交关系。当时需要救助活着的玛利亚·斯图亚特时,他都没有派出一兵一卒渡海打仗,现在更不会为已经死去的玛利亚·斯图亚特复仇而动武了。当然他吩咐在圣母院举行了盛大的追悼弥撒;那些诗人也写了几首哀歌。可是对法国来说玛利亚·斯图亚特的事就此了结,置诸脑后。在苏格兰的国会里叽里咕噜地嚷了几声;詹姆士六世穿上孝服,但不久就骑上伊丽莎白赠送的骏马,带着伊丽莎白赠送的猎犬,兴致勃勃地去打猎,他依然是英国任何时候最好讲话的邻人。只有西班牙的菲力普姗姗来迟,打起精神,准备无敌舰队。但他孤掌难鸣,他的敌手却是伊丽莎白的幸运,伊丽莎白天大的本事就在这里,像所有威名赫赫的君主。无敌舰队还未开火,便在暴风雨中撞得粉碎。这样,长期策划的反改革派的进攻就此偃旗息鼓。伊丽莎白取得最后胜利,随着玛利亚·斯图亚特的死去英国也就消弭了最大的危险。抵御防守的日子已经过去,英国的舰队此后将以跨海远航的雄姿向欧洲大陆驶去,把它们联成世界帝国,睥睨全球。英国的财富在增长。在伊丽莎白的暮年新艺术趋于繁荣。她最卑劣的行径已事过境迁,女王受到从未有过的敬佩、爱戴、景仰。巍峨的国家大厦都用残酷与不义的巨石建成,基础都用鲜血当砂浆来胶接。在政治上失败者都一无是处,历史迈着钢铁般的步伐从他们身上踩过。

当然,玛利亚·斯图亚特的儿子还得经受不是滋味的耐心考验:并非如他所梦想的那样,纵身一跳便能登上英国王位。对方支付他卖母求荣的收购贷款未能像他所希望的那样快捷。他野心勃勃,可是只好等待,等待,等待,实在苦不堪言。他不得不在爱丁堡无所事事地打盹等待,等待,等待十五年,差不多像他母亲被伊丽莎白囚禁那么久,到那时候权杖终于从这个老妪冰冷的手里掉下来。平日里他在苏格兰的各处城堡中枯坐。他时常骑马出去打猎,他时常写些关于宗教与政治问题的文章。但是他所务的正业依然是漫长的空虚的令人恼火的等待,等待来自伦敦的某一消息。消息仍然久候不至。伊丽莎白看起来仿佛敌手四溅的鲜血给她注入了活力。玛利亚·斯图亚特死后,她越来越矍铄,越来越自信,越来越健康,如今,不眠之夜已成过去。在连年累月决心难下时良知使她紧张不安的心理,由于她的国家、她的生活现在已经获取的安宁而得到了平衡。尘世再无一人敢与她争夺王位。这个好胜的女人对死神也要竭力反抗,她不想向它交出自己的王冠。这个七十岁的老妪顽强而固执,并不想死,整天到处转悠,从一个房间到另外一个房间,不待在床上,不待在屋子里。她竭力而出色地撑住不放她如此顽强地无情地争夺到手的位置让给世上任何人。

然而,终于她气数已尽,在残酷的搏斗中死神最后将她摔倒,只是肺部还在呼吸,喉头发出呼噜声,衰老而执拗的心脏还在跳动,虽然越来越弱。窗下,急不可耐的继位者从苏格兰派来的一名使者牵着已经鞴好鞍的马,在等候一个约定的信号。伊丽莎白的一名宫女已答允,伊丽莎白一断气,她马上扔下一枚指环。使者等候好久了。他朝上看看,依然毫无动静。这位拒绝了好多位求婚者的童贞老女王还不让死神进入自己的躯体。终于在3月24日,窗子格格作响,一只女人的手急匆匆地伸出,那枚指环掉了下来。使者连忙飞身上马。马不停蹄,仅两天半就赶到爱丁堡。这一次疾驰将百世皆知。就像三十七年前麦尔维尔勋爵也这样匆忙地从爱丁堡赶去伦敦,为的是向伊丽莎白奏报玛利亚·斯图亚特生下一个儿子,这回另一名使者飞驰回爱丁堡去向这个儿子奏报伊丽莎白之死给他带来第二顶王冠。苏格兰的詹姆士六世此刻终于同时也是英国国王了,终于成为詹姆士一世了。在玛利亚·斯图亚特儿子身上两顶王冠永远联在一起,这一许多家族之间的不幸的斗争结束了。在历史进程中往往有人走邪门歪道,但是历史的真谛最终成为事实,必然的事物最终总会取得应有的地位。

詹姆士一世踌躇满志地在他母亲梦想取得的白厅王宫住了下来。缺钱的忧虑终于摆脱了,贪婪的野心冷却了,他只想图个舒服,无意追求不朽。他时常骑马去打猎。他喜欢上剧院看演出,在那里捧一个叫莎士比亚的和其他值得钦佩的作家——这是后人称道他的唯一善举。他性格软弱,生性懒惰,禀赋平庸,并无任何伊丽莎白具有的内心的宽容,并无富于情趣的母亲所有的勇气和热情,规规矩矩地守住两个敌对女人共有的遗产。那两个女人殚精竭虑,斗得不可开交都想据为己有的一切,现在全落进了这个耐心等待者的怀里,无需你争我夺。一位苏格兰女王和一位英国女王曾经互相仇恨,彼此都视对方为敌人,使得双方都无法过上正常的生活。可是现在英国和苏格兰已经联在一起,这段往事也可以忘掉了,现在也没有这个错那个对这回事了。死神已经把同样的地位还给她们两个。她们互相对立这么久,终于可以靠在一起安息了。詹姆士一世让人将孤零零地有如被放逐者躺在彼得波罗教堂墓地的母亲遗骸,在火炬照耀下隆重迁入威斯敏斯特大教堂英国国王陵园墓穴。镌刻着玛利亚·斯图亚特雕像的墓碑竖立起来,近处便是伊丽莎白的墓碑雕像。于是夙愿永远勾销,彼此再也不争权利不争地盘了。她们在世时心怀敌意,彼此避开,从未见过一面,现在终于像姐妹一样,在同样神圣的长眠中比邻安息。